❋ | SCHERZ

Nikos Milonás

Kretische Feindschaft

Ein Fall für Michalis Charisteas

SCHERZ

Erschienen bei FISCHER Scherz

© 2019 S. Fischer Verlag GmbH,
Hedderichstr. 114, D-60596 Frankfurt am Main
Dieses Werk wurde vermittelt durch
die Michael Meller Literary Agency GmbH, München.

Redaktion: Ilse Wagner
Satz: C.H.Beck.Media.Solutions, Nördlingen
Druck und Bindung: CPI books GmbH, Leck
Printed in Germany
ISBN 978-3-651-02580-6

Zwischen den herben Linien dieser kretischen Landschaft entdeckte man eine Empfindsamkeit und Zartheit, die keiner vermutet hätte – in den windgeschützten Schluchten dufteten die Zitronen- und Orangenbäume, und in der Ferne ergoss sich aus dem endlosen Meer eine grenzenlose Poesie.
»Kreta«, murmelte ich, »Kreta«, und mein Herz schlug rascher.

Nikos Kazantzakis, ›Alexis Sorbas‹

Ein Kreter sagte zu mir: »Wenn du vor dem Tor des Paradieses erscheinst, und es öffnet sich nicht, so greife nicht nach dem Türklopfer, um anzuklopfen. Nimm dein Gewehr von der Schulter und gib einen Schuss ab.«

Nikos Kazantzakis, ›Rechenschaft vor El Greco‹

Personenverzeichnis

Michalis Charisteas, Mitte 30, Kommissar in Chania
Hannah Weingarten, Anfang 30, Kunsthistorikerin

Sotiris Charisteas, Bruder von Michalis, Wirt des *Athena*
Takis Charisteas, Vater von Michalis, Wirt des *Athena*
Loukia Charisteas, Mutter von Michalis, Sotiris und Elena

Elena Chourdakis, Schwester von Michalis
Nicola Charisteas, Frau von Sotiris
Sofia Charisteas, Tochter von Sotiris, neun Jahre alt
Markos Chourdakis, Schwager von Elena

Jorgos Charisteas, Leiter der Mordkommission von Chania
Pavlos Koronaios, Partner von Michalis

Myrta Diamantakos, Assistentin in der Polizeidirektion
Christos Varobiotis, IT-Spezialist, Schulfreund von Michalis
Ioannis Karagounis, Leitender Kriminaldirektor von Chania
Kostas Zagorakis, Chef der Spurensicherung
Lambros Stournaras, Gerichtsmediziner in Chania

Kalliopi Karathonos, Ehefrau von Stelios Karathonos
Pandelis Karathonos, Sohn von Kalliopi, elf Jahre alt
Stelios Karathonos, bisheriger Bürgermeister von Kolymbari
Vassilia Karathonos, Mutter von Stelios und Dimos

Panagiotis Mitsotakis, Revierleiter von Kolymbari
Sideris Katsikaki, Polizist in Kolymbari
Traianos Venizelos, Polizist in Kolymbari
Despina Stamatakis, Sekretärin von Stelios Karathonos

Dimos Karathonos, Geschäftsführer Olivenölmühle
Artemis Karathonos, Frau von Dimos
Alekos Karathonos, Onkel von Dimos und Stelios

Thanassis Delopoulou, Olivenölmühle Marathokefala
Katerina Delopoulou, Frau von Thanassis
Nikolaos Delopoulou, Vater von Thanassis und Antonis
Antonis Delopoulou, Bruder von Thanassis

Tzannis Kaminidis, Bauunternehmer
Karolos Koukolas, Bau-Ausschuss
Metaxia Lirlides, Geliebte von Stelios Karathonos
Polidefkis Flabouraris, Gouverneur von Kreta
Giannis Saringouli, Bestatter in Kolymbari

Alexis, Besitzer Ausflugsboot Chania
Vangelis Alkestis, Bootsbesitzer Kolymbari
Kostas Alkestis, Sohn von Alkestis

u. a.

1

Plötzlich waren sie wieder da, die grellen Scheinwerfer. Eben noch hatte er gehofft, dem dröhnenden Pick-up entkommen zu sein, aber jetzt näherte sich der Isuzu erneut. Dieser *Pástarsos*, stöhnte er, dieser verfluchte Bastard, warum können wir das nicht wie erwachsene Menschen regeln?

Er rang nach Luft und raste Richtung Felsenküste. Durch die offenen Wagenfenster zog der Duft von Thymian und Oleander ins Wageninnere. Normalerweise genoss er diese Gerüche, jetzt aber nahm er sie kaum wahr. Zu sehr war er darauf konzentriert, nicht in Panik zu geraten, denn die Lichter im Rückspiegel wurden immer größer.

Er jagte mit seinem silbergrauen SUV auf eine scharfe Linkskurve zu, bremste erst unmittelbar davor ab und beschleunigte sofort wieder. Kurz waren die Lichter des Isuzu verschwunden. Noch hundert Meter, dann die nächste scharfe Kurve und dann ein Feldweg, an dem der Pick-up mit Sicherheit vorbeifahren würde. Dann hätte er es geschafft.

An diesem Feldweg hatte er letzte Woche mit der Frau, neben der er jetzt eigentlich liegen wollte, gehalten. Sie hatten weit unten das Meer im Mondlicht glitzern und die Lichter am Ende der Bucht gesehen und sich auf der Rückbank seines Wagens geliebt. Heute wurde der Mond von schweren Wolken verdeckt, das Meer lag in tiefer Dunkelheit, und es war Regen vorhergesagt. Letzte Woche, wie lange war das her? Eine Ewigkeit, unglaublich, was seitdem passiert war. Vor einer Woche hatte er noch nicht gewusst, was er jetzt wusste.

Direkt hinter der Rechtskurve erwischte er fast ungebremst die Einfahrt zu dem Feldweg und konnte den Wagen nur mit Mühe auf dem schmalen Weg halten. Im Spiegel sah er, von seinen Rücklichtern rot angeleuchtet, den aufgewirbelten Staub.

Nach fünfzig Metern schaltete er die Scheinwerfer aus und wendete im Dunkeln. Falls der andere ihn entdecken würde, könnte er sofort wieder die Straße erreichen. Er machte den Motor aus und lauschte in die Nacht. Sein Herz raste, sein Mund war trocken vor Wut, er zitterte, und das hohe Pfeifen in seinen Ohren übertönte sogar das Meer, das weit unten gegen die Felsen der Küste brandete. Trotz der angenehm kühlen Frühlingsnacht schwitzte er.

Irgendwo auf dem Rücksitz unter dem Aktenordner mussten seine *Karelia*-Zigaretten liegen. Einige Unterlagen und eine Illustrierte hatte er vorhin, als der andere plötzlich aufgetaucht war, hektisch in den Fußraum geworfen. Vielleicht waren ja auch seine *Karelia* dort, aber er konnte sie jetzt nicht suchen. Er musste die Straße im Blick behalten.

Es hatte zu regnen begonnen. Mit der Feuchtigkeit mischte sich in den würzigen Thymian und den bittern Salbei der herbe Duft der Macchia sowie der Erde, die so lange kein Wasser mehr aufgenommen hatte. Der Wind frischte vom Meer her auf, und als die ersten Regentropfen die Ledersitze trafen und der Staub auf der Windschutzscheibe erst zu runden Kratern und dann zu schmutzigen Rinnsalen wurde, fuhr er die Fenster des Wagens hoch und wartete.

Der Isuzu hätte längst an dem Feldweg vorbeigefahren sein müssen. Wo blieb dieser *Téras*, diese Missgeburt? Hatte er umgedreht? Oder ahnte der Kerl, dass er sich hier versteckte?

Endlich fuhr ein Wagen auf der Straße an dem Feldweg vorbei. Irritierend langsam. Aber vielleicht hatte der andere für heute auch einfach aufgegeben. Und morgen, da würde er ihm klarmachen, dass er sich mit ihm nicht hätte anlegen sollen.
Der Regen prasselte auf die Scheiben und hörte abrupt wieder auf. Ein kurzer Schauer, viel zu wenig für die ausgetrockneten Böden. Den ganzen Winter über hatte es kaum geregnet und oben in den Bergen, in den *Lefka Ori*, auch kaum geschneit. Für die Olivenblüte waren die Böden jetzt im April noch feucht genug, aber demnächst, wenn die Oliven wachsen sollten, würden die Olivenbauern ihre Bäume stärker bewässern müssen als in den vergangenen Jahren.

Er wollte nicht länger warten, obwohl ihm ein Gefühl sagte, der andere könnte darauf lauern, dass er wieder auftauchte. Doch er ignorierte diese Befürchtung und fuhr ohne Licht langsam zur Straße zurück. Bevor er einbog, zögerte er kurz, dann gab er Gas, seine Reifen drehten auf dem staubigen Weg durch, fanden auf der Straße aber sofort wieder Halt. Er schaltete das Licht ein, bremste erst vor der nächsten Kurve und bemerkte gerade noch rechtzeitig, dass sein Wagen auf dem nassen Asphalt ins Schleudern geriet.
Im Rückspiegel tauchten die grellen Scheinwerfer auf. *Ilísios*, fluchte er über sich selbst, Trottel, und spürte, dass ihm der kalte Schweiß in den Augen brannte. Der Fahrer des Isuzu musste ihn von oben beobachtet haben, als er in den Feldweg eingebogen war.

Die Scheinwerfer kamen immer näher. Wie konnte der andere so schnell sein? Rechts Felsen, links die Steilküste, er musste ihn abhängen, aber der massige, immer größer werdende

Isuzu war plötzlich hinter ihm und setzte zum Überholen an. Während er versuchte, das Äußerste aus seinem SUV herauszuholen, spürte er hinten links den ersten Stoß des bulligen Pick-up. Kurz kam er ins Schlingern und schrammte an einem Felsen entlang, bekam einen zweiten Stoß, fing sich aber wieder und raste weiter.

Vor ihnen lag eine extrem scharfe Rechtskurve, das wusste er, und das wusste offenbar auch sein Verfolger, denn der wurde langsamer. Er aber blieb auf dem Gaspedal. Erst im allerletzten Moment würde er bremsen.

2

Noch mit geschlossenen Augen spürte Michalis Charisteas, dass ein leichter, vom Hafen kommender Wind die Vorhänge am Fenster bewegte. Von unten aus der Taverne waren das Lachen seiner Mutter und die Rufe seines Bruders und seines Vaters zu hören, die sich jeden Morgen aufs Neue lautstark darüber unterhielten, was auf die Speisekarte kommen sollte.

Michalis war vor dem Klingeln des Weckers aufgewacht. Das kam nicht oft vor, nur an besonderen Tagen, und heute war der Tag, auf den er sich seit Wochen freute. Am Nachmittag würde Hannah landen, und wenn im Kommissariat nichts Ungewöhnliches passierte, dann würde er sich freinehmen und die Frau, die er seit zwei Monaten jeden Tag vermisste, am Flughafen von Chania abholen. Und im Kommissariat passierte im Moment nur selten etwas Ungewöhnliches.

Schon als Kind war Michalis morgens nie sofort aus dem Bett gesprungen, sondern hatte immer erst gelauscht, welche Geräusche vom Hafen kamen. Elena, seine Schwester, war schon zwölf Jahre alt, als Michalis in dieses Zimmer zog, und auch Sotiris war mit seinen zehn Jahren viel zu groß, um sein schmales Bett mit dem kleinen Brüderchen zu teilen. Also war mit Michalis ein winziges drittes Bett in das enge Kinderzimmer eingezogen und hatte bis zu Elenas Auszug verhindert, dass sich die Zimmertür ganz öffnen ließ.

Die Eltern hatten erwartet, dass vor allem Elena in den kleinen Michalis vernarrt sein würde, aber noch mehr war es sein Bruder Sotiris, der den Nachzügler Michalis liebte. Und so kroch Michalis oft nachts in das Bett seines großen Bruders, um besser schlafen zu können, und morgens, wenn sie eigentlich längst aufstehen mussten, versuchten sie zu erraten, wer draußen gerade mit seinem Boot am Hafen anlegte.

»Theokratis?«, hatte Michalis oft mit seiner hellen Kinderstimme geflüstert und Sotiris erwartungsvoll angesehen.

»Nein. Anastas«, hatte Sotiris dann mit Bestimmtheit geantwortet. Elena hatte dieses morgendliche Ritual ihrer Brüder meistens nur spöttisch belächelt.

Lange Zeit waren es nur diese beiden gewesen, Theokratis und Anastas, die so früh am Morgen mit ihren kleinen weißblauen Booten vom Meer zurück in den alten Fischerhafen fuhren. Die beiden hatten ihre Liegeplätze direkt vor der Fischtaverne, und mit ihnen wehte der Geruch von Salz, Meerestieren und Algen in die Häuser.

Der alte Theokratis hatte oft über Nacht einige Meeräschen und Calamari gefangen, und er trank morgens als Erstes mit dem Großvater von Michalis einen griechischen Mokka, seinen *Elliniko*. Erst danach knetete er seine Calamari so lange behutsam auf der Kaimauer, bis ihr Fleisch weich genug geworden war, um den Gästen serviert zu werden.

Anastas hingegen hatte früh das kleine Boot seines Vaters übernehmen müssen und brachte jeden Tag Touristen zu einem der Strände westlich von Chania. Auf ein Plakat, mit dem er am Hafen für seine Ausfahrten warb und das er ungelenk selbst gestaltet hatte, hatte er ein Foto mit Delphinen geklebt. Viele Urlauber fuhren nur deshalb mit ihm, weil sie hofften, auf der Fahrt durch die Bucht von Chania Delphine zu sehen. Tatsächlich aber hatte Anastas in seinem Leben erst ein Mal welche gesehen, und diese hatte er aus einer Illustrierten ausgeschnitten.

Michalis stand mit einem Lächeln auf, duschte und ging über die enge Holztreppe nach unten. Groß, wie er war, musste er auf der Treppe immer den Kopf ein wenig einziehen, und er fragte sich oft, ob die Menschen früher wirklich so viel kleiner gewesen waren. Wie alle Männer der Familie waren auch sein Vater und sein Großvater, die als Kinder ebenfalls in dem kleinen Zimmer im ersten Stock gewohnt hatten, nicht nur über einen Meter neunzig groß, sondern sie hatten auch wie Michalis volles, leicht gewelltes dunkles und später graues Haar und behielten es bis ins hohe Alter. Und wie alle Männer der Familie Charisteas trugen sie einen Vollbart, über den sie sich beim Nachdenken gern strichen.

Michalis wollte sich in der Küche der Taverne schnell selbst einen *Elliniko* machen, aber seine Mutter, die morgens sehr energisch war, weil sie alles für den Tag vorbereiten wollte, schob ihn lächelnd, aber entschlossen zur Seite. Er gab ihr einen Kuss und setzte sich draußen zu seinem Vater an einen der Holztische, die später von Einheimischen und Urlaubern bevölkert werden würden. Noch waren die großen Sonnenschirme zusammengeklappt, und viele der in hellem Blau und Gelb gestrichenen Holzstühle mit Bastgeflecht standen noch auf den Tischen.

Sein Vater hatte seine Füße auf die Streben eines Stuhls gestützt und saß mit angestrengtem Gesichtsausdruck vor seinem Tablet-PC, studierte Aktienkurse und kratzte sich den Bart. Seit er die Fischtaverne nicht mehr allein führte und mehr freie Zeit hatte, wollte er allen beweisen, dass er mit dieser Zeit auch etwas anfangen konnte. Deshalb hatte er sich vor einem Jahr von einem Yachtbesitzer aus Athen, der wochenlang jeden Abend ins *Athena* zum Essen gekommen war, davon überzeugen lassen, norwegische Staatsanleihen zu kaufen. Angeblich eine todsichere Sache, und tatsächlich verdiente der Vater damit wohl auch ein wenig Geld, aber es war nicht seine Welt. Seine kräftigen, braungebrannten Finger, mit denen er in seinem Leben bisher immer angepackt hatte, gehörten einfach nicht auf die Tastatur eines Computers.

»Und? Schon wieder gestiegen?« Michalis legte seine graue Lederjacke über die Stuhllehne und setzte sich. Sein Vater richtete sich auf und schob die Ärmel seines dunkelbraunen Hemdes hoch.

»4,2 Prozent! Seit letzter Woche!«, sagte er triumphierend.

»Nicht schlecht.«

»Irgendwann verdien ich damit mehr als du mit deinen Verbrechern«, sagte der Vater, lehnte sich zurück und blickte zum Leuchtturm am Ende der Hafenmole, auf dessen helle, einfarbige Steine die ersten warmen Strahlen der Morgensonne fielen.

»Ich verdiene immer das Gleiche. Ob es viele Verbrecher gibt oder wenig.«

»Ja! Solang er zahlt, der Staat.«

»Das Schlimmste ist doch vorbei«, erwiderte Michalis und wusste, wie froh vor allem seine Mutter war, dass die Finanzkrise den Tourismus auf Kreta nicht ruiniert hatte.

Der Vater musterte Michalis mit seinen braunen Augen, die sich seit einigen Jahren immer stärker von seinen grau werdenden Haaren abhoben.

»Ich trau denen aus Athen nicht«, erwiderte er.

Michalis verkniff es sich zu sagen, dass sein Vater sowieso niemandem traute, der nicht von Kreta kam. Und im Grunde traute er sogar auch nur denen, die direkt aus Chania stammten und die er seit Kindertagen kannte. Aber das sagte Michalis lieber nicht, sonst hätte es nur wieder Diskussionen gegeben.

Der Vater legte sein Tablet zur Seite und schaute zu Sotiris hinüber, der in fast dem gleichen braunen Hemd, wie es der Vater trug, aus dem Lagerraum kam und sich Notizen machte. Michalis kannte diesen etwas wehmütigen Blick seines Vaters. Früher hatte er all das, was jetzt Sotiris machte, selbst erledigt. Aber vor drei Jahren hatte er nach einem Autounfall zwei Monate im Krankenhaus gelegen, und Sotiris hatte in dieser Zeit das *Athena*, das seit über hundert Jahren in Familienbesitz war, allein geführt, und das sehr erfolgreich. Als der Vater wieder gesund war, waren er und Sotiris plötzlich gleichberechtigt, auch wenn der Vater das lange nicht zugeben wollte. Aber spätestens, als Sotiris behutsam begann, die Speisekarte und den Service gegen den Willen des Vaters nach und nach zu modernisieren, war nicht mehr zu übersehen, wer hier in Zukunft das Sagen haben würde. Zumal die Mutter eher zu ihrem Sohn hielt. Für Takis Charisteas, Familienoberhaupt und Wirt der Fischtaverne *Athena*, in der fast jeder Bewohner Chanias schon mal gegessen hatte, wie Takis gern behauptete, war das nicht einfach. Er kannte hier jeden, jeder kannte ihn – und plötzlich war er nicht mehr der Chef?

»Wann fährst du uns endlich mal im Polizeiauto zur Schule?« Sofia, Michalis' jüngste Nichte, stellte ihre rosa Schultasche auf den Tisch und sah Michalis herausfordernd an.

»Du weißt, dass das nicht erlaubt ist.«

»Aber dann wissen alle, dass sie mich nicht ärgern dürfen. Weil sonst die Polizei kommt.«

Michalis lächelte. Sofia war mit ihren neun Jahren die frechste der Töchter seines Bruders, und sie wollte unbedingt

Polizistin werden. Allerdings nur wie ihr Onkel bei der Kriminalpolizei, damit sie keine Uniform tragen musste. Uniformen fand sie blöd, vor allem bei Frauen. Die weißen Hemden, die Michalis meistens im Dienst trug, gefielen Sofia zwar auch nicht, aber Michalis hatte ihr versichert, dass er so ziemlich der einzige Kriminalpolizist in ganz Chania war, der solche Hemden trug.

Hinter Sofia tauchte Nicola auf, seine Schwägerin, die Frau von Sotiris und Mutter seiner drei Töchter. Eine tatkräftige, immer gutgekleidete Frau mit langen braunen Haaren, die genauso war, wie die Mutter von Michalis sich eine Schwiegertochter vorstellte.

»Sofia! Wir kommen zu spät!«, rief sie energisch.

»Aber morgen!« Sofia hob den Zeigefinger, als wollte sie Michalis drohen, gab ihrem Opa einen Kuss, grinste und rannte los, um vor ihrer Mutter am Auto zu sein.

Michalis' Vater sah ihr nach.

»Sie mag dich.«

»Ich sie auch.«

»Du solltest selbst Kinder haben. Das würde auch deine Mutter freuen.«

Michalis verzog das Gesicht. Ob und wann Hannah und er Kinder bekommen würden, das ging nur sie beide etwas an. Zumal Sotiris drei Töchter hatte, und Elena, ihre Schwester, zwei Söhne. Enkelkinder gab es also genug.

Auch darüber, ob Michalis und Hannah irgendwann heiraten würden, wollte er nicht reden. Nicht mit seinen Eltern. Aber sie waren der Meinung, dass sie das durchaus etwas anginge, und gerade Takis – obwohl er Hannah sehr mochte – fragte Michalis manchmal, wenn sie allein waren: »Bist du sicher, dass du mit einer deutschen Frau glücklich wirst?« Er hätte gehört, die wollten immer alles ganz genau planen, und alles sollte immer funktionieren. Und vor allem seien sie meistens davon überzeugt, recht zu haben. Vielleicht stimmte davon sogar etwas. Aber er und Hannah waren glücklich, und es war Michalis völlig egal, ob sie Deutsche war, Engländerin, vom Nordpol oder sonst woher. Oder ob sie von Kreta kam, was seinem Vater natürlich am liebsten gewesen wäre.

Sotiris brachte Michalis den *Elliniko*, balancierte gleichzeitig auf seinen kräftigen Unterarmen zwei Teller mit *Kourabiedes* und setzte sich zu ihnen.

»Hier. Noch warm«, sagte er und deutete auf das Mandelgebäck auf dem Teller.

Der Stuhl knarrte, als Sotiris sich zurücklehnte, und der Vater sah den Stuhl verärgert an.

»Den bring ich gleich zu Nikos, er soll ihn reparieren«, sagte Takis und stand auf.

»Wann genau landet Hannah denn?«, fragte Sotiris, während der Vater mit dem Stuhl im Lager verschwand.

»Um drei. Kurz nach drei«, antwortete Michalis und nahm sich von dem Gebäck, das Sotiris ihm hingestellt und das ihre Mutter bereits heute früh gebacken hatte.

»Schaffst du das?«

»Ja ... wenn nichts ist.«

»Was soll denn sein?«

Ja, was sollte schon sein? Der letzte Mord in der Präfektur Chania war zwei Monate her, und Michalis und seine Kollegen von der Mordkommission halfen zurzeit oft bei den anderen Abteilungen der Kripo aus und kümmerten sich um Betrügereien oder Handgreiflichkeiten unter Touristen.

Da war es kein Problem, sich nach dem Mittag mal freizunehmen.

»Aber du weißt« – Sotiris beugte sich vor –, »letztes Mal war Hannah enttäuscht, weil du nicht am Flughafen warst.«

Ja, das wusste Michalis noch gut, und er hatte Hannah fest versprochen, sie diesmal selbst abzuholen, und zwar pünktlich.

»Ich werd es schaffen, ganz sicher. Wird schon nicht ausgerechnet heute in Chania jemand durchdrehen«, meinte Michalis zuversichtlich.

»Hoffentlich.« Sotiris seufzte, denn er wusste, dass Michalis seine Fälle manchmal zu ernst nahm. »Falls doch was ist, dann meld dich. Dann fahr ich und hol Hannah ab.«

»Danke«, sagte Michalis. Es war großartig, sich auf seinen großen Bruder verlassen zu können, auch wenn man schon über dreißig war.

Der Vater kam vom Lager zurück, blieb neben dem Tisch stehen und blickte zur Hafeneinfahrt, wo sich das blaue Wasser kräuselte.

»Heute kommt Wind.« Er lächelte. »Das ist gut. Mit dem Wind kommen die Fische.«

Sotiris stand grinsend auf. »Als ob du jemals zum Fischen rausgefahren wärst.«

»Natürlich!«, antwortete der Vater mit leichter Empörung. »Früher. Mit eurem Großvater!«

Michalis und Sotiris sahen sich an und sagten lieber nichts. Ihr Vater behauptete gern, dass er früher mit seinem Vater, der tatsächlich ein winziges blaues Fischerboot gehabt hatte, zum Fischen rausgefahren war. Sotiris war es aber vor einigen Jahren gelungen, dem Großvater nach vielen Gläsern Raki die Wahrheit zu entlocken: Ihr Vater war als Zehnjähriger genau zweimal mit aufs Meer gefahren und jedes Mal seekrank geworden.

»Ich muss los. Zur Markthalle«, sagte Sotiris und nahm zwei grüne Gemüsekisten.
»Was Besonderes heute?«, wollte Michalis wissen.
»Meeräschen, Brassen, Anchovis ... und unsere Mutter will Lachanodolmades machen.«
Die mit Fenchel, Reis und Minze gefüllten Weißkohlblätter waren eine Spezialität ihrer Mutter. Manche Gäste des *Athena* kamen tatsächlich nur deshalb, weil die Lachanodolmades hier so gut waren wie nirgends sonst.

Michalis blickte Sotiris nach, als der in seinen Pick-up stieg und zur Markthalle fuhr. Schon als Kind hatte Michalis seinen älteren Bruder bewundert, und er tat es immer noch. Der großgewachsene, kräftige Sotiris mit dem fein geschnittenen Gesicht war der heiterste und ausgeglichenste Mensch, den er kannte. Sotiris hatte nie etwas anderes gewollt, als sein Leben mit seiner Familie in Chania und im *Athena* zu verbringen, und genau das tat er. Beneidenswert.

Die Mutter kam aus der Küche, und Michalis und auch Takis grinsten: Loukia hatte wie jeden Tag für ihren Sohn ein kleines Lunchpaket gemacht. Auch wenn Michalis mittlerweile erwachsen war, so sollte er doch immer etwas Gutes zu essen dabeihaben und nicht in die Kantine der Polizeidirektion gehen müssen.
»Bitte sehr«, sagte Loukia und stellte eine liebevoll verschlossene Papiertüte auf den Tisch. »Und sei heute ja pünktlich am Flughafen! Lass Hannah nicht wieder warten! Frauen warten nämlich nicht gern. Und schon gar nicht deutsche Frauen!«
»Nein, kein Problem, das schaff ich heute«, sagte Michalis und sah seine Mutter amüsiert an. Noch trug die große, schlanke Loukia das, was sie beim Arbeiten in der Küche meistens

trug: Jeans und T-Shirt. Aber Michalis hätte wetten können, dass sie später, wenn er mit Hannah zurückkam, umgezogen sein würde. Zum einen, weil Hannahs Ankunft für die Mutter immer etwas Besonderes war, aber auch, um zu zeigen, dass nicht nur Frauen aus der deutschen Hauptstadt attraktiv sein konnten.

Einige Verwandte von Loukia lebten in Athen, und manchmal träumte sie davon, elegant gekleidet über die Boulevards und den Syntagma-Platz zu schlendern und abends ins Theater zu gehen. Und alle ein, zwei Jahre besuchte sie tatsächlich für eine Woche ihre Verwandten in Athen, hatte es aber noch nie geschafft, Takis zum Mitkommen zu überreden. Und nach einer Woche war die Mutter dann auch jedes Mal wieder froh, zurück am Fischerhafen von Chania bei ihrer Familie und dem *Athena* zu sein.

Loukia betrachtete ihren jüngsten Sohn prüfend. »Hättest dich ruhig mal wieder rasieren können, bevor Hannah kommt«, sagte sie vorwurfsvoll.

Michalis fuhr sich über seinen dunklen Vollbart, den er wegen Hannah vor einer Woche tatsächlich etwas gestutzt hatte. Hannah nannte ihn wegen des Barts manchmal »Mein Zeus«, und eigentlich mochte sie den Vollbart auch – aber nicht, wenn er zu lang wurde.

Loukia fuhr ihrem Mann kurz durch die Haare und ging wieder Richtung Küche. Takis stand auf und folgte ihr. Michalis sah den beiden nach und lächelte. Über vierzig Jahre waren sie verheiratet und unübersehbar glücklich. Und seit der Zeit, als der Vater im Krankenhaus gewesen war, war ihnen noch stärker bewusst, dass sie dieses Glück genießen wollten.

Michalis trank seinen *Elliniko* und sah über den Fischerhafen hinüber zum alten venezianischen Hafen. Links die ehemaligen

Arsenale, die jetzt als Trockendocks und Lagerhallen dienten, hinten rechts der sandfarbene Leuchtturm am Ende der langen Hafenmole. Und auf der anderen Seite die alten, buntgestrichenen venezianischen Häuser mit den Hotels und Restaurants, in denen sich abends die Touristen drängelten. Die Wirte dieser Restaurants, die jeden flanierenden Touristen aufdringlich ansprachen und an ihre Tische zu ziehen versuchten, verdienten sicherlich mehr als sie hier im *Athena*, aber bei denen ließen sich dafür auch nie Einheimische blicken. Wenn es wegen der Touristen Wiener Schnitzel und Hamburger gab, mieden die Kreter eine Taverne. Es sei denn, sie gehörte Verwandten.

Michalis ging vor zur Kaimauer, schaute zu den Fischen im klaren Wasser des Hafenbeckens und warf einen Blick in den strahlend blauen Himmel. Eigentlich sprach alles dafür, dass es ein großartiger Tag werden würde, aber ein Gefühl sagte Michalis, dass dieser Tag anders verlaufen könnte, als er dachte. Woher diese Ahnung kam, wusste er nicht.

Michalis ging zu seinem Motorroller, der in der kleinen Gasse neben dem *Athena* stand, und zog die dunkelgraue Lederjacke an, die Hannah vor einem Jahr in Berlin für ihn gekauft hatte. Später würde er sie wohl nicht mehr brauchen, aber so früh am Morgen war es jetzt im April noch kühl. Er stellte das Lunchpaket zu seinem Helm in den kleinen Koffer hinter den Sitz und fuhr los. Eigentlich sollte wenigstens er als Polizist einen Helm tragen, aber in Chania machte das fast niemand, und Michalis wäre sich damit lächerlich vorgekommen. Er setzte den Helm immer erst einige hundert Meter vor der Polizeidirektion auf, damit er dort wenigstens vorschriftsmäßig ankam.

Michalis fuhr an der alten Stadtmauer entlang, bog in die *Nikiforou Foka* ein und musste an der *Platia Sofoukli Venizelou* bei Rot an der Ampel warten. Er sah rüber zur Markthalle, die mit ihrer klassizistischen Fassade aus hellem Stein fast majestätisch wirkte. Durch ihre riesigen bogenförmigen Eingänge strömten schon morgens um kurz nach sieben Uhr viele Händler und Kunden, und nebenan auf dem Parkplatz entdeckte Michalis seinen Bruder Sotiris, der an der offenen Tür seines Pick-up lehnte und mit zwei anderen Tavernenbetreibern redete.

An der *Markou Botsari* musste Michalis wieder halten und sah, dass einige Autos, die in die *Apokoronou* einbogen, auf der Kreuzung um etwas herumzufahren schienen. Er bemerkte ein zerfleddertes gelbes Schulbuch, das auf der Straße lag, am Straßenrand gegenüber ein zweites, und auf dem Bürgersteig ein roteingeschlagenes Schulheft. Michalis stellte seinen Roller ab, sammelte die beiden Schulbücher und das Schulheft ein und sah sich um. An einer Hauswand ganz in der Nähe lagen mehrere bunte Stifte auf den hellen Platten des Gehwegs.

Dreißig Meter weiter stand vor einem Zaun ein noch geschlossener Kiosk, und Michalis glaubte, von dort aufgeregte Stimmen zu hören. Er näherte sich, blickte vorsichtig hinter den Kiosk und entdeckte drei etwa elfjährige Jungs, die einen größeren, vielleicht vierzehnjährigen Jungen in die Enge getrieben hatten und ihn beschimpften. Der Ältere konnte wegen des Zauns und einiger Mülltonnen nicht weiter zurückweichen, hielt seine offene Schultasche umklammert und wirkte ziemlich eingeschüchtert. Auf dem Boden lagen noch mehr Schulsachen.

Plötzlich versuchte dieser Junge wegzurennen und wurde dabei von den anderen zu Fall gebracht. Als einer der Jüngeren nach dem am Boden Liegenden trat, reichte es Michalis.

»Hey! Was soll das?«

Die Jungs drehten sich nach ihm um. Der Ältere rappelte sich auf und drückte sich an den Zaun, die Jüngeren sahen sich an und liefen los, mussten dabei aber an Michalis vorbei. Michalis ließ die Schulsachen fallen und packte zwei der Jungs am Arm.

»Hiergeblieben!«

Der dritte Junge rannte an Michalis vorbei und wandte sich in sicherer Entfernung um.

»Lassen Sie uns los!«, rief einer der beiden Jungs, darum bemüht, entschlossen zu klingen. Michalis sah, dass er Angst hatte und seine blonden Haare schweißnass an seiner Stirn klebten.

»Sagt mir erst, was hier los war«, erwiderte Michalis.

»Lassen Sie uns los!«, bettelte der zweite, dunkelhaarige Junge und klang dabei ziemlich verzweifelt.

Die beiden Jungs versuchten, sich loszureißen, aber Michalis hatte nicht vor, sie gehen zu lassen. Als sie anfingen, nach ihm zu treten, kam ihm seine Größe zugute: Er hielt die Jungs so weit von sich weg, dass sie ihn nicht erreichen konnten. Sie zappelten, und als sie sich ein wenig beruhigt hatten, schob Michalis sie gegen den Zaun. Die beiden waren, ebenso wie der Ältere, von Michalis' Größe und Kraft eingeschüchtert.

»Also.« Michalis sah die Jungs drohend an. »Was ist das Problem? Drei gegen einen?«

Er musterte die Jungs. Ihm fiel auf, dass die Jüngeren teure und neue Sachen anhatten, während der Ältere schmächtig wirkte und ein abgetragenes, schmutziges Hemd trug, das ihm aus der Hose hing. Keiner von ihnen schien reden zu wollen.

»Also? Ich kann auch die Polizei holen.«

Noch einmal versuchte der Blonde mit den schweißnassen

Haaren abzuhauen. Michalis packte ihn fester, und er jaulte kurz auf. Michalis lockerte seinen Griff und sah ihn an.

»Wie heißt du?«

»Der hat mein Handy geklaut!«

»Stimmt das?«

Michalis sah den Älteren an, dessen kurzrasierte dunkelblonden Haare, zusammen mit einem scheuen, nervösen Blick, das Schmächtige noch betonten.

»Die lügen! Ich muss zur Schule!«

»Er hat's gestern aus meiner Tasche gestohlen! Ich hab ihn gesehen, und dann ist er weggerannt!«, rief der Blonde aufgebracht.

Michalis blickte zwischen dem Blonden und dem Älteren hin und her.

»Okay. Aber jetzt sagst du mir erst mal, wie du heißt.«

Michalis sah den Jungen, der behauptete, sein Handy sei gestohlen worden, aufmerksam an und wartete. Der Ältere machte Anstalten, an ihm vorbei abhauen zu wollen. Michalis warf ihm verärgert einen Blick zu.

»Du bleibst hier«, sagte er streng. Der schmächtige Junge zuckte zusammen und gehorchte. Michalis sah wieder den Blonden an. Dem war klar, dass er hier nicht wegkommen würde.

»Also. Wie heißt du?«

»Philippos«, sagte der Blonde leise.

»Und du?«, fragte er den Älteren.

»Kyriakos.«

Michalis sah die beiden Jüngeren, die er immer noch festhielt, streng an.

»Ich werde jetzt mit Kyriakos reden. Und ihr beide bewegt euch hier nicht einen Meter weg.«

»Wir müssen aber zur Schule!«, rief der Dritte, der immer noch in sicherer Entfernung stand. Michalis ignorierte ihn.

»Du kommst mit. Glaub ja nicht, dass du abhauen kannst«, sagte er zu Kyriakos.

Kyriakos ging langsam an den beiden Jüngeren vorbei und folgte Michalis. Der drehte sich noch einmal zu den Jüngeren um.

»Wann fängt die Schule an?«

Der blonde Philippos sah auf die Uhr.

»In dreißig Minuten.«

»Wie lang braucht ihr da hin?«, fragte Michalis.

»'ne Viertelstunde«, sagte er und klang etwas vorwurfsvoll.

Michalis ging weiter, gefolgt von Kyriakos. Als die anderen sie nicht mehr hören konnten, blieb Michalis stehen.

»Kyriakos. Hast du sein Handy?«

»Nein!«

Michalis sah ihn aufmerksam an.

»Was war eben los?«

»Haben Sie doch gesehen! Die waren zu dritt!« Kyriakos klang aggressiv.

»Wo ist sein Handy?«

Kyriakos senkte den Blick, dann sah er zu den drei Jungs.

»Weiß ich doch nicht!«

»Wenn jetzt die Polizei hier wäre, würdest du dann dasselbe sagen?«

Der Blick des Jungen wurde unruhig. Michalis sah ihn einfach nur an.

»Was ist? Ich muss zur Schule!«, sagte Kyriakos.

Michalis wartete. Aus dem Augenwinkel bekam er mit, dass die Jüngeren unruhig wurden. Kyriakos biss sich auf die Lippe.

»Kyriakos. Wir können das so regeln. Unter uns. Oder die Polizei regelt es.«

»Aber ich hab sein scheiß Handy nicht.«

»Okay.« Michalis griff in seine graue Lederjacke und zeigte Kyriakos seine Polizeimarke. Kyriakos wischte sich nervös übers Gesicht und hinterließ dabei schmutzige Flecken. Michalis sah, wie dreckig seine Finger waren.

»Ich bin noch nicht im Dienst. Noch können wir das ohne Polizei regeln.«

Kyriakos überlegte. »Woher weiß ich, dass ich Ihnen trauen kann?«

»Wenn ich du wäre, würde ich mir trauen. Alles andere wäre schlechter.«

Der ältere Junge sah schuldbewusst zu Boden.

»Kyriakos. Sieh mich an. Ich mach dir 'nen Vorschlag.«

Der Junge hob langsam den Kopf.

»Hast du sein Handy bei dir zu Hause?«, fragte Michalis.

Kyriakos sagte nichts, aber Michalis nahm ein kurzes Nicken wahr.

»Die drei Jungs.« Michalis sah zu ihnen rüber. »Die wissen nicht, dass ich Polizist bin. Da drüben steht mein Roller. Wir fahren zu dir, holen das Handy, du gibst es zurück, und die Sache ist aus der Welt. Okay?«

»Und wenn die mich dann wieder …?«

Michalis sah den schmächtigen Jungen fragend an. Der senkte erneut den Blick.

»Die haben mehr Freunde als ich …« Kyriakos hatte das sehr traurig gesagt. Michalis musste nicht weiter nachfragen, um zu wissen, dass er der Außenseiter war.

»Das werden die nicht. Sonst rufst du mich an.«

Kyriakos sah Michalis kurz ungläubig an. Dann nickte er.

Michalis trat zu den drei Jungs und forderte sie auf, vor dem Haupteingang ihrer Schule auf ihn zu warten, und ging mit

Kyriakos über die Straße zu seinem Roller. Dort öffnete er den kleinen Koffer hinter dem Sitz, in dem auch sein Lunchpaket lag, nahm den Helm heraus und reichte ihn dem Jungen.

»Hier. Schultasche kannst du da rein tun.« Er deutete auf den kleinen Koffer.

»Und Sie?« Kyriakos sah den Helm unsicher an.

»Ich hab nur einen. Du bist wichtiger.«

Der Junge setzte den Helm auf.

Kyriakos wohnte mit seinen Eltern außerhalb des Zentrums in einem ziemlich heruntergekommenen Betonbau, der nie Farbe gesehen hatte. Vor dem Gebäude standen zahlreiche große Mülltonnen, auf denen streunende Katzen lagen und an Essensresten nagten. Michalis parkte so weit entfernt, dass Kyriakos' Eltern ihn auch bei einem zufälligen Blick aus dem Fenster nicht hätten sehen können.

»Übrigens«, sagte er, als der schmächtige Junge losgehen wollte. »Denk gar nicht erst daran, abzuhauen oder so was. Kann ich mich auf dich verlassen?«

Kyriakos nickte, die Lippen zusammengepresst, ging auf das Haus zu und verschwand im Eingang.

Michalis sah sich in der Straße um, in der er noch nie gewesen war, was ihm in Chania mit seinen knapp sechzigtausend Einwohnern nicht oft passierte. Er zog sein Smartphone aus der Tasche und wählte eine Nummer. Ein Foto von Hannah erschien, und er lächelte. Hannah ging ran und rief nur hektisch, sie sei noch am Packen und würde sich später melden. Michalis legte auf und schmunzelte. Er wusste, dass seine Familie Hannah für gutorganisiert und pragmatisch hielt, aber die hatten Hannah auch noch nie erlebt, wenn sie für eine Reise packen musste.

Michalis wunderte sich, wo Kyriakos so lange blieb. Da

klingelte sein Handy. Es war aber nicht Hannah, sondern seine Schwester Elena. Michalis stöhnte und ging ran.

»Ja?«, fragte er nur und wusste genau, warum Elena anrief.

»Du denkst dran, pünktlich am Flughafen zu sein?«, hörte er Elena rufen. »Und du hast Hannah gesagt, dass sie nicht wieder Geschenke mitbringen soll, ja? Und wenn sie noch etwas braucht, dann ...«

Michalis sah, dass Kyriakos wieder aus dem Haus kam. »Elena, ich bin schon bei der Arbeit und werde nachher pünktlich am Flughafen sein. Danke!« Damit legte er schnell auf, bevor seine große Schwester ihn mit weiteren guten Ratschlägen und Anweisungen bombardieren konnte.

Kyriakos kam auf Michalis zu. Er hatte ein sauberes blaues Hemd angezogen und sich offenbar auch das Gesicht gewaschen.

»Und?«

Der Junge holte ein Handy aus seiner Tasche und hielt es hoch.

»Okay. Haben deine Eltern was gesagt?«

»Die sind nicht da.« Kyriakos warf einen leeren Blick zu dem Haus. »Die sind fast nie da.« Er zögerte. »Mein Vater sowieso nicht mehr.«

Entschlossen nahm er den Helm und setzte sich hinter Michalis auf die Sitzbank des Rollers.

Als sie sich der Venizelos-Schule näherten, standen Philippos und seine zwei Freunde nervös vor dem Eingang. Nachdem sie Michalis und Kyriakos auf dem Roller entdeckt hatten, gingen sie ihnen entgegen, so als wollten sie nicht mit ihnen gesehen werden. Michalis bremste am Bordstein einige Meter vom Eingang der Schule entfernt, Kyriakos stieg ab und gab ihm den Helm zurück.

»Haben Sie eigentlich auch 'ne Uniform? Oder ziehen Sie die erst an, wenn Sie im Dienst sind?«, fragte Kyriakos.

Michalis warf kurz einen Blick auf seine dunkelgraue Lederjacke, sein weißes Hemd und die schwarze Hose, die er im Dienst fast immer trug. Für ihn war das wie eine Uniform.

»Ich bin bei der Kripo. Bei der Mordkommission. Wir sind immer in Zivil.«

»Ah.« Kyriakos nickte. Das Wort Mordkommission beeindruckte ihn erkennbar. »Mordkommission? So richtig mit Mördern?«

»Auch. Ja. Manchmal. Auf Kreta zum Glück nur selten.«

»Wow.« Kyriakos musterte Michalis und sah ihn zum ersten Mal direkt an. »Dafür sind Sie ganz schön jung. So mit Mördern und so.«

»Ich versuch, auch eher zu verhindern, dass jemand zum Mörder wird.«

»Ah.« Der schmale Junge nickte nachdenklich.

Die anderen Jungs waren bei ihnen angekommen. Michalis sah Philippos an, dessen blonde Haare wieder trocken und gekämmt waren.

»Du bekommst jetzt gleich dein Handy zurück.«

Philippos lächelte ein wenig überheblich.

Michalis sah ihn streng an.

»Vorher reicht ihr euch die Hand. Und versöhnt euch. Klar?«

Philippos blickte kurz zu seinen Freunden und musterte dann Kyriakos und sein frisches Hemd abfällig von oben bis unten.

»Ob das klar ist?«, wiederholte Michalis.

»Ja ...«

»Gut. Dann gib ihm jetzt die Hand.«

Philippos zögerte, dann reichte er Kyriakos die Hand. Der ergriff sie, aber beide ließen so schnell wie möglich wieder los.

»Okay. Das Handy.«

Kyriakos nahm das Handy aus seiner Tasche. Ein edles iPhone, offenbar neu.

»Ist das deins?«

Philippos gab den Code ein und nickte.

»Ja. Meins. Ist noch alles drauf. Geknackt hat er es also nicht.«

Michalis holte aus dem kleinen Koffer zwei Visitenkarten der Polizei von Chania und reichte Philippos und Kyriakos jeweils eine.

»Da steht meine Nummer. Also kein Stress mehr. Und wenn doch, ruft mich einer von euch an. Dann komm ich, und es gibt Ärger. Gilt für alle hier.«

Michalis sah, dass Philippos überrascht und beeindruckt war. Von der Schule war die Glocke für den Schulbeginn zu hören. Michalis setzte den Helm auf und stieg auf den Roller.

»Rein mit euch. Und ich will nie wieder was von euch hören.«

Philippos und seine Freunde rannten sofort los. Kyriakos zögerte noch.

»Du kommst zu spät«, sagte Michalis eindringlich und bemerkte, dass der Junge ihn unsicher musterte. »Ist noch was?«

»Darf ich Sie was fragen?«, sagte Kyriakos leise.

»Ja. Klar.«

»Warum machen Sie das? Warum haben Sie mich nicht einfach mit zur Polizei genommen, damit ich eine Anzeige kriege?«

»Weil ...« Michalis überlegte, was er sagen sollte. »Als ich in deinem Alter war, ein paar Jahre älter, da hatte ich einen

Freund. Und ich hätte mir damals gewünscht, dass ihm jemand hilft.«

Michalis stockte. Kyriakos sah ihn überrascht an.

»Und? Hat ihm jemand geholfen«, fragte er.

»Nein«, sagte Michalis schnell. »Zumindest nicht genug.« Die Schulglocke erklang wieder. Kyriakos nickte. Michalis ebenfalls.

»Aber jetzt rein mit dir. Und wie gesagt, ich will nie wieder was von euch hören. Wäre ein gutes Zeichen.«

»Danke«, sagte Kyriakos nachdenklich und lief schnell zur Schule.

Michalis sah ihm nach. Philippos und seine Freunde standen noch an der Eingangstür. Kyriakos ging an ihnen vorbei, und es wirkte, als würden sie einfach nur zur Schule gehen.

3

Auf dem Weg zur Polizeidirektion hielt Michalis am kleinen Kafenion von Lefteris und holte drei *Frappé*: zwei *metrios,* mittelsüß, für sich und die Assistentin Myrta, und einen *sketos,* ohne Zucker, für seinen Partner Pavlos Koronaios. Bis vor einigen Wochen hatte Koronaios seinen Frappé *glykos* genommen, sehr süß, aber dann hatte ihm seine siebzehnjährige Tochter Galatía gesagt, er würde zu dick werden, und seitdem verbot er sich Zucker. Die drei Frappés stellte Michalis in dem Koffer des Rollers in eine Halterung, die er extra hatte einbauen lassen, und rollte an die Schranke vor der Polizeidirektion. Er wechselte ein paar Worte mit dem Wachmann, bevor der die Schranke öffnete.

Es hatte Michalis einige Wochen Hartnäckigkeit gekostet, bis dieser Wachmann morgens überhaupt mit ihm geredet hatte. Als Michalis sich vor einem Jahr von Athen nach Chania hatte versetzen lassen, waren viele Kollegen misstrauisch gewesen. Konnten sie einem vertrauen, der Neffe des Chefs der Mordkommission und obendrein noch vier Jahre bei der Athener Polizei gewesen war? Oder war er eine Art Spitzel, der die stolzen und eigenwilligen kretischen Polizisten aushorchen und dann an die oberste Polizeiführung in Athen berichten sollte? Und was wollte der Sohn einer Fischtavernen-Familie, der jeden Morgen mit Blick auf den alten venezianischen Hafen aufwachte, überhaupt bei der Polizei?

Aber nach einigen Monaten hatten die meisten seiner Kollegen begriffen, wie ernst Michalis seine Arbeit nahm. Und viele fanden mittlerweile, dass er diesen Beruf oft zu ernst nahm.

Als Michalis am Wachmann vorbei auf die kleine Rampe vor der Polizeidirektion rollte, kamen ihm einige mürrisch blickende Kollegen in ihren dunkelblauen Uniformen entgegen. Die wenigsten trauten sich, die steifen Uniformjacken auszuziehen und nur in den hellblauen Hemden Dienst zu machen. Jetzt im April konnte Michalis das noch verstehen, aber spätestens im August war er bei der Hitze heilfroh, ohne Uniform und manchmal sogar in leichten Turnschuhen seinen Dienst tun zu können.

Nach diesem ersten Jahr in der Polizeidirektion von Chania kannte Michalis zwar halbwegs alle Gesichter, aber noch lange nicht die Namen aller gut zweihundert Kollegen. Er grüßte diejenigen, die an ihm vorbeigingen, aber die wenigsten grüßten zurück, sondern stiegen nur wortlos in einen Kleinbus. Vermutlich mussten sie zu einem Einsatz, der wenig Freude versprach. Einen Politiker, der aus Athen am Flughafen ankam, bewachen oder eine Razzia durchführen. Razzien waren für die Kollegen immer eine gefürchtete Angelegenheit, weil in Chania letztlich jeder jeden kannte und man immer auf Verbindungen stoßen konnte, die unangenehme Konsequenzen nach sich zogen.

Michalis parkte seinen Roller auf dem Vorplatz der Polizeidirektion und wollte gerade die Frappés und das Lunchpaket nehmen, als sein Smartphone eine Nachricht meldete. *Bin unterwegs* hatte Hannah geschrieben und ein Selfie mit ihrem Gepäck vor dem Flughafen in Berlin geschickt. Unübersehbar hatte sie einen Rollkoffer, zwei große Reisetaschen, einen riesigen Rucksack und Handgepäck dabei. Michalis freute sich und schrieb *Könnte es sein, dass du etwas viel Gepäck hast?* zurück und schickte einige Smileys mit. Dann nahm er die Frappés und das Lunchpaket, ging auf den Haupteingang zu und wartete mit seinen vollen Händen, bis ihm ein Kollege die Tür öffnete.

Das vierstöckige graue Haus der Polizeidirektion bestand eigentlich aus zwei einzelnen Gebäuden mit einem Verbindungstrakt. Gebaut worden war es Mitte der 1970er Jahre, als Chania noch hoffte, das ungeliebte Heraklion ausstechen und wieder Kretas Inselhauptstadt werden zu können. Diese Hoffnung war längst begraben, und wohl auch deshalb war das Gebäude nie modernisiert worden, obwohl dies dringend nötig wäre. Michalis' Büro lag im zweiten Stock, und er nahm, obwohl er Treppensteigen hasste, seit einigen Wochen sicherheitshalber die Treppe – der Fahrstuhl war einfach ein zu großes Risiko. Sein Vorgesetzter Jorgos Charisteas, Leiter der Mordkommission, war erst vor drei Wochen auf dem Weg zum Polizeidirektor zwei Stunden lang mit dem Aufzug stecken geblieben. Seitdem wurde immerhin etwas getan, was die Zuverlässigkeit aber nicht erhöht, sondern lediglich dazu geführt hatte, dass die Fahrstühle nun abwechselnd gesperrt waren. Manche Kollegen fuhren mittlerweile im Südgebäude in den vierten Stock, um dann durch den Zwischentrakt in den dritten Stock des Nordgebäudes zu laufen. Etwas, worüber Michalis nur den Kopf schütteln konnte. Da ging er wirklich lieber gleich zu Fuß.

Michalis kam die Treppe herauf und sah, dass die Tür zu seinem Büro offen stand. Normalerweise machte sein Partner Koronaios die Tür zu, damit ihn keiner der Kollegen unnötig mit Fragen oder gar Arbeit behelligen konnte. Michalis schlich sich schnell vorbei, weil er Myrta, der Assistentin, ihren Frappé bringen wollte. Myrta Diamantakis saß zwei Türen weiter, war Ende zwanzig und eine großartige Mitarbeiterin, wobei sie im Sommer mehr arbeitete als im Winter. Myrta hatte mit Anfang zwanzig geheiratet, und Michalis hatte den Eindruck, dass sie das mittlerweile bereute. Zwar liebte sie ihren Mann, doch er war ein sehr traditioneller Grieche und verlangte, dass seine Frau den Haushalt erledigte und für ihn kochte. Dass Myrta arbeiten wollte, nahm er hin, solange es abends etwas zu essen gab. In der Saison arbeitete Myrtas Mann auf einer der Fähren, die im Süden Kretas zwischen Palaiochora und Chora Sfakion verkehrten, und kam oft erst spät zurück. Doch von November bis April ruhte der Fährverkehr, dann war er viel zu Hause und hatte Zeit, sich über alles zu beschweren. Während der Saison hingegen arbeitete Myrta so lange in der Polizeidirektion, wie sie wollte. Michalis hatte schnell begriffen, dass sie fast alles, was er brauchte, herausfinden konnte. Und wenn es ihr nicht gelang, dann fragte sie in der IT-Abteilung bei Christos nach.

Michalis wollte Myrta nur ihren Frappé hinstellen und musste grinsen, als er ins Büro kam, denn Christos saß ebenfalls hier.

»Hi«, sagte Michalis, »ich bin spät dran.«

»Ich weiß«, sagte Myrta. »Koronaios hat schon gefragt, wo du bleibst.«

»Ich habe gearbeitet«, erwiderte Michalis schnell.

»Mir könntest du langsam morgens auch einen Frappé mitbringen«, sagte Christos etwas schnippisch.

»Kann ja niemand ahnen, dass du neuerdings so oft hier oben bist«, erwiderte Michalis. Christos Varobiotis war wie Michalis Anfang dreißig, und sie kannten sich noch aus der Schulzeit, hatten sich danach aber aus den Augen verloren.

Sein Arbeitsplatz war unten im Keller in der IT-Abteilung, doch in letzter Zeit war er immer öfter hier oben anzutreffen, und Michalis war sicher, dass es keine beruflichen Gründe gab, die ihn nach oben trieben, sondern Myrtas schöne Augen und ihre langen braunen Haare. Vermutlich war Christos klar, dass er bei der verheirateten Myrta keine Chance hatte, aber er genoss ihre Gegenwart. Durch seine Jahre vor Computern hatte er zugenommen und eine ungesunde blasse Hautfarbe bekommen, trotzdem war er ein fröhlicher Kerl, über den geraunt wurde, dass er während seines Informatikstudiums in Thessaloniki einigen Ärger mit den Sicherheitsbehörden gehabt hatte. Er hatte wohl mit zwei anderen Studenten getestet, wer am besten an geheime und geschützte Daten herankam. Und Christos, so wurde behauptet, hatte es bis in die Rechner des Außenministeriums geschafft, war dann aber aufgeflogen. Nach drei Wochen Haft waren die Behörden auf die Idee gekommen, seine Fähigkeiten zu nutzen, und irgendwann war er im Polizeidienst gelandet.

»Wo bleibst du denn?«, dröhnte es auf einmal über den Flur. Es war unverkennbar die durchdringende Stimme von Michalis' Partner Koronaios.

»Ihr hört, ich muss«, sagte Michalis bedauernd und ging schnell mit den beiden Frappés und seinem Lunchpaket in sein Büro.

Koronaios saß hinter seinem penibel aufgeräumten Schreibtisch und blickte auf die Uhr, als Michalis hereinkam.

»Bist spät. Brauchst dich gar nicht erst hinsetzen«, sagte er leicht verärgert. »Wir sollen zu deinem Onkel hoch. Sofort.«

Wenn Koronaios »dein Onkel« sagte, dann gefiel ihm etwas ganz und gar nicht. Jorgos Charisteas war in der Tat nicht nur der Leiter der Mordkommission, sondern auch der Bruder von Michalis' Vater Takis. Und ohne seinen Onkel Jorgos wäre Michalis wohl nicht mehr bei der Polizei oder noch immer bei den ungeliebten Kollegen in Athen. Oder vielleicht sogar schon bei Hannah in Berlin.

»Warum, was gibt es?«, fragte Michalis, legte sein Lunchpaket auf einem Aktenschrank ab und stellte die beiden Frappés auf den Schreibtisch von Koronaios.

»Wollte er am Telefon nicht sagen. Klang aber eher unangenehm.«

Die Schreibtische von Michalis und Koronaios waren die einzigen in dem kleinen Raum, und sie sahen völlig unterschiedlich aus. Da Michalis sich so selten wie irgend möglich im Büro aufhielt, ließ er immer alles stehen und liegen. Wenn es sich nicht vermeiden ließ, hier zu arbeiten, breitete er gern alle Notizen und Unterlagen auf seinem Tisch aus, um Zusammenhänge zu erkennen. Koronaios hingegen brauchte das Gefühl, die Probleme seien gelöst, und deshalb hatten sie auf seinem Schreibtisch auch nichts zu suchen. Ohnehin mochte Koronaios Probleme nicht und fand fast alle unnötig, besonders die, die andere Leute ihm bereiteten.

Der Schreibtisch von Koronaios stand vor dem Fenster, er hatte also die Tür im Blick. Michalis hingegen konnte, wenn er auf einen Stuhl stieg, im Süden die höchsten Gipfel der *Lefka Ori*, der Weißen Berge, erkennen. Ansonsten war ihr Büro von grauer Trostlosigkeit, und spätestens im Juli wurde es hier trotz Klimaanlage unerträglich stickig. Zumal die Klimaanlage ähnlich zuverlässig funktionierte wie die Fahrstühle.

»Sofort, hat er gesagt. Und es klang ernst.« Koronaios stand auf und ging zur Tür. Michalis schüttelte den Kopf, nahm die beiden *Frappés* und folgte ihm. Er holte seinen Kollegen ein, als der vor dem Aufzug langsamer wurde.

»Ist damit heute schon jemand gefahren?«, spottete Michalis und ging Richtung Treppenhaus.

»Hoffentlich ist das Ding bald repariert«, schimpfte Koronaios, holte Michalis ein und deutete kopfschüttelnd auf kleine Betonstücke, die dort, wo früher Hinweisschilder gehangen hatten, aus der Wand bröckelten. Überall platzte die graue Farbe ab, und das Treppenhaus hätte schon vor Jahren renoviert werden sollen. Aber dann war die Finanzkrise gekommen, und die Gelder für die Sanierung waren woanders gebraucht worden. Wo, das hatte nie jemand von ihnen erfahren.

Wortlos und ohne stehen zu bleiben, hielt Michalis den *Frappé sketos* in Koronaios' Richtung. Koronaios nahm ihn ebenso wortlos, trank im Gehen davon und überholte Michalis. Offenbar wollte er vor Michalis bei Jorgos ankommen und zeigen, dass er den jüngeren Kollegen führte und nicht umgekehrt.

Michalis musste lächeln, als er Koronaios an die Tür des Vorzimmers klopfen sah. Seinem Partner waren früh die Haare ausgegangen, und er versuchte, mit den wenigen verbliebenen Haaren Fülle vorzutäuschen. Einige Kollegen hatten Michalis im Vertrauen berichtet, dass Koronaios vor einigen Jahren wochenlang eine Perücke getragen, aber den Spott darüber dann doch nicht ausgehalten hatte. Seitdem akzeptierte er mit Würde sein schütteres Haar, was an seinem Selbstbewusstsein aber ebenso nagte wie sein langsam zunehmender Bauchumfang – auch wenn Michalis fand, dass seine Tochter Galatía übertrieb. Koronaios hatte eine Frau, die gut, viel und kretisch kochte, er konnte jedoch kaum widerstehen, wenn es auf Wunsch der beiden Töchter »internationale Küche« gab, wie Koronaios Hamburger und Pizza bezeichnete. Ohnehin, das hatte Michalis schnell begriffen, spielten die siebzehn- und neunzehnjährigen Töchter eine zentrale Rolle im Leben seines Partners.

Koronaios war Ende vierzig, also etwa fünfzehn Jahre älter als Michalis, und Jorgos hatte ihm, als Michalis vor einem Jahr hier anfing, den Auftrag gegeben, sich um den Jüngeren zu kümmern. Koronaios sollte verhindern, dass Michalis – so wie in seiner Athener Zeit – auch hier in Chania mit den Kollegen Probleme bekam. Koronaios galt als souverän und erfahren, aber Jorgos wusste auch, dass er schnell explodierte, wenn ihm etwas auf die Nerven ging. Und deshalb schien er bestens geeignet zu sein, um Michalis im Griff zu haben, ohne ihm seine Stärken zu nehmen.

Michalis hatte zunächst den Eindruck gehabt, dass sein neuer Partner vor allem wenig arbeiten wollte und bei Ermittlungen einen möglichst geringen Aufwand betrieb. Darüber hatten sie zu Beginn ein paarmal gestritten, aber ziemlich schnell hatte Michalis festgestellt, dass Koronaios es zwar gern ruhig angehen ließ, dass er aber auch einschüchternd laut werden konnte, wenn Leute sich ihm in den Weg stellten und Probleme machten. Vor allem aber hatte Michalis verstanden, dass er sich auf Koronaios, wenn es mal ernst wurde, absolut verlassen konnte. Umgekehrt wusste er, dass noch einige Zeit ins Land gehen würde, bevor sein Partner ihm wirklich vertraute. Aber das kannte er schon, so etwas dauerte bei den Kretern auch gern mal ein halbes Leben.

Jorgos telefonierte, als seine Sekretärin die beiden ins Büro führte. Er deutete auf zwei zerschlissene Bürostühle. Sie setzten sich, tranken von ihren Frappés und warteten.

Das Büro von Jorgos war in einem etwas besseren Zustand als die meisten Büros im Haus, schließlich war er der Leiter der Mordkommission. Allerdings hatte er keinerlei Interesse daran, sein Büro anders als zweckmäßig einzurichten. Auf der Fensterbank stand eine halbvertrocknete Zimmerpalme, die er zu seinem dreißigsten Dienstjubiläum bekommen hatte und die nur überlebte, weil die Putzleute ihr hin und wieder etwas Wasser gaben. Der einzige Schmuck im Büro war ein glänzender silberner Bilderrahmen mit einem Foto seiner Frau und seiner Kinder, der auf dem abgeschabten Schreibtisch stand. Das Büro lag allerdings im dritten Stock, und von hier aus waren die Gipfel der Weißen Berge im Süden wesentlich besser zu erkennen als von Michalis' Arbeitsplatz aus. Im Winter hatte Michalis von hier aus sogar einmal sehen können, wie es oben auf den *Lefka ori* schneite.

Jorgos hatte ihnen den Rücken zugewandt, und Michalis war sicher, dass er die Berge betrachtete, während er versuchte, das offenbar unangenehme Telefonat zu beenden. Michalis war immer wieder überrascht, wie ähnlich sich sein Vater Takis und dessen Bruder Jorgos – trotz ihrer unterschiedlichen Berufe – waren. Mit seinen siebenundfünfzig Jahren war Jorgos ein noch ziemlich attraktiver Mann mit vollem Haar, Bart und dem markanten, von der kretischen Sonne gegerbten Gesicht, das auch Michalis' Vater und sein Bruder Sotiris hatten. Michalis hingegen kam mehr nach seiner Mutter, deren Brüder wie Michalis groß, kräftig und etwas runder im Gesicht waren. Und, wenn sie nicht aufpassten, auch an den Hüften.

Jorgos legte auf. Kurz blieb sein Blick missbilligend an den beiden Frappé-Bechern hängen.

»Ihr zwei werdet einen Ausflug nach Kolymbari machen«, sagte er.

»Kolymbari? Muss das sein?« Koronaios stöhnte.

»Ist irgendwas einzuwenden gegen Kolymbari?«, fragte

Jorgos unwirsch. Sosehr er Koronaios schätzte, sosehr nervten ihn dessen oft erst mal ablehnende Reaktionen.

»Nein. Nein.« Koronaios konnte nur schlecht verbergen, dass ihn die Aussicht auf eine Fahrt nach Kolymbari nicht unbedingt reizte.

Michalis überlegte und kratzte sich dabei am Bart. Kolymbari, das war ein Küstenort, etwa zwanzig Kilometer westlich von Chania. Ungefähr fünftausend Einwohner, wenn er sich richtig erinnerte, und mit einem netten kleinen Hafen.

»Worum geht's denn?«, fragte er.

»Der Bürgermeister ist verschwunden. Mit seinem Wagen.«

»Seit wann?«, wollte Michalis wissen.

»Seit gestern«, antwortete Jorgos.

»Seit gestern?« Koronaios schnaubte und lachte kurz auf. »Und deshalb wird die Mordkommission aus Chania losgejagt? Sind die Kollegen aus Kolymbari alle in Rente, oder was ist da los?«

»Jetzt reg dich ab.« Jorgos sah Koronaios verärgert an. Er mochte es nicht, wenn Koronaios seinen Unmut so offen zeigte. Immerhin ging es hier um einen Einsatz, und den hatte auch Koronaios gefälligst ernst zu nehmen.

»Was haben die Kollegen denn bisher unternommen?«, fragte Michalis, und Jorgos war froh, dass wenigstens er sich für die Sache interessierte.

»Die Frau des Bürgermeisters von Kolymbari hat eine Schwester. Und diese Schwester ist die Frau des Gouverneurs.« Jorgos hatte das Wort *Gouverneur* betont, und Michalis und Koronaios wussten, was er meinte: Der Gouverneur war der höchste Repräsentant Kretas, und er saß in Heraklion, der Inselhauptstadt. Chania und Heraklion verband eine alte Rivalität, und die Bewohner in Chania ließen sich nur sehr ungern von Leuten aus der Inselhauptstadt etwas vorschreiben.

»Und unser Gouverneur, der verehrte Herr Polidefkis Flabouraris, hat heute früh unseren Herrn Polizeidirektor persönlich angerufen. Und der hat mich vorhin in sein Büro gebeten.«

»Und unser Herr Gouverneur hat darum gebeten, dass die Mordkommission wegen eines Ehemannes ermittelt, der mal eine Nacht nicht nach Hause kommt.« Koronaios war noch immer ungehalten.

»Nicht direkt«, sagte Jorgos und sah Koronaios streng an. »Offenbar soll vor allem die Frau des Bürgermeisters beruhigt werden.«

»Und warum müssen wir das machen und nicht die Kollegen in Kolymbari?«

Michalis hatte das sehr sachlich gefragt. Auch ohne Koronaios anzusehen, wusste er, dass dieser genervt den Kopf schüttelte.

»Stelios Karathonos, der Bürgermeister, hatte gestern Abend wohl noch Termine im Rathaus von Kolymbari. Seine Frau hat um zehn mit ihm telefoniert, und er wollte gleich nach Hause kommen. Dort ist er aber nie angekommen.«

»Der wird eine Geliebte haben, dieser Stelios Karathonos«, warf Koronaios ein.

Jorgos ignorierte ihn verärgert. »Wie der Gouverneur mir berichtete, hat die Frau des Bürgermeisters die ganze Nacht kein Auge zugemacht und heute früh sofort die Polizei in Kolymbari angerufen.«

»Ja. Dann kümmern die sich doch«, sagte Koronaios schnell.

»Nein, tun sie nicht!«, erwiderte Jorgos ungehalten. »Die Kollegen in Kolymbari müssen sich Frau Karathonos gegenüber etwas ungeschickt verhalten haben. Jedenfalls hatte sie wohl den Eindruck, dass sie nicht ernst genommen wird, und hat daraufhin ihren Schwager angerufen.«

»Hat sie den Gouverneur direkt angerufen oder erst ihre Schwester?«, wollte Michalis wissen.

Die beiden sahen ihn verwundert an.

»Ist das wichtig?«, fragte Jorgos irritiert. Er war immer wieder erstaunt darüber, dass Michalis Fragen stellte, auf die keiner seiner Kollegen kommen würde.

»Offenbar vermutet diese Frau Karathonos, dass ihr Mann in Gefahr ist, sonst wäre sie ja nicht so beunruhigt. Das heißt, vielleicht weiß sie etwas. Und dann könnte es aufschlussreich sein, wie sie vorgegangen ist.«

»Oder sie möchte an seine Pension ran und ihn loswerden und hat gestern die Radmuttern seines Wagens gelockert. Und will jetzt von sich ablenken«, sagte Koronaios sarkastisch.

»Pavlos!«, rief Jorgos ihn zur Ordnung. Auch Michalis war immer wieder überrascht, wenn es in dem oft unbeteiligt wirkenden Koronaios zu brodeln begann.

»Ist doch wahr! Bei Vermissten ermitteln wir doch immer erst nach vierundzwanzig Stunden. Weil fast alle Vermissten bis dahin wieder aufgetaucht sind«, sagte Koronaios verärgert.

»Ihr fahrt da jetzt trotzdem hin und redet mit Frau Karathonos. Sie soll sehen, dass wir uns um die Angelegenheit kümmern.«

»Ja. Dann fahren wir.« Koronaios stand auf und ging Richtung Tür. Michalis blieb sitzen und dachte nach.

»Und die Kollegen in Kolymbari … Wieso hat die Frau des Bürgermeisters den Eindruck, dass sie nicht ernst genommen wird?«, fragte Michalis.

»Offenbar wollte sie, dass sofort eine Großfahndung eingeleitet wird. Und die Kollegen haben ihr wohl erklärt, dass das unüblich sei und die meisten Vermissten von selbst wieder auftauchen.«

»Und das hat ihr nicht gefallen. Klar.« Michalis nickte nachdenklich und stand auf. »Gut, dann fahren wir.«

»Eure Becher nehmt ihr aber mit!« Jorgos deutete auf die beiden Frappés, die noch auf dem Tisch standen. Koronaios sah Michalis auffordernd an, der nahm die beiden Becher und ging zur Tür. Dort blieb er erneut stehen, zögerte und sah seinen Onkel an, während Koronaios schon ungeduldig auf dem Gang wartete.

»Und die Kollegen in Kolymbari, sind die darüber informiert, dass wir kommen?«

»Unser Polizeidirektor hat mit ihnen gesprochen. Gleich heute früh.« Jorgos nickte.

Koronaios kam vom Gang zurück ins Büro.

»Lass mich raten«, sagte er spöttisch, »das war für die Jungs in Kolymbari ein überaus angenehmes Telefonat.«

»Wenn ich den Herrn Polizeidirektor richtig verstanden habe« – Jorgos räusperte sich –, »dann hat er den Kollegen mehr als deutlich gemacht, dass ihr Verhalten für Probleme gesorgt hat.«

»Na, dann werden die sich ja wahnsinnig freuen, wenn wir auftauchen«, schnaubte Koronaios und verließ ein weiteres Mal den Raum.

Jorgos sah Michalis an und sagte leise, damit Koronaios es nicht hörte: »Was soll ich denn machen? Der Gouverneur, der Polizeidirektor … Sorg dafür, dass die Dinge sich nicht unnötig hochschaukeln. Vielleicht ist der Bürgermeister ja auch schon wieder aufgetaucht, wenn ihr ankommt.«

Michalis nickte. »Ich werd's versuchen.«

»Und denk dran, deine Hannah landet nachher. Ihr fahrt also nur zu den Kollegen und zu dieser Ehefrau. Keine weiteren ungeplanten Ermittlungen! Dann bist du auch pünktlich am Flughafen.«

»Woher weißt du, dass Hannah heute kommt?«, fragte Michalis verwundert.

»Was glaubst du denn, wer von unserer Familie seit gestern hier schon alles angerufen hat, damit du auch ja pünktlich bist!« Jorgos grinste und griff zum Telefon.

Koronaios ärgerte sich über die Fahrt nach Kolymbari auch deshalb so sehr, weil sich die Gegend um Chania in den letzten Jahrzehnten stark verändert hatte. Er war in Platanias aufgewachsen, und in seiner Kindheit war das ein liebenswerter kleiner Küstenort westlich von Chania gewesen. Mittlerweile war Platanias im Grunde wie ein Vorort mit Chania zu einer Stadt verschmolzen und bestand an der Hauptstraße vor allem aus Bars, Tavernen, Hotels, Souvenirläden, Boutiquen und Supermärkten. Die Eltern von Koronaios hatten ihr Haus mit dem Grundstück vor zehn Jahren für viel Geld verkauft, und es war einer Apartment-Anlage und einer Autovermietung gewichen. Natürlich war in den letzten Jahrzehnten viel Geld in die Region geflossen, und Koronaios war froh, dass seine Eltern keine finanziellen Sorgen hatten. Aber den liebenswerten Charme von früher, den fand Koronaios hier kaum noch.

Trotzdem hatte er darauf bestanden, dass sie nicht die südlich verlaufende, neue Schnellstraße fuhren, die die Landschaft durchschnitt, sondern die alte Straße durch die Orte nahmen. Es war die Strecke, die ihm vertraut war.

Kurz hinter Chania beschleunigte Michalis. Er saß am Steuer des Dienstwagens, das war bei ihnen von Anfang an so gewesen. Koronaios ließ sich lieber fahren, was Michalis sehr recht war. Zweimal hatte Koronaios im letzten Jahr selbst am Steuer gesessen, und beide Male hatte er eine überraschende

Draufgängermentalität gezeigt, so dass Michalis froh war, als er heil aus dem Wagen aussteigen konnte. Seither spielte er lieber den Chauffeur.

»Wie wollen wir vorgehen?«, fragte Michalis. Er trug im Auto seine Sonnenbrille.

»Wenn es nach mir geht …«, erwiderte Koronaios gedehnt. Sein rechter Arm lehnte am offenen Seitenfenster.

»Ja?«, sagte Michalis interessiert, obwohl er sicher war, dass sein Partner das Naheliegendste vorschlagen würde.

Koronaios sah Michalis prüfend von der Seite an. »Wenn es nach mir geht, dann fahren wir zu den Kollegen, stauchen sie kurz zusammen und bringen sie dazu, mit dem Polizeiauto durch den Ort zu fahren und den Bürgermeister zu suchen. Danach gehen wir zu dieser Frau vom Bürgermeister und nehmen ihre Angaben auf. Sie ist dann beeindruckt, und wenn es gut läuft, glaubt sie, dass die Polizei alles tut, was möglich ist, und wir fahren wieder zurück.«

Michalis zog die Augenbrauen skeptisch zusammen. Draußen zog für einige hundert Meter das Meer vorbei und glänzte silbrig im Morgenlicht. Für einen Moment war die unbewohnte Insel Agii Theodori zu sehen, bevor sie wieder hinter den Häusern verschwand.

»Und falls es neue Anhaltspunkte geben sollte?«, fragte Michalis zögernd.

»Ach, Michalis …« Koronaios stöhnte und öffnete das Handschuhfach, in dem seine Vorräte lagen. Seit ihm seine siebzehnjährige Tochter Galatía eingeredet hatte, er sei zu dick, verbot er sich nicht nur den Zucker, sondern überhaupt unnötiges Essen. Seine neunzehnjährige Nikoletta hatte ihm aber verraten, dass getrocknete Feigen gesund seien und das Hungergefühl dämpfen würden. Seitdem hatte Koronaios immer eine Packung dabei, obwohl er sie nicht sonderlich mochte.

Wenn er es nicht mehr aushielt, dann kaute er Kaugummis, die schon immer in großen Mengen im Handschuhfach gewesen, neuerdings jedoch zuckerfrei waren. Und für ganz schwierige Situationen hatte er hier im Wagen eine Packung Zigaretten dabei, aber das durften seine Töchter auf keinen Fall wissen.

Koronaios nahm sich eine getrocknete Feige und sah Michalis an.

»Was für neue Anhaltspunkte könnte es denn geben? Deiner Meinung nach?«

Michalis wusste, dass sein Partner überzeugt davon war, dass er die Dinge nur kompliziert machen würde. Aber oft hatte Michalis im Nachhinein mit seiner Beharrlichkeit recht gehabt, und auch dieses Mal vermutete er, dass die Ehefrau einen guten Grund dafür haben konnte, sogar den Gouverneur zu alarmieren.

»Diese Frau des Bürgermeisters ...« Koronaios schien zu ahnen, was Michalis durch den Kopf ging.

»Ja?«

»Wir werden gleich mehr wissen«, fuhr Koronaios fort und nahm sich die nächste Feige. »Aber wenn du mich fragst, dann ist sie vermutlich nur gelangweilt oder frustriert, also auf jeden Fall unglücklich.«

»Sicher?« Michalis wollte sich nicht anmerken lassen, dass er diese Sicht auf eine Ehefrau und eine moderne Ehe doch arg schlicht fand.

Koronaios atmete tief durch. Es ärgerte ihn, wenn die Dinge für ihn so offensichtlich waren und Michalis das nicht verstehen wollte.

»Ja, sicher! Dann gibt es Streit, und plötzlich hat er abends noch dringende Termine, und jede Frau, die bis drei zählen kann, weiß, dass er eine Geliebte hat. Eine Jüngere, die aber in einigen Jahren genauso unglücklich sein wird.«

»Und wenn es ganz anders ist?«, warf Michalis ein.

»Es ist nicht anders. Garantiert.« Koronaios streckte den Arm durch das geöffnete Seitenfenster, um den Fahrtwind zu spüren.

Michalis sah seinen Partner an. Er war nicht überzeugt von dem, was dieser sagte.

»Ja, ich weiß, ein Ehemann sollte bei seiner Frau bleiben«, fügte Koronaios hinzu und zog sein Smartphone aus der Tasche, weil er eine Nachricht erhalten hatte, »vor allem, wenn es Kinder gibt. Moralisch ist es nicht in Ordnung, seine Frau zu betrügen, keine Frage. Seh ich genauso. Und ich bin auch froh, dass es bei mir anders ist. Und falls du mal heiraten solltest, wünsch ich dir das auch. Aber oft ist es eben anders. Auch hier auf Kreta.« Koronaios wiegte den Kopf. »Aber wenn eine Ehe unglücklich ist, dann ist es nun mal ganz schnell vorbei mit der Moral. Moral und Glück, das ist eine schwierige Geschichte.«

Michalis schwieg und konzentrierte sich auf den dichter werdenden Verkehr. Sein Handy klingelte, und er ging ran. Über die Freisprechanlage war die Stimme seiner Mutter zu hören.

»Michalis?«

»Ja?«, antwortete Michalis und stöhnte leise.

»Ich habe mit Jorgos gesprochen. Und jetzt hat der dich doch tatsächlich zu diesem Fall geschickt!«, sagte Loukia aufgebracht.

»Mama. Das ist kein Fall, wir sollen nur ein paar Gespräche führen. Und Kolymbari ist nicht aus der Welt«, erwiderte Michalis und sah, dass Koronaios grinste und gleichzeitig an seinem Smartphone durch einige Fotos scrollte.

»Trotzdem. Sei bitte pünktlich am Flughafen. Ich hab übrigens …«

Michalis konnte nicht hören, was sie sagte, weil ein Wagen laut hupend an ihm vorbeifuhr.

»Mama. Ich bin am Steuer, und ich muss arbeiten. Bis später!«

»Aber komm nicht zu spät!«

Sie legte auf. Michalis sah Koronaios an.

»Mütter ...« Er seufzte.. »Wo waren wir gerade?«

»Ich war dabei, dir zu erklären, dass es völlig sinnlos ist, was wir hier machen.« Koronaios grinste.

Michalis verzog den Mund und überlegte.

»Aber wenn du das jetzt wärst«, sagte er dann vorsichtig.

»Was?« Koronaios wusste nicht, worauf Michalis hinauswollte.

»Wenn deine Frau aufgeregt anrufen würde, weil du verschwunden bist.«

»Was meinst du damit? Wieso sollte ich verschwinden?«, fragte Koronaios empört.

»Vielleicht würdest du dir dann ja wünschen, dass wir eine Großfahndung ...«

Koronaios schüttelte unwirsch den Kopf. »Ich verschwinde schon nicht. Keine Angst.« Er nahm sein Handy und zeigte Michalis ein Foto, das ihm seine ältere Tochter Nikoletta eben geschickt hatte und das sie beim Judotraining zeigte.

»Hier«, sagte er resigniert. »Vor zwei Monaten wollte sie noch Drachenfliegen. Aber ich glaube« – er scrollte zu einem Foto, das einen sehr attraktiven Mann Mitte zwanzig zeigte –, »es geht vor allem um den Judotrainer.«

Er machte das Smartphone aus und steckte es in seine Jackentasche.

»Wissen wir eigentlich schon, ob dieser Bürgermeister und seine Frau Kinder haben?«, fragte Michalis.

»Jorgos hat nichts erwähnt.«

»Also«, sagte Michalis nach einer Weile, »wir ermitteln, und wenn nichts dabei rauskommt ...«

»Wir ermitteln überhaupt nicht!«, unterbrach Koronaios ihn energisch. »Wir ermitteln nicht, weil es keinen Fall und nichts zu ermitteln gibt! Wir kümmern uns persönlich um eine nervöse Ehefrau, deren Ehemann vermutlich gerade die beste Nacht der letzten Jahre hinter sich hat! Und zwar auf Anordnung des Polizeidirektors, der wiederum eine Anweisung des Gouverneurs erhalten hat.«

Der Verkehr stockte, und drei Jogger in neonfarbener Laufkleidung, mit gelben Kopfhörern sowie am Oberarm festgeschnallten Smartphones kamen ihnen entgegen. Koronaios schüttelte den Kopf. »Bin ich froh, dass ich nicht so einen Urlaub machen muss«, sagte er mit leichter Verachtung.

Sie hatten Platanias erreicht und standen im Stau. Vor ihnen lud ein Kleintransporter Gemüse von seiner offenen Ladefläche und blockierte die Spur. Auf der Gegenseite stand einer der blauen Busse aus Kissamos Kastelli und ließ vor einem modernen Hotel Gäste aussteigen. Den Vorplatz des Hotels, das von Palmen gesäumt war, verstopften dunkelblaue Taxis und Mietwagen.

»Komm, pack das Blaulicht aufs Dach. Sonst kommen wir ja nie an«, drängte Koronaios genervt.

»Wegen einem Bürgermeister, der vermutlich bei seiner Geliebten ist?«, spottete Michalis.

»Nein, wegen mir! Ich will hier weg. Früher war Platanias wirklich anders.« Koronaios sah Michalis an.

»Wann genau kommt deine Hannah an?«

»Um kurz nach drei.«

»Kein Problem.« Koronaios nickte sich selbst zu. »Komm. Blaulicht aufs Dach und los.«

Michalis verzog das Gesicht und wählte stattdessen an der Freisprechanlage eine eingespeicherte Nummer. Es klingelte ein paarmal, dann ging sein Bruder Sotiris ran.

»Ja? Mach schnell, ich hab grade drei Kisten auf dem Arm!« Offenbar war Sotiris noch in der Markthalle.

»Hör mal, ich bin auf dem Weg nach Kolymbari, Außentermin. Falls ich es doch nicht schaffen sollte, könntest du Hannah tatsächlich abholen?«

»Hab ich doch gesagt. Klar. Kein Problem. Aber ...« Er zögerte kurz. »Du weißt, dass du es Hannah diesmal versprochen hast? Nicht, dass sie sauer wird.«

»Ja, ich weiß. Wahrscheinlich schaff ich es ja auch. Ich meld mich noch mal.«

Michalis legte auf. Koronaios schüttelte den Kopf. Spätestens jetzt war er sicher, dass Michalis sich nicht damit zufriedengeben würde, mit den Polizeikollegen und der Ehefrau des Bürgermeisters zu sprechen.

Immer noch standen sie im Stau und waren keine zehn Meter vorangekommen. Michalis blickte kurz zur Rückbank.

»Also gut, gib das Blaulicht her. Bringt so ja nichts.«

Koronaios grinste und reichte Michalis das Blaulicht. Der stellte es durchs offene Fenster aufs Dach und schaltete es ein.

»Martinshorn auch?«, fragte Koronaios grinsend.

»Ja ... aber nur kurz.«

Koronaios drückte auf den Schalter, und sofort ging das Martinshorn los. Michalis hatte schon oft beobachtet, dass Blaulicht und Martinshorn an einem zivilen Wagen die Leute mehr erschreckten als bei einem Polizeiwagen, den sie bereits von weitem als solchen erkannten.

Einige Autos machten Platz, und Michalis schlängelte sich mühsam an dem Kleintransporter mit seinem Gemüse vorbei.

Er schaltete Martinshorn und Blaulicht ab, doch nach wenigen hundert Metern stockte der Verkehr erneut. Zwei Einheimische hatten sich mit ihren Wagen auf der Straße getroffen und unterhielten sich über beide Fahrspuren hinweg durch die geöffneten Autofenster. Dass sie damit die Straße für alle anderen blockierten, störte sie nicht. Kopfschüttelnd drückte Michalis auf die Hupe.

»Du bist ja schon fast wie ein Deutscher …«, spottete Koronaios.

»Aber manchmal haben die Deutschen ja auch recht!«, erwiderte Michalis verärgert.

»Das solltest du allerdings nicht so laut sagen, hier auf Kreta.«

Michalis stöhnte, schaltete das Blaulicht wieder an und fuhr langsam an den anderen Wagen vorbei. Als sie zu den beiden Autos kamen, unterhielten die beiden Fahrer sich immer noch seelenruhig.

»Das haben die hier schon immer so gemacht«, sagte Koronaios amüsiert.

»Aber früher gab es hier auch nur drei Autos und eine Menge Esel«, erwiderte Michalis.

Michalis hupte erneut, die Fahrer ließen sich davon jedoch nicht beirren.

»Lass mich mal«, sagte Koronaios und legte kurz eine Hand auf Michalis' Unterarm. Eine seltene Geste. Dann zog er in aller Ruhe sein Sakko aus, so dass sein Pistolenhalfter für alle deutlich sichtbar war, stieg aus und ging zu den beiden Fahrern. Michalis hatte den Eindruck, dass Koronaios die beiden kannte. Er plauderte kurz mit ihnen, dann fuhr der Wagen, der die Straße Richtung Kolymbari blockiert hatte, weiter, und Koronaios stieg wieder ein.

»Geht doch«, meinte er nur.

Wenig später näherten sie sich dem Ortsausgang. Nach links führte eine Abzweigung zur Schnellstraße.

»Lass uns die neue Straße nehmen«, sagte Koronaios resigniert. »Das bringt so ja nichts.«

Michalis nickte und bog ab.

Je mehr sie sich auf der neuen Schnellstraße Kolymbari näherten, desto hügeliger wurde die Landschaft. Nach links, Richtung Süden, erstreckte sich das endlos scheinende Grün der Olivenhaine. Richtung Nordwesten erhoben sich die Ausläufer der Rodópou-Halbinsel mit ihren kargen, schroffen Bergen. Und über allem lag das klare Licht der Frühlingssonne, das die Farben kräftiger machte. Schon in wenigen Wochen würde der Himmel nicht mehr blau, sondern wegen der unerbittlichen Sonne fast weiß sein, und das gleißende Licht und der Staub würden der Landschaft ihre Farben nehmen. Aber jetzt war Frühling, und zu keiner Zeit des Jahres war Kreta farbenfroher.

Michalis musste unwillkürlich lächeln, denn er wusste, wie sehr Hannah dieses Licht und diese Farben liebte.

Die Polizeistation von Kolymbari lag an der Ausfallstraße nach Kissamos. Ein schmuckloser Neubau mit exakt einem Parkplatz, auf dem ein Polizeiwagen stand. Vermutlich der einzige Wagen, den die Kollegen hier hatten. Michalis parkte direkt hinter dem Wagen und ließ das Blaulicht auf dem Autodach, damit alle sahen, dass es ein Polizeifahrzeug war.

»Ich schlage vor, du lässt mich reden. Beim Erstkontakt mit den Kollegen habe ich mehr Erfahrung«, sagte Koronaios, bevor sie ausstiegen.

Michalis grinste. Seine Erfahrung mit Koronaios waren in dieser Hinsicht nicht unbedingt die besten.

»Und wie planst du, mit denen zu reden? Laut oder leise?«, fragte er spöttisch.

»Leise. Laut werde ich nur, wenn es wichtig ist«, antwortete Koronaios vielsagend.

Während sie auf den Eingang zugingen, klingelte wieder Michalis' Smartphone. Er las den Namen seiner Schwester Elena und drückte den Anruf weg. Dafür hatte er jetzt keine Zeit, denn er hatte auf dem Handy gesehen, dass es schon kurz nach zehn war. Und spätestens um dreizehn Uhr müssten sie zurückfahren, damit er pünktlich am Flughafen ankäme.

In der Polizeistation wurden sie ziemlich kühl empfangen. Michalis und Koronaios waren erwartet worden, und es war nicht zu übersehen, dass die zwei uniformierten Kollegen sich darüber ärgerten, dass ihnen aus Chania Kommissare geschickt wurden, weil sie ihren Job nicht gut genug machten. Michalis ließ so ein Verhalten an sich abprallen, aber er wusste, dass Koronaios es nicht leiden konnte, respektlos behandelt zu werden.

Der jüngere der beiden Polizisten war etwa Anfang dreißig, groß und auffallend muskulös. Er trug nur das hellblaue Hemd, das über seinen Brustmuskeln spannte, und die dunkelblaue Krawatte der Uniform. Immerhin stand er auf, um Michalis und Koronaios zu begrüßen, wobei er die Gelegenheit nutzte, seinen Bizeps spielen zu lassen. Allerdings gab er Michalis und Koronaios nicht die Hand, sondern setzte nur seine Polizeimütze auf, sagte kurz *Kalimera*, Guten Tag, und setzte sich dann wieder.

Der andere Polizist, kleiner und untersetzt, Mitte vierzig und korrekt mit Uniformjacke und Krawatte bekleidet, sah lediglich kurz auf und griff dann zum Telefon. »Sie sind da«, sagte er, legte auf und würdigte die beiden keines Blickes mehr. Neben ihm lief auf dem Schreibtisch ein Ventilator, den dieser Kollege offenbar dringend brauchte, denn er hatte eine ungesund rote Gesichtsfarbe.

Der Raum war quadratisch und wurde in der Mitte durch einen Tresen geteilt, der die Besucher von den Polizisten trennte. Am Ende des Tresens ging eine Tür auf, und der Revierleiter Panagiotis Mitsotakis, ein schlechtgelaunter Mittvierziger mit einem kantigen Schädel, schaute kurz aus seinem Büro und musterte Michalis und Koronaios. Dann brummte er: »Moment, ich hab grad was Dringendes« und verschwand wieder.

Michalis sah sich in dem Raum um, behielt seinen Partner aber im Blick, der zunehmend gereizter wurde. Koronaios hatte die Augenbrauen nach oben gezogen, die Lippen nach vorn geschoben und starrte auf die Tür, hinter der Mitsotakis verschwunden war. Michalis wusste, dass Koronaios demnächst explodieren könnte. Wenn sein Partner so schwer atmete wie jetzt, dann pumpte er sich regelrecht auf, und es würde auch nicht mehr lang dauern, bis sein Hals merklich anschwoll.

Im Vergleich zu den Büros der Polizeidirektion in Chania hatten sich die Kollegen hier regelrecht wohnlich eingerichtet, obwohl auch hier an den fleckigen Wänden die Farbe abplatzte. Es gab mehrere blühende Pflanzen, in einer Ecke stand eine Kaffeemaschine, daneben eine griechische Flagge, und an den Wänden hingen Fotos. Eines davon zeigte die beiden Beamten und ihren Chef Mitsotakis vor der Polizeistation mit dem Dienstfahrzeug, auf einem anderen sah man sie beim Schießtraining. Michalis fiel auf, dass die Dienstpistolen der Kollegen offen auf ihren Tischen lagen. Auf einem Foto präsentierte der muskulöse Kollege, auf einem Boot stehend, stolz einen kleinen Katzenhai, den er offenbar selbst gefangen hatte. Darüber hing ein großes Bild des griechischen Staatspräsidenten Prokopis Pavlopoulos. Auf dem Foto gegenüber, das vor dem Kloster Goniá nördlich von Kolymbari aufgenommen war, glaubte Michalis, nicht nur den Gouverneur und den Erzbischof von Heraklion, sondern auch Mitsotakis, den örtlichen Polizeichef, zu erkennen.

Michalis sah, dass der Hals von Koronaios mittlerweile bedrohlich angeschwollen war.

»Es wäre hilfreich, wenn der Herr Revierleiter sich jetzt vielleicht doch ...«, versuchte Michalis, noch schnell zu vermitteln, doch in dem Moment stürmte Koronaios schon los.

»Moment, Sie können nicht einfach ...«, rief ihm der muskulöse Polizist mit der Mütze hinterher, aber Koronaios hatte schon die Tür zu Mitsotakis' Büro aufgerissen und baute sich vor dessen Schreibtisch auf. Michalis wusste, was jetzt passieren würde und dass es sehr laut werden könnte.

»Was erlauben Sie sich, ich habe gesagt, ich habe zu tun, das werde ich Ihrem Chef ...«, fauchte Mitsotakis und sprang auf, als Koronaios ihm bedrohlich nahe kam.

»Sie werden uns jetzt sofort, und zwar sofort, zur Verfügung stehen! Ich lass mich hier nicht wie einen Idioten behandeln! Weil ihr nicht in der Lage seid, mit der Frau eures Bürgermeisters klarzukommen, müssen wir ...«, brüllte Koronaios, wurde aber von Mitsotakis übertönt, der jetzt ebenfalls laut geworden war. Damit hatte er sich allerdings den Falschen ausgesucht, denn Koronaios knallte Mitsotakis' Bürotür von innen zu, und Michalis konnte ebenso wie die beiden Polizisten hören, wie hinter der geschlossenen Tür weitergeschrien wurde.

Die beiden Polizisten waren aufgesprungen, wirkten allerdings völlig überfordert. Der mit dem roten Kopf griff nach seiner Pistole und hielt sie unschlüssig in der Hand, während sein muskulöser Kollege schnaufte. Michalis war klar, dass er die beiden jetzt nicht provozieren sollte.

»Ich bin sicher, die zwei regeln das«, warf Michalis ein und wollte beruhigend klingen. Ganz sicher, ob die beiden Brüllenden hinter der Tür die Dinge friedlich regeln würden, war er allerdings nicht.

Der Untersetzte mit der Pistole ging um den Tresen herum auf die geschlossene Tür seines Chefs zu.

»Die Pistole würde ich hierlassen«, meinte Michalis.

Der untersetzte Polizist, dessen gesamter Kopf jetzt hochrot war, blieb stehen und sah seinen muskulösen Kollegen an. Der zuckte mit den Schultern und deutete zum Tresen. Der Rotgesichtige legte seine Pistole dort ab und klopfte an die Tür von Mitsotakis. Der Streit dahinter ging unvermindert weiter, deshalb öffnete der Kollege die Tür vorsichtig. Michalis konnte sehen, dass Koronaios und Mitsotakis den Beamten überrascht ansahen, und nach einem kurzen Moment der Ruhe schrie Mitsotakis seinen Untergebenen an.

»Raus! Raus, wenn ich hier etwas zu klären habe!«

Der Kollege zog die Tür erschrocken wieder zu. Auch sein Hals war jetzt rot angelaufen, und er zerrte an seiner Krawatte, um besser Luft zu bekommen.

»Ich weiß zwar nicht, wie das bei eurem Chef ist …«, sagte Michalis mit ruhiger Stimme und strich sich dabei über den Bart. »Aber mein Kollege beruhigt sich meistens schnell wieder.«

»Bei unserem Chef bin ich mir da nicht so sicher«, erwiderte der Muskulöse und ging zu seinem Platz zurück. Der Rotgesichtige stand weiterhin unschlüssig vor der Tür seines Chefs.

Michalis streckte ihm die Hand entgegen.

»Wir hatten uns eben ja nicht wirklich vorgestellt. Michalis Charisteas. Ich hätte mir gewünscht, wir würden uns unter etwas angenehmeren Umständen kennenlernen.«

Der Kollege lockerte seine Krawatte noch etwas mehr und sah Michalis' Hand misstrauisch an. Hinter der Tür zu Mitsotakis' Büro ging das Brüllen in unverminderter Lautstärke weiter.

»Venizelos«, sagte er dann und nahm kurz die ausgestreckte Hand.

Michalis wandte sich dem anderen Kollegen zu, der ihn am liebsten ignoriert hätte.

»Und Sie …?«

»Katsikaki. Sideris Katsikaki«, sagte er dann, ohne Michalis anzusehen.

»Angenehm«, erwiderte Michalis und hob kurz eine Hand zum Gruß. Katsikaki, das war einer der vielen Namen, die die Kreter den Türken verdankten. Während ihrer langen Herrschaft hatten sie die Kreter gezwungen, das verniedlichende »-aki« an ihre Namen anzuhängen. Aus »Katsika«, der Ziege, war deshalb das Zicklein geworden – Katsikaki.

Mitsotakis war kaum noch zu hören, aber Michalis wusste, dass es bei Koronaios noch eine Weile dauern würde, bis er leiser wurde. Da er ohnehin nur warten konnte, bis der Sturm sich gelegt hatte, ging Michalis auf das Foto zu, auf dem er den Gouverneur und den Erzbischof von Heraklion zu erkennen geglaubt hatte. Tatsächlich standen die beiden im Innenhof des Klosters von Goniá und lächelten in die Kamera. Neben ihnen mehrere Männer, darunter auch Mitsotakis.

Michalis deutete auf die Männer.

»Ist einer von denen der verschwundene Bürgermeister?«

»Ja. Der. Stelios Karathonos.« Venizelos, dessen Hals langsam wieder seine normale Farbe annahm, war offensichtlich froh, irgendetwas tun zu können, und deutete auf einen etwa fünfzigjährigen Mann, der direkt neben Mitsotakis stand. Er trug einen gutsitzenden Anzug, strahlte in die Kamera und wirkte sehr zufrieden mit sich und der Welt.

Michalis sah die beiden Beamten an, die mit offensichtlicher Erleichterung registrierten, dass im Büro ihres Chefs jetzt auch die Lautstärke von Koronaios nachließ.

»Was ist denn heute früh passiert?«, fragte Michalis ruhig. »Warum hat die Frau des Bürgermeisters den Gouverneur angerufen? Gab es hier Probleme?«

Die beiden Beamten schienen unsicher zu sein, ob und wie viel sie erzählen sollten.

»Ihr müsst mir ja nichts sagen«, fuhr Michalis fort, »aber irgendwann werden die beiden da drinnen fertig sein. Und vielleicht ist es hilfreich, wenn sie dann merken, dass wenigstens wir gut zusammenarbeiten.«

Michalis versuchte, gewinnend zu lächeln, und sah, dass die beiden einander zunickten.

Der jüngere, muskulöse Katsikaki war der Erste, der etwas sagte.

»Die Frau von Karathonos ...«

»Ja?«, fragte Michalis vorsichtig nach.

»Es ist nicht das erste Mal, dass Frau Karathonos ihren Mann vermisst.«

»Ah. Schon öfter?« Michalis war überrascht und bemerkte, dass die beiden Kollegen sich über sein Interesse zu freuen schienen.

»Ja ...«, bekräftigte Katsikaki.

»Vor ... vier Wochen war sie schon mal hier«, fuhr der untersetzte Venizelos fort. Obwohl er der Ältere war, wirkte er unsicherer als sein Kollege. »Da war sie hier, weil ihr Mann verschwunden war, und wir durften deshalb einen halben Tag durch den Ort fahren und Befragungen durchführen ...«

»Und plötzlich war er wieder da«, ergänzte Katsikaki. »Hatte angeblich einen Termin in Heraklion gehabt, zu viel getrunken, sein Akku war leer ...«

»Die normalen Ausreden«, sagte Venizelos.

»Aber das glaubt ihr ihm nicht«, stellte Michalis fast verschwörerisch fest.

Venizelos grinste schief.

»Würdet ihr so was etwa glauben?«

Michalis schüttelte den Kopf. »Eher nicht.«

Die beiden Polizisten nickten und lächelten zum ersten Mal. Michalis glaubte, dass er für sie allmählich ein Verbündeter wurde.

Im Nebenraum war der Lärm nach dem hitzigen Streit in ein Gespräch in normaler Lautstärke übergegangen.

»Außerdem ...«, fing Katsikaki an, brach dann aber ab.

»Ja?«, fragte Michalis behutsam.

»Wie soll ich es sagen ...«, fuhr Venizelos fort und sah seinen Kollegen an. Der nickte, und Venizelos ging auf Michalis zu und flüsterte:

»Der Herr Bürgermeister hält uns für eine Art persönliches Sicherheitspersonal für sich und seine Frau.«

»Wenn der mit wichtigen Leuten essen geht ...« Auch Katsikaki kam näher und sprach leise.

»Und das macht der oft«, fuhr Venizelos fort. »Dann will er, dass wir draußen vor der Tür stehen und das Lokal bewachen.«

»Als ob wir nichts Besseres zu tun hätten.«

Die beiden warfen einen Blick zu der Tür, hinter der ihr Vorgesetzter saß. Offenbar sollte Mitsotakis sie nicht hören.

»Und Mitsotakis ...«, sagte Venizelos.

»Panagiotis Mitsotakis. Unser Chef«, ergänzte sein Kollege. »Der Bürgermeister lädt Mitsotakis gern zum Essen ein. Mitsotakis will eigentlich nicht. Aber was soll er machen.«

Die beiden sahen sich verschwörerisch an. Michalis hätte gern gewusst, warum der Bürgermeister den örtlichen Polizeichef öfter einlud. Vermutlich versprach er sich davon ja etwas.

»Und was …«, Michalis war nicht sicher, ob die beiden ihm noch viel sagen würden, aber einen Versuch war es wert. »Was macht der Bürgermeister sonst so, womit verdient er sein Geld?«

Die beiden Polizisten sahen sich an. Katsikaki nickte und erwiderte sehr leise:

»Bauunternehmer. Der ist Bauunternehmer.«

Michalis sah den Kollegen fragend an, aber der wollte sich nicht weiter dazu äußern.

»Seine Frau ist aber fast noch schlimmer«, raunte Venizelos. »Vor einigen Monaten hatte sie einen Termin in Chania. Auf dem Zubringer zur Schnellstraße gab es an einer Baustelle einen Unfall, und sie stand im Stau.«

»Daraufhin ließ sie ihren Mann hier anrufen, damit wir sie mit Blaulicht zur Schnellstraße bringen.«

»Und? Habt ihr?«, fragte Michalis, weil die beiden nicht weitersprachen.

»Mitsotakis wollte das. Also mussten wir los.«

»Sie hat sich nicht mal bedankt!«, sagte Venizelos empört.

Michalis nickte. »Und … Mitsotakis. Wisst ihr, worum es bei diesen Essenseinladungen vom Bürgermeister geht?«

Die beiden sahen sich an, zögerten.

»Nein …«, sagte der muskulöse Katsikaki dann, und Venizelos schüttelte den Kopf. Aber Michalis war sicher, dass sie mehr wussten.

Im selben Moment flog die Tür zum Büro des Chefs auf, und Mitsotakis kam heraus.

»Ihr zwei setzt euch jetzt in den Wagen und fahrt durch den Ort. Fragt in allen Tavernen, wer den Bürgermeister wann gesehen hat, und auch in den Hotels. Und sprecht mit den Taxifahrern, ob die seinen Wagen irgendwo entdeckt haben. Die wissen, wenn der irgendwo rumsteht.«

Die beiden Polizisten sahen ihn verwundert an. Ganz offensichtlich war das das Gegenteil von dem, was er vor dem Eintreffen von Koronaios und Michalis befohlen hatte.

»Und zwar jetzt!«, fügte Mitsotakis energisch hinzu.

Die beiden Beamten atmeten tief durch, nahmen ihre Pistolen und gingen wortlos nach draußen.

»Und wir beide werden jetzt zu Frau Karathonos fahren«, sagte Koronaios zu Michalis und versuchte, ebenso wie der Kollege Mitsotakis, energisch zu klingen. Er sah Mitsotakis noch einmal an, bevor er nach draußen ging.

»Nichts für ungut«, sagte er.

»Bis zum nächsten Mal«, antwortete Mitsotakis, und es sollte wohl wie eine Drohung klingen.

Michalis folgte Koronaios und sah, dass Katsikaki und Venizelos in aller Ruhe neben ihrem Polizeiwagen standen und auf sie warteten. Die Mütze von Katsikaki lag auf dem Autodach, Venizelos hatte jetzt wieder eine normale Gesichtsfarbe. Neben dem Wagen fiel noch stärker auf, wie klein und beleibt er tatsächlich war.

Koronaios verzog keine Miene, während Michalis die Türen entriegelte. Erst als sie losgefahren waren, grinste Koronaios ein wenig.

»Ist doch wahr …«, sagte er und schwieg. Nach einer Weile sah er Michalis an. »Er hat akzeptiert, dass ich recht hatte. Hat allerdings etwas gedauert, bis er das eingesehen hat.«

Michalis lächelte und kommentierte die Brüllerei seines Partners nicht. Er wusste, dass Koronaios dadurch manchmal tatsächlich etwas erreichte. Oft allerdings nur, dass die anderen gar nichts mehr sagten. Aber dann hatte er immerhin Dampf abgelassen und konnte wieder klar denken.

Koronaios hatte sein Fenster heruntergefahren und fächelte sich frische Luft zu. Michalis spürte die Kraft der Aprilsonne, setzte seine Sonnenbrille auf und fuhr sein Fenster ebenfalls herunter.

Koronaios nahm aus dem Handschuhfach einige getrocknete Feigen. Michalis bekam auch allmählich Hunger. Aber das Lunchpaket seiner Mutter lag hinten im Kofferraum, und er ahnte, dass er keine Zeit haben würde, davon zu essen.

Sie fuhren auf der breiten Hauptstraße Richtung Hafen, vorbei an einer modernen Hotelanlage mit einem gläsernen Fußgängertunnel über der Straße, an Supermärkten, einem Minigolfplatz und einem kleinen geschlossenen Fischereimuseum. Michalis hing seinen Gedanken nach. Was die beiden Polizisten ihm über den Bürgermeister gesagt hatten, ließ darauf schließen, dass er mehr Geheimnisse als nur eine Geliebte hatte.

Das Erste, was Koronaios wieder sagte, als sie die Straße parallel zur Uferpromenade erreicht hatten, war: »Hier links.«

Michalis bog in eine schmale Straße mit kleinen alten Wohnhäusern ab. Nach einigen hundert Metern wurde sie breiter und war von großzügigen, modernen Häusern gesäumt. Nach links ging eine Straße ab, und ein Schild zeigte an, dass dort das Rathaus lag. Sie folgten aber der breiten

Straße, die steil nach oben auf den Hügel mit dem historischen, teilweise verfallenen Ortskern von Kolymbari führte. In diesen farbenfrohen, verwinkelten Gassen sahen sie fast nur ältere kretische Frauen, Touristen schienen sich kaum hierherzuverirren.

»Hier?«, fragte Michalis.

»Noch weiter, hat Mitsotakis gesagt ...« Koronaios sah sich suchend um. »Hier oben rechts, und dann das letzte Haus. Groß, rund und teuer. Nicht zu übersehen, meinte er.«

»Das kann man wohl sagen«, erwiderte Michalis mit einem Blick nach vorn. Stelios Karathonos hatte sich tatsächlich auf einem Plateau oberhalb von Kolymbari einen kleinen Palast hingestellt, der wie eine Burg auf der Kuppe des Hügels thronte. Ein fast runder Neubau mit vielen schmalen hohen Fenstern und einer riesigen, von Säulen gestützten Terrasse. Es gab keine direkten Nachbarn, lediglich in einiger Entfernung ein verfallenes Haus mit einem gemauerten Schuppen, um den herum Ziegen liefen und ein an einer langen Kette zerrender Hund wütend bellte.

Das Grundstück des Bürgermeisters war von einer Mauer mit Zaun umgeben. Michalis hielt an, sie stiegen aus, und Koronaios klingelte an einem großen schmiedeeisernen Tor. Nach einiger Zeit hörten sie aus der Gegensprechanlage eine Frauenstimme.

»Ja?«

»Frau Karathonos?«, fragte Koronaios.

»Ja?«

»Kripo Chania.«

»Ah. Ja.«

Der Türöffner wurde betätigt, und das Tor sprang auf. Michalis und Koronaios gingen über eine breite Auffahrt, auf der ein kleiner weißer Sportwagen stand, auf das Haus zu.

Die Haustür war angelehnt.
»Hallo?«, rief Michalis. Niemand antwortete. Michalis blickte auf die Uhr und sah, dass Hannah in vier Stunden landen würde. Es war Zeit, hier voranzukommen.

Die beiden Kommissare gelangten durch einen kleinen Flur in eine Art Wohnhalle. Fast das komplette Erdgeschoss bestand aus einem einzigen Raum, der von großen Säulen gestützt wurde und zugleich Wohnzimmer, Küche und Esszimmer war. Mittendrin stand eine große Sofalandschaft aus weißem Leder, einem überdimensionalen und halbrunden Fernseher gegenüber. Auf dem Sofa lag ein etwa elfjähriger Junge, der Kopfhörer trug und ein Videospiel spielte, zu dem er Geräusche machte, von denen er wohl selbst nichts bemerkte.

Die Einrichtung dieses großen Raumes war geschmackvoll und unübersehbar teuer. Viel dunkles Holz und viel Weiß – nicht nur die Sofalandschaft, sondern auch die Stühle und einige andere Möbel strahlten hell. Überhaupt schien es in diesem Haus nur die Farben weiß, dunkelbraun und schwarz zu geben. Der einzige auffällige Farbklecks war ein rotes Trikot vom FC Liverpool, das der Junge auf dem Sofa trug.

Der Junge bemerkte nicht, dass jemand gekommen war. Michalis entdeckte als Erster die große blonde Frau, die telefonierend auf der Terrasse stand. Sie winkte den beiden, und Michalis und Koronaios gingen zu ihr ins Freie.

Die Frau deutete auf einige Stühle aus Teakholz und telefonierte weiter. Michalis und Koronaios warteten und sahen sich um. Auf der riesigen Terrasse gab es eine Sitzecke mit edlen Holzmöbeln und ebenfalls weißen Kissen sowie einen Tisch mit mehreren Stühlen unter einer großen weißen Markise. Dieser Tisch war das Einzige, was in dem Haus nicht penibel aufgeräumt war. Mehrere Handys, ein Adressbuch, eine Sonnenbrille, leere Kaffeetassen und zwei Frauenzeitschriften lagen darauf. Eine der Illustrierten verdeckte zur Hälfte einen Fotorahmen mit einer vor der Hafenkulisse von Heraklion strahlenden Familie Karathonos.

Von der Terrasse aus konnte Michalis weit nach Süden über grüne Hügel mit blühenden Olivenbäumen blicken. Auf dem nächstgelegenen Hügel lag ein kleiner Ort. Michalis überlegte, wie er heißen könnte.

Die schlanke und teuer gekleidete Frau hatte sich möglichst weit in eine Ecke zurückgezogen, sprach leise in ihr Telefon und bemerkte, dass Michalis und Koronaios sie musterten. Sie sah keinesfalls wie eine frustrierte Ehefrau aus, die ein Ehemann betrügen wollte, sondern war attraktiv, wirkte entschlossen und gab sich am Telefon durchaus charmant.

»Ich schwör dir, die macht Yoga«, sagte Koronaios leise. »Oder sie hat einen Personal Trainer. Garantiert.«

Michalis antwortete nicht, sondern beobachtete die Frau aufmerksam, bis sie ihr Gespräch beendete.

»Meine Herren, was haben Sie bisher unternommen?«, fragte sie dann energisch, ohne sich vorzustellen.

»Frau Karathonos, nehme ich an?«, fragte Koronaios bemüht sachlich.

Kalliopi Karathonos musterte ihn irritiert. »Ja. Wer sonst?«

»Pavlos Koronaios, und das ist mein Kollege Michalis Charisteas. Mordkommission Chania. Sie hatten heute Morgen den Gouverneur, Herrn Flabouraris, angerufen.«

»Ich weiß, mit wem ich gesprochen habe. Ich will wissen, was Sie bisher unternommen haben.« Kalliopi klang fordernd. Michalis sah, dass Koronaios sich schon wieder ärgerte, deshalb übernahm er das Reden.

»Wir haben mit den Kollegen unten im Ort gesprochen.

Die sind jetzt unterwegs und suchen nach Ihrem Mann«, sagte Michalis sachlich.

»Ja. Das hätten die bereits heute früh tun können. Jetzt haben wir wertvolle Zeit verloren. Und was werden *Sie* unternehmen? Sie wollen mir hoffentlich nicht erzählen, dass Sie nur zu zweit gekommen sind.« Kalliopi klang inzwischen aggressiv, und Michalis war nicht sicher, ob er oder Koronaios diesmal als Erster wütend werden würde.

»Frau Karathonos«, erwiderte Michalis eindringlich. »Wir brauchen Informationen von Ihnen. Nur dann können wir Ihnen helfen.«

»Ich habe heute früh bereits alles diesen Herren unten in Kolymbari gesagt. Sind Sie denn nicht mal in der Lage zusammenzuarbeiten?«, fragte sie mit unverhohlener Verachtung.

»Ich verstehe, dass dies eine emotionale Ausnahmesituation ist, aber ...« Michalis versuchte, ruhig zu bleiben.

»So, das verstehen Sie also? Und warum stehen Sie dann hier rum? Warum suchen Sie nicht nach meinem Mann?«

»Weil wir dafür Informationen brauchen!« Michalis wurde jetzt energisch. »Und die brauchen wir von Ihnen direkt und nicht aus zweiter Hand. Würden Sie uns daher jetzt ein paar Fragen beantworten?«

Kalliopi sah Michalis ungläubig an und war offenbar kurz davor, laut zu werden.

»Sie, Sie ...«

»Mama. Mama!«, rief der Sohn aus dem Wohnzimmer.

»Pandelis, was ist?«, fragte Kalliopi Karathonos besorgt.

Michalis warf einen Blick nach drinnen: Der Sohn lag reglos auf dem Sofa.

»Mama!«, rief er erneut.

Die Mutter stöhnte und ging zu ihm.

»Ich denke, wir haben unseren Auftrag erfüllt«, sagte

Koronaios zu Michalis. »Wir sind hergefahren, die Kollegen suchen jetzt nach diesem Bürgermeister, und wir haben mit der Ehefrau gesprochen. Ganz ehrlich, wir können gehen.«

»Vielleicht sagt sie uns ja noch was«, erwiderte Michalis.

»Die? Vergiss es!«

Michalis' Smartphone klingelte, und er sah den Namen seines Vaters. Er stöhnte kurz und ging dann ran.

»Ich bin bei der Arbeit, ich kann nicht«, sagte er energischer, als er es eigentlich wollte.

»Bist du etwa immer noch in diesem Kolymbari?«, hörte Michalis seinen Vater fragen und ahnte, dass seine Mutter neben ihm stand. »Soll ich Jorgos anrufen, damit er dich von dem Fall abzieht?«

»Nein, ich werd rechtzeitig am Flughafen sein, keine Sorge. Und jetzt hab ich zu tun«, sagte Michalis noch schnell und legte auf.

»Beim Besuch der deutschen Kanzlerin wäre deine Familie wahrscheinlich weniger aufgeregt«, bemerkte Koronaios spöttisch.

Michalis schaute wieder nach drinnen, wo der Sohn noch immer reglos auf dem Sofa lag und auf sein Videospiel starrte. Die Mutter kam mit einer Colaflasche und einem Glas aus der Küche, schenkte ihrem Sohn ein und kehrte dann auf die Terrasse zurück. Pandelis hatte sie dabei weder angesehen, noch sich bedankt.

»Wenn er unterbricht, geht bei dem Spiel sein Level runter. Dann muss er von vorn anfangen«, erklärte Kalliopi Karathonos beinahe entschuldigend. »Also. Wo waren wir?«

»Ist Ihr Mann denn inzwischen wieder aufgetaucht? Oder hat er sich gemeldet?«, fragte Koronaios nicht sehr freundlich.

»Wie bitte?« Kalliopi schien fassungslos ob dieser Frage.

»Sie haben mich sicherlich verstanden.« Koronaios hatte offenbar nicht vor, sich zu wiederholen.

»Natürlich nicht! Wovon reden wir denn!«

»Das ist immerhin die erste Information, die wir von Ihnen bekommen«, entgegnete Koronaios kühl. Michalis verkniff sich ein Grinsen.

Kalliopi schnaubte.

»Das ... das ist ... Ich hatte Polidefkis gebeten ...«

»Den Herrn Gouverneur, nehme ich an?«, warf Koronaios spöttisch ein.

»Ja! Natürlich!«

»Und um was haben Sie ihn gebeten?«

»Dass er nur Leute schickt, die uns wirklich helfen können!«

»Und Sie meinen, das können wir nicht?«

»Sie sind ja offenbar noch desinteressierter als diese Herren unten im Polizeirevier!«

Koronaios sah Michalis an.

»Hast du noch Fragen? Ich weiß jetzt mehr, als ich wissen muss.«

Koronaios wartete die Antwort nicht ab, sondern ging nach drinnen und Richtung Haustür.

»Wie bitte? Wo wollen Sie denn hin?«, rief Kalliopi ihm fassungslos nach.

»Meinen Beruf ausüben. Und mich nicht von Ihnen beleidigen lassen«, erwiderte Koronaios, ohne sich umzudrehen. Er ging kopfschüttelnd an dem reglos daliegenden Sohn vorbei und verschwand nach draußen.

Michalis sah Koronaios kurz nach, dann blickte er wieder zu Kalliopi und wartete. Sie starrte ihn wütend an.

»Sie sind ja eine große Hilfe! Wollen Sie jetzt auch einfach wieder verschwinden?«

Michalis antwortete nicht gleich. »Nein«, sagte er dann betont ruhig.

»Und was werden Sie unternehmen?«

Michalis ließ sich für die Antwort erneut Zeit.

»Hallo! Reden Sie mit mir?« Es brachte sie offensichtlich aus dem Konzept, dass Michalis abwartete.

Er räusperte sich.

»Wann genau haben Sie denn das letzte Mal von Ihrem Mann gehört?«

»Das habe ich doch bereits alles Ihren Kollegen gesagt.«

»Ich weiß. Ich will nur sicher sein, dass ich die korrekten, vollständigen Angaben erhalte. Und zwar aus erster Hand. Nicht, dass eine Information verlorengeht.«

»Dann glauben Sie also auch, dass Ihre Kollegen da unten nicht unbedingt die Hellsten sind«, fuhr Kalliopi verächtlich fort.

»Ich kenne die Kollegen zu wenig, um zu wissen, wie sie arbeiten. Aber ich weiß, wie ich arbeite.« Michalis sah die Frau an, deren Unverschämtheit auch ihn immer mehr ärgerte. »Ihr Kollege, bleibt der jetzt da draußen?«

»Vermutlich ja.«

Michalis nahm aus seiner Hosentasche ein kleines Notizbuch. Im Grunde benötigte er keine schriftlichen Aufzeichnungen, da er alles Wesentliche im Kopf abspeicherte, aber er hatte die Erfahrung gemacht, dass es Befragte beeindruckte, wenn ein Polizist sich etwas notierte. Kalliopi wusste nicht, was sie davon halten sollte, das merkte Michalis deutlich.

»Also. Wann haben Sie Ihren Mann zuletzt gesprochen.«

»Warum ... warum ist das so wichtig?«

»Weil ich mir ein Bild machen muss.«

Michalis wartete und beobachtete die Frau, deren herrisches Gebaren einer nervösen Verzweiflung wich.

»Das … das war um zehn. Kurz nach zehn. Ich hatte gerade Pandelis ins Bett gebracht.«

»Gut. Was war um kurz nach zehn?«

»Da haben wir telefoniert. Mein Mann und ich. Das sagte ich doch schon!«, sagte Kalliopi wieder etwas aggressiver.

»Wer hat angerufen? Sie Ihren Mann, oder er Sie?«, bohrte Michalis behutsam nach.

»Erst ich ihn.« Sie runzelte die Stirn und dachte nach. »Er hat dann zurückgerufen. Er hatte noch einen Termin.«

»Wo war er, als er Sie zurückrief?«

»Im Rathaus.«

»Im Rathaus? Er hatte abends um zehn noch einen Termin im Rathaus?«

»Ja …«, bestätigte Kalliopi zögernd. »Oder vor dem Rathaus. Vielleicht war er auch vor dem Rathaus.«

»Genau wissen Sie das also nicht?«

Kalliopi sah Michalis an, als sei er begriffsstutzig.

»Nein! Im oder vor dem Rathaus, das ist doch egal!«

Michalis wartete, ob sie noch mehr sagen würde. Was sie dann auch lautstark tat.

»Ja! Also! Kurz nach zehn! Was wollen Sie denn noch wissen, bevor Sie endlich etwas unternehmen?«

Wieder wartete Michalis. Er wusste, dass Zeugen durch sein scheinbares Zögern oft aus dem Konzept gebracht und ungeduldig wurden und ihm deshalb mehr sagten, als sie wollten.

»Kurz nach zehn hat mein Mann mich angerufen. Und er klang völlig normal und wollte schnell nach Hause kommen.«

»Wie schnell?«, fragte Michalis sofort, um ihr keine Zeit zum Nachdenken zu lassen.

»Was hat er gesagt … eine halbe Stunde, höchstens. Ich soll schon mal den Wein öffnen.«

Eine halbe Stunde. Michalis hatte auf dem Weg hierher das

Hinweisschild zum Rathaus, zum *Dimarchío*, gesehen. Mit dem Auto konnte das höchstens fünf Minuten dauern.

»War Ihr Mann mit dem Wagen unterwegs?«

»Glauben Sie etwa, mein Mann geht den steilen Weg hier zu Fuß hoch?«

Michalis überlegte, ob der Frau klar war, dass mit der halben Stunde möglicherweise etwas nicht stimmte.

»Wissen Sie denn, ob Ihr Mann nach dem Telefonat mit Ihnen noch mit jemandem gesprochen oder jemanden getroffen hat?«, fragte er.

»Er wollte sofort herkommen!«

»Aber vielleicht hat er ja noch mit jemandem telefoniert?«

»Woher soll denn ich das wissen?«

»Jemand, den Sie kennen? Sie haben doch heute sicherlich schon mit vielen Bekannten telefoniert, die vielleicht wissen könnten, wo Ihr Mann ist.«

»Nein. Nein. Mit denen hat er nicht telefoniert. Nein.« Sie schien nachzudenken, ob das wirklich stimmte. Dann nickte sie. »Nein.«

Michalis musterte sie.

»Frau Karathonos ...«

»Ja?«

»Was glauben Sie denn, was passiert sein könnte?«

»Wie meinen Sie das?«

»Sie haben große Angst um Ihren Mann. Das verstehe ich.«

»So! Das verstehen Sie! Schön!«, sagte sie verächtlich, und Michalis wusste, dass er sich das nicht gefallen lassen würde.

»Frau Karathonos«, sagte er deshalb kühl, »wir sind hier, weil Sie und der Herr Gouverneur persönlich darum gebeten haben. Also wäre es sinnvoll, wenn Sie mit uns zusammenarbeiten würden.«

Kalliopi schnappte nach Luft und wollte etwas offenbar Unhöfliches sagen, beherrschte sich aber.

»Anscheinend gehen Sie ja davon aus, dass Ihrem Mann etwas passiert ist«, hakte Michalis nach.

Kalliopi nickte düster und setzte sich auf einen der edlen Holzstühle mit weißem Sitzpolster.

»Sonst wäre er ja nicht verschwunden«, sagte sie leise. Eine Windböe zerzauste ihre langen Haare, und sie strich sie schnell wieder glatt.

»Er …«, begann sie. »Er könnte einen Unfall gehabt haben.« Sie zögerte und sah Michalis kurz an. Dann presste sie die Lippen aufeinander. »Oder …«

Sie blickte zu Boden und schwieg. Michalis ließ ihr Zeit.

»Wenn er nicht wiederkommt.« Sie schüttelte kurz den Kopf, schaute durch die großen Scheiben zu ihrem Sohn und blickte dann in die Ferne. Michalis folgte ihrem Blick, der zu dem kleinen Ort gegenüber auf dem Hügel zu gehen schien. Dann riss Kalliopi sich zusammen.

»Haben Sie sonst noch Fragen?«

»Ja …«, begann Michalis vorsichtig.

»Was denn noch?«

»Ich muss Sie das fragen. Reine Routine.«

»Was denn?«

»Hat Ihr Mann Feinde? Gibt es jemanden, der mit seinem Verschwinden zu tun haben könnte? Oder davon profitieren könnte?«

Kalliopi starrte vor sich hin. »Mein Mann ist sehr beliebt. Er hat viel für die Region getan, er hat viele Freunde …«, antwortete sie leise und vergewisserte sich, dass Pandelis nichts von ihrem Gespräch mitbekam. »Mein Mann ist Bürgermeister, natürlich muss er manchmal auch Entscheidungen treffen, die nicht allen gefallen.«

Sie sah Michalis an, als hätte sie schon zu viel gesagt.

»Aber er hat keine Feinde. Nein!«, fügte sie entschlossen hinzu, stand wieder auf und ging zur Brüstung der Terrasse.

»Gut, danke.«

Kalliopi nickte, und Michalis sah, dass ihr die Sonne direkt ins Gesicht schien. Sie kniff kurz die Augen zu, dann ging sie zum Tisch zurück und setzte ihre Sonnenbrille auf.

»Ihr Mann ...«, fuhr Michalis fort. »Hat er in letzter Zeit irgendetwas Ungewöhnliches gemacht? Irgendetwas, was er sonst nicht getan hat?«

»Was meinen Sie?«

»Hat er alles so gemacht wie sonst auch? Überlegen Sie. Kleinigkeiten können wichtig sein.«

»Was soll denn das jetzt?« Kalliopi stöhnte gereizt. »Meinen Sie, ob er sich die Zähne anders geputzt hat? Ob er morgens einen oder zwei *Elliniko* getrunken hat? Ob er mit Pandelis gespielt hat?«

»Ja, oder ... ob es ungewöhnliche Anrufe gab, oder ob er Leute getroffen hat, mit denen er sonst nichts zu tun hatte, oder ...«

Kalliopi atmete tief durch und schüttelte den Kopf, als müsse sie überlegen, was sie Michalis anvertrauen wollte.

»Seine Mutter liegt im Krankenhaus. In Chania. Das Herz. Es ist nicht sicher, ob sie noch lang leben wird.«

»Oh, das tut mir ...«

»Ja, schon gut. Noch lebt sie ja.«

Michalis wartete. Offenbar wollte Kalliopi ihm damit etwas sagen.

»Mein Mann macht sich große Sorgen. Er ist in letzter Zeit oft in Chania bei ihr, und er ist auch oft bei seinem Bruder und bei seinem Onkel. Also, noch öfter als sonst.«

»Wo wohnen der Bruder und dieser Onkel?«

Ihr Blick glitt in die Richtung der vielen Olivenhaine, und sie deutete neben den Ort, der auf dem Hügel lag.

»Unten in Spilia. Die Karathonos haben dort die Olivenölmühle. Schon über hundert Jahre. Sein Bruder Dimos leitet die Ölmühle, seit der Vater gestorben ist.«

Michalis kannte diese Olivenölmühle. Das *Athena* bezog sein Olivenöl von dort, obwohl Sotiris in den letzten Jahren mit der Qualität unzufrieden war.

»Und der Onkel?«

»Alekos ...« Michalis glaubte, in ihrem Gesicht kurz einen spöttischen Ausdruck zu sehen. »Alekos läuft dort unten auch immer rum. Hat er schon immer gemacht. Wie die Männer hier so sind.«

Michalis notierte sich die beiden Namen.

»Gut. Und dort war Ihr Mann in den letzten Wochen öfter als sonst?«

Sie sah ihn etwas unwirsch an.

»Habe ich doch gerade gesagt. Das ist aber wohl normal, wenn die Mutter schwerkrank ist.« Michalis bemerkte ihre Ungeduld und dass sie ihn jetzt loswerden wollte.

»Eine letzte Frage noch«, sagte er deshalb schnell.

»Ja ...« Sie presste die Lippen zusammen.

»Haben Sie ...«, fragte er behutsam, »haben Sie vielleicht einen Verdacht, wo Ihr Mann sein könnte? Jetzt?«

Kalliopi schob ihre Sonnenbrille hoch und musterte Michalis ungläubig. Sie zog die Augenbrauen zusammen, dachte nach, dann wurde sie plötzlich laut.

»Sagen Sie, spinnen Sie? Glauben Sie, ich würde das hier alles durchmachen, wenn ich wüsste, wo er sein könnte?« Sie funkelte ihn an und ahnte dann die Unverschämtheit in seiner Frage.

»Nein, aber aus Erfahrung wissen wir ...«

»Warum glauben eigentlich alle, dass mein Mann bei einer anderen Frau sein könnte? Ist das wirklich das Einzige, was in Polizistengehirne reinpasst? Denn das glauben Sie doch auch, oder?«

Sie schnappte nach Luft und legte dann erst richtig los. »Selbst wenn es eine andere Frau geben sollte, und ich sage Ihnen, es gibt keine, dann würde es Sie einen Scheißdreck angehen! Mein Mann würde mich und unseren Sohn niemals, ich sage Ihnen, niemals allein lassen! Der wäre längst hier!«

Wütend schüttelte sie den Kopf.

»Raus jetzt! Raus! Finden Sie meinen Mann, oder es wird Ihnen noch leidtun!«

Kalliopi war so laut geworden, dass sogar Pandelis vom Sofa aufgestanden war und nach draußen auf die Terrasse kam.

»Was ist denn los?«, fragte er. »Ist Papa immer noch nicht da?«

»Nein, mein Schatz, aber er wird bald kommen.«

Sie ging zu ihm und strich ihm über den Kopf. Er wich dieser Zärtlichkeit aus.

»Ich hab Hunger«, sagte er.

»Ja. Ja, natürlich.«

Michalis erhob sich und drehte sich auf dem Weg nach drinnen in der Terrassentür noch einmal um.

»Ich hoffe wirklich sehr, dass Ihr Mann schnell wieder auftaucht. Wir werden unser Möglichstes dafür tun.«

4

Koronaios lehnte am Wagen, hatte seine Sonnenbrille aufgesetzt und rauchte, als Michalis nach draußen kam. Wenn er schon vormittags rauchte, war das ein schlechtes Zeichen, das wusste Michalis.

»Was hast du denn jetzt da gemacht, die ganze Zeit? Händchen halten wohl nicht, ich hab euch sogar von hier gehört, die ist zwischendurch ja mal richtig laut geworden«, sagte Koronaios.

Sie öffneten die Wagentüren, und die Hitze schlug ihnen entgegen.

»Und das schon jetzt im April«, stöhnte Koronaios. Auch Michalis wartete noch mit dem Einsteigen. Sein weißes Hemd klebte ihm am Rücken.

»Die weiß mehr«, sagte er. »Mehr, als sie uns erzählt hat.«

»Ach. Das hätte ich dir auch so sagen können. Das ist vollkommener Blödsinn, dass wir hier unterwegs sind. Ich bin doch kein Babysitter für reiche Ehefrauen!«

Koronaios schob seine Sonnenbrille hoch und grinste, aber dieses Grinsen fiel in sich zusammen, als er das Gesicht seines Partners sah. Michalis war in düsterer Stimmung, und das verhieß nichts Gutes, so viel wusste Koronaios.

Michalis wollte gerade losfahren, als sich ein dunkelblaues Taxi vom historischen Ortskern her näherte und direkt vor der Villa des Bürgermeisters hielt. Eine Frau Anfang fünfzig stieg aus, zahlte und ging auf das Tor zu.

»Moment«, sagte Michalis zu Koronaios und stieg wieder aus dem Wagen. »Ich würde gern wissen, wer das ist.«

Koronaios verdrehte stöhnend die Augen.

Michalis ging auf die Frau zu. Sie war kräftig und wirkte wie jemand, der es gewohnt war anzupacken. Ihre Kleidung war dunkel gemustert und schlicht und stand damit im Gegensatz zu ihrer blondgefärbten Dauerwelle, die auf regelmäßige Friseurbesuche schließen ließ.

Die Frau war stehen geblieben und zog die Augenbrauen hoch, als Michalis sich näherte. Er verbeugte sich kurz und neigte den Kopf zur Seite. Er wusste, dass resolute Frauen eine leichte Andeutung von Unterwürfigkeit zu schätzen wussten.

»Entschuldigen Sie. Michalis Charisteas mein Name. Ich bin von der Polizei. Wir suchen nach dem verschwundenen Bürgermeister«, sagte Michalis und vermied es, das Wort *Kriminalpolizei* zu verwenden.

Die Frau musterte ihn misstrauisch.

»Waren Sie schon bei ihr? Bei Kalliopi?«, fragte sie dann.

»Ja, wir haben mit der Frau des Bürgermeisters bereits gesprochen. Sie macht sich große Sorgen. Verständlicherweise.«

»Ja ... ja, das würde ich an Kalliopis Stelle auch tun«, sagte die Frau nachdenklich.

»Wir gehen natürlich davon aus, dass der Herr Bürgermeister wieder auftauchen und es eine nachvollziehbare Erklärung für sein Verschwinden ...«

»So? Davon gehen Sie aus?«, unterbrach die Frau ihn, und Michalis war überrascht, wie heftig sie klang.

»Gehen Sie nicht davon aus?«, fragte Michalis deshalb verwundert zurück.

»Was weiß denn ich schon. Ich habe keinen Schimmer, wo mein Schwager stecken könnte. Aber ...«

»Ja?«, ermunterte Michalis sie.

»Nichts«, sagte die Frau schnell. »Nichts. Es ist nicht gut, wenn Kalliopi im Moment allein ist.«

Die Frau klingelte, und im selben Moment wurde der Öffner betätigt. »Darf ich noch wissen, mit wem ich gesprochen habe?«, fragte Michalis.

Die Frau musterte ihn.

»Für einen Polizisten sind Sie sehr höflich«, sagte sie und streckte ihm eine Hand entgegen. »Ich bin die Schwägerin der beiden. Artemis Karathonos. Mein Mann ist der Bruder des Bürgermeisters.«

Michalis drückte kurz ihre Hand. Der Händedruck war kräftig.

»Wie gesagt, mein Name ist Michalis Charisteas. Und falls wir noch Fragen haben sollten, wo könnte ich Sie …?«

»Unten in Spilia. Mein Mann führt die Olivenölmühle.« Damit wandte sie sich ab und ging auf die Eingangstür zu. Kalliopi kam heraus und umarmte ihre Schwägerin. Michalis hatte den Eindruck, dass Kalliopi sich regelrecht an Artemis klammerte.

Michalis notierte sich den Namen der Frau und ging zum Wagen zurück.

»Und?«, wollte Koronaios wissen.

»Die Schwägerin. Scheint nicht überzeugt davon, dass der Bürgermeister wieder auftaucht. Wohnt unten in Spilia, ihr Mann führt die Olivenölmühle der Familie.«

»Ah«, machte Koronaios nur.

Michalis blickte noch einmal zum Haus zurück. Auf der großen Terrasse stand jetzt Pandelis und schien die Kommissare aufmerksam zu beobachten.

Sie fuhren durch die verfallene, pittoreske kleine Altstadt zurück.

»Also,« sagte Koronaios entschlossen, »ich fasse zusammen. Wir waren hier, fahren jetzt zurück ins Büro, schreiben das Protokoll, und du holst Hannah pünktlich ab.«

»Ich würde gern …«, sagte Michalis nachdenklich.

»Nein, nein, nein, nein, nein!«, fiel Koronaios ihm ins Wort. »Wir fahren jetzt direkt nach Chania. Wir haben hier alles getan, was wir tun sollten.«

»Der Bürgermeister hat angeblich gestern Abend im Rathaus einen Termin gehabt. Aber etwas stimmt damit nicht.«

Koronaios schüttelte fassungslos den Kopf. Das Schild, das auf die Abzweigung zum Rathaus hinwies, tauchte auf.

»Das ist gleich hier. Geht schnell.«

Koronaios verdrehte genervt die Augen.

»Warum machst du so was? Warum? Heute ist deine Hannah wichtig und nicht dieser Bürgermeister, der von seiner Geliebten nicht wegkommt!«

»Das geht schnell! Verspro … «

»Versprich es nicht!«, unterbrach Koronaios ihn. »Das letzte Mal, als du so was versprochen hast, hat es drei Stunden gedauert!«

Michalis wiegte bedauernd den Kopf und bog zum Rathaus ab.

Koronaios und Michalis waren gerade im Innenhof des Rathauses angekommen, als Michalis' Smartphone klingelte.

»Elena«, stöhnte er genervt und ging ran. »Ja …«

»Seid ihr schon auf dem Rückweg?«, fragte seine Schwester ohne Umschweife.

»Wir haben noch eine Befragung, und dann …«

»Seid ihr etwa immer noch in diesem Kolymbari?« Elena klang entsetzt, und Michalis war klar, dass sie mit ihren Eltern gesprochen hatte.

»Ja, aber nur noch kurz, und es sind noch fast drei Stunden, bis Hannah landet! Und die werden nicht mehr, wenn ihr ständig anruft. Bis später!«, erwiderte Michalis kurzangebunden und legte auf.

Koronaios verkniff sich einen Kommentar, und sie betraten gemeinsam das Rathaus.

»Hat er sich denn noch immer nicht bei seiner Frau gemeldet? Wir brauchen ihn hier auch. Dringend!«

Michalis und Koronaios standen vor Despina Stamatakis, der Sekretärin des Bürgermeisters. Die energische Frau Mitte vierzig, die ein enges blaues Kostüm mit Brosche sowie ein beigefarbenes Halstuch trug, schüttelte den Kopf. Sie wirkte eher verärgert als beunruhigt.

»Er muss sich endlich melden. Das gibt's doch gar nicht!«.

»Wir sind sicher, dass er wieder auftauchen wird«, versuchte Koronaios, sie zu beruhigen. »Meistens, wenn Männer …«

»Vielleicht können Sie uns ja weiterhelfen«, fiel Michalis ihm schnell ins Wort. »Sie wissen doch sicher, wo der Bürgermeister gestern Abend Termine hatte.«

»Gestern Abend?« Despina Stamatakis sah Michalis überrascht an. »Warum sollte er gestern Abend noch Termine gehabt haben?«

»Hatte er nicht?«, fragte Michalis.

»Gestern Abend …« Sie ging einen Terminkalender durch. »Nein. Nichts. Er hatte gestern um siebzehn Uhr einen Termin am Hafen, wegen der Liegeplätze.« Sie sah Michalis und Koronaios an und senkte ihre Stimme, als würde sie ein großes Geheimnis verraten. »Jetzt, wo wir die beiden schönen neuen Hotelanlagen haben, prüft unser Bürgermeister, ob die großen Kreuzfahrtschiffe nicht auch Kolymbari anlaufen könnten.«

»Dann würden noch mehr Touristen kommen?«, führte

Michalis ihren Gedanken weiter und klang interessierter, als er war.

»Genau!«, schwärmte Despina Stamatakis. »So wie bei Ihnen in Chania, seit dort die Kreuzfahrtschiffe …«

»Die legen aber draußen in Souda an, und die Leute werden dann mit Bussen in die Altstadt gefahren«, unterbrach Koronaios sie. »Unser Hafen ist dafür zu klein und nicht tief genug.«

»Genau!« Die Augen von Despina Stamatakis strahlten. »Aber bei uns wäre Platz für die Schiffe! Was das für Kolymbari bedeuten würde! Natürlich sind wir nicht Chania, und uns fehlt die herrliche Altstadt. Aber unser kleiner Hafen hat auch etwas zu bieten.«

Sie lächelte, und Michalis und Koronaios warfen sich einen schnellen Blick zu. Die Vorstellung, Kolymbari könnte ein größeres Stück vom üppigen Kuchen des Tourismus abbekommen, schien Despina Stamatakis zu begeistern.

»Und wenn das einer schafft, dann ist das unser Bürgermeister! Herr Karathonos hat schon so viel für unsere Stadt erreicht.« Sie geriet ob der großartigen Leistungen ihres Chefs regelrecht ins Schwärmen.

Dann wurde sie wieder sachlich.

»Darf ich Ihnen vielleicht einen Kaffee anbieten?«

»Wenn es keine Umstände macht, sehr gern«, sagte Michalis und sah, dass Koronaios genervt den Kopf schüttelte.

»Umstände? Nein! Ich bin gleich wieder da.« Und damit eilte Despina Stamatakis aus dem Büro.

»Was soll denn das jetzt? Bist du wahnsinnig?«, raunte Koronaios Michalis zu. »Willst du dir das noch länger anhören? Die himmelt ihren Bürgermeister an, von der bekommst du doch nie brauchbare Fakten!«

»Immerhin wissen wir jetzt, dass Stelios Karathonos seine

Frau belogen hat. Der hatte gestern Abend hier gar keinen Termin mehr.«

»Oder seine Frau hat gelogen«, meinte Koronaios.

»Ja. Stimmt. Vielleicht hat auch sie gelogen«, gab Michalis zu.

»Gib mir mal den Wagenschlüssel«, sagte Koronaios nach einer kurzen Pause.

Michalis reichte ihm den Schlüssel.

»Ich geb dir 'ne Viertelstunde. Dann bist du beim Wagen. Sonst fahr ich ohne dich.«

Koronaios ging nach draußen. Michalis wusste, dass sein Partner nicht ohne ihn fahren würde, aber er wusste auch, dass er es nicht übertreiben sollte. Immerhin war er Koronaios unterstellt, und nicht umgekehrt.

Michalis legte sein Notizbuch auf den Schreibtisch und sah sich in dem Büro von Despina Stamatakis um. Ein kleiner Raum mit nur einem Fenster und alten, ausgeblichenen Vorhängen. Trotz der Enge befand sich in einer Ecke eine große blauweißgestreifte griechische Flagge mit dem weißen Kreuz. Einige Blumen standen auf einem Tisch und der Fensterbank sowie mehrere Bilderrahmen mit Familienfotos. Hinter dem Schreibtisch gab es eine weitere Tür, die vermutlich in das Büro des Bürgermeisters führte.

Michalis' Handy klingelte, und auf dem Display erschien das Foto von Hannah. Michalis lächelte das Foto der schönen dunkelblonden Frau mit den großen, lachenden Augen und der fein geschwungenen Nase an.

»Hey«, sagte er mit weicher Stimme.

»Hey ...«, antwortete Hannah, und es genügte dieses eine Wort, und Michalis wurde wieder bewusst, wie sehr er sich auf Hannah freute.

Michalis sah kurz auf seine Uhr und erschrak. Es war

bereits nach halb eins. »Hast du schon eingecheckt?« Er hörte im Hintergrund eine Flughafen-Durchsage auf Deutsch.

»Ja, ich steig gleich in den Flieger. Und in zweieinhalb Stunden ... Schaffst du's wirklich, holst du mich ab?«

Michalis antwortete nicht sofort, und Hannah spürte sein Zögern.

»Och nee, bitte ...«

»Ich bin mit Koronaios bei einer eigenartigen Sache, in einer kleinen Stadt, zwanzig Kilometer außerhalb ... Aber ich werde es schaffen. Und wenn nicht, dann kommt Sotiris.«

»Ja ...« Hannah klang etwas enttäuscht. »So, ich muss rein«, sagte sie.

Michalis hörte das Geräusch des Kusses, den sie an das Mikro ihres Smartphones hauchte. Er formte ebenfalls einen Kuss, drückte ihn auf sein Mikro und hörte Hannah lachen.

»Bis gleich!«, sagte sie sanft.

»Bis gleich!« Er wartete, bis sie aufgelegt hatte. Nachdem Hannahs Foto verschwunden war, lächelte er sein Smartphone an. Und das nach zweieinhalb Jahren, dachte er. Immer noch verliebt.

Despina Stamatakis kam mit einem Tablett, drei großen Tassen mit *Elliniko* und einem Teller voller *Zournadakia*, mit Nüssen und Mandeln gefüllten Teigröllchen, herein.

»So ...«, sagte sie und sah sich um. »Wo ist denn Ihr Kollege?«

»Der klärt, ob es neue Hinweise gibt, wo der Herr Bürgermeister sein könnte«, antwortete Michalis, und Despina Stamatakis nickte anerkennend.

Sie tranken den *Elliniko*, Michalis aß einige von Despina Stamatakis' Schwiegermutter gebackenen *Zournadakia* und erfuhr von immer neuen segensreichen Taten des Bürgermeisters, die sie in allen Einzelheiten darstellte.

Unvermittelt beugte sich Despina Stamatakis fast verschwörerisch vor. »Haben Sie denn einen Verdacht, wo der Bürgermeister sein könnte?«

»Noch keinen konkreten, nein. Aber ...« Michalis bemühte sich, ähnlich verschwörerisch wie die Sekretärin zu klingen. »Haben Sie vielleicht eine Idee?«, flüsterte er beinahe. »Ich bin sicher, niemand kennt den Herrn Bürgermeister so gut wie Sie.«

»Ach nein, ich bin doch nur seine Sekretärin«, erwiderte sie kokett, und Michalis spürte, wie gern sie ihm sagen würde, was sie wusste, es sich aber nicht erlaubte. Schließlich war er Polizist und damit ein offizieller Vertreter des Staates, da wollte sie vorsichtig sein.

»Nur unter uns. Es wird nie jemand erfahren, aber es würde mir helfen.« Michalis steckte sein Notizbuch, das noch auf dem Tisch lag, demonstrativ ein. Dann sah er Despina Stamatakis in die Augen und wusste, dass er weiterfragen konnte. »Wir wissen doch beide ...« Er tat so, als würde er sich vergewissern, dass wirklich niemand sie hören konnte. »Wir wissen doch beide, wo Ehemänner, die eine Nacht lang nicht nach Hause kommen, gewesen sein können.«

»So ...?«, sagte Despina Stamatakis mit gespielter Empörung. »Was wollen Sie damit sagen?«, flüsterte sie nahezu unhörbar.

»Haben Sie in letzter Zeit Anzeichen dafür mitbekommen, dass der Herr Bürgermeister vielleicht eine ... Geliebte haben könnte?«

»Eine Geliebte? Unser Bürgermeister ist verheiratet!« Sie senkte kurz den Blick und zwinkerte Michalis zu.

Er wartete, ob sie noch mehr sagen würde, aber sie lächelte nur zufrieden, wartete ebenfalls auf eine Reaktion von Michalis, und als keine kam, fragte sie: »Noch einen *Elliniko*? Ich mache gern noch einen.«

Michalis lehnte dankend ab, und sie sprachen in normaler Lautstärke weiter. Michalis wollte wissen, ob Stelios Karathonos in den letzten Wochen verändert gewesen sei, und die Sekretärin antwortete wie schon Kalliopi, dass er häufiger als sonst nach Spilia zu seinem Bruder und seinem Onkel gefahren und oft bei seiner Mutter in Chania im Krankenhaus gewesen sei.

Zwischendurch klingelte Michalis' Smartphone, und er befürchtete, es sei schon wieder seine Familie, aber es war Jorgos. Er schaltete das Handy auf lautlos, er würde seinen Onkel später zurückrufen. Wenn es beruflich war, könnte Jorgos direkt Koronaios anrufen, und wenn es wegen Hannah war, dann musste das jetzt warten.

Als Michalis sich verabschiedete, zögerte Despina Stamatakis kurz und vergewisserte sich, dass niemand in der Nähe war.

»Er war in den letzten Wochen unkonzentrierter. Gereizter. Hektischer«, sagte sie leise. »Ich dachte, das hängt mit seiner Mutter zusammen. Ihre Herzprobleme haben ihn ziemlich belastet.«

»Ich danke Ihnen sehr. Und falls Ihnen noch etwas einfallen sollte, was uns helfen könnte …«

Michalis reichte ihr seine Visitenkarte, und Despina Stamatakis betrachtete sie gründlich.

»Dann werde ich mich ganz sicher bei Ihnen melden. Darauf können Sie sich verlassen, Herr Charisteas.«

5

Als Michalis nach draußen kam, entdeckte er Koronaios telefonierend auf der Straße. Michalis winkte ihm, und während Koronaios langsam zurück zum Auto kam, ging er über den großen Innenhof und sah sich um. Das zweistöckige, langgezogene weiße Rathaus bestand aus zwei Flügeln, die im rechten Winkel zueinander standen und im ersten Stock rundum von einem offenen Außengang gesäumt waren. Vermutlich war das Gebäude nach 1913 entstanden, als Kreta endlich Teil des griechischen Staates geworden und die türkische Herrschaft nach über zwei Jahrhunderten endgültig beendet war. Ein schlanker Bau mit hohen, oben halbrunden blauen Fenstern mit Eiseneinfassungen, an dem erkennbar die Zeit nagte. Ein großer Haufen Kies und ein Radlader, der auf der anderen Straßenseite stand, deuteten darauf hin, dass es offenbar Geld für eine Renovierung gab. Oben auf dem Kiesberg spielten einige Katzen.

Koronaios näherte sich, sein Smartphone in der einen Hand und die Packung mit den Feigen in der anderen.

»Dein Onkel hat angerufen«, sagte er grimmig. »Der Polizeidirektor hatte wieder einen Anruf vom Gouverneur erhalten.«

»Hat sich Kalliopi Karathonos schon beschwert?«

Koronaios schaute kurz in den strahlend blauen Himmel.

»Im Gegenteil. Sie hat uns für unseren bisherigen Einsatz sehr gelobt.«

Michalis lachte ungläubig. »Das ist nicht dein Ernst.«

»Mein voller Ernst. Und wir haben die Anweisung von ganz oben, genauso weiterzumachen.«

»Die hat mich doch vorhin angebrüllt und rausgeworfen! Verstehst du das?«

»Nein. Dein Onkel hat angedeutet, dass sich unser guter Herr Polizeidirektor vom Wohlwollen des Gouverneurs etwas verspricht.«

»Und was?«

»Keine Ahnung. Vielleicht sollen Gelder für einen neuen Fahrstuhl bewilligt werden. Der Gouverneur entscheidet über die Verteilung der Finanzmittel aus Athen, vielleicht steckt das dahinter. Also …« Koronaios klang fast etwas verzweifelt.

»Ja?«, fragte Michalis irritiert.

»Der Polizeidirektor hofft, dass der junge Kollege Michalis Charisteas auch diesmal wieder eine seiner speziellen Wahrnehmungen hat.«

Koronaios sagte das so neutral wie möglich. Er hatte sich daran gewöhnt, dass Michalis in der Polizeidirektion als sehr erfolgreich, aber auch ein wenig merkwürdig galt, weil er anders als die Kollegen vorging und häufig erst einmal die Atmosphäre eines Ortes in sich aufnahm.

»Ja, und?«

»Dein Onkel ist ganz wild darauf zu erfahren, was du bei der Sekretärin des Bürgermeisters herausgefunden hast. Und er hofft, dass du dabei auf eine neue Spur gestoßen bist.« Als Michalis zögerte, sprach Koronaios schnell weiter: »Sag mir jetzt bitte, dass du nichts Neues erfahren hast. Dass du alles, und zwar wirklich alles versucht hast, aber im Moment leider auch ratlos bist. Und dass du nach wie vor überzeugt bist, dass dieser Bürgermeister bei seiner Geliebten ist und jeden Moment wieder auftauchen wird. Bitte sag mir das.«

»An dieser Geschichte stimmt was nicht«, erwiderte Michalis leise. »Dieser Bürgermeister ist nicht einfach bei einer anderen Frau. Da steckt mehr dahinter.«

Koronaios sah Michalis kopfschüttelnd an.

»Wir sollten ...«, fuhr Michalis fort.

Koronaios stöhnte. »Was habe ich getan, damit ich mit dir gestraft werde? Warum kann ich nicht einen ganz normalen Partner haben, der nichts herausfindet und der brav mit mir das Protokoll schreibt? Warum? Kannst du mir das sagen?«

Koronaios blickte erneut zum Himmel, dann grinste er etwas schief.

»Also. Wo müssen wir hin? Und wehe, es gibt da nichts zu essen!«

Michalis sah auf die Uhr. Zehn nach eins.

»Wir haben noch zwei Stunden. Wir könnten noch kurz nach Spilia. Das dauert eine halbe Stunde. Maximal. Es wird etwas eng, aber ...«

»Spilia, warum denn nach Spilia?«, fragte Koronaios seufzend.

»Die Familie des Bürgermeisters hat dort eine Olivenölmühle. Wohl alter Familienbesitz, seit über hundert Jahren, hat die Ehefrau gesagt. Und beide Frauen, also Kalliopi Karathonos und seine Sekretärin ...« Michalis zögerte und dachte nach. »Ich habe beide Frauen gefragt, ob beim Bürgermeister in den letzten Wochen etwas anders war als sonst.«

»Und?«, hakte Koronaios missmutig nach.

»Beide haben gesagt, dass er häufiger als sonst in Spilia war. Sein Bruder leitet die Olivenölmühle, und sein Onkel läuft da wohl auch dauernd rum.«

»Okay ...«, seufzte Koronaios, »du gibst ja sowieso keine Ruhe. Dann fahren wir eben nach Spilia, aber ich sage, wann wir wieder aufbrechen! Und von da geht's dann direkt auf die Schnellstraße. Ich komm mit zum Flughafen und fahr dann weiter ins Büro. Sonst schaffst du es niemals, deine Hannah pünktlich abzuholen. Und dein Onkel schmeißt mich dann wahrscheinlich raus, oder ich werde dazu verdonnert, die nächsten zehn Jahre im Keller Akten zu sortieren. Ihr müsst dann nur sehen, wie ihr vom Flughafen weiterkommt.«

Koronaios ließ die Türen des Wagens aufspringen und warf Michalis den Schlüssel zu.

Je näher sie dem Ortsausgang kamen, desto baufälliger wirkten die Häuser. Hinter Kolymbari passierten sie einige Wiesen und vereinzelte neuerrichtete, buntgestrichene Ferienhäuser mit üppig blühenden Gärten.

Die Landschaft stieg leicht an und wurde dann zu einem endlosen Meer silbergrüner Olivenhaine mit ihren fahlen, gelbweißen Blüten. Michalis fuhr seine Seitenscheibe herunter und atmete den zarten, süßlich zitronigen Duft der Olivenblüten tief ein. Er liebte diesen Geruch, seit ihm sein Großvater mit vier Jahren in Vouves den mit über dreitausend Jahren angeblich ältesten Olivenbaum der Welt gezeigt hatte und mit ihm durch einen blühenden Olivenhain gelaufen war.

Die Straße führte in einer kleinen Senke unter der Schnellstraße hindurch, und gleich danach entdeckte Michalis den Hügel mit dem Dorf, das er von der Terrasse des Bürgermeisters aus gesehen hatte. Kurz bevor sie Spilia erreichten, bog eine steile Straße nach rechts zu dem Ort Marathokefala ab.

Michalis fuhr langsamer, hielt hinter der Abzweigung und blickte nach oben.

»Was ist?«, fragte Koronaios irritiert.

»Nichts …«, erwiderte Michalis zögernd.

Koronaios sah zu ihm hinüber.

»Dieses ›Nichts‹ kenn ich. Was ist da oben? Und hat das etwas mit diesem Bürgermeister zu tun?«

»Ich weiß es nicht«, antwortete Michalis und kniff die Augen zusammen. »Das da oben, diesen Ort, dieses Marathokefala, das sieht man von der Terrasse des Bürgermeisters aus.«

»Und?«

»Irgendwas ist damit. Ich weiß nur noch nicht, was.«

Koronaios sah Michalis skeptisch an. Er hatte die Erfahrung gemacht, dass Michalis oft selbst erst später bemerkte, wenn er etwas wahrgenommen hatte. Aber in diesem Fall irritierte es Koronaios noch mehr als sonst, denn er war sicher, dass es kein Verbrechen gab. Was also sollte Michalis dann wahrnehmen?

»Da baut sich jemand wie dieser Bürgermeister so einen Palast«, sprach Michalis zögernd weiter. »Und baut sich auch eine riesige Terrasse.« Michalis sah Koronaios an. »Wenn du dir auf einer Anhöhe so eine Villa bauen würdest ...«

»Würde ich nicht«, sagte Koronaios schnell.

»Ja, aber stell es dir einfach mal vor. Du baust diese Villa und eine riesige Terrasse, und dein Haus ist keinen Kilometer vom Meer entfernt. Wohin baust du die Terrasse? Richtung Hinterland mit dem kilometerweiten Grün von Oliven? Oder Richtung Meer, wo du Boote siehst und das Wasser riechst und wo an stürmischen Tagen die Wellen bis über die ersten Häuser zu schlagen scheinen?«

Koronaios sah Michalis an und lächelte.

»Ist schon klar, wo du die Terrasse hinbauen würdest«, meinte er dann. »Aber vielleicht wollte der Bürgermeister einfach grüne Oliven sehen. Die sind ja das ganze Jahr grün, da ändert sich nicht viel, manche mögen das. Oder ihn interessiert das Meer nicht so sehr. Kann ja sein. Und vielleicht mag er Oliven einfach wahnsinnig gern.«

Michalis nickte und fuhr weiter. Nach einigen hundert

Metern wurde er vor dem Ortsschild von Spilia langsamer. Das blauweiße Schild war von Einschusslöchern durchsiebt.

»Das machen die hier offenbar immer noch«, sagte Michalis kopfschüttelnd. »Auf Straßenschilder schießen …«

»Ja, aber das ist doch hier in jedem Dorf so«, sagte Koronaios. »Das ist so eine Art Sport, das wurde schon immer gemacht. Manchmal finden die Leute einfach, dass die Grenze zwischen zwei Orten vom Staat falsch festgelegt wurde und das Schild eigentlich woanders stehen müsste.«

»Aber manchmal steckt mehr dahinter«, ergänzte Michalis. Er fuhr weiter, und beide wussten, was diese Einschusslöcher auch bedeuten konnten: Dass jemand etwas gegen jemanden in dem Ort hatte. Oft sogar gegen eine ganze Familie.

In dem Moment klingelte erneut das Smartphone von Michalis. Er sah das Bild seiner Mutter auf dem Display und reichte das Smartphone an Koronaios weiter.

»Meine Mutter. Kannst du kurz mit ihr reden?«

Koronaios nahm das Handy und erklärte Michalis' Mutter genüsslich, dass sie absolut im Zeitplan seien, der liebe Sohn jetzt aber unmöglich ans Telefon gehen könne.

Während Koronaios charmant mit seiner Mutter plauderte, blickte Michalis auf die Uhr. Kurz vor halb zwei, noch lagen sie gut in der Zeit, und die Aussicht, Hannah in anderthalb Stunden in den Arm nehmen zu können, war großartig. Beim letzten Mal, als er es nicht rechtzeitig geschafft hatte, war er fast noch enttäuschter gewesen als sie.

Sie erreichten die Olivenölmühle, die kurz hinter dem Ortsanfang lag. Ein moderner Flachbau mit einer großzügigen Anlieferzone für die Oliven und einem massiven Metallzaun um das Grundstück herum, das jetzt, Monate nach der letzten Olivenernte, verlassen wirkte. Das Tor zur Einfahrt war offen, auf dem großen Areal standen viele leere große Körbe für die geernteten Oliven. In einem riesigen überdachten Regal waren Säcke gestapelt, in denen die Oliven von den Hainen hierhertransportiert wurden. Vor einem Nebeneingang, vermutlich zum Büro, parkte ein schwarzer Range Rover.

Michalis hielt vor einem weitgeöffneten Rolltor, hinter dem die Produktionshalle lag. Neben dem Tor hing ein Schild mit dem Logo der Olivenölmühle, das auch auf den Olivenölflaschen im *Athena* prangte. Sie stiegen aus und warfen einen Blick in die Halle mit den großen Förderbändern zum Trennen der Oliven von Blättern, Zweigen und Staub sowie den großen Wannen zum Waschen der Oliven. Dahinter standen stählerne Knetmaschinen mit Mahlwerken in senkrechten Stahlzylindern, die mehr als fünfhundert Liter fassten und in denen die Oliven vor der eigentlichen Ölgewinnung leicht erhitzt, zerkleinert und geknetet wurden, bis sie zu einem Olivenbrei geworden waren. An der langen Seitenwand befanden sich die Herzstücke einer modernen Mühle, die Decanter, jene großen glänzenden Zentrifugen, aus denen das grüngelbe Olivenöl floss. Die ganze Anlage schien aus neuen Maschinen zu bestehen und wirkte frisch renoviert.

Michalis wollte schon in die Halle vorgehen, doch Koronaios hielt ihn zurück.

»Damit das klar ist«, sagte er entschlossen, »in einer Viertelstunde brechen wir wieder auf. Verstanden?«

»Ja. Auf jeden Fall«, erwiderte Michalis, machte ein paar Schritte in die Halle hinein und rief laut: »Hallo?«

An der rechten Wand wurde eine Tür geöffnet, dahinter war das Büro zu sehen. Ein Mann Anfang fünfzig trat heraus und kam auf sie zu. Hinter ihm blickte ein etwas älterer Mann in ihre Richtung, eine Frau, die Michalis nicht genauer sehen konnte, saß mit dem Rücken zur Tür.

Der Mann, der ihnen entgegenkam, war groß, braungebrannt, hatte einen massigen Körper und eine Halbglatze. Er schien leicht zu hinken. Seine Beine steckten in einer Armeehose, zu der er ein schwarzes Hemd trug.

»Ja? Was wollen Sie?«, fragte er abweisend, als er sie erreicht hatte. »Wir haben geschlossen.«

Koronaios hielt dem Mann seinen Polizeiausweis entgegen.

»Kriminalpolizei Chania. Pavlos Koronaios, das ist mein Kollege Michalis Charisteas.«

»Ah.« Der Mann wirkte beunruhigt. Michalis bemerkte, dass er nicht nur hinkte, sondern an den Armen und im Gesicht auch Schürfwunden hatte.

»Dann kommen Sie wegen meines Bruders?« Der Mann sah die beiden besorgt an.

»Sind Sie Dimos Karathonos?«, fragte Michalis zurück.

»Ja, ja bin ich. Was ist mit meinem Bruder, haben Sie ihn gefunden? Oder ... ist er wieder aufgetaucht?«

»Nein, leider nicht«, antwortete Koronaios. »Wir waren schon bei seiner Frau, Kalliopi Karathonos ...«

»Meiner Schwägerin«, unterbrach Dimos ihn.

»Ja, bei Ihrer Schwägerin«, fuhr Koronaios fort. »Sie haben vermutlich auch nichts von Ihrem Bruder gehört? Haben Sie vielleicht eine Idee, wo er sein könnte?«

»Nein, das nicht, nein. Aber ...«, stammelte Dimos.

»Ja?«, sagte Michalis freundlich, weil Dimos nicht weitersprach.

»Warum Kriminalpolizei aus Chania? Gibt es Hinweise auf ein Verbrechen?«, wollte Dimos wissen.

»Nein. Keinerlei Hinweise«, antwortete Koronaios schnell. »Aber wir sind gebeten worden, die Kollegen in Kolymbari zu unterstützen. Es kommt nicht jeden Tag vor, dass ein Bürgermeister verschwindet. Auch wenn …« Koronaios zögerte.

»Wenn was?« Dimos war begierig zu erfahren, was Koronaios sagen wollte.

»Bisher ist es ein Vermisstenfall. Und …« Koronaios zog den Satz in die Länge. »Die allermeisten Vermissten tauchen nach kurzer Zeit wieder auf. Innerhalb weniger Tage. Und fast immer gibt es dann Gründe für das Verschwinden, die im persönlichen Bereich liegen.«

»Verstehe. Dann wird Stelios hoffentlich bald wieder da sein. Das hoffen wir alle. Und dass nicht doch etwas passiert ist.«

»Haben Sie eine Idee, was ihm passiert sein könnte?«, hakte Michalis schnell nach.

»Ich? Nein. Keine. Ich hab noch nie erlebt, dass jemand verschwunden ist, ich weiß nicht, was passiert sein könnte.«

Michalis deutete auf die Verletzungen von Dimos.

»Und was ist Ihnen passiert? Ein Unfall?«, fragte er.

Dimos Karathonos versuchte, entschuldigend zu lächeln.

»Das, nein. Gestern Nacht waren Ziegen in unseren Oliven, oben am Hügel, die wollte ich vertreiben und bin gestürzt, im Dunkeln«, sagte er und verzog sein Gesicht, als würde die Erinnerung daran noch immer schmerzen.

Michalis sah, wie die Frau im Büro aufstand und sich zu ihnen umdrehte. Er erkannte Artemis Karathonos, die er vorhin vor der Villa des Bürgermeisters getroffen hatte. Sie sagte etwas zu dem älteren Mann, woraufhin beide auf die Polizisten zukamen und neben Dimos Karathonos traten. Der Mann hatte eine ähnlich kräftige Statur wie Dimos und ebenso wenige, allerdings graue Haare, dafür aber ein faltenreiches, von der Sonne gegerbtes Gesicht. Unverkennbar ein Mann, der sein Leben überwiegend im Freien unter der intensiven Sonne Kretas verbracht hatte.

»Mein Onkel. Und meine Frau«, sagte Dimos und deutete dann auf Michalis und Koronaios. »Und das sind zwei Polizisten aus Chania. Wegen Stelios.«

»Aha.« Der ältere Mann mit den vielen Falten musterte Michalis und Koronaios skeptisch.

»Kriminalpolizei«, fügte Dimos hinzu.

»Ich habe die Herren schon kennengelernt«, sagte Artemis zu ihrem Mann. »Ich fahre nach Hause, die Jungs müssten gleich kommen«, fügte sie noch hinzu und ging. Dimos sah ihr kurz nach.

»Dann sind Sie Alekos Karathonos?« Michalis musterte den älteren Mann neugierig.

»Woher wissen Sie das?«, fragte Dimos schnell.

»Von Ihrer Schwägerin.« Michalis sah zwischen den beiden Männern hin und her. Der Ältere schien der Abweisendere von beiden zu sein.

»Ja, ich bin Alekos Karathonos. Hat Kalliopi wieder behauptet, ich hätte hier nichts zu suchen?«, sagte er spöttisch, und Michalis war überrascht, wie schneidend Alekos klang, als er Kalliopi erwähnte.

»Sie hat nur gesagt, dass es sein kann, dass wir Sie hier antreffen«, erwiderte Michalis sachlich.

»Das gefällt ihr nämlich nicht, der Kalliopi. Dass ich hier immer noch etwas zu sagen habe.«

»Ja«, unterbrach Koronaios, den das Verhalten von Alekos Karathonos ebenso aufhorchen ließ wie Michalis. »Uns interessiert auch nur, ob Sie eine Vermutung haben, wo Ihr Neffe Stelios Karathonos sein könnte.«

»Woher soll denn ich das wissen?«, fuhr der Alte Koronaios an. »Er ist ein erwachsener Mann und kann machen, was er will. Der taucht schon wieder auf. Keine Sorge.«

Michalis und Koronaios sahen sich an. Beide wunderten sich über den aggressiven Ton von Alekos.

»Können Sie sich denn erklären, warum sich seine Frau so große Sorgen macht?«, fragte Michalis.

Alekos blickte zwischen Michalis und Koronaios hin und her und warf auch seinem Neffen Dimos einen Blick zu.

»Was soll ich sagen. Kalliopi ist so. Wenn ich ihr Mann wäre, hätte ich auch ganz gern mal meine Ruhe.« Alekos sah seinen Neffen an. Dimos wich dem Blick aus.

»Und es beunruhigt Sie nicht, dass Ihr Neffe verschwunden ist?«, fragte Koronaios.

»Nein.«

»Warum nicht?«, bohrte Michalis nach.

»Sollte ich mir Sorgen machen?«, erwiderte Alekos.

»Er ist immerhin seit gestern Abend nicht mehr gesehen worden und auch nicht erreichbar.«

Alekos sah Michalis herausfordernd an.

»Ja, und? Sie wissen doch selbst, was mit verschwundenen Ehemännern ist.«

»So? Was ist denn mit verschwundenen Ehemännern?«

Michalis begann, sich zu ärgern, weil sogar die Angehörigen des Bürgermeisters so taten, als könnte nur eine Geliebte der Grund dafür sein, dass ein Mann verschwindet. In den Jahren, in denen Michalis in Athen bei der Polizei gewesen war, hatten sie oft mit verschwundenen Männern zu tun gehabt, und dort war der erste Gedanke immer der an ein Verbrechen gewesen. Aber vielleicht gab es hier auf Kreta zu selten wirkliche Schwerverbrechen, ja, nicht mal einen Bruchteil der Tötungsdelikte auf dem Festland, worauf der Polizeidirektor sehr stolz war.

»Was wird schon sein mit Ehemännern, die mal eine Nacht nicht nach Hause kommen. Es wird seine Gründe haben, warum Ihre Kollegen in Kolymbari nichts unternehmen wollen.«

»Woher wissen Sie, was die Polizei unternimmt und was nicht?«, hakte Koronaios nach, und Michalis stellte fest, dass sein Partner schon wieder anfing, schwer zu atmen.

»Was soll ich sagen. Man kennt sich hier in der Gegend. Und wenn Sie mit Ihren Kollegen gesprochen haben, dann wissen Sie ja sicherlich, dass die gute Kalliopi vor vier Wochen schon mal meinte, unserem Stelios sei etwas passiert.«

»Ja, das ist uns bekannt.« Koronaios nickte.

»Sehen Sie? Und genauso wird es diesmal sein. Stelios ist irgendwo in Chania oder vielleicht auch in Heraklion, hatte eine lange Nacht, der Akku von seinem Handy ist leer, und bald taucht er mit einem riesigen Blumenstrauß und einem teuren Ring für seine Kalliopi wieder auf. Das mag sie nämlich, die gute Kalliopi. Teuren Schmuck«, erklärte Alekos Karathonos fast verächtlich.

»Ja, danke, das war es dann«, sagte Koronaios, sah Michalis an und deutete mit dem Kopf in Richtung Hof.

Michalis nickte, wandte sich aber noch einmal an Dimos.

»Gibt es sonst noch jemanden, der etwas wissen könnte? Oder könnte Stelios bei Ihrer Mutter sein?«, fragte er.

»Nein, da ist er sicherlich nicht«, antwortete Alekos schnell, bevor sein Neffe etwas sagen konnte. »Und ich hoffe auch nicht, dass Sie auf die Idee kommen, meine Schwägerin im Krankenhaus zu belästigen.« In seiner Stimme lag etwas Drohendes. »Vassilia ist schwer herzkrank und hat gerade eine große Operation hinter sich. Wenn Sie da auftauchen und Vassilia beunruhigen, dann …« Er sah Michalis und Koronaios lauernd an und sprach nicht weiter.

»Wie wir in so einem Fall ermitteln, müssen Sie schon uns

überlassen«, erwiderte Koronaios kühl, und Michalis nahm interessiert zur Kenntnis, dass Koronaios zum ersten Mal von »einem Fall« sprach.

»Gut, vielen Dank«, sagte Michalis schnell. »Wir hoffen genauso wie Sie, dass der Bürgermeister schon bald wieder auftaucht.«

»Wenn nicht« – Koronaios klang beinahe drohend –, »dann sehen wir uns sicherlich wieder.«

Damit wandte er sich um und ging.

»Dann hoffe ich, dass wir keinen Grund haben werden, uns noch einmal zu sprechen«, sagte Michalis und verbeugte sich leicht.

»Ja, das hoffen wir auch«, entgegnete Dimos schnell.

Alekos sagte nichts, sondern sah Michalis nur auffordernd an. Es war offensichtlich, dass er die Polizei nicht länger in der Mühle haben wollte.

Michalis folgte Koronaios, der neben der Fahrertür des Polizeiwagens wartete.

»Gib lieber mir den Schlüssel«, sagte er, als Michalis ihn erreicht hatte.

»Wieso?«

»Kannst deinen Bruder anrufen. Er muss gar nicht erst losfahren.« Koronaios grinste. »Wenn ich fahre, dann sind wir garantiert pünktlich am Flughafen.«

Michalis sah auf die Uhr. Kurz nach zwei. In gut fünfzig Minuten sollte Hannah landen. Michalis warf Koronaios den Wagenschlüssel zu und beeilte sich, auf der Beifahrerseite in den Wagen zu steigen, denn Koronaios meinte es ernst: Er gab Gas. Michalis ahnte, dass eine rasante Fahrt vor ihm liegen, er aber rechtzeitig ankommen würde. Und wenn er es wirklich schaffen sollte, Hannah am Flughafen pünktlich in die Arme zu nehmen, dann war das eine halsbrecherische Fahrt wert.

Als sie aus der Einfahrt der Mühle hinausfuhren, sah Michalis, dass Dimos und Alekos vor das große Rolltor getreten waren. Der Onkel redete auf Dimos ein, der besorgt zu sein schien.

Michalis holte sein Handy aus der Tasche. Koronaios warf ihm einen Blick zu.

»Deine Hannah ist jetzt in der Luft. Die wirst du nicht erreichen.«

»Ich ruf Sotiris an. Nur zur Sicherheit.«

»Völlig überflüssig.« Koronaios grinste herausfordernd. »Wenn du hier am Steuer sitzen würdest, dann könnte es eng werden. Das stimmt. Aber mach, was du willst.«

Koronaios beschleunigte, sobald sie Spilia verlassen hatten. Er überholte einen weißen Kleinwagen mit einem Urlauberpärchen, musste aber gleich wieder abbremsen, weil ein langsamer, mit Säcken beladener Pritschenwagen vor ihnen auftauchte.

Michalis wählte die Nummer seines Bruders.

»Hey, Sotiris. Wir sind jetzt auf dem Weg, ich bin aber nicht ganz sicher, ob wir es pünktlich schaffen.«

»Wir schaffen das rechtzeitig, du kannst zu Hause bleiben!«, rief Koronaios so laut, dass Sotiris es hören musste. Gleichzeitig beschleunigte Koronaios erneut und überholte den Pritschenwagen.

»Gut, bis gleich!« Michalis legte auf. »Er ist sowieso schon in der Nähe. Hat in Kounoupidiana noch was zu erledigen gehabt und fährt von da aus rüber.« Michalis lächelte. »Außerdem freut er sich auch, Hannah zu sehen.«

Koronaios musterte Michalis von der Seite.

»Aber nicht, dass du eifersüchtig wirst«, sagte er und grinste.

Koronaios bog vor Kolymbari auf die Schnellstraße Richtung Chania. Sie kamen gut voran, ohne dass Koronaios allzu abenteuerlich fahren musste. Er warf immer wieder einen Blick zu Michalis, der mal nachdenklich und mal lächelnd aus dem Fenster schaute. Grüne Olivenhaine zogen an ihnen vorbei, deren helles Blütenmeer sich von den silbergrünen Blättern der Olivenbäume absetzte und der Landschaft einen Glanz gab, den es nur im Frühjahr in der kurzen Zeit der Olivenblüte gab. Michalis liebte diesen Anblick, und er wusste, dass auch Hannah begeistert sein würde.

Koronaios war, seit sie Kolymbari und Spilia hinter sich gelassen hatten, wieder sehr viel besserer Laune. Er kaute Kaugummi, schaltete das Radio ein, klopfte den Rhythmus eines Lieds auf dem Lenkrad mit und schaltete das Radio wieder aus, als auf seinem Smartphone eine Nachricht ankam. Nach einem kurzen Blick auf das Display reichte er das Smartphone wortlos an Michalis weiter. Michalis sah ein Foto, das Nikoletta, die ältere Tochter, geschickt und dazu geschrieben hatte: Um fünf!!?? Schaffst du das?

»Ich soll sie nachher abholen, irgendwo in Neokouros. Als ob ich sonst nichts zu tun hätte. Aber was tut man nicht alles für seine Töchter –«, sagte Koronaios resigniert.

Michalis grinste, erwiderte aber lieber nichts. Er wusste, wie oft Koronaios von seinen Töchtern herumgescheucht wurde und darüber fluchte, aber letztlich fast immer das tat, was sie wollten. Doch deshalb kritisiert zu werden gefiel ihm nicht.

Die Landschaft zog vorbei, und Michalis war mittlerweile sicher, dass er pünktlich am Flughafen sein würde. Er räusperte sich. »Was denkst du über die Sache?«

»Was ich darüber denke, ist doch klar, oder?« Koronaios sah Michalis an. »Aber du. Was denkst du?«

Michalis schob die Lippen vor, rieb sich den Bart und nickte, während er überlegte.

»Ich will gar nicht ausschließen, dass du recht hast«, sagte er. »Vielleicht taucht der Bürgermeister einfach wieder auf, erzählt uns irgendeine Geschichte, und wie er das mit seiner Frau regelt, das ist nicht unser Problem.«

»Aber …?«, fragte Koronaios.

»Mit der ganzen Sache stimmt was nicht«, sagte Michalis bestimmt.

»Und wo ist er dann? Der Bürgermeister? Deiner Meinung nach?« Koronaios wurde ungeduldig.

»Ich weiß es nicht. Wenn er einen Unfall gehabt hätte, müsste sein Auto ja irgendwo herumstehen, also, falls er wirklich mit seinem Wagen unterwegs ist. Bei fast allen Unfällen gibt es Spuren, die irgendjemand bemerkt. Es sei denn, er ist irgendwo runtergestürzt. Dann kann es dauern, bis er gefunden wird.«

Koronaios sah Michalis skeptisch an. Ihm gefielen diese Überlegungen nicht.

»Wenn er verschleppt worden wäre, hätte sich der Entführer gemeldet«, fuhr Michalis fort. »Lösegeld oder andere Forderungen. Davon wüsste auch jemand. Aber …«

»Was, aber?«

»Wenn er … wenn ihn jemand ermordet hat.«

Koronaios zog die Augenbrauen hoch.

»Gibt es dafür irgendeinen Hinweis?«

»Bisher nicht. Nein.«

Michalis zögerte. »Was, wenn er sich umgebracht hat und nicht gefunden werden will?«

»Wie kommst du denn darauf?« Koronaios war überrascht. »Der ist erfolgreich, hat Frau und Kind, warum sollte sich so einer umbringen? Geldsorgen wird der nicht haben, so wie es bei denen aussieht.«

»Man sieht ja nicht rein in die Leute.« Michalis kniff die Augen zusammen. »Aber wahrscheinlich taucht er einfach wieder auf, und es ist nichts Ernstes passiert«, fügte er hinzu.

»Und genauso wird es sein. Ich bring dich zum Flughafen, schreib das Protokoll, und wir werden nie wieder etwas von der Geschichte hören«, versicherte Koronaios.

»Ja ...«, sagte Michalis gedehnt. »Aber fandest du die beiden Männer jetzt eben nicht auch eigenartig? Den Bruder und den Onkel?«

»Wieso, was soll an denen eigenartig gewesen sein? Die Leute reden eben nicht gern mit der Polizei. Altes Misstrauen. Mit dem Staat wollen die hier nicht viel zu tun haben.«

»Ja ja, über Generationen, seit Jahrhunderten, das vererbt sich ... Weil ab 1204 die Venezianer und nach 1669 dann die Türken ...«, betete Michalis spöttisch die Daten herunter, die auf Kreta jedes Kind auswendig lernen musste. »Und dann noch mal kurz die Deutschen, und deshalb glauben die Kreter, dass mit jeder Regierung etwas faul sein muss.«

»Ja, das ist so! Weißt du doch selbst! Kreter trauen bloß Kretern, und das auch nur, wenn sie nicht für den Staat arbeiten!«, erwiderte Koronaios energisch.

»Ja, hast wahrscheinlich recht. Aber wenn mein Bruder verschwunden wäre ...«

»Dein Bruder würde aber nicht verschwinden! So glücklich, wie der ist, würde er sich nie eine Geliebte suchen! Das würde auch sofort auffallen, der ist doch ständig im *Athena*«, sagte Koronaios.

»Ja ...«

»Und diese beiden Herren. Bruder und Onkel. Natürlich wissen die was«, fuhr Koronaios fort. »Die wissen ganz genau, wo der liebe Herr Bürgermeister sein könnte. Aber das werden die uns nicht sagen. Ich würde es wahrscheinlich ja auch nicht der Polizei sagen, wenn ich wüsste, dass mein Bruder seine Frau betrügt und am nächsten Mittag immer noch bei der anderen Frau im Bett liegt. Aber ihm den Hintern versohlen, wenn er wieder auftaucht, das würde ich sehr wohl tun.«

Koronaios freute sich über die Vorstellung und hatte noch eine bessere Idee.

»Bis morgen ist der Bürgermeister wieder da«, sagte er und strahlte Michalis an. »Wenn nicht, dann bin morgen ich dran mit dem Frappé.«

»Und wenn tatsächlich nicht?«

»Dann werd ich mir etwas einfallen lassen. Aber du kannst sicher sein, das wird nicht passieren.«

Je näher sie Chania kamen, desto mehr wurden die blühenden Olivenbäume durch intensiv duftende Orangenplantagen abgelöst. Auf einigen Wiesen standen Aprikosenbäume, die schon die ersten reifen gelborangefarbenen Früchte trugen. In der Nähe von Paleo Gerani lächelte Michalis, als sie ein großes, leuchtend rotblühendes Klatschmohnfeld passierten.

Der Ort Galatas zog an ihnen vorbei, und damit näherten sie sich der Ausfahrt nach Chania.

»Chania wird dicht sein«, sagte Koronaios. »Ich fahr unten rum und dann über Souda. Ist schneller.«

»Ja, hätte ich auch vorgeschlagen. Um die Zeit fährt fast alles durch Chania, das ist sinnlos.«

Bei Souda bogen sie ab und passierten den großen Hafen, in dem die Schiffe der Marine lagen und in dem seit zwei Jahren auch die Kreuzfahrtschiffe anlegten. Es waren gerade drei der riesigen Passagierschiffe, die meistens frühmorgens kamen, im Hafen vor Anker gegangen. Kolonnen von Bussen, die Tausende Kreuzfahrtpassagiere in die historische Altstadt von Chania und zurück zum Hafen bringen sollten, blockierten die Straße.

»Eigentlich ist hier nachmittags alles frei!« Michalis stöhnte und sah auf die Uhr: zwanzig vor drei. Wären sie hier gut durchgekommen, hätten sie es pünktlich zum Flughafen geschafft. Aber so?

Er sah zu Koronaios hinüber. Dessen Mundwinkel zuckten spöttisch, und Michalis ahnte, was er vorhatte.

»Mach es nicht. Es ist verboten, und Hannah wird von Sotiris …«

»Ganz ruhig«, sagte Koronaios, »ich will, dass du glücklich bist, und dafür muss deine Frau glücklich sein. Und auch wenn sie eine Deutsche und sehr vernünftig und bestimmt überzeugt ist, dass die Griechen und vor allem wir Kreter sowieso chaotisch sind: Sie ist glücklicher, wenn ihr Liebster rechtzeitig bei ihr ist und ihm nicht etwas anderes wichtiger war.« Und dir ist es sowieso lieber, wenn ich mich mit Hannah beschäftige statt mit einem verschwundenen Bürgermeister, dachte Michalis. Koronaios fuhr die Seitenscheibe herunter und stellte das Blaulicht auf das Autodach, schaltete das Martinshorn an und überholte grinsend die vor ihm fahrenden Autos und Busse, die widerwillig Platz machten. Und auch als sie die vielen Busse längst passiert hatten, ließ Koronaios das Martinshorn noch eine Weile an.

6

Um fünf nach drei erreichten sie das flache Gebäude des kleinen Flughafens von Chania. Koronaios hielt gegenüber der Reihe dunkelblauer Taxis direkt vor dem Eingang zur Ankunftshalle, wo auch der Pick-up von Sotiris stand.

»Ich fahr gleich ins Büro weiter«, sagte Koronaios. »Und von dir will ich heute nichts mehr hören oder sehen!«

»Aber wenn dieser Bürgermeister auftauchen sollte, sagst du mir Bescheid!«, entgegnete Michalis, bevor er die Wagentür aufriss und in die Halle lief.

Michalis entdeckte seinen Bruder Sotiris vor den großen Milchglasscheiben, an denen die Ankommenden auftauchen würden. Um ihn herum standen Hotelangestellte, Reiseveranstalter und Fahrer, die Schilder in den Händen hielten und auf ihre Gäste und Passagiere warteten.

»Danke, dass du gekommen bist«, sagte Michalis. »War jetzt doch eng. Seit die Kreuzfahrtschiffe in Souda halten, ist es auch dort voller geworden.«

»Kein Problem«, erwiderte Sotiris lächelnd. »Aber ich bleib trotzdem hier und fahr euch dann nach Hause. Oder willst du etwa ein Taxi nehmen?«

»Nein! Wir fahren gern mit dir. Also, wenn du Zeit hast.«

»Für euch immer. Für dich sowieso«, antwortete Sotiris.

»Weißt du, ob sie schon gelandet ist?«, fragte Michalis und sah sich um, konnte aber keinen Monitor mit den Ankunftszeiten entdecken.

Sotiris grinste.

»Wenn eine Maschine aus Deutschland kommt, dann ist die garantiert pünktlich, die Deutschen können doch gar nicht anders …«, sagte er spöttisch.

»Wenn du wüsstest«, erwiderte Michalis und dachte an die ständig ausfallenden Züge der Berliner S-Bahn und an eine Fahrt mit der Bahn nach Hamburg, die statt anderthalb fast fünf Stunden gedauert hatte, weil eine einzige defekte Weiche die komplette Strecke Berlin-Hamburg lahmgelegt und es Stunden gedauert hatte, bis sie repariert war.

Während sie warteten, fiel Michalis wieder auf, wie ähnlich Sotiris und ihr Vater sich waren. Sie waren nicht nur fast gleich groß, sondern sie zogen sich auch ähnlich an. Wenn sie nicht im *Athena* arbeiteten, trugen beide am liebsten dunkelbraune Hemden und Cordhosen, im *Athena* allerdings würden sie nur im weißen Hemd und dunkler Stoffhose bedienen.

Sie mussten über eine halbe Stunde warten, bis sich die Milchglasscheiben öffneten und die ersten Urlauber mit ihrem Gepäck auftauchten. Michalis entdeckte Hannah mit ihren langen, dunkelblonden Haaren, ihren großen blauen Augen und einer hellblauen Bluse am Ende der Schlange von Ankommenden, und sie schien etwas Schweres zu tragen.

»Hat sie wieder …«, Sotiris, der Hannah ebenfalls gesehen hatte, seufzte.

»Ja, sie hat wieder einen ganzen Koffer nur mit Büchern und Unterlagen dabei. Ich bin sicher.«

Michalis winkte, und Hannah strahlte und hüpfte in die Höhe. Sie hatte keine Hand frei, um ebenfalls zu winken. Michalis ging so nah wie möglich an die Absperrung, und sobald Hannah die Sperre passiert hatte, ließ sie ihren schweren

Rollkoffer und ihre zwei Reisetaschen los. Die Reisetaschen plumpsten zu Boden, und Michalis und Hannah blieben einfach voreinander stehen. Sie hatten das nie abgesprochen, aber es war jedes Mal so: Wenn sie sich nach Wochen endlich wiedersahen, dann fielen sie sich nie sofort um den Hals, sondern standen sich erst einmal fast ungläubig gegenüber.

Erst, als sie sich endlich küssten, trat Sotiris, der bisher im Hintergrund gewartet hatte, näher.

»Wie war der Flug?«, fragte Michalis leise, als sie sich wieder voneinander lösten.

»Gut …«, sagte Hannah ebenso leise und fuhr ihm durch seine dicken, dunklen Haare. »Und wie waren deine Verbrecher? Alle geschnappt?«

»Einer ist mir entwischt, aber den krieg ich noch …«

»Da bin ich sicher … meinem großen Polizisten wird kein Verbrecher entkommen, niemals.«

Hannah lachte laut und lief zu Sotiris. Anders als bei Michalis fiel sie Sotiris immer sofort um den Hals. Die beiden mochten sich sehr, auch wenn es für Sotiris am Anfang irritierend gewesen war, dass ausgerechnet eine Deutsche ihn derart überschwänglich begrüßte.

Michalis wollte die Taschen von Hannah nehmen, aber Sotiris schob ihn zur Seite.

»Du nimmst deine Frau, Gepäck nehm ich.«

»Nichts da«, sagte Hannah und warf sich eine ihrer Reisetaschen über die Schulter. Auf ihrem Rücken hatte sie noch einen Rucksack, in dem mindestens zwei Computer steckten, da war Michalis sicher. »Ich hab das alles in Berlin von Schöneberg bis zum Flughafen und dann hierhergeschleppt, da werd ich jetzt hier nicht das kleine Mädchen spielen! Aber …«, fügte sie hinzu und grinste, »falls die Herren sich um die anderen Sachen kümmern würden …«

Sotiris nahm den Rollkoffer.

»Was hast du denn da alles drin? Steine? Steine haben wir wirklich genug auf Kreta ...«

»Bücher«, entgegnete Hannah, »viele, viele Bücher.«

Michalis nahm die zweite Reisetasche, die ebenfalls sehr schwer war. Er hatte sich jeglichen Kommentar hierzu abgewöhnt, außerdem würde er später sehen, was sie alles mitgebracht hatte. Bücher, ja, aber Hannah ließ es sich auch nie nehmen, für die Kinder von Sotiris und Elena Geschenke mitzubringen.

»Dein Griechisch wird immer besser«, sagte Sotiris, als sie zum Wagen gingen.

»Ja, hoffentlich! Ich hab auch jeden Tag geübt«, erwiderte Hannah.

An seinem Pick-up öffnete Sotiris die Klappe der Ladefläche und versuchte, den Rollkoffer hochzuheben.

»Bist du wahnsinnig?«, stöhnte er.

»Ja«, antwortete Hannah gedehnt, »hundertzwanzig Euro für Übergepäck. Bin ja nicht zum Spaß hier ...«

»Hundertzwanzig Euro für Bücher!«, rief Sotiris.

»Ja! Was soll ich machen! Ohne die kann ich nicht an meiner Doktorarbeit weiterschreiben!«

»Und wie wäre es, wenn du einfach mal hier Urlaub machst? So wie alle anderen?«, meinte Sotiris.

»Ich bin aber nicht nur zum Urlaubmachen hier.« Hannah grinste.

Michalis und Sotiris hoben gemeinsam den schweren Koffer und danach die Taschen auf die Ladefläche. Michalis ging zur Beifahrertür und öffnete sie einladend.

»Bitte sehr ...«

Hannah war hinten bei der Ladefläche stehen geblieben.

»Können wir nicht wieder …?«

»Das ist nicht nur in Deutschland, sondern auch hier verboten!«, rief Michalis.

»Aber es machen doch alle, und die Polizei muss es ja nicht erfahren …«, sagte Hannah und sah Michalis mit ihren großen Augen bittend an.

Sotiris ging nach hinten und öffnete die Ladeklappe wieder.

»Bitte sehr! Mein kleiner Bruder stellt sich aber auch wieder an …«, sagte Sotiris, reichte Hannah eine Hand und half ihr, auf die Ladefläche zu klettern.

»Komm schon …!«, rief Hannah.

Michalis seufzte und stieg ebenfalls hinten auf.

Beim letzten Mal, als Hannah auf Kreta gewesen war, hatten sie mit den Familien von Sotiris und Elena einen Ausflug zum Strand von Neo Chora gemacht, und auch da war Hannah mit Michalis und Sofia, der jüngsten Tochter von Sotiris, hinten auf der Ladefläche mitgefahren und hatte es genossen, den Fahrtwind zu spüren und in die Sonne zu blinzeln. Michalis war damals von allen ausgelacht worden, weil er nur unter Protest hinten aufgestiegen war. Er wusste, wie sehr Hannah die Fahrt genossen hatte, und deshalb ließ er sich auch dieses Mal überreden. Kaum hatten sie die Flughafengegend verlassen und durchquerten die kleinen Orte Aroni und Pithari, waren alle Bedenken verflogen. Sie lehnten an der Fahrerkabine, Hannah schloss die Augen, legte ihren Kopf an seine Schulter und fuhr ihm durch den Bart.

»Ich kann das Meer riechen!«, sagte sie leise in sein Ohr, und, ohne die Augen zu öffnen, knöpfte sie Michalis' Hemd ein Stück weit auf, schob eine Hand hinein und strich über seine Brust. »Hmh …«, raunte sie leise und schmiegte sich noch näher an ihn.

Kurz vor Chania zog sie ihre Hand zurück, richtete sich auf und sah über die Fahrerkabine nach vorn. Von der Anhöhe in Chalepa, dem früheren Diplomatenviertel, blickte sie auf die Bucht von Chania mit dem venezianischen Hafen, der Hafenmole mit dem Leuchtturm sowie der ehemaligen Moschee aus der Zeit der türkischen Herrschaft.

»*Savmásia*«, sagte sie fasziniert. »Wunder-, wunderschön.«

Hannahs Haare wehten im Wind, und sie schüttelte den Kopf, damit ihre Haare noch wilder flatterten. Nach einiger Zeit zog sie Michalis zu sich hoch, und der Blick auf Chania, der für ihn Alltag war, wurde durch Hannahs Freude auch für ihn zu etwas Besonderem.

Als sie Chania erreicht hatten, im Stau standen und den Hafen nicht mehr sehen konnten, klopfte Hannah an einer roten Ampel vorsichtig auf die Fahrerkabine. Sotiris verstand und ließ die beiden vorn einsteigen.

»Wir wollen dich ja nicht in Schwierigkeiten bringen«, sagte Hannah, die in der Mitte saß, während Michalis sich an die Fahrertür drückte.

»Sehr aufmerksam«, erwiderte er und lächelte.

Sotiris hielt in der kleinen Seitengasse neben dem *Athena*. Hannah wollte ihr Gepäck nehmen, aber Sotiris wehrte ab: »Das mach ich, du hast Wichtigeres zu tun.«

Hannah hatte die ersten Tische des *Athena* noch nicht erreicht, als Loukia, die Mutter von Michalis und Sotiris, schon aus der Taverne kam. Die großgewachsene Frau mit dem zarten Gesicht und den zusammengebundenen, dezent getönten Haaren hatte sich, genau wie Michalis es vermutet hatte, für Hannah umgezogen: Während sie heute früh noch mit T-Shirt, Jeans und Schürze in der Küche gestanden hatte, trug sie jetzt eine helle Bluse mit Blumenmuster und einen dunkelblauen Rock.

»Hannah!«, rief Loukia, blieb vor ihr stehen und musterte Hannah begeistert. »Noch schöner bist du geworden! Lass dich ansehen!« Und Hannah musste sich drehen, und Loukia ging um sie herum, und dann nahm sie eine Hand von Michalis, dem die Art, wie seine Mutter Hannah begutachtete, unangenehm war, und zog ihn zu sich. »So eine schöne Frau! Und trägt noch immer kein Make-up!«

»Ein klein wenig ...«, entgegnete Hannah.

»Ein wenig ist wie nichts! Aber du hast es ja auch nicht nötig!«

Und erst dann umarmte Loukia Hannah vorsichtig und wollte mit ihr in die Taverne hineingehen. Doch in dem Moment stürmten Sofia und ihre beiden Schwestern aus dem Lokal und rannten auf Hannah zu.

»Hannah!«, riefen sie, und jedes der Mädchen wollte Hannah sofort umarmen.

»Jetzt lasst sie doch erst mal ankommen!«, rief Sotiris, der Hannahs Reisetaschen vor das *Athena* stellte. Aber seine Töchter scherten sich nicht um das, was ihr Papa sagte, sondern zogen Hannah mit sich nach drinnen.

Michalis sah, wie seine Freundin im *Athena* verschwand, und er wusste, dass er sie erst spät in der Nacht wiedersehen würde.

»Jedes Mal das Gleiche«, sagte Sotiris kopfschüttelnd. »Wird wirklich Zeit, dass sie endlich zu dir zieht.«

»Ja, mal sehen«, antwortete Michalis, der mit seiner Familie genauso ungern über das Zusammenleben mit Hannah wie über das Heiraten und das Kinderkriegen redete. Hannah promovierte an der Humboldt-Uni in Berlin, und Michalis war Kommissar auf Kreta. Wie das eines Tages funktionieren sollte, wussten sie nicht, aber beiden war klar, dass Hannah nicht einfach ihr bisheriges Leben aufgeben und als Schwiegertochter und zukünftige Mutter und Ehefrau nach Chania kommen würde. Ein einziges Mal hatte Michalis Sotiris gegenüber angedeutet, dass es ja auch die Möglichkeit gab, dass er zu Hannah nach Berlin zog –, aber schon diese Andeutung hatte in der Familie einen Aufruhr ausgelöst, den Michalis so schnell nicht wieder erleben wollte.

Michalis und Sotiris trugen Hannahs Gepäck über die schmale Holztreppe nach oben in das kleine Zimmer, in dem er die nächsten Wochen mit Hannah wohnen würde. Er wusste, dass es für Hannah, die inzwischen mit Michalis' Vater und Sotiris am Tisch saß, ein Problem war, dass sie immer noch keine eigene Wohnung hatten. Aber was sollte er machen? Markos, der Schwager von Elena, renovierte in der Nähe eine Wohnung, die längst hätte fertig sein sollen. Erst vor drei Tagen hatte Michalis nachgefragt und war dafür demonstrativ mit seinem Dienstwagen und eingeschaltetem Blaulicht auf dem Dach vorgefahren. Markos hatte versichert, die Wohnung werde in vier Wochen fertig sein, aber als Michalis darauf gedrängt hatte, die Wohnung besichtigen zu können, gab es plötzlich eine Menge Gründe, warum das im Moment unmöglich war.

Sie stellten Hannahs Gepäck ab, und Michalis sah sich um. Für ihn allein war dieses Zimmer absolut ausreichend, aber für ein junges Paar, und dann noch mit einer angehenden Doktorin der Kunstgeschichte, die hier an ihrer Promotion über »El Grecos Frühwerk im Kontext der spätminoischen Ornamentik« schreiben wollte, war es doch sehr eng. Außerdem war das Internet sehr langsam, worüber sich Hannah schon bei ihrem letzten Besuch geärgert hatte. Nur wenn sie unten direkt neben dem Anschluss saß, konnte sie halbwegs im Netz arbeiten, schon einige Meter weiter wurde das Signal schwächer. Aber Takis, über den der Internetanschluss lief, hatte sich bisher geweigert, daran etwas zu ändern.

Sotiris ahnte, was Michalis dachte.

»Beim letzten Mal ging es doch auch«, sagte Sotiris.

»Ja, aber sie war froh, als sie in Berlin endlich wieder richtig arbeiten konnte«, erinnerte Michalis sich. Tatsächlich war Hannah bei ihrem letzten Besuch unzufrieden gewesen, weil sie mit ihrer Promotion nicht vorangekommen war.

»Wenn sie hier wenigstens einen großen Schreibtisch hätte«, sagte Michalis und zeigte auf den kleinen Holztisch, der hier seit Jahrzehnten stand.

»Dann lass uns doch einen reinstellen«, schlug Sotiris vor.

»Wo soll denn hier noch ein Schreibtisch hin? Außerdem bekommen wir keinen größeren Tisch die Treppe hoch.«

»Dann nehmen wir einen, bei dem wir die Beine abschrauben können. Das geht schon.« Sotiris ließ nicht locker. »Hör mal, wir haben in diesem Zimmer fast neun Jahre zu dritt gewohnt, das ging auch!«

»Ja! Aber wir waren Kinder! Und immer unten in der Taverne und am Hafen und nur zum Schlafen hier!«, erwiderte Michalis.

Die Tür ging auf, und Elena, ihre Schwester, kam herein. Sie ähnelte ihrer Mutter, war großgewachsen mit einem schmalen Gesicht und langen, schönen Haaren. Leider hatte sie nicht den liebenswerten Charme der Mutter geerbt, sondern war strenger und ernster.

»Kommt ihr auch mal wieder runter?«, fragte sie und sah Michalis an. »Deine Hannah kriegt ja kaum noch Luft, meine

Jungs hängen auch schon an ihr dran, und unser Vater lässt sie nicht mal zu unserer Mutter in die Küche.«

Elena umarmte Michalis flüchtig und sah sich in dem Zimmer um.

»Unglaublich, dass wir hier so lange zu dritt ...«, meinte sie kopfschüttelnd. »Vassilis hat heute früh noch mal mit seinem Bruder gesprochen, wegen der Wohnung. Ist auf Dauer ja kein Zustand hier. Stell dir vor, wenn ihr hier irgendwann zu dritt seid!«, fügte sie hinzu.

»Wir sind zu zweit, und dafür ist es eng genug«, erwiderte Michalis ein wenig verärgert. Elena deutete viel zu oft an, dass sie »irgendwann zu dritt« sein würden.

»Ja, ich weiß«, sagte Elena unbeirrt. »Du willst das nicht einsehen. Aber wenn du mich fragst: Lass Hannah nicht zu lang warten. Also, mit Kindern.«

»Hannah ist eine deutsche Frau. Die haben es nicht so eilig mit dem Kinderkriegen.«

»Aber sie ist eine Frau!«, widersprach Elena energisch. »Und jetzt komm!« Michalis und Sotiris hörten, wie Elena die Treppe hinunterstieg, und sahen sich an.

»Unglaublich, dass wir es mit Elena hier so lange ausgehalten haben«, meinte Sotiris.

»War sie früher auch schon so bestimmend?«, fragte Michalis.

»Immer«, erwiderte Sotiris. »Elena wusste seit jeher, was für uns das Beste ist.«

Als Michalis mit Sotiris ins Lokal kam, sah er, dass Elena natürlich übertrieben hatte: Hannah saß zwar mit Takis an einem Tisch und war umringt von fünf Kindern, aber sie gestikulierte und lachte und schien sich prächtig zu amüsieren. Als sie Michalis sah, sprang sie auf und zog ihn zu sich.

»Dein Vater will, dass ich mit ihm Raki trinke«, flüsterte sie ihm ins Ohr. »Und du weißt, dass ich nach dem dritten Raki betrunken bin, deshalb hab ich gesagt, ich warte auf dich, aber jetzt muss ich wohl ...«

»Ich hol Brot und Oliven aus der Küche, das hilft«, erwiderte Michalis leise. »Und beim zweiten Raki lenk ich meinen Vater ab, und du kippst den Schnaps einfach in eine Vase«, fügte er hinzu.

»Ich bin nicht sicher, ob dein Vater das nicht merkt ...«, flüsterte Hannah und gab Michalis einen Kuss.

Obwohl Takis in der nächsten Stunde ständig nachfüllte, gelang es Hannah und Michalis, jeweils nur einen Raki zu trinken. Die Blumen, die mit immer neuem Raki begossen wurden, würden später dringend frisches Wasser benötigen.

»Deine Hannah spricht mittlerweile großartig Griechisch!«, erklärte Takis und genoss es, sich mit Hannah einigermaßen auf Griechisch unterhalten zu können. Am liebsten hätte er wohl den ganzen Tag mit dieser attraktiven jungen Frau am Tisch gesessen und sich erzählen lassen, wie es in Berlin aussah und was eine Promotion eigentlich genau war und wann sie endlich nach Kreta ziehen würde. Aber er wurde immer wieder unterbrochen, weil neue Familienmitglieder kamen, die Hannah begrüßten und um die Takis sich ebenfalls kümmern musste.

Michalis wäre an ihrem ersten Tag eigentlich gern mit Hannah allein gewesen, aber ihm war klar, dass das undenkbar war. Nichts, wirklich absolut nichts, hätte seine Familie davon abhalten können, Hannah wie ein lang vermisstes Familienmitglied zu empfangen und zu bewirten. Michalis wusste, dass auch Hannah hin und hergerissen war. Wochenlang freuten sie sich aufeinander, skypten und telefonierten, schrieben lange Mails und vermissten einander. Und wenn Hannah hier eingetroffen war, kamen alle Mitglieder der Familie Charisteas für ein, zwei Stunden vorbei, um sie zu begrüßen. Bei ihrem ersten Besuch, als Michalis noch in Athen lebte und er und Hannah erst ein paar Monate ein Paar waren, da hatte sich die Familie noch zurückgehalten. Doch schon bei Hannahs zweitem Besuch hatte sich herumgesprochen, dass Michalis offenbar endlich eine Familie gründen wollte. Und von diesem Zeitpunkt an gehörte Hannah dazu und wurde wie ein Familienmitglied behandelt – inklusive aller indiskreten Nachfragen und gutgemeinter Ratschläge. Und auch wenn Hannah diese Aufmerksamkeit manchmal zu viel wurde, so ließ sie sich das niemals anmerken und hatte schnell begriffen, dass es eine große Ehre war, von einer kretischen Familie so herzlich empfangen zu werden.

Aus der Küche brachten Sotiris und Loukia kleine kretische Spezialitäten, um Hannah zu beeindrucken und zu verwöhnen: einen Teller mit *Gastrin*, einer Blätterteig-Süßspeise mit Haselnüssen und Zitrone, eine Platte mit *Revani* – einem Kuchen aus Joghurt, Gries und Vanillezucker – sowie in Zitrone und *Amberosa* eingelegte Quitten.
Als Erstes aber probierte Hannah vom *Kallitsounia* und schloss begeistert die Augen.
»Wahnsinn!«, rief sie ungläubig. »Mit Orange und Minze!«
Sie hatte sich beim letzten Mal von Loukia das Rezept geben lassen und in Berlin selbst versucht, *Kallitsounia* zu machen. Eigentlich ganz einfach, hatte Loukia vor zwei Monaten lächelnd erklärt: in Teig gebackener Misithra-Käse mit Minze, Orangensaft, Schafskäse und Olivenöl, dazu Milch, Eier, Mehl, Salz und Hefe. Nichts Unmögliches, aber das, was bei

Hannah herausgekommen war, hatte nichts gemeinsam mit dem unvergleichlichen Geschmack dieser kretischen Köstlichkeit.

Am späten Nachmittag rief Michalis kurz seinen Partner Koronaios an, der gerade aufbrechen wollte, um seine ältere Tochter Nikoletta abzuholen. Michalis erfuhr, dass der Bürgermeister von Kolymbari noch nicht wieder aufgetaucht war, dass der Polizeidirektor aber das Protokoll, das Koronaios geschrieben hatte, gelobt hatte. Der Anruf der Ehefrau beim Gouverneur war für diese Begeisterung sicherlich nicht unerheblich gewesen, auch wenn sich Michalis dies nicht erklären konnte.

»Natürlich habe ich mehrfach darauf hingewiesen, dass es das Protokoll unserer gemeinsamen Arbeit ist«, fügte Koronaios noch hinzu, und Michalis wusste, wie ernst es ihm damit war. »Dein Onkel Jorgos hat das Protokoll für dich unterschrieben, damit es offiziell ist.«

Während des Telefonats hatte Michalis Hannah aus den Augen verloren. In dem Moment kam sie aber mit ihrem iPad von oben herunter und setzte sich in die Nähe der Küchentür.

»Wieso kann es hier nicht endlich besseres Internet geben, damit ich oben arbeiten kann«, schimpfte sie leise, als Michalis zu ihr trat. »Dein Vater weiß doch, dass ich das brauche.«

»Ich rede noch mal mit ihm«, sagte Michalis und bemerkte, dass Hannah angespannt war.

»Das hättest du doch schon längst tun können«, sagte sie ein wenig vorwurfsvoll und war erleichtert, als sie endlich ihre neuen Mails öffnen konnte.

»Probleme?«, fragte Michalis vorsichtig, denn diese ungeduldige und gereizte Art von Hannah kannte er bereits. Meistens bedeutete das Ärger mit der Uni, und da war es besser, sie in Ruhe zu lassen.

»Van Drongelen, mein Doktorvater …«, sagte Hannah, während sie konzentriert die lange Mail las. »Er hat sich in den Kopf gesetzt, dass Damaskinos in seinen letzten Monaten noch begonnen hat, in einer Kirche bei Heraklion ein Fresko zu malen.«

Michalis überlegte. Damaskinos – von dem hatte Hannah schon erzählt. Ein in Chania geborener Maler, der vermutlich im 16. Jahrhundert zu einer »Kretischen Schule« von Malern gehört hatte, die für die byzantinische Kunst von großer Bedeutung waren. Er soll lang in Italien gearbeitet haben und erst kurz vor seinem Tod nach Kreta zurückgekehrt sein. Laut Hannah war er einer der bekanntesten Maler Kretas zu jener Zeit und stand für die Wiedergeburt der kretischen Ikonenmalerei. Michalis hatte noch nie von ihm gehört, und auch in seiner Familie kannte niemand diesen Namen.

»Leider ist van Drongelen der einzige Wissenschaftler, der davon überzeugt ist, und ich soll jetzt in Heraklion recherchieren, und zwar dringend …« Plötzlich blickte Hannah auf, weil sie bemerkte, dass nicht nur Michalis, sondern auch Elena, Loukia und Sofia um den kleinen Tisch herumstanden und sie fassungslos ansahen. Sie klappte das iPad zu und lachte etwas bemüht. »Aber das muss jetzt warten!«, sagte sie schnell.

Gegen Abend wurden die Tische zusammengestellt, damit die Familie gemeinsam essen konnte. Die Geschwister der Eltern kamen und die Schwägerinnen und Schwager von Sotiris und Elena mit ihren Kindern. Um auch noch Platz für die anderen Gäste zu haben, stellte Sotiris weitere Tische nahe an die Kaimauer, obwohl das verboten war. Aber die Urlauber kamen ja nicht nach Kreta, um in den dunklen Ecken einer Taverne zu sitzen, sondern um draußen den venezianischen Hafen zu genießen und sich vor dieser beeindruckenden Kulisse gegenseitig zu fotografieren.

Etwas später, als es schon dunkel und sie für einen kurzen Moment allein waren, schmiegte Hannah sich an Michalis.

»Tut mir leid wegen vorhin, mit dem Internet. Aber van Drongelen macht gerade richtig Druck. Ich glaube, er hat Sorge wegen der Gelder für seinen Lehrstuhl und will unbedingt schnell etwas vorweisen können«, sagte sie entschuldigend.

Michalis lächelte unsicher. Hannahs akademische Welt an der Humboldt-Uni in Berlin war ihm fremd und machte ihm manchmal auch Angst, da er auf dem Gebiet niemals würde mithalten können.

Es war schon nach zehn Uhr abends, und die jüngeren Kinder waren inzwischen im Bett oder über mehreren Stühlen liegend eingeschlafen, als auch Jorgos mit seiner Frau kam. Ihre beiden Söhne waren mit ihren Familien längst hier, aber Jorgos und seine Frau hatten sich noch um seine bettlägerige Schwiegermutter gekümmert, die bei ihnen wohnte und gepflegt werden musste.

Auch Jorgos und Hannah begrüßten sich herzlich. Sie schätzten einander, und sie hatten sich damals, als Michalis noch in Athen bei der Polizei und mehr als unzufrieden war, sogar einmal getroffen, um sich über dessen Zukunft auszutauschen. Jorgos hatte als Einziger gewusst, dass Michalis damals ernsthaft darüber nachgedacht hatte, seinen Job aufzugeben und nach Berlin zu Hannah zu gehen. Deshalb hatte er sich bemüht, Michalis die Stelle in Chania zu beschaffen.

Bei diesem Treffen hatte Hannah begriffen, dass Jorgos Seiten von Michalis kannte, die er seiner Familie nicht zeigte, und dass er, als Michalis sechzehn oder siebzehn war, im Hintergrund mehr für ihn getan hatte, als seine Mutter jemals wissen sollte.

In diesem Gespräch, von dem Michalis erst viel später erfuhr – und über das er sich ziemlich geärgert hatte –, waren Hannah und Jorgos zu dem Schluss gekommen, dass Michalis nach Kreta gehörte und Hannah diese Veränderung unterstützen würde. Auch wenn sie nicht versprechen wollte, eines Tages hierherzuziehen.

Es ging auf Mitternacht zu, und die meisten Gäste waren bereits gegangen, als Jorgos sich zu Michalis und Hannah setzte, drei Raki einschenkte und mit ihnen anstieß.

»*Jamas!* Auf euch!«, sagte Jorgos, und diesmal hoben Michalis und Hannah ihre Gläser gern, auch wenn sie beide mittlerweile schon mehr als genug Wein getrunken hatten.

»Du hast heute einen guten Job gemacht, Michalis«, sagte Jorgos, und Hannah begriff, dass er über die Arbeit reden wollte. Sie ließ die beiden allein und half Sotiris, die Tische abzuräumen, auch wenn Loukia fand, Hannah sei Gast und solle nicht arbeiten. Sotiris freute sich jedoch über die Hilfe.

Jorgos sah Michalis an. »Der Gouverneur ist sehr zufrieden mit uns. Du und Koronaios, ihr habt das getan, was eigentlich die Kollegen aus Kolymbari hätten tun sollen, und ihr habt es wirklich gut gemacht.«

Jorgos schwieg und ließ seinen Blick über den nächtlichen Hafen, die Boote, das Licht des Leuchtturms am Ende der Mole und die letzten Touristen, die mit dicken Jacken am Hafen flanierten, gleiten. Auch er war im *Athena* aufgewachsen und kannte diese Aussicht über den Hafen seit seiner Kindheit.

»Es ist mir relativ egal, was der Gouverneur über uns denkt«, fuhr Jorgos fort. »Aber unser Polizeidirektor ist über dieses Lob sehr glücklich. Und das sollte mir nicht egal sein.«

Wieder schwieg Jorgos, und Michalis wartete.

»Aber das ändert nichts daran, dass dieser Bürgermeister bisher nicht wieder aufgetaucht ist«, fuhr Jorgos fort. »Und das ist natürlich beunruhigend. Gestern Morgen war ich auch davon ausgegangen, dass Stelios Karathonos vermutlich bei einer Geliebten ist und die Ehefrau übertrieben reagiert. Aber wir dürfen den Gedanken nicht ausschließen, dass es auch anders sein könnte.«

Wieder blickte Jorgos zum Leuchtturm. Das rote Leuchtfeuer, das die Hafeneinfahrt für die Boote markierte, war kurz zu erahnen.

»Wir müssen inzwischen auch in Betracht ziehen, dass Stelios Karathonos etwas passiert ist. Und darüber ist der Gouverneur natürlich alles andere als glücklich.«

Wieder eine Pause.

»Koronaios hat mir gesagt, dass du dir morgen Vormittag freigenommen hast, und das ist auch absolut richtig.« Jorgos beugte sich vor. »Aber mich wird morgen sehr früh der Polizeidirektor zu sich bitten und wissen wollen, ob es etwas Neues gibt.«

Jorgos schenkte sich noch einen Raki nach und wollte auch Michalis nachschenken.

»Danke, aber ich hatte wirklich schon mehr als genug«, wehrte Michalis ab.

»Ja ... und du hast vermutlich ja auch noch etwas vor, heute Nacht«, sagte Jorgos und bemühte sich, sachlich zu klingen und nicht in Richtung Küche, in der Hannah mit Loukia verschwunden war, zu blicken.

»Koronaios hat ein hervorragendes Protokoll geschrieben, das unser Polizeidirektor ausdrücklich gelobt hat und das dem Herrn Gouverneur offenbar auch vorliegt.« Jorgos sah Michalis fragend an. »Natürlich steht da nichts über mögliche Gründe des Verschwindens drin. Aber wir alle wissen, dass es Ursachen geben kann, die furchtbar wären.«

»Ja …«, sagte Michalis.

»Du und Koronaios«, fuhr Jorgos fort, »ihr ergänzt euch hervorragend. Weil ihr unterschiedlich arbeitet und unterschiedlich denkt. Deshalb …«

Michalis wusste, worauf Jorgos hinauswollte, wartete aber, bis er es aussprach.

»Deshalb … gibt es etwas, was nicht in dem Protokoll steht? Hast du etwas gehört oder gesehen oder auch nur wahrgenommen« – Jorgos lächelte kurz, als er *wahrgenommen* sagte –, »das ein Hinweis darauf sein könnte, was mit diesem Bürgermeister passiert ist und wo er sich aufhalten könnte?«

Michalis zögerte.

»Meinst du, ob ich Hinweise auf ein Verbrechen gefunden habe?«, fragte er.

»Ja …«, sagte Jorgos gedehnt. »Oder ob nicht doch jemand etwas Konkreteres zu seinem Aufenthaltsort weiß.«

Michalis folgte Jorgos' Blick, der wieder zum Leuchtfeuer am Ende der Mole ging.

»Seine Ehefrau, Kalliopi Karathonos, die weiß mit Sicherheit mehr. Falls er eine Geliebte haben sollte, dann ist ihr das bekannt, davon gehe ich aus. Und vermutlich weiß sie auch, ob er Feinde hat, denen es ganz recht wäre, wenn er weniger Einfluss hätte. Da gibt es sicher vieles, was sie uns bisher nicht gesagt hat. Dann die Sekretärin von ihm ...« Michalis überlegte. »Die bekommt vermutlich so einiges mit, was die Ehefrau nie erfährt. Und sie hat Stelios Karathonos sehr überschwänglich gelobt, etwas zu überschwänglich, wenn du mich fragst. Es war jedenfalls auffällig. Dann gibt es den Bruder und den Onkel. Die scheinen sicher zu sein, dass er wieder auftaucht. Vermutlich haben die auch eine Idee, wo er sein könnte.«

»Gut. Du siehst also auch erst einmal keine ernstzunehmenden Hinweise auf ein Verbrechen. Dann warten wir einfach ab. Vielleicht taucht er ja doch noch auf.« Jorgos sah sich nach seinem Bruder Takis um, und es schien, als sei das Thema damit für ihn beendet.

»Na ja, es gibt dann ja auch noch ...«, fuhr Michalis fort.

Jorgos sah ihn verwundert an.

»Noch was? Wart ihr noch bei jemand anderem, von dem nichts im Protokoll steht?«

»Nein, aber die Polizei vor Ort ...«

»Was ist mit denen?«, fragte Jorgos überrascht.

»Während Koronaios sich mit dem Revierleiter, diesem Mitsotakis, so intensiv unterhalten hat ...«

Jorgos grinste. »Ja, Koronaios hat angedeutet, dass er etwas lauter geworden ist. Das steht aber natürlich nicht im Protokoll.«

»Ich war in der Zeit bei den beiden Kollegen. Die wollten eigentlich nichts sagen, aber nach und nach ...«

»Ja?«

»Der Bürgermeister hat die Kollegen wohl gern mal als eine Art privaten Sicherheitsdienst angefordert. Wovon sie nicht begeistert waren.«

»Und Mitsotakis? Hat der das nicht unterbunden?«

»Dieser Mitsotakis ist von Karathonos offensichtlich öfter

mal zum Essen eingeladen worden. Angeblich war ihm das unangenehm, aber was heißt das schon.«

»Und was vermutest du?«, fragte Jorgos interessiert.

»Schwer zu sagen. Aber vielleicht hat Stelios Karathonos ja auf Dinge Einfluss genommen, die über seine Kompetenzen als Bürgermeister hinausgehen. Und vielleicht war der Revierleiter Mitsotakis dabei behilflich.« Michalis sah Jorgos an. »Das ist aber mein persönlicher Eindruck. Das bleibt bitte unter uns.«

»Erst einmal ja, das ist klar«, sagte Jorgos schnell, »aber falls wir doch noch feststellen, dass es sich bei dem Verschwinden um ein Verbrechen handelt, müsstest du dich in dieser Richtung weiter umhören.«

Für Jorgos war das Thema jetzt endgültig beendet, und Michalis war froh darüber. Er wollte gerade zu Hannah gehen, da sah er, dass sein Vater mit ihr und einer Flasche Raki auf ihn und Jorgos zukam.

»So, habt ihr jetzt genug über Verbrecher geredet«, sagte Takis, stellte die Flasche auf den Tisch und setzte sich. »Wenn man euch so hört, dann muss es auf Kreta ja nur so wimmeln von Kriminellen.«

»Ja, aber die kommen natürlich alle aus Athen oder woanders vom Festland«, entgegnete Jorgos, denn er wusste, wie überzeugt sein Bruder davon war, dass Kreter niemals Verbrechen begehen würden – und falls doch, dann würden sie es so raffiniert anstellen, dass die Kriminalpolizei niemals etwas mitbekommen würde.

Hannah setzte sich neben Michalis und lehnte sich an ihn.

»Wir haben es bald geschafft«, flüsterte Michalis ihr ins Ohr.

»Ja, hoffentlich«, sagte Hannah leise und glitt mit einer Hand kurz unter Michalis' Hemd.

Takis schenkte ungerührt weiterhin Raki ein, akzeptierte keine Ausreden von Hannah und Michalis und ließ auch nicht zu, dass der Raki irgendwohin gegossen wurde. »Ich bin zwar alt, aber nicht blind«, sagte er und lachte. Als Loukia sich schließlich dazusetzte, musste sie auch noch einen Raki trinken.

»Die beiden sehen glücklich aus«, sagte Hannah leise zu Michalis, und er lächelte. Ja, das Glück seiner Eltern war beneidenswert.

Es wurde nach halb zwei Uhr nachts, bis Michalis und Hannah endlich schwankend die Treppe nach oben zu ihrem Zimmer gehen konnten. Sotiris hatte vor über einer Stunde die Stühle auf die Tische gestellt, aber Takis hatte darauf bestanden, dass sie und Jorgos noch einen letzten Raki mit ihm tranken.

Beim Abschied hatte Jorgos Michalis ermahnt: »Dich will ich morgen auf keinen Fall vor dem Nachmittag sehen. Wehe, wir hören vorher von dir.«

»Das werdet ihr sicher nicht, das würde ich verhindern!«, hatte Hannah laut gerufen. Zum Glück sah sie in dem Moment nur Jorgos an und bemerkte deshalb nicht, dass Michalis sein Gesicht verzog. Er ahnte, dass der nächste Tag ganz anders verlaufen könnte, als er es sich wünschte.

Michalis und Hannah ließen sich erschöpft auf das Bett fallen und hätten auch sofort einschlafen können. Aber sie wussten, dass Hannahs Wecker nicht heute früh um fünf in Berlin geklingelt hatte, damit sie jetzt einfach einschliefen.

Hannah stand langsam auf, ging ans Fenster, warf einen Blick über den nächtlich ruhigen Hafen und zog die Vorhänge zu. Michalis trat hinter sie, glitt mit seinen Händen langsam unter ihre Bluse, öffnete ihren BH und seufzte, als er ihre Brüste in seinen Händen spürte. Hannah blieb eine Zeitlang so stehen und genoss seine Berührungen, dann drehte sie sich zu ihm um und begann, ihn auszuziehen.

Es wurde draußen schon hell, und das erste Ausflugsboot verließ bereits den Fischerhafen, als Michalis und Hannah endlich einschliefen.

7

Die Sonne war noch nicht einmal über den Horizont gestiegen, als sie unsanft geweckt wurden. Takis klopfte erst zaghaft, dann jedoch immer eindringlicher an die Zimmertür.

»Ja …?«, stöhnte Michalis, als er begriffen hatte, dass das Pochen nicht Teil eines Traums war.

»Komm mal bitte. Es ist dringend«, sagte Takis leise. Michalis stand mühsam auf, warf sich einen Bademantel über, deckte Hannah, die sich im Bett umdrehte, aber offenbar noch schlief, zu und wankte zur Tür. Mit seinem Vater, dem es sehr unangenehm war, Michalis geweckt zu haben, ging er nach unten und erfuhr, dass keine Zeit zu verlieren war. Er hatte sein Handy ausgeschaltet, und Jorgos hatte seit einer Stunde immer wieder versucht, ihn zu erreichen. Schließlich hatte er es bei Takis probiert, denn das, was er wollte, duldete keine Verzögerung.

Der Kapitän eines Ausflugsbootes, der sehr früh morgens mit seinem Schiff auf dem Weg in den Hafen von Kolymbari gewesen war, hatte ein Autowrack in den Felsen entdeckt und die Polizei alarmiert. Und weil es offensichtlich das Auto des Bürgermeisters war, hatte der Polizeidirektor darauf bestanden, dass Koronaios und Michalis sich unverzüglich auf den Weg machten, um sich um die Angelegenheit zu kümmern. Für den Polizeidirektor waren die beiden im Moment seine »besten Männer«, wie er mehrfach betont hatte. Mittlerweile hatten die Polizisten aus Kolymbari das Auto erreicht und festgestellt, dass in dem Wagen die Leiche von Stelios Karathonos lag. Der Gouverneur hatte den Polizeidirektor seitdem mehrfach am Telefon angebrüllt, weil seine Leute noch nicht vor Ort waren.

Michalis hatte die ganze Zeit befürchtet, dass dem Bürgermeister etwas passiert sein könnte. Schweigend trank er einen *Elliniko*, den seine Mutter ihm hingestellt hatte, sprang unter die Dusche, zog sich leise an und küsste Hannah, bevor er ging. Sie wurde kurz wach und umarmte ihn. Es fiel Michalis schwer, seine wunderhübsche, nackte Freundin zurückzulassen. Aber er war noch nicht einmal ganz an der Tür, da war Hannah schon wieder eingeschlafen.

Koronaios wartete mit dem Dienstwagen in der Seitengasse neben dem *Athena*. Michalis stieg ein, sein Partner drückte ihm wortlos einen *Frappé* in die Hand und fuhr los. Michalis brauchte einen Moment, um sich daran zu erinnern, dass sie gestern um den Frappé gewettet hatten. Auf der Rückbank des Dienstwagens entdeckte er ein Lunchpaket von seiner Mutter.

Koronaios nahm die Schnellstraße, und dank des Frappés war Michalis mittlerweile wach genug, um reden und denken zu können.

»Was genau …« Michalis räusperte sich. »Was genau ist denn gefunden worden?«

»Ich weiß nur das, was Jorgos mir gesagt hat«, erwiderte Koronaios schlechtgelaunt. Michalis sah, dass er Kaugummi kaute, und das war ungewöhnlich am frühen Morgen. »Das Auto von Stelios Karathonos, hinter Kolymbari, unterhalb einer scharfen Kurve. Felsenküste, da geht es wohl so dreißig, vierzig Meter runter.«

Michalis sah, dass es Koronaios zuwider war, schon wieder in das ungeliebte Kolymbari fahren zu müssen. Und vor allem ärgerte ihn die Aussicht, wegen des Todes von Stelios Karathonos womöglich noch länger mit Mitsotakis, den er für einen unfähigen und korrupten Provinzpolizisten hielt, zusammenarbeiten zu müssen.

»Ist die Spurensicherung schon vor Ort?«, erkundigte sich Michalis.

»Woher soll ich denn das wissen?«, maulte Koronaios. »Jorgos hat nichts davon gesagt. Und dieser Mitsotakis weiß vermutlich nicht mal, was eine Spurensicherung überhaupt ist.«

Michalis sah Koronaios von der Seite an und schwieg. So schlechtgelaunt, noch dazu so früh am Morgen, hatte er seinen Partner nur selten erlebt.

Koronaios bemerkte, dass Michalis ihn ansah.

»Brauchst gar nicht so zu gucken«, polterte er. »Glaubst du, mir macht das Spaß? Vermutlich ist dieser Bürgermeister nachts betrunken von der Straße abgekommen, und wir sollen jetzt zusehen, wie diese Idioten einen Unfall aufnehmen.«

»Und wenn es kein Unfall war?«

»Ach, Michalis.« Koronaios stöhnte. »Was soll es denn sonst gewesen sein?«

Das wusste Michalis auch nicht, aber, ohne vor Ort gewesen zu sein, auf einen Unfall schließen, das war ihm zu einfach.

Michalis lehnte sich zurück, sah die blühenden Olivenbäume vorbeiziehen und entschied sich, auf Smalltalk umzuschalten.

»Hast du es gestern noch geschafft, deine Tochter abzuholen?«

»Töchter …«, schnappte Koronaios. »Schaff dir nie Töchter an.«

Michalis musste sich ein Grinsen verkneifen, denn er wusste, wie abgöttisch Koronaios seine beiden Töchter liebte.

»Ich hab mich gestern mit unserem Protokoll extra beeilt und saß schon im Wagen. Da ruft mich meine reizende Nikoletta an und teilt mir mit, dass sie noch bleiben will und dass ich sie abends um zehn abholen soll. Na, der hab ich was erzählt.«

Michalis sah seinen Partner skeptisch an.

»Und ...«, fragte er vorsichtig. »Hast du sie abgeholt? Um zehn?«

»Hmh ...«, brummte Koronaios und verzog den Mund – ein eindeutiges Ja. »Und dann klingelt mich dein werter Onkel heute früh um halb sieben raus! Dabei hatte ich versprochen, dass ich heute Galatía zur Schule fahre. Kannst dir ja vorstellen, was bei mir zu Hause los war.«

Ja, das konnte Michalis sich gut vorstellen. Galatía, die Siebzehnjährige, war die anstrengendere und weniger charmante der beiden Töchter. Und wenn sie schlechte Laune hatte, dann bekam die Mutter erst recht schlechte Laune, das hatte Koronaios oft genug erzählt.

Sie hatten Kolymbari erreicht, und Koronaios fuhr auf der Hauptstraße, die, durch eine Häuserreihe getrennt, parallel zur Promenade an dem kleinen historischen Hafen entlangführte. Der Verkehr stockte wegen zahlreicher, parkender Baufahrzeuge vor mehreren Häusern, die offensichtlich vor Beginn der Hauptsaison noch renoviert werden sollten.

Am Ortsende von Kolymbari lag der große, durch eine Mole geschützte Fischerhafen, in dem so früh am Morgen vor allem Ausflugsboote lagen. Nördlich von Kolymbari, Richtung Afrata, passierten sie das prächtige und wie frisch renoviert wirkende Kloster Goniá, dessen beeindruckende Ikonensammlung Michalis zum ersten Mal vor über zwanzig Jahren mit seiner Schulklasse besichtigt hatte. Kurz dachte er an

Hannah und diesen kretischen Maler, Damaskinos. Vielleicht gab es hier im Kloster Ikonen, die er gemalt hatte.

Das Kloster verströmte den Geruch von Weihrauch, und erst einige Kurven später roch Michalis wieder den Duft von Thymian und Salbei, der in dieser Jahreszeit auf Kreta so besonders intensiv war. Hannah schwärmte immer wieder davon, seit sie das erste Mal im Frühjahr mit Michalis hier gewesen war.

Als sie das Kloster passiert hatten, führte die Straße weiterhin oberhalb der Küste entlang, und Michalis stellte fest, dass hier ein kräftiger Wind wehte. In den Kurven konnte er vom Wagen aus die Steilküste nach unten einsehen und ahnte, was es bedeutete, wenn ein Wagen hier in die Tiefe stürzte. Felsbrocken, Steine, einige Büsche und Sträucher, und weit unten ein Kiesstrand mit einzelnen Felsen. Wer hier von der Straße abkam, hatte kaum Überlebenschancen.

Kurz vor der Unfallstelle war die Straße an einer scharfen Linkskurve komplett gesperrt, ohne dass sich jemand die Mühe gemacht hätte, mit Schildern auf die Sperrung hinzuweisen. Entsprechend blockierten Autos, die wenden wollten, die enge Fahrbahn. Koronaios stellte das Blaulicht auf das Dach und schaltete das Martinshorn an, aber die anderen Autofahrer hupten lediglich und hätten, auch beim besten Willen, nicht Platz machen können. Schließlich stiegen Michalis und Koronaios aus und gingen zu Fuß an den Fahrern vorbei.

Michalis brauchte einen Moment, um den Anblick, der sich ihm an der Unfallstelle bot, einordnen zu können. Neben dem Polizeiwagen der Kollegen aus Kolymbari und mehreren zivilen Fahrzeugen stand in der engen Kurve direkt an der Kante ein großer Abschleppwagen. Eine Handvoll Männer hielt sich in der Nähe auf. Absperrband sollte die Unfallstelle sichern und flatterte in dem böigen Wind.

Koronaios stieg aus und ging direkt zu den beiden Polizisten von Kolymbari, die neben dem Abschleppwagen standen. Venizelos, der Ältere der beiden, hatte wie am Tag zuvor einen hochroten Kopf, und der jüngere Katsikaki wirkte trotz seiner Muskelkraft hilflos. Seine Mütze saß aber wieder korrekt auf dem Kopf, und heute trug er ebenso wie Venizelos die dunkelblaue Uniformjacke mit Krawatte.

Michalis blieb erst mal stehen, strich sich über seinen Bart und versuchte, die Details der Situation aufzunehmen. Der frische Wind tat ihm gut, denn die kurze Nacht rächte sich mit leichten Kopfschmerzen.

Mitsotakis, der Revierleiter, hielt sich abseits in der Nähe der Felsen, die die Straße begrenzten, neben einer teuren, dunklen Limousine und einem bulligen, braungebrannten Mann in einem ausgeleierten, dunklen Anzug. Die beiden gestikulierten heftig und wirkten auf Michalis, als wollten sie nicht gestört werden. Der bullige Mann legte ein paarmal seine kräftigen Hände auf Mitsotakis' Schultern, und Michalis war nicht sicher, ob das jovial oder bedrohlich gemeint war. Richtung Afrata war die Straße ebenfalls mit einem im Wind flatternden Polizeiband gesperrt worden. Michalis fiel eine Frau auf, die als Einzige aus ihrem Wagen ausgestiegen war, reglos an der Absperrung stand und zu dem Abschleppwagen zu starren schien. Michalis schätzte sie auf Mitte dreißig, sie war nicht sehr groß und trug Kopftuch und eine auffallende Sonnenbrille. Den Kragen ihres dunklen Mantels hatte sie gegen den Wind hochgeschlagen. Diese Frau war die einzige Schaulustige, und Michalis fragte sich, ob sie den Toten gekannt hatte.

Die ganze Situation verstärkte das ungute Gefühl, das Michalis bereits seit gestern Morgen hatte, als sein Onkel Jorgos ihn und Koronaios zu sich ins Büro zitierte. Am meisten irritierte ihn jedoch, dass niemand hier zu sein schien, der kriminaltechnische Spuren sicherte. Stattdessen führte von einer Seilwinde des Abschleppwagens ein dickes Stahlseil nach unten.

Michalis stellte sich neben den Abschleppwagen und schaute in die Tiefe. Verblüfft sah er, dass ein schwarzer SUV an diesem Stahlseil langsam nach oben gezogen wurde und dabei an Steinen und Felsen entlangschleifte. Der Wagen hinterließ eine regelrechte Schneise, und die wenigen Büsche und Sträucher der Macchia und Phrygana wurden einfach abgerissen. Nur einige violettblühende Thymianbüsche weiter unten zwischen den Klippen hatten dem SUV getrotzt. Ein Mitarbeiter des Abschleppunternehmens kletterte in der Nähe des Wagens zwischen den Felsen nach oben und hebelte den SUV mit einer massiven Eisenstange immer wieder ein Stück zur Seite, wenn er festhing.

»Was ist hier los?« Michalis wandte sich an Venizelos und Katsikaki, ohne einen der beiden direkt anzusehen. Koronaios stand ein paar Meter entfernt und sprach mit dem Mann, der die Seilwinde bediente. »Ist der Wagen untersucht worden? War die Spurensicherung unten?«

Venizelos, der seine Krawatte gelockert hatte, sah Michalis verärgert an. Michalis bemerkte erst jetzt, dass Venizelos' Uniform verdreckt war und er an den Händen und im Gesicht Schrammen und kleinere Schürfwunden aufwies.

»Warum Spurensicherung?«, fragte Venizelos gereizt. Michalis' kurzer Eindruck von gestern, sie könnten Verbündete bei der Aufklärung eines Verbrechens sein, war eindeutig Vergangenheit.

»Ich nehme an, dass in dem Wagen der Bürgermeister gestorben ist? Und dass Sie die Todesursache herausfinden wollen?«, antwortete Michalis, bemühte sich aber, sachlich zu klingen.

»Was gibt es denn da herauszufinden? Er ist von der Straße abgekommen, die Felsenküste runtergerauscht und war tot.«

Venizelos schüttelte den Kopf und ging zu Mitsotakis, seinem Chef. Michalis sah, dass Mitsotakis und auch der bullige Mann im Anzug skeptisch in seine Richtung blickten, während der rotgesichtige Venizelos mit ihnen redete.

Michalis ging zu Koronaios.

»Verstehst du, was die hier machen?«, erkundigte sich Michalis.

Koronaios schürzte die Lippen.

»Wir scheinen etwas spät dran zu sein«, sagte er gepresst.

»Was heißt das?«

»Die haben das hier auf ihre Art geregelt.«

»Ohne die Spurensicherung?«

»Ohne Spurensicherung.«

»Und wo ist die Leiche? Etwa noch im Wagen?«, fragte Michalis fassungslos.

»Die Leiche haben sie offenbar per Boot abtransportieren lassen«, erklärte Koronaios verächtlich.

Michalis drehte sich in Richtung Mitsotakis und sah, dass dieser, nachdem er mit Venizelos gesprochen hatte, dem bulligen Mann die Hand schüttelte. Dieser stieg eilig in seine dunkle Limousine und fuhr los. Michalis blickte ihm nach und fragte sich, wer dieser etwas bedrohlich wirkende Kerl war und warum er aufbrach. Die dunkle Limousine fuhr auf die Absperrung zu. Katzikaki lief zu dem Absperrband, doch der bullige Mann fuhr einfach darunter durch und gab Gas. Der Stau hatte sich weitgehend aufgelöst, und auch auf der anderen Seite der Sperrung Richtung Norden wendeten kaum noch Wagen. Die Frau mit Sonnenbrille und Kopftuch stand allerdings immer noch dort und starrte Richtung Absperrwagen.

»Ist dir die Frau da drüben aufgefallen?«, fragte Michalis leise.

Koronaios blickte in die Richtung.

»Wieso, was ist mit der?«, fragte er.

»Die steht schon die ganze Zeit dort. Als Einzige.«

»Wird neugierig sein.«

»Oder sie kannte den Bürgermeister.«

»Den kannten hier alle, glaube ich.«

Michalis sah, dass Mitsotakis auf ihn und Koronaios zukam. Ihm fiel wieder auf, wie massig, fast quadratisch dessen Kopf war. Als Mitsotakis kurz auf das Display seines Smartphones blickte, bemerkte Michalis auch die riesigen Hände des Revierleiters.

Mitsotakis wirkte mürrisch und verärgert, aber als er vor Michalis und Koronaios stand, riss er sich zusammen und machte ein bemüht sorgenvolles und bekümmertes Gesicht.

»Ja«, sagte Mitsotakis zerknirscht, »schrecklich. Ich hätte nie gedacht, dass unser Bürgermeister …«

Er stockte und presste die Lippen aufeinander.

»Wir hatten natürlich gehofft, dass der Herr Karathonos wieder auftaucht und sein Verschwinden einen nachvollziehbaren Grund hat«, sagte Michalis behutsam. »Aber wie es aussieht …«

»Ja, furchtbar. Vor allem natürlich für seine Frau und seinen Sohn. Für seine ganze Familie«, sagte Mitsotakis. »Aber auch für unseren Ort. Ein unfassbarer Verlust.«

»Ja …«, antwortete Michalis gedehnt und sah Mitsotakis eindringlich an. »Wie werden Sie denn jetzt die Untersuchung der Todesursache vornehmen?«

»Welche Untersuchung?«, fragte Mitsotakis und blickte Koronaios an.

Michalis ließ sich davon nicht beirren.

»Die Untersuchung eines unnatürlichen Todes. Das ist doch nichts Ungewöhnliches.«

Mitsotakis musterte Michalis mit einem lauernden Blick und schien sich zu fragen, welcher der beiden Kollegen aus Chania der Unangenehmere war. Koronaios, mit dem er sich gestern zwar erst gestritten, aber dann halbwegs verständigt hatte, oder dieser auf den ersten Blick sympathische Michalis, der eine lästige Hartnäckigkeit an den Tag legte.

»Herr ...«

»Charisteas«, sagte Michalis. Mitsotakis schien sich nicht an seinen Namen zu erinnern.

»Ja, Herr Charisteas. Wie ich schon sagte. Der Wagen ist von der Straße abgekommen. Der Bürgermeister ist tot, vermutlich sofort gestorben. Wollen Sie jetzt wirklich ...«

»... Und warum ist er von der Straße abgekommen?«, unterbrach ihn Michalis. »Und wann? Letzte Nacht? Vorletzte Nacht? Tagsüber? Hat jemand etwas gesehen? Ist er womöglich abgedrängt worden? Und weshalb glauben Sie, dass der Bürgermeister sofort tot war? Wissen Sie schon, wie und woran er gestorben ist?«

Mitsotakis holte Luft, und Michalis sah aus dem Augenwinkel, dass auch Koronaios neben ihm schon wieder begann, tief einzuatmen und sich aufzupumpen.

»Wollen Sie wirklich die Familie mit solchen Fragen quälen?«, fragte Mitsotakis genervt.

»Ich möchte, dass der Todesfall untersucht wird. Und dass geklärt wird, ob es ein Unfall war oder ob womöglich jemand wollte, dass der Bürgermeister in den Abgrund stürzt und stirbt. Oder es zumindest in Kauf genommen hat. Oder ob er womöglich schon tot war, bevor der Wagen die Klippen hinuntergestürzt ist.«

Mitsotakis sah Michalis fassungslos an. »Das kann nicht Ihr Ernst sein!« Dann wurde er laut. »Meine Männer und ich sind seit heute früh um sieben damit beschäftigt, die Leiche und den Wagen zu bergen! Und da kommen Sie, haben keinerlei Überblick und reden von, von … dass jemand seinen Tod wollte! Das gibt es doch nicht!«

»Ich habe nur davon gesprochen«, sagte Michalis betont sachlich, »dass ein unnatürlicher Todesfall untersucht werden muss. Und dass ich gern wüsste, warum Sie nicht die Spurensicherung geholt und abgewartet haben, was die herausfindet.«

Mitsotakis schüttelte den Kopf.

»Machen Sie das so? In Chania, der Hauptstadt der Präfektur? Holen Sie da bei jedem Verkehrsunfall die Spurensicherung? Sind Sie so scharf auf Gewaltverbrechen, dass Sie sich sogar bei tragischen Unfallopfern einen Mord konstruieren?«, sagte er verächtlich. »Wir machen das hier jedenfalls nicht.«

»Aber die griechischen Gesetze werden auch bei Ihnen in Kolymbari gelten, davon gehe ich aus«, erwiderte Michalis.

»Ja, davon gehe ich auch aus. Entschuldigen Sie mich.« Mitsotakis hatte offensichtlich genug von Michalis und ließ ihn stehen. Gerade noch rechtzeitig, dachte Michalis, denn der Hals von Koronaios war mittlerweile bedrohlich angeschwollen.

»Der ist ja wirklich noch unfähiger, als ich dachte!«, sagte Koronaios mit gepresster Stimme. »Wie kann man nur so dilettantisch arbeiten! Und wir müssen bei diesem Schwachsinn auch noch dabei sein!«

»Was machen wir jetzt?«, fragte Michalis.

»Am besten zurück nach Chania fahren. Und hoffen, dass wir diese Idioten nie wiedersehen müssen!«

»Darüber würde sich leider unser Polizeidirektor nicht freuen.«

»Ich weiß!«, rief Koronaios so laut, dass Venizelos und Katsikaki sich kurz zu ihnen umdrehten. Auch Mitsotakis, der bei dem Mann am Abschleppwagen stand, warf ihnen einen abfälligen Blick zu. Michalis stellte fest, dass der Wind aufgefrischt hatte, und sah, wie Katsikaki seine Mütze festhalten musste, damit sie ihm nicht vom Kopf geweht wurde. Er selbst war froh, dass er seine graue Lederjacke angezogen hatte, und zog den Reißverschluss zu. Gegen den kräftigen Wind konnte die Sonne so früh am Morgen wenig ausrichten.

Koronaios atmete tief durch.

»Am liebsten würde ich diesem Kerl ja die Dienstaufsicht auf den Hals jagen«, sagte Koronaios grimmig. »Aber dafür ist mir meine Zeit zu schade.« Er überlegte und sah sich um.

»Das Schlimme ist ja«, fuhr er fort, »dass dieser unfähige Revierleiter vermutlich am Ende sogar recht hat. Ein Verkehrsunfall, vielleicht nachts, vielleicht etwas Alkohol, vielleicht war es glatt vom Regen. Vorgestern Nacht soll es hier in der Gegend kurz geregnet haben. Vielleicht kam der Bürgermeister ja wirklich von seiner Geliebten, vielleicht war er euphorisch, vielleicht war er auch übermüdet von einer langen Liebesnacht ...«

Michalis wusste, dass es genau so gewesen sein könnte, wie Koronaios erklärte. Und offenbar ging auch Mitsotakis von dieser Möglichkeit aus. Aber etwas in ihm sträubte sich gegen die Unfalltheorie.

»Aber wenn es anders war? Wenn ihn jemand gerammt hat? Absichtlich, oder ihm den Weg abgeschnitten hat und er ausweichen musste? Oder sein Wagen manipuliert war?«

Koronaios deutete missmutig zu der Stelle, wo der SUV nach oben gezogen wurde. »Wenn jemand den Bürgermeister gerammt hat. Glaubst du, dass du an dem Wagen noch fremde Lackspuren finden würdest?«

»Aber genau dafür wäre die Spurensicherung zuständig gewesen. Und zwar, bevor sie den Wagen über die Steine schleifen. Aber ohne Spurensicherung ...«, Michalis zögerte, »klingt es für mich eher danach, als würde jemand möglicherweise nicht wollen, dass Spuren gefunden werden.«

»Das solltest du nur laut sagen, wenn du wirklich Lust auf Ärger hast«, entgegnete Koronaios leise.

»Ja. Ja klar.« Michalis sah sich skeptisch um. »Aber sind wir deshalb hierhergefahren? Hat mein Onkel dich um halb sieben und mich an meinem freien Vormittag um halb acht aus dem Bett zerren lassen, damit wir zusehen, wie die Kollegen von Kolymbari einen Verkehrsunfall aufnehmen? Und dabei alles ignorieren, was bei der Aufnahme eines, zumindest fragwürdigen, Todesfalls üblich und geltendes Recht ist?«

»Wenn es nach mir gegangen wäre, hätten sie dich auch schlafen lassen. Aber der Herr Polizeidirektor war gestern von dem Lob des Gouverneurs so begeistert, dass er dich unbedingt dabeihaben wollte.«

»Weißt du schon, was mit der Leiche des Bürgermeisters passiert ist?«

»Pfff«, stöhnte Koronaios. »Da ist den örtlichen Kollegen was besonders Schlaues eingefallen. Da musst du auch erst mal drauf kommen.«

»Ja? Was denn?«, fragte Michalis neugierig.

»Die haben gleich den Bestatter aus Kolymbari aufgescheucht. Und der hat wohl einen Bekannten mit einem Boot, und dann sind die mit dem Boot hierhergefahren, haben die Leiche aus dem Wagen geholt, mit der Bahre durchs Wasser an Bord getragen und nach Kolymbari geschippert.«

Michalis schüttelte den Kopf. »Und da war nicht einer von der Polizei dabei? Und auch kein Arzt, niemand?«

»*Ochi*. Nein.« Koronaios zog die Augenbrauen hoch und schüttelte den Kopf.

»Und wer hat dann offiziell den Tod festgestellt? Der Bestatter? Oder der Bekannte mit dem Boot?« Michalis konnte das einfach nicht glauben.

»Der nette Kollege mit dem roten Kopf.« Koronaios deutete auf Venizelos, der sich gerade über den Abhang beugte, wo sich mit einem knirschenden Geräusch der SUV näherte. »Den haben sie da runtergeschickt. Siehst ja seine Schrammen, er ist wohl ein paarmal gestürzt und hat sich leicht verletzt. Er hat unten jedenfalls den Bürgermeister gefunden und gesehen, dass er tot ist. Sagt er.«

»Das kann doch alles nicht wahr sein.« Michalis war empört. »Das ist gegen sämtliche Vorschriften. Das ist, das ist … Unterschlagung von Beweismitteln. Schlimmstenfalls.«

»Ach, Michalis …« Koronaios musterte seinen Partner eindringlich. »Es ist nicht korrekt, was diese Kollegen hier vor Ort machen, und natürlich hätte es eine kriminaltechnische Untersuchung geben müssen. Aber bevor du hier Streit anfängst, würde ich an deiner Stelle erst mit Jorgos reden.«

Vermutlich wollte Koronaios diese Geschichte schnell hinter sich bringen, dachte Michalis. Und vor allem wollte Koronaios wohl verhindern, dass Michalis sich in die Aufklärung dieses Todesfalls verbiss und er dann noch länger damit zu tun haben würde.

»Das ist wie bei dir mit deinem Motorradhelm. Alle wissen, dass du auf deinem Roller einen tragen müsstest, und zwar nicht erst vierhundert Meter vor der Polizeidirektion. Aber keiner sagt was, weil alle es im Grunde in Ordnung finden, auch wenn es gegen die Vorschriften ist.«

»Ja …«, knurrte Michalis und fühlte sich ertappt. Ihm war nicht klar gewesen, dass offenbar viele Kollegen von seinen »Helmgewohnheiten« wussten.

Am Abhang wurde das Knirschen des Metalls auf den Steinen und Felsbrocken lauter. Michalis warf einen Blick zu der Absperrung Richtung Norden und sah, dass auch die Frau mit Kopftuch und Sonnenbrille bemerkt hatte, dass sich der Unfallwagen näherte. Sie ging an dem Absperrband entlang so weit wie möglich Richtung Abschleppwagen, als wollte sie sehen, ob die Leiche noch im Wagen war.

Die beiden überfordert wirkenden Polizisten von Kolymbari standen neben dem Stahlseil, und Mitsotakis wandte sich von dem Mann am Abschleppwagen ab und trat vor zur Kante. Koronaios näherte sich ebenfalls der Stelle, wo jetzt das verbeulte und verschrammte Heck des SUVs auftauchte. Das Stahlseil war an der Anhängerkupplung befestigt, und der Abschleppwagen schwankte ein wenig, als der SUV über die Kante gezogen werden sollte, sich dort aber verhakte und auf die Seite kippte. Alle Umstehenden sprangen zur Seite, nur der Mann an der Seilwinde blieb unbeeindruckt und brüllte seinen Kollegen Kommandos zu, damit sie mit schweren Eisenstangen und einigen Metallplatten dem Wagen, der auf der Seite lag, eine kleine Rampe bauten. Mühsam hebelten sie die Stangen und die Metallplatten unter den Wagen und fluchten dabei immer wieder *Kásarma!*, Miststück! Die Seilwinde straffte sich, und mit einem dumpfen Knirschen schob sich der SUV auf die Straße und blieb dort auf der Fahrerseite liegen. Die Männer vom Abschleppunternehmen jubelten, und die Polizisten beglückwünschten sie.

Michalis hatte sich in der Nähe an einen Felsbrocken gelehnt und die Szenerie beobachtet. Seine Kopfschmerzen wurden wieder schlimmer. Nach einer Weile löste er sich von dem Felsbrocken, ging Richtung Autowrack und sah, dass die Frau mit Kopftuch und Sonnenbrille verschwunden war.

Beim Autowrack angekommen, versuchte Michalis – ebenso wie Koronaios und Mitsotakis –, in das Wageninnere zu blicken, was dadurch, dass der Wagen auf der Fahrerseite lag, erschwert wurde. Anders als die beiden zog sich Michalis an der Karosse ein Stück hoch, um sich einen Überblick zu verschaffen. Am Lenkrad hing schlaff und blutverschmiert ein Airbag. Auf dem Beifahrersitz entdeckte Michalis ebenso eingetrocknetes Blut wie innen an der Beifahrertür und dem Seitenfenster. Auch an der Fahrertür und an der Windschutzscheibe waren die Blutspuren nicht zu übersehen. Michalis registrierte, dass die Scheiben an der Fahrerseite ebenso wie die Front- und die Heckscheibe gesplittert waren, aber noch in den Rahmen hingen. Auf der Beifahrerseite hingegen gab es nur noch Reste von Glas, und aus dem Unterboden tropfte zähe gelbliche Bremsflüssigkeit.

Mitsotakis redete mit dem Mann an der Seilwinde, und dann rief dieser seinen Mitarbeitern zu: »Kommt her, wir stellen das Ding auf!«

Er ging mit seinen Männern zum Wagen, und sie versuchten vergeblich, den schweren SUV aufzurichten. Nach einer kurzen Rücksprache mit Mitsotakis befestigten sie ein Seil an der Anhängerkupplung des Polizeiwagens. Katsikaki setzte sich ans Steuer, froh, endlich etwas zu tun zu haben. Er rangierte und gab dann vorsichtig Gas, so dass die Männer vom Abschleppdienst den Wagen aufrichten konnten.

Michalis ging zu Venizelos.

»Sie waren derjenige, der den Bürgermeister gefunden hat?«, fragte er mit ruhiger Stimme.

»Ja …«, bestätigte Venizelos und warf kurz einen Blick zu Mitsotakis.

»Und wo genau lag der Wagen?«

»Wie meinen Sie das?«, fragte Venizelos verunsichert.

»Lag der Wagen direkt unten am Strand, also mehr oder weniger im Wasser oder weiter oben und war zwischen Felsen eingeklemmt?«, präzisierte Michalis seine Frage und ärgerte sich über die Begriffsstutzigkeit des Kollegen.

»Der lag … nein, nicht unten am Wasser. Was weiß ich, zehn, zwanzig Meter weiter oben. Neben einem Felsen.« Er schien zu überlegen. »Ja. Neben einem Felsen«, fügte er dann hinzu, als sei er ganz sicher. »Und der Wagen lag auf dem Kopf. Also, auf dem Dach.«

»Und die Leiche von Herrn Karathonos. Wie genau war seine Position im Wagen? Haben Sie Fotos gemacht? Von der Leiche und von außen, vom Wagen, am Fundort?«, fragte Michalis.

»Fotos? Nein. Da war …« Venizelos suchte wieder den Blick seines Chefs. Der schüttelte energisch den Kopf. »Sie sehen doch, wie ich zugerichtet bin!«, sagte Venizelos daraufhin. »Das ist kein Spaß, da runterzuklettern! Können Sie gern mal tun! Da würden Sie auch keine Fotos machen wollen! Vor allem, wenn Sie eine Leiche vor sich hätten!«

Michalis bemerkte, dass Mitsotakis ihn wütend ansah. Auch Koronaios wirkte nicht gerade glücklich über Michalis' Hartnäckigkeit.

»Woher wussten Sie denn, dass der Bürgermeister tot ist? Haben Sie ihn untersucht?«, fragte Michalis unbeeindruckt.

»Hören Sie mal! Herr Charisteas!« Mitsotakis übernahm jetzt das Reden. Sein massiger Kopf hatte sich gerötet. »Der Kollege Venizelos ist da runter, und das war kein Spaß! Und es war nicht einmal seine Aufgabe. Aber er hat es gemacht, sonst wären wir noch keinen Schritt weiter!«, rief er aufgebracht.

»Und warum haben Sie dann nicht Spezialkräfte angefordert und gewartet, bis die da sind?«, fragte Michalis vorwurfsvoll.

»Sehen Sie nicht, was dieser Kollege geleistet hat? Sehen Sie nicht, dass er verletzt ist und versorgt werden müsste?« Mitsotakis warf einen vorwurfsvollen Blick auf die Schürfwunden von Venizelos. »Meinen Sie wirklich, es ist der richtige Moment, um sich hier aufzuspielen? Es kann ja sein, dass Ihr Onkel ein hohes Tier bei der Polizei ist, aber ...«

»Herr Mitsotakis!«, mischte Koronaios sich jetzt energisch ein, und Michalis sah, dass Venizelos Angst hatte, es könnte wieder laut werden. »So kommen wir nicht weiter! Es gibt Fragen, die geklärt werden müssen! Allerdings« – er blickte in die Runde – »müssen vielleicht auch nicht alle Fragen jetzt sofort geklärt werden.«

»Nein. Ganz bestimmt nicht.« Mitsotakis sah seine beiden Untergebenen streng an. »Wer von euch hat seinen Fotoapparat hier?«

Katsikaki, der im Polizeiwagen saß, weil er nicht wusste, was er tun sollte, stieg aus und nahm sein Handy aus der Tasche.

»Gut«, sagte Mitsotakis höhnisch, »dann wirst du jetzt bitte den Unfallwagen fotografieren. Damit dieser Kollege« – er sah Michalis verächtlich an – »nicht später behauptet, wir seien nicht in der Lage, einen Unfall zu dokumentieren.«

Mitsotakis ging fast drohend auf Michalis zu.

»Wir machen unsere Fotos dann, wenn es möglich und angemessen ist – und keine Gefahr für die eigenen Kollegen mehr besteht! Auch wenn das manch einem hier nicht gefällt!«

Michalis sah Mitsotakis an, wartete und strich sich dabei über den Bart. Der Polizeichef von Kolymbari hatte offenbar eine Reaktion von ihm erwartet, starrte ihn noch einige Sekunden an und wandte sich dann ab.

Katsikaki ging um den Unfallwagen herum und fotografierte. Widerwillig nahm er seine Mütze ab, da der Schirm ins Bild ragte, und drückte sie Venizelos in die Hand.

Koronaios trat neben Michalis.

»Das lohnt den Ärger nicht«, sagte er leise. »Lass sie machen, und wenn es Ungereimtheiten gibt, wird das früh genug wieder bei uns landen.«

Michalis überlegte. »Sollte nicht wenigstens …«, sagte er ebenfalls leise.

»Was?«, fragte Koronaios.

»Ich weiß, das ist fast sinnlos, wenn ich diesen Wagen sehe, aber …« Michalis sah Koronaios an und zog die Augenbrauen hoch. »Aber ich wüsste doch sehr gern, ob es an dem Wagen fremde Lackspuren gibt.«

»Der Wagen wird sicherlich in eine Werkstatt geschleppt werden. Ich rede mit Jorgos, damit er die Spurensicherung direkt dorthin schickt«, erwiderte Koronaios. »Auch wenn es wirklich schwer vorstellbar ist, an dem Wagen noch Spuren zu finden.«

Koronaios bemerkte, dass Michalis damit nicht zufrieden war. »Und falls sie doch etwas finden, dann haben wir einen Grund, die Spurensicherung auch noch hierherzujagen«, fügte er deshalb noch hinzu.

Michalis nickte, war aber nicht überzeugt.

Der Kollege Katsikaki war mit seinen Fotos fertig und ließ sich von Venizelos seine Mütze geben. Michalis sah, dass Mitsotakis Venizelos aufforderte, die Beifahrertür zu öffnen.

»Als ich unten war, ging sie noch auf!«, rief Venizelos, als sich die Tür nicht bewegen ließ. »Hat sich bestimmt beim Hochziehen verklemmt!«

Der untersetzte Venizelos versuchte vergeblich, die hintere Tür zu öffnen, und erst als Katsikaki ihm zu Hilfe kam und seine ganze Muskelkraft einsetzte, ließ sich die Tür nach einigen Versuchen mühsam aufziehen. Mitsotakis ging zu den beiden, sie traten zur Seite, und er beugte sich zur Rückbank. Als er sich wieder aufrichtete, hielt er eine Zigarettenschachtel in Richtung von Michalis und Koronaios.

»Karelia! Die hat er immer geraucht!«, rief er triumphierend, als sei damit der Fall geklärt. Mitsotakis beugte sich erneut in den Wagen, und als er wieder auftauchte, hatte er eine Illustrierte in der Hand und schwenkte sie über dem Kopf.

»Eine Frauenzeitschrift! Ist das jetzt wichtig für Ihre Ermittlungen?«, rief er.

»Sag einfach nichts«, raunte Koronaios seinem Partner zu.

»Mal sehen«, erwiderte Michalis.

Michalis beobachtete Mitsotakis, der in der Illustrierten blätterte, stutzte und dann eilig zum Polizeiwagen ging und die Illustrierte auf die Rückbank warf. Michalis wollte zu dem Wagen gehen, aber Koronaios, der dies ebenfalls mitbekommen hatte, hielt ihn zurück.

»Lass mich das machen.«

Koronaios ging los, und Michalis sah, wie Koronaios neben Mitsotakis stehen blieb und dieser ihm säuerlich lächelnd die Illustrierte überließ. Koronaios blätterte darin und hielt plötzlich zwei gelbe Notizzettel in der Hand. Dann blickte er Mitsotakis fragend an. Der zuckte mit den Schultern, betrachtete die Zettel, nahm die Illustrierte wieder an sich, drehte sich um und gab alles Katsikaki.

»Hier. Sorgfältig archivieren!«, befahl Mitsotakis herrisch dem muskulösen Kollegen.

Michalis sah Koronaios fragend an. Der nickte und schien sich zum ersten Mal, seit sie hier waren, nicht nur darüber zu ärgern, dass er überhaupt hier sein musste, sondern über Mitsotakis Verhalten auch ernsthaft irritiert zu sein.

Michalis trat zu dem Autowrack und schaute in den Wagen. Mit seinem Smartphone machte er Fotos vom Wageninneren und auch von außen. Er wandte sich gerade zu Koronaios um, als sein Smartphone klingelte und eine Nummer aufleuchtete, die er nicht kannte. Er nahm das Gespräch an.

»Ja? Michalis Charisteas, Kriminalpolizei Chania?«

»Sie waren doch gestern hier.« Eine leise Frauenstimme. »Im Rathaus. In Kolymbari. Und Sie haben mir Ihre Karte gegeben, falls mir noch etwas einfällt …«

»Ja! Ja …, Frau Stamatakis?«, fragte Michalis leise, hielt wegen des Winds die linke Hand über das Smartphone und ging ein Stück von den anderen weg.

»Ja, ja, Despina Stamatakis. Es ist, also, hier sind zwei Herren, einer vom Bauausschuss und einer, ein Bekannter vom Bürgermeister, und sie wollen einige Unterlagen aus seinem Büro, die Originale …« Dimitra Stamatakis klang gehetzt und flüsterte: »Ich habe ihnen gesagt, dass das nicht geht, aber die beiden …«

»Ich bin in der Nähe«, sagte Michalis, »ich kann gleich bei Ihnen sein.«

»Das ist gut. Oh, jetzt kommen sie wieder.«

»Gut. Frau Stamatakis. Ich bin sofort da.«

Michalis legte auf und ging zu Koronaios.

»Das war die Sekretärin aus dem Rathaus. Da sind Leute, die aus dem Büro des Bürgermeisters Unterlagen haben wollen. Ich fahr da mal hin. Bleibst du hier, oder …?«

»Ich bleibe hier. Definitiv. Nicht, dass diese unfähige Bande hier noch Beweise verschwinden lässt und unterschlagen will.«

»Was waren das denn eben für Zettel?«, wollte Michalis wissen.

»Handschriftliche Notizen. Hatte der Herr Mitsotakis angeblich nicht bemerkt. Das Gegenteil kann ich nicht beweisen, aber … ich bleibe hier. Damit die uns nicht noch mehr Probleme machen.« Wenn Koronaios etwas nicht leiden konnte, dann waren das unnötige Probleme.

»Schau mal nach, ob in dem Wagen ein Smartphone liegt«, bat Michalis. »Ich wüsste gern, mit wem der Bürgermeister in seinen letzten Stunden telefoniert hat.«

»Da kannst du dich drauf verlassen«, erwiderte Koronaios und blickte misstrauisch Richtung Mitsotakis.

Auch Michalis warf noch einen Blick zu Mitsotakis. Ja, dachte er, wir werden noch eine Menge Probleme bekommen. Aber ich glaube nicht, dass es diese Polizisten sein werden, die uns diese Probleme machen werden.

»Ich hol dich später hier ab«, rief Michalis und ging zum Wagen.

8

Als Michalis wenig später das Kloster von Goniá passierte, roch es dort noch immer nach Weihrauch, und er überlegte, was Hannah wohl gerade machte. Vermutlich schlief sie noch, aber wirklich wissen konnte er das bei ihr nie.

Kurz darauf hielt er auf dem Innenhof vor dem Rathaus. Ihm fiel sofort die dunkle Limousine auf, mit der kurz zuvor dieser etwas bedrohlich wirkende Mann im ausgeleierten Anzug an der Unglücksstelle losgefahren war. Dieser Wagen stand mitten auf dem Hof, so dass andere Autos mühsam um ihn herummanövrieren mussten.

Michalis parkte und rieb sich die Schläfen. Seine Kopfschmerzen waren wieder stärker geworden.

Michalis öffnete die Eingangstür des Rathauses, und bereits in dem langen schmalen Gang, an dessen Wänden die Farbe abplatzte und wenige gerahmte Fotos hingen, hörte er die aufgeregte Stimme von Despina Stamatakis.

»Nein, Sie können da nicht einfach rein!«

»Entschuldigen Sie, Sie werden mir doch nicht die Akteneinsicht verweigern!«, hörte Michalis einen Mann rufen.

Am Ende des Korridors stand der massige Mann von der Unfallstelle. Als er Michalis entdeckte, drehte er sich um und verschwand in einem weiteren Gang.

»Ich kann Ihnen Kopien machen! Das ist der übliche Vorgang beim Herrn Bürgermeister!«, rief Karathonos' Sekretärin energisch.

»Ich brauche die Informationen aber jetzt! Der Bürgermeister hätte sie mir auch sofort ...«

»Aber das kann er ja nun nicht mehr!«

Die Tür zum Büro von Despina Stamatakis stand offen, und Michalis trat ein. Ein hagerer Mann um die fünfzig mit hellblauem Hemd und einem zu großen blauen Sakko hatte sich vor Despina Stamatakis aufgebaut, die ihm den Zugang zum Büro des Bürgermeisters verweigerte.

Der Mann im großen Sakko sah Michalis verärgert an.

»Wer sind Sie? Würden Sie bitte kurz warten?«

»Kriminalpolizei Chania.« Michalis hielt dem hageren Mann seinen Polizeiausweis entgegen. »Kommissar Michalis Charisteas. Wir untersuchen den Tod des Bürgermeisters. Wer sind Sie?«

Der hagere Mann erschrak und warf kurz einen Blick nach draußen auf den Gang. Michalis wandte sich um, doch es war niemand zu sehen oder zu hören.

»Ich, ich bin ...«, stammelte der Mann.

Despina Stamatakis genoss offensichtlich dessen Verunsicherung.

»Karolos Koukolas«, sagte der Mann schließlich zögernd. »Ich bin ...«

»Das ist der Vorsitzende des Bau-Ausschusses. Und er benötigt angeblich ganz dringend Unterlagen und kann nicht warten, bis ich Kopien angefertigt habe«, erklärte Despina Stamatakis. »So wie es hier seit Jahren üblich ist«, fügte sie noch hinzu.

»Gut, ich komme dann wieder, wenn Sie die Unterlagen kopiert haben, Frau Stamatakis«, sagte Koukoulas und wollte gehen. In dem Moment waren im Büro des Bürgermeisters Geräusche zu hören, und eine Tür fiel ins Schloss.

»Wer ist da drin?«, fragte Michalis schnell.

»Niemand! Die anderen Türen sind zugesperrt!«, erwiderte Frau Stamatakis aufgebracht.

Michalis schob die Sekretärin zur Seite, riss die Tür auf und stürmte in das Büro des Bürgermeisters.

Die schweren Vorhänge waren zugezogen, so dass Michalis einen Moment brauchte, um sich in dem großen Raum orientieren zu können. In der Mitte stand ein riesiger dunkler Holztisch. Niemand war zu sehen. Eine Tür führte zum Gang.

»Die Tür ist abgeschlossen. Von mir persönlich.« Despina Stamatakis war hinter Michalis in dem Büro aufgetaucht. »Und jeder muss hier an mir vorbei!«

Michalis nahm ein Taschentuch und drückte die Klinke nach unten. Die Tür war verschlossen. Seine Augen gewöhnten sich allmählich an die Dunkelheit, und er bemerkte in der gegenüberliegenden Ecke neben einem großen Aktenregal aus dunklem Holz eine weitere, unscheinbare Tür.

»Wo geht es da hin?«, fragte er.

»Das ist ein Hinterausgang«, sagte Despina Stamatakis. »Dahinter liegt unsere Kaffeeküche und die Kammer für Putzmittel. Dort hab ich gestern Abend selbst abgeschlossen.«

Michalis drückte den Griff nach unten. Die Tür war offen.

»Das kann nicht sein!«, sagte Despina Stamatakis empört.

Vom Haupteingang her hörte Michalis Schritte und Stimmen.

»Fassen Sie nichts an, und sorgen Sie dafür, dass auch sonst niemand etwas anfasst!«, rief er der Sekretärin zu und lief zum Haupteingang.

Draußen brauchte er einen Moment, um sich an das helle Sonnenlicht zu gewöhnen. Blinzelnd nahm er wahr, wie die dunkle Limousine vom Hof fuhr. Michalis rannte zu seinem Wagen, doch ein grüner Van hatte ihn zugeparkt. Die dunkle Limousine entfernte sich in der Tiefe der Straße.

Michalis ging zurück und merkte, dass seine Kopfschmerzen schlimmer wurden. Despina Stamatakis stand im Flur.

»Haben Sie ihn noch erwischt?«, fragte sie.

»Jemand hat mir den Weg versperrt.« Michalis sah sich um. »Wo ist dieser Mann vom Bau-Ausschuss?«

»Er hat einen dringenden Termin, behauptet er.« Frau Stamatakis wirkte zerknirscht. »Aber ich habe seine Telefonnummer und seine Adresse, wenn Sie ihn sprechen müssen.«

»Und wer war der Mann, der gerade so plötzlich verschwunden war?«, wollte Michalis wissen.

»Sie meinen den etwas kräftigen Herrn?«, sagte Stamatakis süffisant.

Michalis grinste kurz und nickte.

»Das war Tzannis Kaminidis. Ein Bauunternehmer. Er arbeitet oft für die Gemeinde. Hat zahlreiche Ausschreibungen gewonnen.«

»Könnte er einen Grund haben, beim Bürgermeister Akten zu stehlen?«

»Ich hab so etwas noch nie erlebt.« Sie zögerte. »Ich habe allerdings auch noch nie erlebt, dass ein Bürgermeister gestorben ist«, sagte sie leise.

Michalis zog seine graue Lederjacke aus. Sein Hemd klebte ihm am Rücken. Er stöhnte.

»Kann ich Ihnen vielleicht etwas anbieten?«, fragte Frau Stamatakis.

»Ich würde heute tatsächlich gern einen *Elliniko* nehmen, wenn es keine Umstände macht.«

»Selbstverständlich.« Despina Stamatakis musterte ihn. »Und vielleicht eine Kopfschmerztablette?«, sagte sie dann sanft und lächelte.

Michalis verzog das Gesicht. »So schlimm? Sieht man mir das an?«

Statt einer Antwort wiegte Frau Stamatakis nur den Kopf und lächelte etwas gequält.

»Ich bin gleich wieder da«, sagte sie dann und verschwand.

Michalis ging in das Büro des Bürgermeisters, machte Licht und sah sich um. Auf dem schweren Schreibtisch aus dunklem Holz lagen, sehr ordentlich sortiert, mehrere Stapel mit Unterlagen. Hinter dem Schreibtischstuhl hing ein großes Bild des griechischen Staatspräsidenten. Die übrigen Wände zierten viele große Fotos, auf denen meistens Stelios Karathonos selbst zu sehen war. Er lächelte in die Kamera, weihte Straßen und Gebäude ein oder schüttelte anderen Männern die Hand. Fotos von seiner Frau Kalliopi oder seines Sohnes suchte Michalis vergeblich.

Ähnlich wie das Privathaus von Stelios Karathonos war auch sein Büro geschmackvoll und teuer eingerichtet. Die Regale mit Aktenordnern und anderen Unterlagen waren aus edlem dunklem Holz, in einer Sitzecke standen um einen Glastisch mit chromglänzenden Metallbeinen freischwingende Designer-Sessel. Lediglich in der Ecke, in der die Tür Richtung Hinterausgang lag, stand etwas, das nicht zu den anderen Möbeln passte: Ein massiver abschließbarer Aktenschrank aus Metall.

»*Elliniko* kommt gleich«, sagte Despina Stamatakis, trat von ihrem Vorzimmer ins Büro des Bürgermeisters und reichte Michalis ein Glas Wasser und eine Packung Tabletten.

»Nehmen Sie ruhig auch welche mit für später«, riet sie ihm. »Ich habe hier immer einen großen Vorrat. Für Notfälle.«

Michalis schluckte eine Tablette, und als die Sekretärin ihm den *Elliniko* auf den Tisch stellte, fragte er sie, ob in dem Büro des Bürgermeisters etwas verändert sei. Sie sah sich um, sog lautstark Luft ein und deutete auf eines der Regale mit Ordnern, das in der Nähe der Tür zum Hinterausgang stand.

»Ich bin nicht ganz sicher«, sagte sie, »aber es könnte sein, dass da drüben ein Ordner fehlt.«

Michalis strich sich über den Bart.

»Könnte Herr Karathonos den Ordner selbst mitgenommen haben?«

»Als er vorgestern ging ...« Die Sekretärin überlegte. »Da hatte er nichts dabei. Nein.«

»Wissen Sie, was für ein Ordner hier fehlen könnte? Sofern tatsächlich einer fehlt?«

Despina Stamatakis schüttelte den Kopf. »Dafür bin ich zu selten in diesem Büro. Herr Karathonos wollte hier nicht gestört werden.«

»Ist das üblich?«

»Bei seinem Vorgänger war das anders.«

Für Michalis klang die Bemerkung so, als hätte sie schon für viele Bürgermeister gearbeitet.

»Wer könnte einen Schlüssel für diese Tür zu dem Hinterausgang haben?«

Despina Stamatakis überlegte.

»Ich habe natürlich einen. Dann der Hausmeister ... Und ich gehe davon aus, dass es noch mehrere Schlüssel gibt. Aber wer die hat ...«

»Und Sie sind sicher, dass diese Tür heute früh abgeschlossen war?«

»Ich habe das gestern Abend kontrolliert, bevor ich gegangen bin. Und heute Morgen ... Ich hatte kaum das Büro betreten, da klingelte bereits das Telefon ... dass die Leiche unseres Bürgermeisters ...« Sie stockte und schüttelte fassungslos den Kopf.

»Wer hat Sie angerufen? Wer wusste so früh schon davon?«

Despina Stamatakis sah Michalis bekümmert an.

»Melina, eine Freundin von mir. Ihre Tochter, die kennt einen der Polizisten von Kolymbari.«

Vermutlich den muskulösen Sideris Katsikaki mit der Mütze, dachte Michalis.

»Und kurz danach stand dann auch schon die Frau des Bürgermeisters in der Tür.«

»Seine Frau? Kalliopi Karathonos?« Michalis war überrascht. Die Leiche ihres Mannes war gerade gefunden worden, und sie tauchte hier im Büro auf?

»Ja, sie wollte ein paar persönliche Gegenstände aus seinem Büro holen. Bevor sie verlorengehen.«

»War Frau Karathonos allein im Büro ihres Mannes?«

»Ich hätte gern ein Auge darauf gehabt, aber sie hat die Tür geschlossen.«

»Frau Karathonos könnte also einen Ordner mitgenommen haben?«

Despina Stamatakis hob vielsagend die Hände.

»Dieser Kaminidis, könnte der einen Schlüssel gehabt haben?«

»Kaminidis … der war oft hier. Ob er einen Schlüssel hat, weiß ich nicht.«

»Warum war er oft hier?«

»Da ging es um Geschäfte … Kaminidis besitzt ja eine Baufirma, und unser Bürgermeister hat viel für die Region getan. Da ist so einiges gebaut worden. Und dabei haben die beiden zusammengearbeitet, glaube ich.«

»Was heißt zusammengearbeitet?«

»Das weiß ich nicht. Die Tür war immer geschlossen, wenn Kaminidis hier war.«

Michalis nickte, trank von seinem *Elliniko* und spürte, dass seine Kopfschmerzen nachließen.

»Vielen Dank, Frau Stamatakis. Wir werden uns sicherlich wieder melden. Dürfte ich Sie bitten, das Büro des Bürgermeisters solange abzuschließen? Möglicherweise wird die Spurensicherung sich dort umsehen.«

»Ja, selbstverständlich«, entgegnete sie entschlossen.

Michalis ahnte, dass Despina Stamatakis diesen Auftrag sehr ernst nehmen würde. Er wollte seine Kaffeetasse abstellen, aber Despina Stamatakis nahm sie ihm aus der Hand. Die Tasse klapperte auf dem Unterteller, und Michalis sah, dass die bisher so gefasste Frau zitterte.

»Unser Bürgermeister ...«, fragte sie zögernd. »Wo ist er gefunden worden?«

»Hinter dem Kloster Goniá, einige Kilometer Richtung Afrata. Vor einer scharfen Linkskurve.«

Despina Stamatakis nickte und schluckte.

»Afrata ...«, sagte sie leise.

»Warum? Was ist mit Afrata?«, erkundigte sich Michalis behutsam. Doch die Sekretärin des Bürgermeisters presste ihre Lippen aufeinander und sagte nichts mehr. Er dankte für die Tabletten und verabschiedete sich.

Bevor Michalis in den Wagen stieg, schaute er auf sein Handy und war etwas enttäuscht, keine Nachricht von Hannah erhalten zu haben. Vermutlich schlief sie noch, aber es wäre schön gewesen, ein kurzes sehnsüchtiges *Ich vermisse dich* zu lesen. Stattdessen hatte Jorgos versucht, ihn anzurufen, aber keine Nachricht hinterlassen.

Michalis fuhr zu der kleinen Kreuzung, wo es rechts Richtung Afrata und der Unfallstelle ging und links durch den kleinen historischen Ortskern zum Haus der Familie Karathonos. Einem Impuls folgend, bog er nach links ab, denn die Frage, was Kalliopi so kurz, nachdem sie vom Tod ihres Mannes erfahren hatte, in seinem Büro gewollt hatte, beschäftigte ihn.

Um nicht gesehen zu werden, parkte Michalis einige Meter entfernt von der Villa des Bürgermeisters. Er sah vor dem schmiedeeisernen Tor zur Auffahrt einen schwarzen Range Rover, wie er auch vor der Olivenölmühle in Marathokefala gestanden hatte. Auf der Auffahrt stand wie gestern ein weißer Sportwagen.

Michalis schickte Hannah eine Nachricht: *Schon wach? Diese Geschichte hier scheint kompliziert zu werden. Würde gern deine Stimme hören ...*

Plötzlich wurde die Haustür der Villa geöffnet, ohne dass jemand herauskam. Gleichzeitig klingelte Michalis' Smartphone, und *Jorgos* leuchtete auf. Michalis stellte den Klingelton ab und beobachtete das Haus, wo jetzt Kalliopi Karathonos auftauchte, den Rücken ihm zugewandt. Sie war immer noch weißgekleidet und schien sich jemandem in den Weg zu stellen, geriet aber ins Straucheln, denn Alekos, der kräftige Onkel mit den wenigen grauen Haaren, war zu ihr getreten. Er trug einen großen und offenbar schweren Karton und stieß sie damit zur Seite.

Michalis überlegte, ob er eingreifen sollte, ahnte aber, dass er sich nur lächerlich machen würde.

Alekos ging entschlossen auf das schmiedeeiserne Tor zu. Zweimal noch versuchte Kalliopi, ihn aufzuhalten, wurde aber von Alekos rabiat zur Seite geschoben. Als er an dem Tor angekommen war und den Karton absetzen musste, wollte Kalliopi den Moment nutzen, um etwas herauszunehmen. Alekos stieß sie brutal weg, so dass sie stürzte und sich mit schmerzverzerrtem Gesicht den rechten Unterarm hielt. Michalis konnte nicht hören, was die beiden sagten, aber sie schrien einander an, bis Alekos den Karton auf die Rückbank seines Range Rovers gestellt, gewendet hatte und Richtung Kolymbari raste. Michalis rutschte in seinem Wagen kurz nach unten, als Alekos an ihm vorbeifuhr. Als er wieder hochkam, sah er, dass Artemis Karathonos, die Frau von Dimos und Schwägerin von Kalliopi, aus dem Haus gekommen war. Sie legte einen Arm um Kalliopi, die ihren Kopf an die Schulter ihrer Schwägerin sinken ließ und die Augen schloss. Langsam gingen beide ins Haus zurück.

Michalis startete den Motor. Sein Blick fiel auf die Terrasse der Villa, und er entdeckte eine Gestalt hinter einem der Pfeiler. Er behielt die Terrasse im Auge, wendete und sah im Rückspiegel, was er vermutet hatte: Pandelis, der Sohn von Kalliopi, trat aus der Deckung und sah Michalis nach. Diesmal trug er das violette Auswärtstrikot des FC Liverpool.

9

Michalis fuhr die abschüssige Straße nach unten, bog auf die Hauptstraße von Kolymbari ein, passierte das Kloster Goniá und wählte die Nummer von Koronaios. Ungläubig erfuhr er: Die Absturzstelle war komplett geräumt, der Verkehr lief wieder normal, und Koronaios saß mit Mitsotakis und auch mit Jorgos in einer Taverne an dem kleinen historischen Hafen von Kolymbari. Und Jorgos ließ ausrichten, dass Michalis umgehend zu ihnen stoßen solle.

Fassungslos fragte Michalis nach, ob und wann die Spurensicherung an der Absturzstelle endlich ihre Arbeit aufnehmen würde, und hatte plötzlich Jorgos am Apparat.

»Michalis? Wo bist du?«, wollte Jorgos wissen, und Michalis fragte sich, wieso dieser extra nach Kolymbari gekommen war. Gab es Neuigkeiten, oder wollte er nur dabei helfen, die Ermittlungen zum Tod des Bürgermeisters schnell und geräuschlos einzustellen? Und womöglich dafür sorgen, dass Michalis keine unangenehmen Fragen mehr stellte?

»Ich ... ich bin auf dem Weg, bin gleich da«, antwortete Michalis ausweichend.

Statt sofort umzudrehen, fuhr Michalis weiter bis zur Absturzstelle. Schotter, Gestein und Erde, die mit dem SUV des Bürgermeisters auf die Straße gelangt waren, waren notdürftig an den Rand geschoben worden. Die ausgelaufene gelbliche Bremsflüssigkeit war nicht etwa entfernt, sondern ebenso wie eine kleine Ölspur lediglich mit Sand abgedeckt worden.

Michalis stieg aus und machte mit seinem Smartphone Fotos von der Straße sowie der Schneise, die durch das Hochziehen des Wagens entstanden war. Ein Stück knapp oberhalb des Strands verlor sich diese Spur hinter größeren Felsen, und Michalis konnte nicht genau erkennen, wo der SUV mit der Leiche von Karathonos gelegen hatte. Er versuchte, nach unten zu klettern, rutschte aber schon auf den ersten Metern aus, fing sich ab und stieg wieder nach oben.

Michalis hätte gern gewusst, wo genau der SUV von der Straße abgekommen und aus welcher Richtung er gekommen war. »*Illisios*«, fluchte er vor sich hin, diese *Trottel*, denn ohne die Spurensicherung war es absurd, die genauen Todesumstände ermitteln zu wollen. Der Absturz musste Spuren an Felsen und Sträuchern hinterlassen haben, die ausgewertet werden sollten.

Bevor Michalis Kolymbari wieder erreichte, wählte er über die Freisprechanlage die Nummer von seinem Bruder Sotiris.

»Ich bin's!«, rief Nicola, seine Schwägerin, fröhlich. Sie war offenbar an das Handy von Sotiris gegangen. »Du hast vermutlich auch nicht viel geschlafen, oder?«

»Nicht viel, nein. Sag mal, Hannah ist doch bestimmt schon wach, oder?«

»Hannah ...?«

Michalis blickte kurz auf seine Uhr. Es war mittlerweile elf.

»Schläft sie etwa noch?«

»Schlafen, ähm, nein ...«

Etwas in Nicolas Stimme irritierte Michalis.

»Ist sie unten? Dann gib sie mir mal!«

»Die ist mit Sotiris im Büro. Die wollen da was erledigen.«

Das klang eigenartig. Wenn es etwas im *Athena* gab, was

Sotiris möglichst mied, dann die Büroarbeit. Die überließ er nach wie vor lieber ihrem Vater.

»Gut, dann versuch ich es gleich bei ihr.«

»Und ich sag ihr, dass du angerufen hast!«, rief Nicola und klang fast erleichtert, weil sie auflegen konnte.

Michalis hatte das große Hafenbecken von Kolymbari erreicht, in dem eine Fähre und mehrere Ausflugsboote lagen. Eine schmale Straße führte von dort weiter zu dem kleinen historischen Hafen, an dessen Kaimauern Fischerboote und einige offene Boote mit großen Außenbordmotoren lagen. Michalis hielt an und wollte Hannah erneut anrufen, aber bevor er wählen konnte, klingelte sein Handy. *Koronaios.*

»Wo bleibst du denn?«, fragte Koronaios kurz angebunden.

»Ich bin gleich da. Ich seh schon den Wagen.« Michalis legte auf, und tatsächlich standen vor einer Taverne der Zivilwagen, mit dem vermutlich Jorgos gekommen war, und der Polizeiwagen der Kollegen aus Kolymbari.

Die Tavernen an dem kleinen Hafen waren nur durch eine schmale Straße von dem Hafenbecken getrennt, und weil es keinen Platz für die Tische gab, hatten mehrere Tavernen im ersten Stock Terrassen bauen lassen, damit ihre Gäste draußen sitzen konnten. Diese Terrassen waren sowohl durch die Galträume als auch über Freitreppen zu erreichen. Michalis ging die Freitreppe, vor der der Polizeiwagen stand, hinauf und begrüßte als Erstes den muskulösen Katzikaki, der ein *Pastitsio*, einen Nudelauflauf, sowie einen *Choriatiki salata*, einen Bauernsalat, und sehr viele Pommes und eine Cola vor sich stehen hatte und sein Essen gierig verschlang. Dabei beobachtete er aufmerksam die kleine Straße, die unterhalb der Terrasse entlangführte, und es schien, als sollte er verhindern, dass sich andere Gäste herauftrauten. Mitsotakis hatte diese Terrasse offenbar zum Besprechungsraum erklärt und wollte nicht gestört werden. Vielleicht wollte er auch dem Chef der Mordkommission aus Chania zeigen, wie wichtig und respektiert er im Ort war.

Venizelos saß mit einem *Pastitsio* im hinteren Bereich und sollte wohl die Tür bewachen, die in die Taverne hineinführte.

An einem großen Tisch saßen Jorgos, Koronaios und Mitsotakis. Sie sahen ihn herausfordernd an, und Michalis ahnte, dass sie sich darin einig waren, in dem Tod von Stelios Karathonos einen tragischen Unfall zu sehen. Darüber ärgerte Michalis sich schon, bevor einer von ihnen ein Wort gesagt hatte.

»Sie sollten das *Souvlaki arnisio* nehmen, das ist wirklich großartig hier«, sagte Mitsotakis.

Michalis ignorierte ihn.

»Ich war an der Unfallstelle, als du angerufen hast«, sagte Michalis zu Koronaios. Der wich seinem Blick aus, und Michalis schaute Jorgos und Mitsotakis an. »Wann wird die Spurensicherung dort eintreffen?«

Jorgos und Mitsotakis sahen sich kurz an. Koronaios beschäftigte sich mit seinem Souvlaki und versuchte, so zu tun, als ginge ihn die Situation nichts an, Mitsotakis aber schürzte verärgert die Lippen und zog die Augenbrauen zusammen. Jorgos schüttelte den Kopf und kratzte sich unter dem linken Auge. Eine Geste, die Michalis von seinem Onkel kannte, wenn dieser mehr Zweifel hatte, als er zugeben wollte.

»Michalis. Ich hab mir die Unfallstelle genau angeschaut.« Jorgos seufzte. »Es sieht alles nach einem tragischen Unfall aus. Und zwar sehr eindeutig.«

»Eindeutig? Und warum ist der Bürgermeister von der Straße abgekommen? War jemand daran beteiligt? Hat jemand etwas beobachtet? Von wo ist er gekommen? Von Afrata oder von Kolymbari? War sein Wagen womöglich manipuliert?« Michalis redete sich in Rage. »War Stelios Karathonos sofort tot, oder hätte er gerettet werden können? Hat sich jemand der unterlassenen Hilfeleistung schuldig gemacht oder vielleicht sogar nachgeholfen? Woran genau ist der Bürgermeister gestorben?«

»Michalis! Es reicht!«, rief Jorgos verärgert und schüttelte fassungslos den Kopf. Dies war einer der Momente, in dem ihm wieder bewusst wurde, warum Michalis sich in Athen mit den Kollegen so zerstritten hatte, dass es dort für ihn keine Zukunft mehr gab.

»Herr Charisteas!« Auch Mitsotakis war wütend. »Denken Sie doch auch mal an die Familie! Wollen Sie …«

»Wer hat eigentlich die Frau Karathonos informiert? Und wann?« Michalis sah Mitsotakis an. »Frau Karathonos wusste erstaunlich früh, dass die Leiche ihres Mannes gefunden worden ist. Sehr, sehr früh.«

»Was willst du damit sagen?«, fragte Jorgos scharf.

In dem Moment klingelte Michalis' Smartphone. Er blickte aufs Display, sah Hannahs lächelndes Gesicht, schaltete den Ton ab und sah Jorgos und Mitsotakis herausfordernd an.

»Ein Tod, dessen Ursache nicht eindeutig und schon gar nicht unverdächtig ist, muss untersucht werden. So sind die Gesetze.«

»Das kann doch nicht Ihr Ernst sein!« Mitsotakis warf das Messer, mit dem er sein Lamm-Souvlaki geschnitten hatte, wütend auf den Tisch. Es prallte gegen die Wasserkaraffe.

»Michalis, neben der *Gesetzeslage*« – Jorgos betonte das Wort fast drohend – »gibt es immer auch einen Ermessensspielraum. Und da ist es entscheidend, wie sinnvoll unser Vorgehen ist.«

In dem Moment klingelte Jorgos' Handy. Er sah aufs Display, schnaufte kurz, warf Michalis einen Blick zu und nahm das Gespräch an. Während er zuhörte, legte er eine Hand über das Handy, aber Michalis glaubte trotzdem, die Stimme seiner Mutter erkannt zu haben. Jorgos sagte kurz: »Ja, ich kümmer mich drum«, und legte auf. Michalis sah seinen Onkel Jorgos fragend an, aber der wandte sich Mitsotakis zu.

»Sind wir uns also einig«, fragte Mitsotakis, »dass wir bei diesem tragischen Tod ohne den Einsatz der Spurensicherung auskommen werden?«

Jorgos zog die Mundwinkel nach unten und musterte Michalis. Dann nickte er. »Ja. Ja, so werden wir es machen.«

»Gut ... Herr Charisteas ...« Mitsotakis hielt den offiziellen Teil damit für erledigt und bemühte sich zu lächeln. »Möchten Sie etwas essen? Die Küche hier ist ganz hervorragend. Sicherlich nicht so gut wie bei Ihnen zu Hause im *Athena*, aber wirklich sehr empfehlenswert.«

»Wenn hier schon gegen geltendes Recht verstoßen wird« – Michalis entging nicht, wie Jorgos und Mitsotakis zusammenzuckten –, »dann gehe ich davon aus, dass wenigstens der Leichnam des Bürgermeisters in der Gerichtsmedizin untersucht wird.« Michalis hatte nicht vor, das schlampige und rechtswidrige Vorgehen einfach hinzunehmen.

»Wir verstoßen nicht gegen geltendes Recht. Das verbitte ich mir!« Mitsotakis sah Jorgos und Michalis empört an. Auch Koronaios konnte jetzt nicht länger so tun, als sei er nur zufällig hier, und machte ein ernstes Gesicht.

»Das kann Ihnen doch auch nicht gefallen!« Mitsotakis hob beide Arme.

Jorgos stand kopfschüttelnd auf.

»Michalis. Wir beide reden mal kurz unter vier Augen.

Jetzt«, sagte Jorgos knapp und streng und ging, ohne eine Antwort abzuwarten, Richtung Freitreppe.

»Sag mal, spinnst du komplett?«, zischte Jorgos wütend, und Michalis blieb abrupt stehen. Jorgos war an den kleinen Fischerbooten entlang so weit Richtung großes Hafenbecken gegangen, bis niemand sie mehr hören konnte. »Du wirst jetzt sofort aufhören, dich dermaßen aufzuführen! Und entweder siehst du das ein, oder ich ziehe dich von diesem Fall ab und du fährst zurück nach Chania und wirst dort drei Monate lang im Keller Akten sortieren. Ich lass mich von dir doch nicht derart lächerlich machen!«

Michalis schwieg. So wütend hatte er seinen Onkel Jorgos selten erlebt. Er wusste, dass es im Moment besser war, reumütig klein beizugeben.

»Ja. Entschuldigung. Es tut mir leid. Ich … Okay, der Fall ist erledigt. Autounfall, tragisch, erledigt. Gut.«

Jorgos sah Michalis prüfend an. Es irritierte ihn, dass Michalis so schnell nachzugeben schien.

»Kann ich mich darauf verlassen?«, fragte Jorgos und streckte seine Hand aus. Michalis zögerte einzuschlagen.

»Michalis! Wenn es etwas gibt, das ich wissen sollte, dann sagst du es mir jetzt!«

Michalis warf einen Blick zur Taverne. Oben lehnte Mitsotakis an der Freitreppe und schaute zu ihnen herunter.

»Ich war im Rathaus, das weißt du.«

»Ja«, antwortete Jorgos energisch.

»Die Leiche von Stelios Karathonos war kaum gefunden worden, da tauchte seine Ehefrau in seinem Büro im Rathaus auf, um angeblich private Unterlagen mitzunehmen. Und sie wollte dabei nicht beobachtet werden.«

Michalis stellte erfreut fest, dass sein Onkel hellhörig wurde.

»Weiter«, sagte Jorgos knapp.

»Keine Stunde später steht der Vorsitzende des Bau-Ausschusses mit einem Bauunternehmer im Vorzimmer bei der Sekretärin und verlangt nach Originalakten. Ein Bauunternehmer, mit dem der Revierleiter Mitsotakis kurz vorher an der Absturzstelle lang und sehr vertraut gesprochen hatte.«

»Ja? Und?«

»Während ich mit der Sekretärin und dem Vorsitzenden des Bau-Ausschusses in ihrem Vorzimmer spreche, hören wir Geräusche aus dem Büro. Ich bin nach draußen gelaufen und hab gesehen, wie eben dieser Bauunternehmer sehr eilig weggefahren ist. Verfolgen konnte ich ihn nicht, jemand hatte mich zugeparkt. Ich würde nicht ausschließen, dass das Absicht war. Die Sekretärin des Bürgermeisters meint, dass ein Aktenordner fehlt.«

»Du glaubst also ...« Jorgos sah Michalis nachdenklich an.

»Ich bin sofort zu der Villa des Bürgermeisters gefahren. Keine Sorge, ich bin nicht reingegangen«, sagte Michalis schnell, als er Jorgos' skeptischen Blick sah. »Ich hab draußen gewartet. Und nach wenigen Minuten kommt dieser Onkel Alekos mit einem schweren Karton heraus und stößt die Witwe des Bürgermeisters zu Boden, als sie ihn daran hindern will, mit dem Karton abzuhauen.«

»Gut.« Jorgos nickte. »Es könnte also sein, dass Leute Unterlagen verschwinden lassen wollen.«

»Oder für ihre eigenen Zwecke benötigen«, fügte Michalis hinzu.

»Dann werde ich jetzt mit Mitsotakis reden, und du wirst sehr friedlich sein und nur noch tun, was ich sage. Okay?«

»Okay. Ich würde auch gern mit den Leuten sprechen, die die Leiche geborgen haben«, fügte Michalis hinzu.

Jorgos ging los, ohne darauf zu reagieren. »Du sollst Hannah anrufen. Klang dringend. Das war deine Mutter vorhin«, sagte Jorgos, als Michalis ihn eingeholt hatte.

Jorgos lief die Freitreppe nach oben und strahlte den verärgert blickenden Mitsotakis an. Michalis und Koronaios wussten, dass Jorgos so etwas nur tat, wenn es gar nicht anders ging.

»So, Herr Mitsotakis. Ich habe mit meinem Neffen einige Dinge geklärt.« Auch das tat Jorgos sonst nie: Michalis im Dienst als seinen Neffen bezeichnen. Offenbar wollte Jorgos die Situation beruhigen. »Zuallererst«, fuhr Jorgos fort, »würde mein Neffe jetzt gern das *Souvlaki arnisio* essen, von dem Sie so geschwärmt haben.«

Mitsotakis stutzte und gab Venizelos ein Zeichen, der sich nach drinnen auf den Weg Richtung Küche machte.

»Und dann würde ich gern, Herr Kollege, mit Ihnen ein paar Dinge besprechen. Nur wir beide.«

Mitsotakis nickte zögerlich. »Einverstanden ...«

Die beiden gingen über die Freitreppe nach unten, und Michalis setzte sich zu Koronaios an den Tisch. Katsikaki bezog wieder seine Position an dem Tisch direkt an der Freitreppe, und Venizelos kam mit dem Wirt zurück. Statt des von Mitsotakis empfohlenen Lamm-Souvlakis bestellte Michalis jedoch ein *Sfoungato*, ein Omelette mit Zucchini, und Venizelos setzte sich wieder.

Michalis sah Koronaios fragend an, aber der zuckte nur mit den Schultern und deutete diskret auf die beiden örtlichen Polizisten. Dann nahm er sein Smartphone und zeigte Michalis ein Foto, das seine Frau ihm vorhin geschickt hatte: seine jüngste Tochter als Furie. Offenbar hatte Koronaios' Ehefrau einfach mal mit dem Smartphone draufgehalten, als Galatia wegen eines Paars Schuhe, in denen sie herumlaufen musste, weil ihre Eltern angeblich nicht in der Lage waren, ihr angemessene Schuhe zu kaufen, einen Tobsuchtsanfall bekommen hatte. Zur Strafe musste Galatia mit dem Bus zur Schule fahren.

»Wahnsinn, was Töchter sich heutzutage rausnehmen …«, raunte Koronaios. »Diese Schuhe, die sie da trägt, die haben wir ihr letztes Jahr für hundertdreißig Euro gekauft, weil sie die unbedingt haben musste.« Koronaios lächelte. »Und so etwas halten die Mädchen für ihre größten Probleme. Kannst dir ja vorstellen, was mich heute Abend erwartet.«

Nein, wirklich vorstellen konnte Michalis sich das nicht, obwohl er in der letzten Zeit immer wieder solche Geschichten von Koronaios gehört hatte.

»Ich versuch mal kurz, Hannah zu erreichen«, sagte Michalis und ging Richtung Freitreppe.

»Ich sag dir Bescheid, wenn dein Essen da ist«, rief Koronaios ihm nach.

Jorgos war mit Mitsotakis Richtung großes Hafenbecken gegangen, deshalb ging Michalis in die andere Richtung zur Strandpromenade. Jetzt im April war hier noch nicht viel los, aber die Sonnenschirme und Liegestühle waren schon dicht an dicht aufgestellt und ließen erahnen, was hier im Sommer los sein würde. Michalis bedauerte es, seine Jacke in der Taverne gelassen zu haben, denn hier draußen wehte ein kühler Wind.

Er rief Hannah an, doch sie ging nicht ans Telefon, deshalb versuchte Michalis es bei Sotiris. Der ging sofort ran.

»Ah, da bist du ja endlich«, sagte Sotiris schnell.

»Warum, was ist los?«

»Ach …«, stöhnte Sotiris. »Ich weiß ja, dass Hannah hier

Platz zum Arbeiten braucht. Eigentlich solltet ihr ja schon eine eigene Wohnung haben ...«

»Ja, und?«

»Ja, ich hab wenigstens was mit dem Internet gemacht. Funktioniert jetzt besser, gefällt unserem Vater aber nicht.«

»Warum?«

»Erklär ich dir heute Abend.«

Michalis ahnte, dass sein Bruder grinste. »Und wo ist Hannah jetzt?«

»Na, sie ist mit ihren Turnschuhen unterwegs.«

Für einen Kreter war die Vorstellung, grundlos mit Laufschuhen so lange herumzurennen, bis man völlig erschöpft war, so absurd, dass Sotiris das Wort »Joggen« erst gar nicht in den Mund nahm.

»Joggen?«

»Ja, genau. Das. Sie läuft hier irgendwo um den Hafen herum. Keine Ahnung, warum sie das macht. Aber du sagst ja, die Leute in Berlin tun das regelmäßig.«

Michalis musste schmunzeln.

»Außerdem ...«

»Was?«

»Ach, das erzähl ich dir heute Abend. Es gab ein Durcheinander mit Tischen. Also mit Tischen, an denen Hannah arbeiten kann. Sie war plötzlich weg, hatte aber nicht gesagt, wohin sie wollte.«

Michalis ahnte, dass sich hinter diesen Andeutungen ein kleines Familiendrama verbarg.

»Und dann hat Theo angerufen. Du weißt, der hat das Geschäft in der *Odos Kydonias*. Elektrogeräte, Haushaltswaren. Aber hinten im Lager hat er auch Möbel.«

»Und wieso rief der an?«

»Hannah wollte bei ihm einen Tisch kaufen. Als sie ihm gesagt hat, wohin der geliefert werden soll, hat Theo mich angerufen. Ich konnte Hannah überreden, wenigstens zu warten, bis du da bist. Also. Die wird ja mit dieser Lauferei irgendwann fertig sein. Geh lieber an dein Telefon, wenn sie anruft.«

Koronaios tauchte an der Freitreppe auf und winkte. Michalis beendete das Gespräch mit seinem Bruder und wusste, dass die Situation mit Hannah diesmal schwierig werden könnte. Es war jetzt der neunte Besuch von ihr hier auf der Insel, und jedes einzelne Mal wurde es, obwohl alles immer sehr herzlich begann, mit der Familie etwas komplizierter. Eine kretische Familie konnte das, was Hannah machte, nur schwer nachvollziehen. Niemand von ihnen hatte ein Arbeitszimmer, weil sie ja ohnehin immer alle beieinander saßen, wenn sie nicht bei der Arbeit waren. Und zu Hause hatte man kein Arbeitszimmer, wofür auch?

Hannah aber wollte nicht nur ein Arbeitszimmer, sondern eine Wohnung, in der sie und Michalis allein sein konnten, ohne dass die ganze Familie immer alles mitbekam. Und das war das eigentliche Problem. Die Familie von Michalis, vor allem die Frauen, waren es gewohnt, von allen immer alles zu wissen. Zumindest dachten sie das.

Michalis hatte gerade den zweiten Bissen seines *Sfoungato* im Mund, als Jorgos und Mitsotakis zurückkamen. Jorgos wirkte sehr zufrieden, und Mitsotakis versuchte, den Eindruck zu vermitteln, ebenfalls zufrieden zu sein.

Die beiden setzten sich zu Michalis und Koronaios an den Tisch, wünschten Michalis einen guten Appetit, und Jorgos ließ Mitsotakis verkünden, dass sie, sobald Michalis fertig gegessen hatte, zu dem örtlichen Bestatter fahren und die Leiche des Bürgermeisters begutachten würden. Lambros Stournaras, der Gerichtsmediziner aus Chania, sei bereits auf dem Weg. Michalis verkniff sich die Frage, ob auch vorgesehen war, die Leiche von Stelios Karathonos nach Chania in die Gerichtsmedizin zu transportieren.

Mitsotakis hielt mit dieser Erklärung seine Ausführungen für beendet, aber Jorgos sah ihn auffordernd an, und als Mitsotakis nichts sagte, fügte Jorgos mit ruhiger, entschlossener Stimme hinzu: »Und wir werden auch …«

Mitsotakis sagte dann mit kaum unterdrücktem Ärger: »Bei ihm war eben besetzt, ich werde es wieder versuchen.«

»Ja, dann tun Sie das doch«, forderte Jorgos ihn auf, und allen war klar, dass er »jetzt« meinte.

Mitsotakis nahm sein Handy und ging über die Freitreppe nach unten.

Michalis sah Jorgos fragend an.

»Es geht um den Kapitän des Bootes, das den Leichnam des Bürgermeisters abtransportiert hat«, sagte Jorgos laut genug, damit auch Venizelos und Katzikaki es hörten. »Der Herr Revierleiter und ich halten es für nötig, von ihm alle Details zu erfahren.«

Koronaios lehnte sich zurück, und Michalis glaubte, ein spöttisches Lächeln bei ihm aufblitzen zu sehen. »Nur mal so aus Interesse. Wohin ist der Wagen des Bürgermeisters eigentlich gebracht worden?« Koronaios sah Venizelos und Katzikaki an. »Was macht ihr hier in Kolymbari denn in einem solchen Fall? Normalerweise?«

»Der Wagen steht auf dem Hof des Abschleppunternehmers. Und sobald wir ihn freigeben, wird die Familie Karathonos entscheiden, was mit dem Wagen passieren wird«, antwortete Venizelos.

Koronaios nickte.

»Zufrieden?«, sagte Katzikaki schnell, der offenbar seinen Kollegen unterstützen und auch etwas sagen wollte.

In dem Moment kam Mitsotakis zurück.

»Der Kapitän ist noch draußen, er hat Passagiere. In etwa einer halben Stunde ist er zurück. Dann können wir ihn am Hafen treffen«, sagte er missmutig und setzte sich.

Es entstand ein unangenehmes Schweigen. Michalis aß weiter. Alle blickten ihn an und warteten darauf, dass er fertig werden würde.

»Schmeckt es denn?«, fragte Mitsotakis schließlich.

»Ja. Ist ziemlich gut«, erwiderte Michalis. Aber meine Mutter macht das *Sfoungato* sehr viel besser, dachte er. Aber das behielt er lieber für sich.

10

Das Bestattungsunternehmen von Giannis Saringouli lag hinter der großen Kirche an der Straße nach Kastelli. Jorgos hatte Michalis aufgefordert, bei ihm einzusteigen und Koronaios allein fahren zu lassen.

»Hast du Hannah angerufen?«, wollte Jorgos wissen, nachdem sie losgefahren waren.

»Ja, aber sie geht nicht ran. Sie ist ...« Michalis verkniff sich das Wort »joggen«.

»Ach, immer noch ...«, erwiderte Jorgos süffisant, und Michalis war klar, dass er längst davon wusste.

»Wie gehen wir denn jetzt vor?«, erkundigte sich Michalis.

»Dem Polizeidirektor war vorhin sehr daran gelegen, als Todesursache ›Unfall‹ festzuhalten und den Kollegen hier vor Ort alles weitere zu überlassen.« Jorgos musste abrupt bremsen, weil vor der modernen Hotelanlage trotz des gläsernen Fußgängertunnels ein ganzer Trupp Urlauber in Badehosen, mit Flipflops und Handtüchern in aller Seelenruhe über die Straße ging. »Ich habe unserem Polizeidirektor nicht im Detail mitgeteilt, was ich von dir weiß«, fuhr Jorgos fort. »Aber ich habe darauf bestanden, dass einige Dinge geklärt werden müssen. Deshalb werde ich sicher Ärger bekommen, aber der Ärger wäre größer, wenn man uns später Verstöße gegen gesetzliche Bestimmungen nachweisen könnte.« Jorgos grinste. »Du kannst dir denken, dass insbesondere Mitsotakis nicht so leicht zu überzeugen war.«

»Aber es ist dir offenbar gelungen ...«, sagte Michalis und

bemühte sich, sich seine Genugtuung nicht anmerken zu lassen.

»Ja, aber das hat Grenzen. Und wie du weißt, werden auf Kreta Tote üblicherweise innerhalb eines Tages beerdigt. Der Bestatter war schon bei den Vorbereitungen, als Mitsotakis ihn angerufen hat. Und ich kann nur hoffen, dass unser geschätzter Gerichtsmediziner Stournaras jetzt gleich einen Blick auf die Leiche wirft und zufrieden ist. Ein Transport in die Gerichtsmedizin nach Chania würde eine Menge weiteren Ärger bedeuten.«

Sie hatten das Bestattungsunternehmen erreicht und hielten vor dem zweistöckigen, modernen Gebäude. Davor lag ein großzügiger, von einigen Bougainvilleen und rotblühendem Hibiskus gesäumter Vorplatz. Ein Leichenwagen mit einem Sarg im Innenraum fuhr gerade weg.

Der Einsatzwagen, mit dem Mitsotakis gekommen war, stand bereits auf dem Vorplatz, und Michalis entdeckte auch den schwarzen Range Rover von Alekos Karathonos, dem alten Patriarchen.

»Sein Onkel Alekos dürfte da sein, der vorhin bei der Witwe den Karton rausgetragen hat.« Michalis deutete auf den Wagen.

Jorgos stellte den Motor ab und sah Michalis streng an.

»Damit wir uns richtig verstehen. Ich habe das hier in die Wege geleitet, damit alles korrekt abläuft und uns niemand etwas vorwerfen kann. Es wäre sehr hilfreich, wenn du keine unnötigen Probleme machst. Haben wir uns verstanden?«

»Ja, haben wir. Keine unnötigen Probleme.«

Jorgos sah Michalis prüfend an.

Der Vorraum des Bestattungsunternehmens war angenehm kühl. In der Mitte stand ein großer Tisch mit Unterlagen und

Prospekten. Alles wirkte hell und freundlich, als sollte dem Tod der Schrecken genommen werden. Auch die Türglocke hatte einen fast fröhlichen Klang. Vor den großen Fenstern hingen helle Stores, so dass von außen niemand hereinsehen konnte. Die Wände waren mit großen, farbigen Bildern mit Zitaten geschmückt, die Dankbarkeit für die Jahre auf Erden vermitteln sollten.

Michalis, Jorgos und Koronaios sahen sich um. Aus einem hinteren Raum drang ein leises Schluchzen.

Es dauerte fast eine Minute, bis Mitsotakis eintrat, einen übergewichtigen Herrn in einem schwarzen Anzug an seiner Seite, der trotz der Klimaanlage so stark schwitzte, dass seine dunklen, leicht gewellten Haare ihm am Kopf klebten. Er hatte ein ausgeprägtes Doppelkinn, in dessen Falten dunkle Bartstoppeln zu erkennen waren.

»Herr Saringouli«, stellte Mitsotakis den Bestatter vor. Giannis Saringouli schnaufte und reichte den Polizisten nacheinander die Hand.

»Einige Mitglieder der Familie sitzen hinten bei dem Toten«, flüsterte Mitsotakis. »Es wäre schön, wenn wir rücksichtsvoll vorgehen würden.«

»Ja. Selbstverständlich«, sagte Jorgos ebenfalls flüsternd.

Draußen fuhr ein hellgrüner Familien-Van vor, und Michalis konnte durch das Glas der Eingangstür sehen, dass Lambros Stournaras, der Gerichtsmediziner aus Chania, eingetroffen war. Stournaras war ein hochaufgeschossener schlanker Mann Anfang vierzig, der fast immer gute Laune hatte und kaum etwas mehr liebte, als mit seinen vier Kindern zu spielen. Michalis hatte sich schon oft gefragt, was diesen lebensfrohen Mann nach dem Medizinstudium ausgerechnet dazu gebracht hatte, Gerichtsmediziner zu werden. Für Michalis, der bei seinem Job kaum etwas so sehr fürchtete wie die Konfrontation mit Leichen, würde das immer ein Rätsel bleiben.

Stournaras betrat lächelnd den Vorraum und öffnete und schloss mehrmals die Eingangstür, um den hellen Glockenton zu hören. Dann stellte er einen großen Alu-Medizinkoffer ab, sah sich um und musterte die Anwesenden.

»Sehr schön«, sagte er und begrüßte zunächst Michalis und Koronaios. Jorgos warf er nur einen kurzen Blick zu, und hinter der fröhlichen Fassade glaubte Michalis, ein »Lieber Jorgos, du solltest mich nicht allzu oft von Chania in andere Orte zitieren« zu bemerken.

Erst danach begrüßte Stournaras auch Mitsotakis und den Bestatter.

»Gut, dann gehen wir an die Arbeit«, sagte Stournaras und steuerte auf einen der hinteren Räume zu, wo er den Leichnam vermutete.

Mitsotakis versuchte, ihn aufzuhalten.

»Wir sollten noch einen Moment warten«, sagte Mitsotakis und hob beschwörend seine Arme. »Einige Angehörige sind gerade bei dem Toten.«

Stournaras sah Jorgos fragend und etwas ungeduldig an.

»Dann würde ich vorschlagen, dass wir die Angehörigen aus dem Raum bitten«, sagte Stournaras bestimmt und klang nicht so, als würde er Widerspruch dulden. »Immerhin haben wir, wenn ich die Situation richtig verstehe, ohnehin bereits sehr viel wertvolle Zeit verloren.«

»Aber es ist schon alles für die Aufbahrung im Haus des Bürgermeisters vorbereitet!«, sagte Saringouli ein wenig schrill.

Mitsotakis blickte Jorgos hilfesuchend an, doch der hob nur bedauernd die Hände. Das haben wir vorhin doch so ausgemacht, schien sein Blick zu sagen.

»Gut, dann gehe ich zu den Angehörigen und werde sie informieren«, erklärte Mitsotakis.

»Tun Sie das«, erwiderte Stournaras, und Mitsotakis machte sich auf den Weg in den hinteren Raum. Stournaras ließ nur wenige Sekunden verstreichen, dann folgte er ihm.

»Könnten Sie nicht vielleicht …« Saringouli versuchte, ihn aufzuhalten, aber Stournaras ignorierte ihn.

Michalis folgte Stournaras und trat an dem Bestatter vorbei, der mit seiner Körperfülle zu spät versuchte, den Gang zu versperren.

Michalis ging einen schwach beleuchteten schmalen Flur entlang, wo ihm deutlich kältere Luft entgegenschlug. Er beobachtete, wie Stournaras vorsichtig in den Raum blickte, in dem Stelios Karathonos aufgebahrt war. Stournaras war nicht einfach zu dem Leichnam gestürmt, sondern ihn interessierte offenbar, ähnlich wie Michalis, was dort passierte. Auch Mitsotakis war diskret stehen geblieben und wartete auf einen geeigneten Moment, um die Trauernden anzusprechen.

Da der Anblick von Leichen für Michalis schwer zu ertragen war, hatte er sich angewöhnt, in solchen Momenten die Angehörigen zu beobachten. Ihm fiel auf, dass er lediglich jenen Teil der Familie aus Spilia sah, den er bereits kannte: den Bruder Dimos, den Onkel Alekos sowie Artemis, die Frau von Dimos. Sie alle trugen schwarz. Kalliopi und Pandelis, der Sohn, waren nicht hier.

Der kräftige, glatzköpfige Dimos saß zusammengesunken auf einem Stuhl und schluchzte. Alekos und Artemis standen rechts und links neben ihm und hatten einen Arm um Dimos gelegt. Auf dem Fußboden vor dessen Stuhl häuften sich weiße Taschentücher.

Stournaras, stellte Michalis fest, hatte genug Taktgefühl,

um die kleine trauernde Gruppe nicht zu stören. Erst nach einigen Minuten räusperte Stournaras sich leise. Alekos hob den Kopf, erkannte Mitsotakis und auch Michalis und nickte. Dimos schluchzte noch einmal laut auf und ließ sich dann von seinem Onkel und seiner Frau auf die Beine helfen. Die beiden stützten ihn, verneigten sich vor dem Toten und verließen langsam den Raum.

Stournaras näherte sich der Leiche. Der Körper von Stelios Karathonos war fast vollständig abgedeckt, vermutlich hatte er viele Verletzungen, deren Anblick den Angehörigen nicht zugemutet werden sollte.

Menschen, die eines gewaltsamen Todes gestorben waren, gaben Michalis immer das Gefühl, versagt zu haben. Ihn quälte die Sinnlosigkeit dieser Todesfälle, und fast noch mehr quälte ihn, dass eine solche Bluttat oft weitere nach sich zog.

Michalis trat zu der Leiche von Karathonos, wo Stournaras sich Plastikhandschuhe angezogen und mit skeptischem Blick begonnen hatte, den Kopf der Leiche zu begutachten. Seine Sachlichkeit wich jedoch einem ungläubigen Kopfschütteln, als er das Tuch, das den Körper des Toten bedeckte, zurückschlug: Dem Bürgermeister war trotz seiner vielen Verletzungen und der Leichenstarre ein eleganter schwarzer Anzug angezogen worden.

»Was glauben die denn, was ich hier tun soll?«, raunte Stournaras Michalis verärgert zu. »Mein Job ist es, tote Menschen zu untersuchen, und nicht Anzüge.«

Michalis erwiderte nichts, und Stournaras sah ihn fragend an. »Habe nur ich den Eindruck«, fuhr Stournaras fort, »dass es einigen Leuten sehr recht wäre, wenn ich nie unter diesen Anzug gucken und herausfinden würde, woran dieser Bürgermeister tatsächlich gestorben ist?«

»Ich bin sicher, du wirst das Richtige tun«, sagte Michalis, bekreuzigte sich kurz und ging hinaus.

Im Vorraum kamen Koronaios und Jorgos auf ihn zu.
»Dieser Kapitän des Ausflugsboots, ein Vangelis Alkestis, hat sich gemeldet«, sagte Jorgos. »Er ist jetzt im Hafen. Koronaios weiß Bescheid. Ihr fahrt da hin, ich bleib hier.«
Michalis sah sich fragend um.
»Ja« – Koronaios ahnte, wen er suchte –, »der reizende Kollege Mitsotakis musste angeblich dringend in sein Revier. Aber mich würde es nicht wundern, wenn er einen Abstecher zu diesem Herrn Alkestis gemacht hat und mit ihm bespricht, was dieser uns sagen darf.«
Michalis blickte zu Saringouli, dem Bestatter, der noch immer den Gang versperrte, und ging zu ihm.
»Sagen Sie, Herr Saringouli«, fragte Michalis, »Sie haben doch diesen Alkestis mit seinem Boot engagiert. Waren Sie dabei, als der Bürgermeister geborgen wurde?«
Saringouli lachte ungläubig auf und warf einen kurzen Blick auf seinen Bauch.
»Nein. Nichts würde mich auf ein Boot bringen. Nichts. Ich würde dort ohnehin zu viel Platz wegnehmen.«

Michalis und Koronaios gingen zu ihrem Wagen. Alekos und Dimos lehnten an dem schwarzen SUV und beobachteten die Kommissare grimmig. Artemis saß im Schatten eines Feigenbaumes auf einem Stuhl und musterte die Männer beunruhigt.

Noch während er den Motor startete, fing Michalis zu reden an.
»Hat Jorgos dir gesagt, was ich im Rathaus und vor der Villa mitbekommen habe?«

Koronaios war abgelenkt, da er in der letzten Stunde etliche unerfreuliche Nachrichten von seiner Familie bekommen hatte. Michalis sah aus dem Augenwinkel Fotos der jüngsten Tochter, dazu den grimmigen Gesichtsausdruck von Koronaios, und dachte sich seinen Teil. Koronaios steckte sein Smartphone ein und wandte sich Michalis zu.

»Nein, hat Jorgos nicht.« Koronaios klang leicht beleidigt. »Unser lieber Vorgesetzter hat das bisher nicht für nötig gehalten. Andere Dinge waren offenbar wichtiger.«

Michalis berichtete Koronaios, dass einige Leute Unterlagen an sich nehmen oder vielleicht sogar verschwinden lassen wollten.

Koronaios nickte. »Ich hab mir so was schon gedacht. Irgendetwas musst du in der Hand gehabt haben, das Jorgos überzeugt hat. Sonst hätte er das mit der Obduktion nie durchgezogen.«

Koronaios zögerte. »Jorgos macht den Eindruck, als würde er vom Polizeidirektor Druck bekommen.«

»Immerhin hat er veranlasst, dass Stournaras hierherkommt.«

»Ja, weil er sich ansonsten angreifbar gemacht hätte.« Koronaios überlegte. »Aber damit Stournaras wirklich eine Obduktion durchführen kann, müsste der Leichnam nach Chania gebracht werden. Und ich bin ziemlich sicher, dass das nicht passieren wird.«

Michalis musste an einer Kreuzung halten und sah Koronaios an. Der warf einen Blick auf sein Smartphone.

»Fast halb eins. Eigentlich wird es Zeit für einen Frappé«, sagte Koronaios und ließ das Seitenfenster runter. »Was ich mich wirklich frage«, fuhr Koronaios nachdenklich fort, »wo ist das Handy von diesem Bürgermeister? Er hat ja abends noch seine Ehefrau angerufen. Behauptet sie zumindest.«

»Er könnte es bei seiner Geliebten vergessen haben. Sofern es wirklich eine gibt.«

Koronaios sah Michalis fragend an.

»Du bist sicher, dass sein Handy nicht im Wagen war?«, fuhr Michalis fort.

»Wir haben es zumindest nicht gefunden.«

Koronaios öffnete das Handschuhfach und nahm eine Packung Feigen heraus.

»Auch eine?«, fragte er und hielt Michalis die Packung entgegen. Michalis schüttelte den Kopf. Koronaios sah ihn fragend an. »Dass du dich überhaupt noch auf den Beinen halten kannst«, sagte er. »Du hast doch letzte Nacht fast nicht geschlafen, so wie du heute früh ausgesehen hast.«

Michalis nickte. Ja, er war müde, und seine Kopfschmerzen wurden wieder stärker, aber das war jetzt egal.

»Und wie ich deinen Vater kenne, gab es gestern Nacht auch mehr als nur einen Raki«, fügte Koronaios hinzu, und Michalis war nicht sicher, ob das eher ein Vorwurf an den Vater oder Mitleid mit Michalis war.

»Hast du den Wagen des Bürgermeisters selbst durchsucht?«, fragte Michalis.

»Dein Onkel wollte die Autorität des örtlichen Revierleiters nicht untergraben«, antwortete Koronaios. »Und das gefällt mir nicht. Wir hätten das nicht Mitsotakis überlassen dürfen.«

»Meinst du, das Handy könnte noch im Wagen sein?«

»Möglich. Dass Mitsotakis es eingesteckt hat, glaub ich nicht, ich stand die ganze Zeit neben ihm.« Koronaios überlegte. »Die haben doch gesagt, der Wagen würde jetzt bei diesem Abschleppunternehmen stehen. Vielleicht fahren wir dort einfach mal vorbei.«

Koronaios rief Myrta im Büro an, um sich die Adresse des Abschleppunternehmens geben zu lassen. Michalis nutzte die Zeit und versuchte erneut, Hannah zu erreichen, doch sie ging nicht ran. Vielleicht, überlegte Michalis, kaufte sie ja tatsächlich gerade einen Tisch oder trug ihn schon mit Sotiris die schmale Treppe nach oben. Michalis liebte Hannahs Eigensinn und Unberechenbarkeit, und wenn sie in Berlin war, dann wusste er ja auch nicht immer, was sie gerade tat. Hier auf Kreta musste Michalis aber ständig aufpassen, dass Hannah seine Familie nicht in Alarmzustand versetzte. In Deutschland schien es Hannah gleichgültig zu sein, was andere über sie dachten, aber hier konnte sie manchmal nicht einschätzen, was sie bei Michalis' Familie auslöste –, ohne es zu wollen.

Michalis hinterließ Hannah die Nachricht, dass er jetzt wieder gut zu erreichen sei, und hoffte, dass sie sich bald melden würde.

Als sie die Tavernen am alten Hafenbecken passiert hatten, deutete Koronaios auf den Parkplatz vor dem großen Hafenbecken: Ganz hinten, verdeckt von anderen Fahrzeugen, stand ein Polizeiwagen. Michalis stoppte, denn von den Schiffen, die am Kai lagen, kam gerade Mitsotakis, stieg in den Polizeiwagen und fuhr los.

»Ich würde wirklich gern wissen, wo Mitsotakis hier überall seine Finger drin hat«, sagte Koronaios ungläubig.

Michalis und Koronaios gingen an einigen Fischerbooten vorbei, die ihre Netze zum Flicken ausgelegt hatten, und an Ausflugsschiffen, die mit Ausflügen zu Stränden und Unterwasserhöhlen warben. Von der Hafeneinfahrt, die von zwei langen Molen mit Leuchtfeuern begrenzt war, näherte sich ein Fischerboot, das von kreischenden Silbermöwen begleitet wurde.

Am Ende der Reihe mit Ausflugsschiffen, verdeckt von einer Fähre, lag die *Finix*: blauweiß gestrichen, einfacher Aufbau. Einige Stühle für Angler waren aufeinandergestapelt und festgebunden, als würde das Schiff seit Stunden hier liegen. An Deck war nur ein junger Mann zu sehen, der mit einer großen Stahlbürste rostige Stellen bearbeitete und anschließend mit Rostschutzfarbe übermalte.

Dieser junge Mann war Mitte zwanzig, hatte einen langen Zopf und war stark tätowiert. Er trug eine Jeans mit Farbflecken und ein Achselshirt, unter dem weitere Tattoos zu erahnen waren. Als Michalis und Koronaios neben dem Schiff stehen blieben, legte er die Stahlbürste zur Seite.

»Kann ich Ihnen helfen?«, fragte er.

»Vangelis. Vangelis Alkestis. Wo finden wir den?«, sagte Koronaios.

Der junge Mann deutete auf einen Mann, der zwei Boote entfernt auf dem Kai stand und sich mit einem Fischer unterhielt. Weil Michalis und Koronaios sich nicht rührten, rief der junge Mann:

»Hier sind zwei für dich!«

Der Mann drehte sich um, musterte die Polizisten verärgert und kam dann auf sie zu.

Vangelis Alkestis war Mitte fünfzig, wirkte mürrisch und verkniffen, ging leicht gebeugt und bewegte sich nur langsam. Es war schwer vorstellbar, dass es Urlaubern Spaß machte, mit diesem Mann aufs Meer zu fahren.

Alkestis konnte sich angeblich nur vage daran erinnern, wie und wo genau der schwarze SUV des Bürgermeisters gelegen hatte oder wie sie den Leichnam aus dem Wagen bekommen hatten.

»Das ist nichts, woran man sich erinnern will«, sagte er mürrisch.

»Fotos haben Sie nicht zufällig gemacht?«, fragte Michalis.
»Wieso das denn?«, erwiderte Alkestis unwirsch.
»Macht doch heute jeder. Ihr Handy hatten Sie ja dabei, davon gehe ich aus«, fuhr Koronaios ihn an.
»So. Davon gehen Sie also aus. Ich nicht.«
Alkestis hatte den jungen Mann unwillig als seinen Sohn Kostas vorgestellt. Michalis sah, dass Kostas mittlerweile aufmerksam zuhörte und nur noch so tat, als würde er arbeiten.
»Und Sie?« Michalis musterte Kostas. »Waren Sie eigentlich auch dabei?«
»Ja, er war auch dabei«, antwortete der alte Alkestis. »War für ihn auch nicht angenehm.«
»Haben denn Sie Fotos gemacht?«, fragte Michalis Kostas direkt. Der warf seinem Vater einen fragenden Blick zu.
»Nein ... nein«, antwortete Kostas. Michalis vermutete, dass das nicht die Wahrheit war.
»Und können Sie sich vielleicht erinnern, wo genau der Wagen lag? Auf welcher Seite lag er? Von wo sind Sie an den Toten rangekommen?«, hakte Michalis eindringlich nach.
Kostas sah wieder seinen Vater an und schüttelte dann den Kopf.
»Weiß ich nicht mehr. Wir waren ja mit der Leiche beschäftigt, das ganze Blut und so ...«
Michalis und Koronaios fragten noch ein paarmal, bekamen aber nichts Wesentliches mehr aus den beiden heraus. Michalis reichte ihnen jeweils eine Visitenkarte und forderte sie auf, sich zu melden, wenn ihnen doch noch etwas einfallen sollte.

Nachdem sie etwa dreißig Meter gegangen waren, drehte Michalis sich um und sah, dass Alkestis sich vor seinem Sohn

Kostas aufgebaut hatte und dieser ihm die Visitenkarte gab. Kostas schien das nicht freiwillig zu tun. Auch Koronaios blickte sich kurz um.

»Würde mich interessieren, was Mitsotakis den beiden gesagt hat. Ob er irgendwas gegen die in der Hand hat«, meinte Michalis, als sie den Wagen erreicht hatten.

»Oder sie reden einfach nicht gern mit der Polizei«, erwiderte Koronaios schulterzuckend.

»Mitsotakis ist doch auch von der Polizei.«

»Der ist hier offenbar aber auch noch etwas anderes.«

»Und jetzt?«, fragte Michalis. »Zurück zum Bestatter?«

»Ich würde tatsächlich gern …« Koronaios zögerte. »Ich würde wegen des Smartphones gern zu diesem Abschleppunternehmen fahren. Ist nicht weit von hier. Und ich nehme an, du hast nichts dagegen.«

»Ganz bestimmt nicht.«

»Vielleicht sollten wir deinem Onkel davon aber erst mal nichts sagen.«

»Kein Problem.« Michalis grinste und stellte überrascht fest, dass Koronaios begann, sich in diesen Fall zu verbeißen. Offenbar gingen ihm hier zu viele Leute auf die Nerven, und zu viele hatten Geheimnisse.

Während der Fahrt versuchte Michalis erneut, Hannah anzurufen, und erreichte nur ihre Mailbox.

»Wo steckt sie denn?«, sagte Michalis mehr zu sich.

»Machst du dir Sorgen?«, erwiderte Koronaios. »Dann ruf doch deinen Bruder an und frag ihn. Oder deine Mutter, die weiß das garantiert.«

»Sie wird sich schon melden.«

Das Gelände des Abschleppunternehmens lag an der alten Strecke nach Chania etwas außerhalb von Kolymbari. Begrenzt von einem löchrigen Maschendrahtzaun, kam das Areal Michalis eher wie ein Schrottplatz vor. Ausgeschlachtete Gerippe uralter Wagen waren aufeinandergestapelt und sahen so aus, als würden sie seit Jahren hier stehen. Wenn der große, moderne Abschleppwagen, mit dem der SUV des Bürgermeisters geborgen worden war, nicht auf dem Innenhof gestanden hätte, hätte Michalis sich gefragt, ob sie hier richtig waren. Die heruntergekommene Baracke, bei der einige Fenster eingeworfen waren, machte den Eindruck, als könnte sie während der Besatzung durch die deutsche Wehrmacht errichtet worden sein. Der Geruch von Motorenöl hing in der Luft. Weiter entfernt war das aggressive Bellen von Hunden zu hören.

Michalis und Koronaios brauchten einen Moment, bis sich ihre Augen an die schummerige Beleuchtung in der Baracke gewöhnt hatten. Doch dann stellten sie überrascht fest, dass diese Werkstatt mit zwei Hebebühnen und sehr viel Werkzeug und modernen Geräten erstaunlich funktionstüchtig wirkte. Auf beiden Hebebühnen standen teure Luxuslimousinen, und weitere kostspielige Wagen warteten darauf, bearbeitet zu werden. Umso erstaunlicher war, dass den Mittelpunkt dieser Werkstatt, fast wie eine stolz erworbene Trophäe, der demolierte SUV des toten Bürgermeisters bildete.

Michalis sah sich in dieser Baracke um. Einer der Balken, die das Dach stützten, war morsch und nur notdürftig repariert worden.

»In Deutschland wäre so etwas wegen Einsturzgefahr längst zugesperrt und abgerissen worden«, sagte er.

»Du wirst ja immer deutscher …«, spottete Koronaios.

In einer Ecke verbarg sich, von zwei windigen Stellwänden

notdürftig abgetrennt, ein Tisch mit einem Computer und gestapelten Unterlagen. Von dort näherte sich eine junge Frau, als Michalis und Koronaios sich gerade den SUV ansehen wollten. Irritiert blieb sie vor den beiden stehen. Sie war vermutlich gerade mal zwanzig Jahre alt, trug eine kurze, ölverschmierte Hose, feste Stiefel und ein olivgrünes, ebenfalls ölverschmiertes Sweatshirt. Ihre dunkelbraunen, halblangen Haare waren zu einem Pferdeschwanz zusammengebunden.

»Sie wünschen?«, fragte die junge Frau misstrauisch und baute sich, Kaugummi kauend und sehr selbstbewusst, vor Michalis und Koronaios auf.

»Wir würden uns diesen Wagen gern noch mal genauer ansehen«, sagte Koronaios und deutete auf den SUV.

»Was ist denn mit dem Wagen?«, fragte die Frau. »Und wer sind Sie?«

»Kriminalpolizei Chania. Sie wissen vermutlich, dass dieser Wagen ein Unfallwagen ist.«

Die Frau nickte. »Ja. Und?«

»Was dagegen, wenn wir uns den Wagen ansehen?«, sagte Koronaios und ging, ohne eine Antwort abzuwarten, zu dem SUV.

»Machen Sie, was Sie wollen«, erwiderte die Frau, »solange Sie wirklich von der Polizei sind.«

Michalis hielt ihr wortlos seinen Dienstausweis entgegen. Die junge Frau wollte ihn nehmen, aber Michalis zog ihn zurück.

»Nur ansehen. Ist Vorschrift.«

Die junge Frau verzog spöttisch den Mund.

»Ich klau den schon nicht.«

Koronaios hatte zugehört und ging ein paar Schritte auf die Frau zu.

»Nicht frech werden, ja? Sonst geben wir den Leuten vom

Aufsichtsamt mal einen Tipp. Und dann ist diese Baracke ganz schnell dicht. Haben wir uns verstanden?«

Die Frau nickte, und Koronaios zog die Beifahrertür des SUV auf. Auch Michalis trat näher. Die beiden Polizisten verschwanden im Wageninneren und durchsuchten die Ritzen, Abdeckungen und Schlitze, konnten aber nichts entdecken.

»Was suchen Sie denn so Wichtiges?«, fragte die junge Frau, beugte sich in den Wagen und sah den beiden zu. »Wenn Sie sein Handy suchen. Das können Sie sich sparen. Das hat seine Frau auch nicht gefunden.«

Michalis und Koronaios tauchten abrupt aus dem Wagen wieder auf.

»War seine Frau hier? Die Frau des Bürgermeisters?«, fragte Koronaios schnell.

»Ja.«

»So eine blonde Frau? Groß, lange glatte Haare?«, hakte Michalis nach.

»Ja. Blond, genau. Kam mit so 'nem weißen Sportwagen. Und hatte nur weiße Sachen an. Komisch für 'ne Witwe. Na ja, vielleicht hatte sie noch keine Zeit zum Umziehen gehabt.«

Michalis erinnerte sich. Als er vorhin die Villa von Kalliopi Karathonos beobachtet hatte, hatte sie auch Weiß getragen.

»Und Frau Karathonos hat das Handy ihres Mannes gesucht?«, wollte Koronaios eindringlich wissen.

»Die hat wirklich alles abgesucht da drin. Und konnte gar nicht fassen, dass es nicht da war.«

Michalis und Koronaios sahen sich ungläubig an.

»Wann war das?«, fragte Michalis.

»Wann war das ... der Chef hatte den Wagen gerade hier abgestellt. Kurz nach zehn, würd ich sagen.«

Also unmittelbar, nachdem der Wagen hierhergebracht worden war, dachte Michalis und sah sich den SUV des Bürgermeisters von außen genauer an. An der Beifahrerseite war nur noch das nackte Metall vorhanden, und die Fahrerseite war zerbeult und zerkratzt. An einer Stelle gab es mehrere Dellen, die so gleichmäßig waren, als seien sie durch etwas Rundes hervorgerufen worden. Michalis nahm sein Smartphone und machte Fotos davon.

»Ich brauch jetzt wirklich einen Frappé«, sagte Koronaios, als sie wieder im Wagen saßen. »Und garantiert keinen bei diesem übergewichtigen Bestatter.«
»Wollen wir Jorgos anrufen?«, fragte Michalis.
»Gern. Sehr gern sogar.« Koronaios grinste. »Aber erst nach dem Frappé.«

Diesmal setzten sie sich nicht wieder an das alte Hafenbecken, sondern gingen an der Strandpromenade entlang und wählten eine Bar mit Blick auf den schmalen Sandstrand, der sich kilometerweit Richtung Chania erstreckte. Michalis hatte seine Jacke ausgezogen, schloss die Augen und genoss die Sonne und den leichten Wind auf der Haut. Vom Meer her wehte der würzige Duft von Algen und Muscheln. Die Wirkung der Tablette, die Despina Stamatakis ihm vorhin im Rathaus gegeben hatte, ließ langsam nach.
Ein Kellner brachte zwei Frappés, und endlich rief Hannah zurück.
»Mach nur«, sagte Koronaios und stand auf. »Ich muss auch noch ein paar Sachen klären.«
»Hey, wie geht es dir? Ich hab heute Morgen gar nicht richtig mitbekommen, dass du gegangen bist ...«, sagte Hannah, und Michalis lächelte.
»Ja, es war auch viel zu früh ...«, antwortete er. »Und du? Wann bist du aufgestanden ... und was hast du bisher ge-

macht?« Michalis zögerte mit dem zweiten Teil seiner Frage, da er einiges ja schon von Sotiris erfahren hatte.

»Och ...«, sagte Hannah gedehnt, und Michalis war sicher, dass sie etwas spöttisch lächelte. »Herr Kommissar, darf ich davon ausgehen, dass Sie durch Ihre Familie wie immer bereits darüber informiert wurden, was ich heute bisher gemacht habe?«, sagte sie sachlich, bevor sie laut lachte. »Wer hat dir schon alles von der Sache mit den Tischen erzählt? Nur deine Mutter oder Sotiris oder alle?«

»Eigentlich nur Sotiris ...«, gestand er.

»Eigentlich? Wer denn noch?«

»Ich hatte noch Nicola am Telefon, da warst du im Büro mit Sotiris.«

»Oh, das war aber lange vor den Tischen. ...«

»Ich will auch gar nicht so genau wissen, was meine Familie sagt und denkt.«

»So so«, sagte Hannah lediglich.

»Was machst du denn ...« – »Wann kommst du denn ...«
Sie hatten beide gleichzeitig gesprochen und mussten lachen.

»Sag du zuerst«, sagte Michalis.

»Nein, du«, forderte Hannah kichernd. Wie so oft, wenn sie sich über ihn amüsierte.

»Also. Wie die Aussagen der Familie Charisteas ergeben haben, haben Sie, Frau Hannah Weingarten, heute versucht, einen Tisch zu erwerben. Ich würde dieses Beweisstück gern bei einem Lokaltermin in Augenschein nehmen. Würde es Ihnen heute am späten Nachmittag passen?«

»Das hat keinen Sinn. Ich hab das mit Sotiris ausgemessen. Wir bekommen den Tisch nicht die Treppe hoch.« Hannah klang enttäuscht. »Obwohl er wirklich sehr schön ist.«

»Aber in unsere Wohnung, da passt er bestimmt rein.«

»Unsere Wohnung ...«, sagte Hannah ein wenig resigniert.

»Ich mach Elena Druck, und ich ruf ihren Schwager Markos an. Und wenn das nicht klappt, dann suchen wir uns eine andere Wohnung. Ich bin am Spätnachmittag zurück. Treffen wir uns um fünf und fahren in den Laden?«

»Oder wollen wir uns gleich in dem Laden treffen? Ich würde dann vorher noch ein bisschen was erledigen«, antwortete Hannah.

»Gern!«, erwiderte Michalis und fragte sich, was Hannah bis dahin noch erledigen wollte. »Koronaios ist da, wir müssen weiter. Ich ruf dich an, wenn ich fertig bin, okay?«

»Ja! Super! Sag mal, hört dein Partner eigentlich die ganze Zeit zu?«, fragte Hannah leise.

»Natürlich nicht …«

»Da bin ich aber beruhigt. Bis nachher!«

Michalis hörte noch einen Kuss, und dann hatte sie aufgelegt. Er sah sein Handy verwirrt an. Sosehr er sie vermisste, wenn sie in Berlin war, so sehr brachte Hannah sein Leben durcheinander, wenn sie hier war. Er brauchte immer ein paar Tage, um sich an sie zu gewöhnen.

Michalis sah sich um und fragte sich, ob es Hannah gefallen würde, an diesem Strand zu baden und essen zu gehen. Bei ihrem letzten Besuch hatte Hannah immer mal wieder gefragt, wann sie endlich mal richtige Ausflüge machen würden. Sie wollte, wenn sie schon so oft hier war, zumindest all das gesehen haben, was Urlauber hier besichtigten – die berühmte Schlucht von Samaria, die Höhlen von Matala, in denen früher Hippies gelebt hatten, und ganz im Süden auch den kleinen Ort Loutro, der nur per Schiff zu erreichen und dessen Bucht mit ihren strahlend weißen Häusern und dem tiefblauen Meer in vielen Reiseführern abgebildet war. Den minoischen Palast von Knossos, den der Engländer Arthur Evans – mehr seiner Phantasie als der historischen Genauigkeit folgend – ab dem Jahr 1900 hatte restaurieren lassen, hatte Hannah schon zu Beginn ihres Studiums bei einer Exkursion des Kunsthistorischen Instituts besichtigt. Sie war fassungslos, dass Michalis diesen Palast nur ein einziges Mal bei einem Schulausflug gesehen hatte und sich kaum erinnern konnte. Mit seiner Familie hatte Michalis noch nie Ausflüge gemacht. Ausflüge, das war etwas für Touristen, und kaum ein Kreter kam auf die Idee, durch Schluchten zu wandern. Michalis erschien die Vorstellung, mit schweren Wanderstiefeln stundenlang schwitzend durch die Samaria-Schlucht zu laufen, absurd. Aber ihm war klar, dass Hannah früher oder später diese Wanderung vorschlagen würde, und dann war es gut, mit dem Sandstrand von Kolymbari eine Alternative anbieten zu können. Auch wenn das sicherlich nicht das sein würde, was Hannah sich unter Ausflügen auf Kreta vorstellte.

Koronaios kam zurück. »Alles in Ordnung?«, fragte er.
»Ja ...«, antwortete Michalis und verdrehte die Augen. »Familie.«
Koronaios musterte Michalis. »Geht mich ja nichts an.«
»Aber?«
»Ihr braucht 'ne Wohnung, 'ne eigene. Das ist doch kein Zustand, in deinem alten Kinderzimmer.«
Michalis nickte.
»Wirklich Ruhe hast du natürlich erst, wenn ihr geheiratet habt. Obwohl« – Koronaios grinste –, »eine kretische Familie lässt dich erst in Ruhe, wenn du tot bist. Und meistens nicht mal dann.«
»Hast du mit Jorgos gesprochen?« Michalis versuchte, das Thema zu wechseln.
»Ja ... natürlich«, sagte Koronaios spöttisch.
»Erzählst du mir auch, was er gesagt hat?«

»Ziemlich genau das, was ich mir gedacht hatte.«

Michalis wartete auf eine ausführlichere Antwort.

»Ich fass es einfach zusammen, bevor ich mich lang aufrege. Jorgos ist auf dem Weg nach Chania, ebenso unser Gerichtsmediziner Stournaras.«

»Und der Leichnam des Bürgermeisters?«

»Ist auf dem Weg in seine Villa. Und wird dort aufgebahrt.«

Michalis schüttelte den Kopf. »Und Stournaras? Was sagt der dazu?«

»Der hat sich am Telefon fünf Minuten lang über Jorgos aufgeregt. Aber er ist wohl sicher, dass der Bürgermeister an den Verletzungen durch den Sturz mit dem Wagen umgekommen ist. Es gibt keine Hinweise auf Fremdeinwirkung, also keine Verletzungen, die nicht durch den Unfall hervorgerufen sein könnten.«

»Und wann der Bürgermeister genau gestorben ist? Ob er sofort tot war?«, wollte Michalis wissen.

»Werden wir nie erfahren.«

»Unglaublich. Und das macht Stournaras mit?«

Koronaios runzelte die Stirn.

»Der gute Lambros Stournaras wurde zwischendurch wohl mal von Jorgos ans Telefon gebeten.«

»Nein. Das ist nicht dein Ernst«, sagte Michalis fassungslos.

»Doch. Genauso war es.«

»Stournaras musste mit dem Polizeidirektor telefonieren und danach die Obduktion beenden?«

»Ich weiß natürlich nicht, was der Polizeidirektor ihm gesagt hat. Immerhin hat Stournaras danach noch Blutproben genommen und wohl auch Gewebeproben. Um Alkohol festzustellen oder mögliche Vergiftungen.«

Michalis schüttelte den Kopf und sah einigen Silbermöwen

zu, die über dem Strand zu schweben schienen und auf Essensreste von Touristen warteten.

»Was denkst du über die Geschichte? Über den Tod des Bürgermeisters und diese Ermittlungen?«, fragte Michalis nachdenklich.

Koronaios verzog den Mund und blinzelte in die Sonne. »Gefällt mir nicht. Gefällt mir überhaupt nicht. Da wollen zu viele Leute was verheimlichen. Und so langsam würde ich wirklich gern wissen, warum.«

Während der Fahrt zurück nach Chania rief Jorgos an.

»Du hast gut gearbeitet, Michalis«, sagte Jorgos am Telefon. »Nimm dir für den Rest des Tages frei. Eigentlich hättest du heute Vormittag ja ohnehin frei gehabt. Außerdem ist es vielleicht ganz gut, wenn du dich auch mal um Hannah kümmerst.«

»Meine Familie ist wirklich unmöglich«, sagte Michalis kopfschüttelnd, nachdem Jorgos aufgelegt hatte. »Vermutlich wird Jorgos seit Stunden von denen angerufen und weiß besser Bescheid, was Hannah heute gemacht hat, als ich.«

»Eigene Wohnung«, antwortete Koronaios lapidar und beschäftigte sich mit seinem Smartphone und seinen Töchtern.

»Was war das für ein großartiges Leben, als es noch keine Smartphones gab«, sagte Koronaios gedankenverloren, »man kam abends nach Hause, hatte sich diese ganzen Forderungen, Vorwürfe und Wünsche nicht anhören müssen, und fast alles hatte sich sowieso längst erledigt.«

»Kann es sein, dass du damals auch noch keine Töchter hattest? In dieser großartigen Zeit vor den Smartphones?«, antwortete Michalis süffisant, und Koronaios warf ihm einen strafenden Blick zu. Michalis hing seinen Gedanken nach und fragte sich, wie sie vorgehen sollten. Für ihn steckte hinter diesem Tod eindeutig mehr als nur ein Unfall, aber er wusste, dass nicht alle das so sahen. Es war ungewöhnlich, dass bei dem Leichnam kein Smartphone zu finden war. Michalis nahm sich vor, in der Polizeidirektion noch einen Abstecher in den Keller zur IT-Abteilung zu machen. Vielleicht gab es für Christos die Möglichkeit, auch ohne richterlichen Beschluss zu prüfen, ob das Smartphone des Bürgermeisters gerade in einer Funkzelle eingeloggt war.

Michalis stellte den Dienstwagen beim Hintereingang der Polizeidirektion ab und ging mit Koronaios die Treppen hoch.
»Hast du noch was zu tun?«, fragte Koronaios überrascht.
»Fahr doch direkt weiter zu Hannah. Du weißt doch, wie es im Büro ist, da will bloß wieder jemand was von dir.«
»Ich geh kurz runter zu den IT-Leuten. Vielleicht können die rauskriegen, in welcher Funkzelle das Smartphone vom Bürgermeister gerade ist«, sagte Michalis. Er war nicht sicher, wie Koronaios darauf reagieren würde. Koronaios sah ihn prüfend an.
»Dir ist sicherlich klar, dass das nicht der übliche Dienstweg ist«, erwiderte er.
»Schon. Aber ich fürchte, dass wir auf dem normalen Dienstweg absolut nichts herausfinden werden.«
Koronaios überlegte, dann nickte er.
»Ich behalt das erst mal für mich. Und ich würd dir empfehlen, sehr vorsichtig zu sein. Frag Christos, aber nur ihn.«
Michalis nickte.

Christos war nicht allein, doch als Michalis in den dunklen, wegen der vielen Festplatten und Computer gutgekühlten Raum kam, nutzte sein Kollege die Chance, eine Pause zu machen.

Michalis war nicht oft hier unten, und er verstand auch nicht, wie jemand wie Christos hier arbeiten konnte. Er trug wegen der Kälte eine dicke Jacke, und Michalis, der draußen geschwitzt hatte, war froh, seine graue Lederjacke dabeizuhaben. Es war nicht nur kalt und dunkel, sondern wegen der vielen Gebläse der Rechner und größeren Festplatten auch sehr laut. Die Luft war extrem trocken, abgestanden und ziemlich ungesund. Trotzdem waren Christos und sein Kollege gern hier. Hier hatten sie ihre Ruhe, und niemand bekam so genau mit, was sie den ganzen Tag machten. Außerdem nutzte Christos ja neuerdings jede Gelegenheit, im zweiten Stock bei Myrta aufzutauchen.

»Du bist ja sicherlich nicht hier, weil du deine Zeit so gern in ungelüfteten Kellern verbringst. Womit kann ich dir helfen?«, fragte Christos.

»Ich suche ein Smartphone.«

»Genauer?«

»Der Bürgermeister von Kolymbari. Autounfall, aber es gibt ein paar Ungereimtheiten. Kannst du versuchen, sein Handy zu orten?«

»Die Nummer?« Christos hatte sich einem Rechner zugewandt.

»Hab ich nicht. Kannst du die rauskriegen? Ich könnte auch seine Sekretärin fragen, aber ich bin nicht ganz sicher, wer dann alles erfährt, dass ich danach suche.« Michalis hielt es für besser, niemandem wirklich zu trauen, solange nicht klar war, wer mit wem etwas zu tun hatte.

»Der Name?«

»Stelios Karathonos.«

Christos gab den Namen ein und fluchte, weil der Bürgermeister sich einige Mühe gegeben hatte, seine Nummer geheim zu halten. Erst als Christos die Nummern von Dimos

sowie von Kalliopi Karathonos eingegeben und sich dann die Nummern rausgesucht hatte, die beide in den letzten Tagen gewählt hatten, fand er die Nummer des Bürgermeisters heraus. Wenig später hob er bedauernd die Hände.
»Das Handy ist aus. Nichts zu machen.«

Als Michalis vom Keller nach draußen ging, zog er sofort seine Lederjacke wieder aus. Die Aprilsonne war schon so stark, dass es auch am Spätnachmittag noch richtig warm war.

Er erreichte das Geschäft an der *Odos Kydonias*, bevor Hannah da war. Im vorderen Bereich, zur Straße hin, gab es Geschirrspüler, Waschmaschinen und andere Haushaltsgeräte, hinten schloss sich jedoch ein Lagerraum an, in dem Theo, der Besitzer, einzelne Möbel verkaufte. Michalis wunderte sich, dass Hannah auf diesen unscheinbaren Laden überhaupt aufmerksam geworden war.

Theo, Anfang fünfzig, mit Halbglatze und dunklem Vollbart, machte einen vertrauenswürdigen Eindruck. Michalis' Vater war ein alter Stammkunde und bestand darauf, neue Geräte nur hier zu kaufen, auch wenn sie woanders oder im Internet günstiger waren.

Theo ging mit Michalis in den hinteren Lagerraum und zeigte ihm den Tisch, für den Hannah sich interessierte.

»Sie hat Geschmack, deine Frau«, sagte Theo, und Michalis verzichtete darauf, ihn zu korrigieren. Alle, die seine Familie kannten, gingen offenbar davon aus, dass sie quasi schon verheiratet waren.

Michalis sah, dass Hannah in der Tat einen sehr schönen, wenn auch nicht ganz günstigen Tisch ausgewählt hatte. Der Tisch war über zwei Meter lang, aus massivem kretischem

Olivenholz gefertigt und nur mit Olivenöl behandelt, was die wunderbare Struktur des Holzes noch verstärkte. Dazu hatte er eingearbeitete Verzierungen aus Kermeseiche, die sich bis in die Tischbeine fortsetzten.

»Gefällt er dir?«, fragte Hannah hinter Michalis' Rücken. Er drehte sich zu ihr um und lächelte. Manchmal überlegte er, ob nur er Hannah so unglaublich schön fand oder ob alle dieser Meinung waren.

Hannah kam auf ihn zu, nahm seine Hand und gab ihm, nachdem Theo sich diskret abgewandt hatte, einen Kuss.

»Hey, mein Kommissar. Du siehst ja gar nicht so müde aus …«, flüsterte sie ihm ins Ohr und fuhr ihm über den Rücken. Als Michalis einen Arm um sie legen wollte, lachte sie, ging zu dem Tisch und strich über die Oberfläche.

»Ist er nicht traumhaft …«, rief sie strahlend.

»Ich weiß, dass bei deinen Eltern die Treppe dafür zu eng ist«, meinte sie bedauernd, »und dass das Zimmer auch zu klein ist.« Hannah warf Theo einen Blick zu. »Aber Theo hat uns angeboten …«

Theo trat zu Michalis und sagte fast entschuldigend:

»Der Tisch kann vorläufig hier stehen bleiben, und wenn sich jemand dafür interessieren sollte, sag ich euch Bescheid, und ihr habt das Vorkaufsrecht.«

Michalis' Handy klingelte, und er warf einen Blick auf das Display. *Koronaios.* »Da muss ich rangehen«, sagte er, mit einem Blick um Verständnis bittend.

»Ich wollte dir nur kurz mitteilen«, erklärte Koronaios, »dass Stournaras im Blut des toten Bürgermeisters Alkohol gefunden hat. Vorletzte Nacht hat es in der Gegend wohl mal geregnet, die Straßen können nass gewesen sein. Der Polizeidirektor hat die Untersuchungen damit für beendet erklärt.«

»Wie bitte?«

»Jorgos war gerade bei mir. Hatte wohl ein nicht besonders angenehmes Gespräch mit dem Polizeidirektor.«

Michalis schwieg fassungslos.

»Bist du noch da?«, fragte Koronaios.

»Ja. Ja. Und das bedeutet …«

»Das bedeutet, dass ich jetzt gemäß den klaren Anweisungen unseres Polizeidirektors ein Protokoll formuliere und unterschreibe und wir beide danach nie wieder etwas mit dieser Geschichte zu tun haben werden.«

Michalis dachte nach.

»Und die Ungereimtheiten? Denen soll nicht nachgegangen werden?«

»Das ist die eindeutige Ansage des Polizeidirektors. Und damit wohl auch ein sehr deutlicher Wunsch des Gouverneurs, wie ich das einschätze.«

»Ist Jorgos noch im Haus?«, fragte Michalis schnell.

»Ja … gerade eben war er noch da.«

»Gut. Ich bin in zehn Minuten bei euch. Das soll Jorgos mir selbst sagen.«

Bevor Koronaios noch etwas erwidern konnte, beendete Michalis das Gespräch und ging zu Hannah und Theo zurück.

»Ich muss noch mal in die Polizeidirektion«, sagte er bedauernd. »Es gibt Ärger. Theo, sollen wir etwas anzahlen für den Tisch?«

Theo lehnte eine Anzahlung empört ab.

»Was machen wir heute Abend?«, fragte Hannah, als sie den Laden verlassen hatten und auf der *Odos Kydonias* neben Michalis' Roller standen. Am liebsten hätte Michalis heute Abend einfach im *Athena* etwas gegessen und wäre früh schlafen gegangen, aber er wusste, dass Hannah mit Michalis endlich allein sein wollte.

»Lass uns …«, sagte er, noch während er überlegte, »treffen wir uns in zwei Stunden im *Athena*, und dann fahren wir nach Neo Chora zum Strand. Da gibt es eine Taverne direkt am Wasser.« Michalis sah, dass Hannah erleichtert war.

»Und wenn es dunkel ist«, sagte sie, »könnten wir auch noch ins Meer springen.«

»Vergiss es. Mitte April. Da ist es noch viel zu kalt.«

»Für euch Kreter vielleicht. Aber so warm, wie euer Meer jetzt schon ist, wird in Deutschland die Nordsee nicht mal im Hochsommer.«

Michalis lächelte gequält und befürchtete, dass Hannah für ihn Badehose und Handtuch mitnehmen würde.

Michalis begrüßte kurz den Pförtner an der Schranke. Er hatte sich diesmal nicht die Mühe gemacht, vor der Polizeidirektion den Helm aufzusetzen, hielt mit dem Roller direkt vor dem Haupteingang und stürmte in das Gebäude.

Während der Fahrt hatte er sich gefragt, warum er nicht einfach akzeptierte, dass der Tod des Bürgermeisters von Kolymbari als selbstverschuldeter Unfalltod zu den Akten gelegt wurde. Doch er wusste, dass ihn die Ungereimtheiten nicht restlos aufgeklärter gewaltsamer Todesfälle quälten und verfolgten, und so war es auch dieses Mal. Gerade wenn er einen Toten gesehen hatte, kam es Michalis so vor, als habe er ihm das Versprechen gegeben, herauszufinden, unter welchen Umständen und warum er sterben musste, und seinem Leben damit ein Stück Würde zurückzugeben.

Michalis wollte auf dem schnellsten Weg zu Jorgos, doch Koronaios stand in der Tür zu ihrem Büro. Michalis überlegte kurz, ob er an der Pforte darum gebeten hatte, angerufen zu werden, sobald Michalis auftauchte.

»Ist er noch oben in seinem Büro?«, fragte Michalis, ohne sein Tempo zu verringern.

»Jetzt setz dich erst mal. Jorgos hat mir …«

Michalis wollte einfach weiterlaufen, doch Koronaios stellte sich ihm in den Weg, so dass er zur Seite ausweichen musste und fast gegen die abgeschabte Wand geprallt wäre.

»Du kannst da jetzt nicht einfach so rauf!«, rief Koronaios, und weil Michalis nicht stehen blieb, lief Koronaios ihm nach. Michalis steuerte unbeirrt auf das Büro von Jorgos zu, dessen Tür geschlossen war.

»Michalis! Geh da nicht rein!«, rief Koronaios, als er keuchend die oberste Treppenstufe erreicht hatte, aber Michalis klopfte bereits an die Tür und öffnete sie im selben Moment, ohne eine Antwort abzuwarten.

»Du bist noch da. Gut. Ich muss mit dir ein paar Dinge …«, sagte Michalis und verstummte schlagartig, als er sah, wer auf dem Stuhl von Jorgos saß: Ioannis Karagounis, der Polizeidirektor. Jorgos saß auf einem der Besucherstühle ihm gegenüber.

»Was platzt du hier einfach so rein! Ich hab ausdrücklich darum gebeten, nicht gestört zu werden!« Jorgos warf einen wütenden Blick zur Tür, wo Koronaios aufgetaucht war.

»Ja, Entschuldigung, aber ich wollte gleich mit dir …« Michalis verstummte, denn der Blick von Karagounis ließ nur einen Schluss zu: Es war besser, zu schweigen.

Karagounis, das hatte Michalis schon nach wenigen Tagen hier in Chania in der Polizeidirektion mitbekommen, wurde hinter vorgehaltener Hand »Das Krokodil« genannt. Er war Mitte vierzig und durchtrainiert, und er machte den Eindruck, stets auf der Lauer zu liegen. Er bewegte seinen Kopf nur sehr langsam und schien minutenlang ohne Wimpernschlag auszukommen. Wenn er sich jedoch zum Angriff entschieden hatte, dann ließ er nicht mehr locker, und es kursierten Gerüchte über Kollegen, die sich nach einer Auseinandersetzung mit Karagounis hatten versetzen lassen. Jorgos hatte mal angedeutet, dass Karagounis von seinem Spitznamen wusste und stolz darauf war.

»Was wollten Sie dem Leiter unserer Mordkommission denn so dringend mitteilen?«, fragte Karagounis mit leiser Stimme. Er bewegte dabei keinen einzigen Gesichtsmuskel.

Michalis überlegte fieberhaft. Vermutlich wäre es klüger gewesen, sich zu entschuldigen und wieder zu gehen, aber er fand, dass er im Recht war. Außerdem hatte Karagounis ja eine Frage gestellt und erwartete eine Antwort.

»Ich habe gehört, dass die Ermittlungen zum Tod von Stelios Karathonos eingestellt werden sollen.« Michalis sah, dass Jorgos den Kopf schüttelte. »Und ich denke, dass das ein Fehler ist. Selbst wenn er Alkohol getrunken hatte. Es gibt einfach zu viele Ungereimtheiten, und ich denke, wir sollten …« Michalis verstummte, denn Karagounis hatte seinen Kopf ein wenig in die Richtung von Jorgos bewegt.

»Herr Charisteas«, sagte Karagounis tonlos, »haben Sie Beweise, dass nicht Alkohol und zu hohe Geschwindigkeit bei regennasser Straße seinen Tod verursacht haben?«

»Beweise noch nicht, aber es gibt Hinweise, dass …«

Die rechte Augenbraue von Karagounis fuhr ruckartig nach oben, so wie bei einem Gecko oder einer Eidechse die Zunge nach vorn schnellte.

»Hinweise? Herr Charisteas. Dieser Fall ist abgeschlossen.« Karagounis hatte, während er das sagte, seinen Blick langsam auf Michalis gerichtet. Dieser Mann war sich seiner Macht so sehr bewusst, dass es Michalis ärgerte. Er war nicht Polizist geworden, um den Anweisungen mächtiger Männer zu folgen, sondern, um Verbrechen aufzuklären. Deshalb konnte er nicht einfach zurückstecken und den Mund halten.

»Ich möchte darauf hingewiesen haben, dass ich es richtig fände, in diesem Fall ein Verbrechen nicht auszuschließen.«

»Michalis!«, entfuhr es Jorgos, und er richtete sich auf. Koronaios machte einen Schritt auf Michalis zu und legte ihm eine Hand auf die Schulter. Michalis ließ sich widerwillig aus dem Raum führen. Als er sich zum Gehen wandte, sah er noch, dass Karagounis seinen Kopf fast unmerklich hob und seine Zunge in die rechte Wange schob.

»Das war nicht klug«, sagte Koronaios, als sie wieder in ihrem Büro waren, und zog die Tür hinter sich zu. »Das war gar nicht klug.«

Michalis ließ sich erschöpft auf seinen Stuhl fallen.

»Was soll verkehrt daran sein, dass wir unseren Job machen.« Er seufzte. »Du weißt selbst, dass es da Ungereimtheiten gibt. Und wir können doch nicht einfach aufhören, unsere Arbeit zu erledigen, bloß weil der Tote ein Bürgermeister war und seine Familie wichtige Leute kennt.«

Koronaios zuckte mit den Schultern: Im nächsten Moment riss Jorgos die Tür des Büros auf, trat ein, knallte sie hinter sich zu und baute sich vor Michalis auf.

»Wir zwei. Wir werden jetzt mal ein sehr ernstes Wort miteinander reden.«

Michalis wollte etwas sagen, aber Jorgos fuhr ihm über den Mund.

»Ich rede jetzt. Du hörst zu.«

Koronaios wollte aufstehen, wurde aber ebenfalls von Jorgos angefahren.

»Und du bleibst hier. Das kannst du dir ruhig auch anhören!«

Michalis konnte sich nicht erinnern, seinen Onkel Jorgos jemals so wütend erlebt zu haben.

»Hast du irgendeine Idee, was du da gerade gemacht hast? Und wie schwer es in den nächsten Wochen und Monaten sein wird, hier irgendetwas durchzusetzen?«

Michalis schwieg. Jorgos sollte sich erst einmal abreagieren. »Wie kannst du es wagen, dich in Gegenwart des Polizeidirektors so aufzuführen! Hast du vergessen, dass alle hier im Haus, und zwar wirklich alle, und gerade auch unser Polizeidirektor, deine Vorgeschichte aus Athen kennen? Wo du dich am Ende mit allen verkracht hattest und alle froh waren, als du endlich weg warst? Hast du das vergessen?«

Michalis entschied, erst einmal den Mund zu halten und zuzuhören.

»Und dass ich mich hier für dich eingesetzt habe und deshalb meinen Kopf dafür hinhalten muss, wenn du hier auf Kreta auch wieder auffällig wirst!« Jorgos schnaufte. »Aber eines sag ich dir.« Er trat ganz nahe vor Michalis. »Wenn du hier erneut scheiterst, dann gibt es nichts mehr, wo du noch hingehen könntest, bei der Polizei in Griechenland. Danach bist du verbrannt.«

Jorgos ging zwei Schritte Richtung Tür. »Haben wir uns verstanden?«

»Ja«, sagte Michalis missmutig. Dann sah er seinen Onkel Jorgos beschwörend an. »Aber das kann doch nicht heißen, dass wir bei Todesfällen, bei denen es so offensichtlich ist, dass etwas nicht stimmt ...«

»Hast du gesagt, wir haben uns verstanden? Wiederhole das doch einfach noch mal.«

Michalis sah seinen Onkel Jorgos an und nickte.

»Ja, wir haben uns verstanden.«

Jorgos sah Michalis und dann auch Koronaios an.

»Noch irgendwelche Einwände? Oder ist das Thema damit erledigt?«

Koronaios hob beide Hände.

»Thema erledigt.«

»Dann ist euer Tag für heute beendet. Und morgen, Michalis, hast du frei. Mach was Schönes mit Hannah.«

»Okay.«

Jorgos ging auf Michalis zu und streckte ihm die Hand entgegen. »Dich seh ich also erst übermorgen wieder. Schönen Abend und schönen Tag.«

»Dich seh ich bitte morgen früh um neun bei mir im Büro«, sagte Jorgos zu Koronaios.

»Es wird mir eine Freude sein«, entgegnete Koronaios, und Michalis war sicher, einen spöttischen Unterton gehört zu haben.

Nachdem Jorgos gegangen war und die Tür hinter sich zugezogen hatte, öffnete Koronaios eines der Fenster.

»Der hatte ja ganz schön Druck auf dem Kessel«, sagte er. »Hast du ihn so schon mal erlebt?«

Michalis schüttelte den Kopf. »Nein«, erwiderte er grimmig.

Koronaios musterte seinen Partner besorgt.

»Ich hab auch schon Fälle gehabt, wo von oben entschieden wurde, dass wir nicht weitermachen«, erklärte er und klang ähnlich grimmig wie Michalis.

»Bei dieser Geschichte steckt aber mehr dahinter. Das weiß ich.«

Koronaios zuckte mit den Schultern. »Das ist für uns jetzt Vergangenheit, wir werden es nie erfahren. Und in ein paar

Tagen wird es einen neuen Fall geben, und dann werden wir eben den aufklären. So ist der Job. Mach dir einen schönen Abend mit Hannah, schlaf dich aus, fahr mit ihr morgen irgendwo hin. Und wenn du übermorgen wieder hier bist, denkst du nicht mehr an Kolymbari und diesen Bürgermeister.« Koronaios grinste. »Ich jedenfalls bin um jede Sekunde froh, die ich nicht mit diesem Revierleiter Mitsotakis verbringen muss.«

Michalis verabschiedete sich, und Koronaios hoffte, dass diese Geschichte damit wirklich ein Ende gefunden hatte. Aber er kannte Michalis gut genug, um zu wissen: Sobald es für Michalis auch nur die geringste Möglichkeit gäbe weiterzuermitteln, würde er es tun und nicht mehr lockerlassen.

11

Wütend fuhr Michalis Richtung Hafen und *Athena*. Er war nur selten schlechtgelaunt, aber heute würde er seinen Ärger nicht so schnell abschütteln können. Außerdem war er sicher, dass im *Athena* seine gesamte Familie längst von seiner Auseinandersetzung mit dem Polizeidirektor und Jorgos wusste, und das ärgerte ihn noch mehr.

Michalis wollte Hannah nicht mit seiner schlechten Laune behelligen, auch wenn sie ihn vermutlich abgelenkt und aufgemuntert hätte. Allerdings hatte der einzige ernsthafte Streit, den sie bisher gehabt hatten, damit begonnen, dass er schlechtgelaunt nach Hause gekommen war und eigentlich mit niemandem reden wollte. Und eine Wiederholung wollte er heute nicht riskieren.

Michalis überlegte, an der östlich der Altstadt gelegenen Uferpromenade einen Frappé zu trinken. Unterwegs entschied er sich aber anders: Er würde bei der Wohnung, die Elenas Schwager angeblich bald fertig renoviert hatte, vorbeifahren und nachsehen, ob es sich lohnte, noch länger zu warten.

Die Wohnung lag in der *Odos Georgiou Pezanou* im früheren türkischen Viertel. Eine winzige, malerische Gasse, in die sich nahezu nie ein Tourist verirrte, obwohl sie wunderschön war. Langsam fuhr er mit seinem Roller durch die Gasse und musste lächeln. Hannah würde es hier lieben, da war er sicher. Wenn nicht das schöne, verwaschen rötliche Haus, in dessen zweitem Stock die Wohnung lag, noch immer eine eingerüstete Baustelle gewesen wäre.

Michalis schüttelte den Kopf und wollte schon weiterfahren, als zwei Männer aus dem Haus kamen: Markos, Elenas Schwager, und sein Bauleiter. Markos und Michalis begrüßten sich, und Markos war, was Michalis schon oft erlebt hatte, voller Begeisterung und absolut zuversichtlich, dass die Wohnung in spätestens drei Wochen fertig sein würde. Michalis musterte den Bauleiter, der zurückhaltend bestätigte: Ja, es wird etwas eng, aber drei Wochen, das wäre zu schaffen.

»Bei uns eilt es ein wenig«, sagte Michalis.

»Wieso?«, Markos blickte auf Michalis' Bauch, »ist vielleicht etwas unterwegs?«, und lauerte auf eine Antwort, und Michalis begriff, dass das vermutlich die einzige Chance war, die Renovierung der Wohnung zu beschleunigen: die Aussicht auf ein Kind. Michalis wich Markos' Blick aus und schwieg vielsagend, aber für Markos genügte diese Reaktion offenbar.

»Könnten wir die Wohnung denn vielleicht mal besichtigen? Hannah würde sich wahnsinnig freuen ...«

»Ja, das bekommen wir hin.« Markos sah seinen Bauleiter an, der jetzt, wo es konkret wurde, nervös lächelte.

»Wann würde es euch denn passen?«, fragte Markos, und Michalis war sicher, dass er von einem Termin nächste oder übernächste Woche ausging.

»Ich habe morgen frei«, antwortete Michalis und sagte beschwichtigend, als er das erschrockene Gesicht des Bauleiters wahrnahm, »es geht ja nur um einen ersten Eindruck. Damit Hannah sich die Wohnung vorstellen und sich freuen kann.«

»Okay, morgen schon«, sagte Markos unbehaglich. »Da ist dann natürlich nichts fertig, aber für einen ersten Eindruck ...«

»Fein. Morgen. Wann?«

Markos sah den Bauleiter an. Der atmete nur tief durch, wich dem Blick aus und schwieg.

»Morgen ... nachmittags habe ich Termine.«

Michalis wusste, dass Markos Zeit gewinnen wollte, und schaute ihn erwartungsvoll an.

»Also gut, dann vorher. Um zwei? Morgen Mittag um zwei?«, schlug Markos vor und schaute seinen Bauleiter hilfesuchend an, der es immer noch vorzog zu schweigen.

Sie verabredeten sich für zwei Uhr, und als Michalis wieder auf seinen Roller stieg, war seine schlechte Laune fast verflogen.

Im *Athena* hätte Michalis sich am liebsten an allen vorbei nach oben zu Hannah geschlichen, aber das war aussichtslos. Sein Vater saß an seinem Stammplatz, dem hinteren Tisch vor dem Gang zur Treppe, und reichte einem Nachbarn einen Zettel. Sotiris kam aus der Küche, sobald Michalis die Taverne erreicht hatte, und zog ihn mit sich in den Lagerraum. Im Flur standen zwei Tische, die gestern noch nicht da gewesen waren.

»Kannst du dich in den nächsten Tagen etwas mehr um Hannah kümmern?«, fragte Sotiris leise. »Ich glaub, sie ist gerade nicht glücklich, und ...«

»Wer ist noch unglücklich? Unsere Eltern?« Michalis warf durch die Tür des Lagerraums einen Blick auf ihren Vater, zu dem zwei Stammgäste getreten waren. Takis schrieb auch ihnen etwas auf einen Zettel.

»Unsere Mutter sagt nichts, aber du weißt, wenn sie nichts sagt, dann ...«

Ja, das wusste Michalis. Das Schweigen seiner Mutter war berüchtigt, gerade weil sie normalerweise mit allen gern und viel redete.

»Und unser Vater, der liebt Hannah, der würde nie etwas sagen«, fuhr Sotiris fort. »War vielleicht auch mein Fehler.«

»Was?«, fragte Michalis überrascht.

»Ich weiß ja, dass Hannah oben Internet braucht, und weil unser Vater keinen besseren Anschluss will, hab ich vorgeschlagen, den Router im Büro neu zu starten. Mit einem neuen Passwort.« Sotiris warf Takis einen Blick zu. Bei ihm stand jetzt eine junge Frau, die im letzten Sommer ein paarmal als Kellnerin ausgeholfen hatte. Auch ihr schrieb der Vater etwas auf einen Zettel.

»Jetzt läuft das Internet besser, aber es hat lang gedauert, und unser Vater fand es unnötig. Und ein bisschen ärgerlich.« Sotiris seufzte.

»Damit sie oben besser arbeiten kann, hab ich Hannah angeboten, diesen Tisch hier zu nehmen. Übergangsweise. Mit einer schönen Decke drauf.« Sotiris deutete auf einen abgeschabten weißen Plastiktisch, auf dem Kisten mit Gemüse standen.

»Hannah ist ja höflich, aber ich hab gleich gesehen, dass ihr der nicht gefällt. Kann ich ja verstehen, schön ist er nicht, aber er hätte durchs Treppenhaus gepasst.« Sotiris seufzte erneut. »Unsere Mutter hat das dann wohl Elena erzählt, und ich weiß nicht, wem die das wieder weitererzählt hat, auf jeden Fall standen eine Stunde später diese zwei Tische vor der Tür.«

Er klopfte auf einen der Tische, die den Gang versperrten.

»Aber da war Hannah schon unterwegs und hat bei Theo in der *Odos Kydonias* den Tisch gesehen, der ihr so gut gefällt. Diese hier passen sowieso nicht durchs Treppenhaus.« Er schüttelte den Kopf. »Wir müssten die Beine absägen. Unsere Mutter hat vorgeschlagen, den kleineren der beiden durch das Fenster zu ziehen, von außen … hab ich ausgemessen. Passt auch nicht.«

Sotiris lachte etwas hilflos.

»Wir hatten hier noch die alte furnierte Platte stehen, von der Renovierung. Hannah wollte die gern haben, damit sie wenigstens halbwegs arbeiten kann ...« Sotiris atmete tief durch. »Ich hab die dann mit Vater hochgetragen. Sieht nicht gut aus, aber ... besser als nichts, meint Hannah.«

»Danke.«

»Wie gesagt, wenn du mehr Zeit für Hannah hättest ...«

»Ich hab morgen frei.«

»Ah, ja«, sagte Sotiris, und Michalis ahnte, dass sein Bruder das längst wusste.

Bevor Michalis nachfragen konnte, stand Loukia, ihre Mutter, in der Tür. Im Hintergrund bekam gerade ein Kellner des Nachbarrestaurants von Takis einen Zettel.

»Ah, hier seid ihr! Sotiris, wir brauchen dich in der Küche.«

Sotiris setzte sich sofort in Bewegung, aber Loukia blieb noch in der Tür stehen und musterte Michalis.

»Ich weiß«, sagte sie, »die Deutschen sind da wohl anders, aber ... muss sie wirklich stundenlang allein da oben sitzen? Als ob es uns nicht gibt? Hat sie etwas?«

»Mama! Hannah schreibt an ihrer Doktorarbeit. Wir sollten froh sein, dass sie überhaupt hier ist. Eigentlich müsste sie in Berlin sein und dort arbeiten.«

Michalis sah, dass seine Mutter dafür wenig Verständnis aufbrachte.

»Und dann müsste ich mir Urlaub nehmen, um ein paar Wochen bei ihr in Berlin zu sein. Würde dir das besser gefallen?«

»Nein!«, sagte Loukia streng. Dann lächelte sie. »Vielleicht muss es ja so sein. Es gibt heute Abend Kolokusoluluda jemista. Die mag Hannah doch so gern.«

Kolokusoluluda jemista, gefüllte Zucchiniblüten mit Misithra-Käse und Minze, die mochte Hannah wirklich sehr.

»Das tut mir leid Mama, aber ... wir sind heute Abend nicht da.«

»Was? Wieso?«, fragte Loukia fassungslos, »wo seid ihr denn?«

Michalis wusste, dass es für seine Mutter völlig unvorstellbar war, dass sie heute Abend woanders als hier im *Athena* sein könnten.

»Wir fahren zum Strand, es kann spät werden.«

»Zum Strand? Im April? Kein Mensch fährt im April zum Strand!« Loukia war fassungslos.

»Na ja, die Deutschen ...«

Es machte Michalis unglücklich, seine Mutter zu enttäuschen, aber sie musste sich daran gewöhnen, dass er und Hannah nicht immer hier sein wollten. Vor allem Hannah nicht, auch wenn Michalis das seiner Mutter nie so deutlich sagen würde.

Michalis verließ den Lagerraum und ging am Tisch seines Vaters vorbei, bei dem jetzt Alexis stand, der Enkel des alten Theokratis, der früher morgens mit seinen frisch gefangenen Calamari gekommen war. Alexis hatte das Boot vor einigen Jahren übernommen und die Fischerei, die sich schon lang nicht mehr lohnte, aufgegeben. In den goldenen Zeiten der EU-Förderungen hatte er mit Fördergeldern aus Brüssel ein größeres Boot gekauft und fuhr seitdem Touristen aufs Meer und zeigte ihnen einsame Buchten und verborgene Unterwasserhöhlen. Dieses neue Boot hatte einen gläsernen Rumpf, so dass die Urlauber während der Fahrt die Fische und das wunderschöne Blau und Türkis bewundern konnten. Mit dieser Attraktion war Alexis in Chania ohne Konkurrenz und in der Hauptsaison gutausgebucht. Jetzt, in der Vorsaison, hatte er wie alle wenig zu tun.

Michalis und Alexis waren früher gemeinsam zur Schule

gegangen, hatten sich dann aber aus den Augen verloren, als Michalis viel mit Christos und anderen Freunden, die den Eltern nicht gefallen hatten, unterwegs war. Seit Michalis aus Athen zurück war, war die alte Freundschaft zu Alexis wieder aufgelebt.

Sie begrüßten sich herzlich, und Michalis sah, dass auch Alexis einen der Zettel seines Vaters in der Hand hatte. Takis sah Michalis mürrisch an, der schnell zu Hannah hinaufging.

Michalis lächelte, als er sah, wie sich das Zimmer verändert hatte. Aus dem ohnehin beengten, ehemaligen Kinderzimmer war jetzt ein Büro geworden. Auf dem kleinen Holztisch, der schon hier gestanden hatte, als Michalis in dieses Zimmer eingezogen war, lag jetzt die alte furnierte Platte, die Sotiris mit Hannah und Takis heraufgetragen hatte. Die Platte ragte weit über den runden Tisch hinaus und versperrte den Zugang zum Fenster, zudem bog sie sich unter Hannahs Büchern, Unterlagen und Notizen. Hannah hatte diese Sachen links und rechts auf der Platte verteilt, um sie im Gleichgewicht zu halten. Eine gewagte Konstruktion, die für eine Deutsche überraschend improvisiert war, fand Michalis.

Hannah saß konzentriert vor ihrem Laptop und schrieb eine Mail.

»Ich bin gleich so weit!«, rief sie, als Michalis ins Zimmer kam. Michalis ging zu ihr und küsste sie auf den Nacken. Sie drehte sich ihm zu, schlang kurz die Arme um ihn und schrieb dann weiter.

Michalis ließ sich erschöpft aufs Bett fallen. Er hatte fast vergessen, wie müde er war.

Hannah wartete seufzend, bis die Mail gesendet war. Dann setzte sie sich zu Michalis aufs Bett und fuhr mit einer Hand unter sein Hemd.

»Mein müder Kommissar«, sagte sie leise, gab ihm einen Kuss und sprang wieder auf.

»Ich muss noch ein paar Sachen erledigen«, sagte sie und öffnete an ihrem Laptop eine neue Mail. »Wann wollen wir los?«

»Wann kannst du denn?«

»In 'ner Stunde?«, meinte Hannah.

»Gut. In 'ner Stunde.« Michalis sah auf die Uhr. Es war kurz nach sechs. Am liebsten hätte er die Stunde jetzt geschlafen, aber es ließ ihm keine Ruhe, dass seine Eltern sich über ihn und Hannah ärgerten.

»Geht das Internet denn jetzt besser?«, fragte Michalis, als er sah, wie Hannah die nächste Mail schrieb.

»Heute Mittag war es richtig schnell, aber jetzt wird es schon wieder langsamer.«

Michalis nickte. Er hatte einen Verdacht, woran das liegen könnte, aber den behielt er erst mal für sich.

Kurz schloss Michalis die Augen, doch dann erinnerte er sich an Markos.

»Ich war vorhin noch bei Markos. Wegen der Wohnung. Und er hat versprochen, dass wir sie morgen besichtigen können!«

»Super! Wie kommt das jetzt so plötzlich?«

»Keine Ahnung. Und so ganz trau ich der Sache auch nicht.«

»Ja, ja! Alle Kreter lügen ...«, sagte Hannah schnell, und sie mussten beide lachen. Das alte Paradoxon des Epimenides, dass ein Kreter, der sagt, dass alle Kreter lügen, schon bei diesem Satz lügen könnte, warfen sie sich immer wieder gern an den Kopf. Auch wenn Epimenides diesen Satz rein philosophisch gemeint hatte, so bedeutete er für Hannah, den Kretern lieber nicht alles zu glauben. Auch wenn sie festgestellt hatte, dass es kaum etwas so Verlässliches gab wie das Versprechen eines Kreters. Ein Versprechen war eine Ehrensache, auch wenn es manchmal zu einem anderen Zeitpunkt als gedacht erfüllt wurde.

»Morgen Mittag um zwei haben wir einen Termin.«

»Oh«, sagte Hannah mit gespielter Enttäuschung, »ein fester Termin mit Uhrzeit. Das bedeutet hier auf Kreta doch selten etwas Gutes, oder?«

Michalis versuchte, eine ernste Miene zu machen.

»Ein Termin ist ein Termin! Viel schlimmer ist …«

»Was?«

»Angeblich ist die Wohnung in drei Wochen fertig. Kann ich kaum glauben, und der Bauleiter schien auch nicht völlig überzeugt zu sein.«

»Hast du denn Zeit? Morgen um zwei?«

»Ich hab morgen frei. Es gab Stress mit dem Polizeidirektor und auch mit Jorgos.«

Hannah sah ihn beunruhigt an. Michalis ahnte, was sie dachte.

»Keine Sorge, ich bin nicht rausgeflogen. Ich hab nur morgen frei.«

»Und warum? Was gab es für Ärger?«

»Die haben die Ermittlungen eingestellt. Erzähl ich dir nachher. Ist kompliziert«, wich Michalis aus. »Auf jeden Fall ist das ein Fehler. Meiner Meinung nach.«

Michalis stand auf und ging zur Tür.

»Bis gleich!«, rief Hannah ihm nach.

Michalis lief die Treppe hinunter und überlegte, ob er erst mit seinem Vater oder mit seiner Mutter reden sollte. Die Entscheidung wurde ihm abgenommen, weil Takis, sein Vater, gerade allein am Tisch saß und ihn energisch zu sich winkte.

»Du weißt«, begann Takis, »dass wir alle sehr froh sind, dass du wieder hier bist. Besonders deine Mutter, aber ich ganz genauso.«

Michalis ahnte, dass ihn jetzt eine Predigt erwartete und dass es besser war zu schweigen und zuzuhören. Alles andere würde die Dinge nur in die Länge ziehen.

»Und wir wissen auch alle, dass du in Athen unglücklich warst. Vielleicht hätten wir dir helfen und dich mehr unterstützen müssen.« Takis musterte seinen Sohn nachdenklich. »Aber du warst sehr verschlossen in dieser Zeit. Es durfte ja keiner wissen, wie es dir geht.«

Es lag Michalis auf der Zunge zu sagen, dass die Fürsorge seiner Familie liebenswert, aber oft auch einfach anstrengend war. Aber er verkniff es sich.

»Wenn Jorgos nicht gewesen wäre« – Takis kniff die Augen zusammen, als sei die Erinnerung an Michalis' Jahre in Athen schmerzhaft für ihn –, »hätten wir ja gar nichts erfahren.« Takis blickte Michalis nachdenklich an. »Ich habe deiner Mutter nie alles erzählt, was Jorgos mir gesagt hat. Aber sie hat natürlich gemerkt, dass es mich quält, hilflos zusehen zu müssen, wie mein jüngster Sohn dabei ist, sein Leben zu ruinieren.«

»Das stimmt doch ...«, versuchte Michalis einzuwerfen, wurde aber sofort unterbrochen.

»Hör mir einfach zu«, sagte Takis ungehalten. »Wir alle möchten so etwas nie wieder erleben.«

Michalis stöhnte. Die Predigt seines Vaters drohte, sehr grundsätzlich zu werden.

»Wir wollen dich und auch Hannah« – der Blick des Vaters ging kurz nach oben – »gern unterstützen und euch helfen. Aber ihr müsst euch auch helfen lassen.«

Takis' Miene verfinsterte sich, er schaute Richtung Hafen.

Michalis folgte dem Blick und sah, dass sich Manolis näherte, der in dem kleinen maritimen Museum arbeitete, das kurz vor der langen Mole in einem der alten Lagerhäuser untergebracht war. Ein sympathischer Kerl mit langen Haaren, der auf Takis zukam.

»Takis, was ist mit eurem Internet? Ich komm seit Stunden nicht mehr rein, und unsere Besucher drüben auch nicht.«

Takis warf Michalis einen vorwurfsvollen Blick zu, schrieb *poulaki1898* auf einen Zettel und reichte ihn Manolis.

»Hier. Gibt ein neues Passwort.«

»*Efkaristo!* Danke.« Manolis nahm den Zettel und ging wieder.

»Das ist auch so eine Geschichte«, sagte Takis streng. »Warum musste hier unbedingt das Passwort geändert werden? Den ganzen Tag geht das schon so!«

»Aber es kann doch nicht sein, dass alle Nachbarn ständig auf deine Kosten ins Netz gehen!«

»Warum nicht? Das geht dich überhaupt nichts an! Warum sollen denn alle den Firmen das Geld nachwerfen, wenn wir das hier schon haben!«

Michalis schüttelte den Kopf.

»Aber dann lass die Nachbarn doch wenigstens ein bisschen was bezahlen dafür.«

Takis zuckte mit den Schultern, und für einen kurzen Moment wich die Strenge aus seinem Gesicht. Michalis glaubte, ein süffisantes Grinsen zu bemerken, und ahnte: Sein Vater war ein Schlitzohr. Vermutlich ließ er sich von den Nachbarn, die ständig auf seine Kosten surften, tatsächlich Geld dafür geben.

»Das Internet ist hier ganz hervorragend. Da muss nichts geändert werden.«

»Aber für Hannah ist es wichtig, dass sie oben ins Netz kommt. Da arbeitet sie.«

»Dann soll sie eben hier unten arbeiten. Was soll denn das für eine Arbeit sein, bei der sie den ganzen Tag oben allein sein will!«

Dieses Gespräch hatte Michalis schon oft mit seinem Vater geführt. Er wusste, dass es sinnlos war, ihm zu erklären, wie Hannah arbeitete.

»Aber darum geht es nicht.« Takis sah Michalis wieder streng an. »Warum musst du jetzt auch hier in Chania Ärger machen? Warum musst du dich auch hier mit den Kollegen anlegen? Und ...« Takis kniff seine Lippen zusammen und zog die Mundwinkel nach unten. »Und auch mit den Vorgesetzten.«

»Weil es falsch ist, was sie machen! Und weil es unser Job ist herauszufinden, wie jemand umgekommen ist!« Michalis war lauter geworden, als er gewollt hatte, so dass sein Vater sich offenbar provoziert fühlte und ebenfalls laut wurde.

»Ein Jahr lang ist das jetzt gutgegangen mit dir! Ein Jahr lang hattest du einen guten Job und hast keinen Ärger gemacht!«

Michalis musste innerlich grinsen, weil er wusste, dass sein Vater als stolzer Kreter mit dem Staat nur das Allernötigste zu tun haben wollte. Dass ausgerechnet sein Bruder Jorgos zur Mordkommission gegangen war, hatte Takis nie wirklich verstanden, und noch nie hatte Michalis seinen Vater sagen hören, dass die Arbeit bei der Polizei ein »guter Job« sei. Als jemand, der sein geliebtes Kreta nie länger als zwei Tage verlassen hatte, fand er Institutionen wie die Polizei im Grunde unnötig. Auf Kreta hatten die Leute ihre Angelegenheiten schon immer ohne den Staat geregelt, und es hatte ihnen nicht geschadet, fanden sie.

»Ja, ich mag meinen Job! Aber ich bin Polizist geworden, damit die Leute sich nicht gegenseitig umbringen und damit die Gesetze eingehalten werden! Und da kann es nicht sein, dass die Polizei selbst die Gesetze ignoriert!«

»Das kannst du doch gar nicht beurteilen! Wenn Jorgos und der Polizeidirektor der Meinung sind, dass ein Fall aufgeklärt ist, dann solltest du einfach den Mund halten! Willst du hier auf Kreta denn auch rausfliegen?«

»Ich bin nicht rausgeflogen in Athen. Ich wollte da weg.«

Das Gespräch verlief so, wie Michalis es befürchtet hatte: Es machte ihn wütend. Dass seine Familie es für selbstverständlich hielt, sich überall einzumischen, ärgerte ihn.

»Da ist Jorgos aber ganz anderer Meinung!«

Michalis stand abrupt auf und schob den Stuhl so heftig nach hinten, dass der umkippte. Loukia hatte den Lärm offenbar gehört und kam aus der Küche.

»Hört auf zu streiten!«, sagte sie, während Michalis den Stuhl aufhob.

»Wir streiten nicht! Ich sage Michalis nur, was er falsch macht!«

Michalis schüttelte den Kopf. »Es ist nicht falsch, wenn ich versuche, ein mögliches Verbrechen aufzuklären! Dafür werde ich bezahlt!«

»Aber es ist falsch, wenn du dich mit dem Polizeidirektor anlegst!«, erwiderte Loukia, und Michalis blickte sie überrascht an. Von ihr hatte er diesen Vorwurf nicht erwartet, und er spürte, dass er noch wütender wurde.

»Siehst du! Siehst du!«, rief Takis aufgebracht. »Siehst du, was du mit der Familie machst? Alle sind unglücklich!«

Michalis wollte gerade etwas antworten, als seine Schwester Elena aus der Seitenstraße auftauchte und sich vor Michalis aufbaute.

»Sag mal, was ist denn mit dir los?«, fuhr Elena ihren kleinen Bruder Michalis an, ohne die Eltern zu begrüßen. »Sagst uns kein Wort und tauchst einfach bei Markos auf?«

»Ich wollte ja nur ...«

»Stimmt es denn?«

Michalis wusste nicht sofort, worauf Elena hinauswollte. Dann fiel ihm ein, dass Markos ihr vermutlich erzählt hatte, Hannah sei schwanger. Und dass damit ihr Schwager von dieser angeblichen Schwangerschaft früher erfahren hatte als sie.

»Ich wollte nur wissen, ob diese Wohnung jemals fertig wird! Weil sie seit einem halben Jahr angeblich ›in drei Wochen‹ fertig ist!«

»Das braucht eben seine Zeit! Und jetzt besichtigt ihr morgen eine Baustelle, in der alles dreckig ist! Was soll Hannah denn da denken?«

»Was soll ich denken?«

Alle wandten sich zur Treppe um, wo Hannah aufgetaucht war. Sie hatte sich umgezogen und trug einen weißen Rock und eine dunkelblaue Bluse, die ihr wunderbar stand.

Fasziniert stellte Michalis fest, dass Hannah immer wieder eine verblüffende Wirkung auf seine Familie hatte. Manchmal schien es ihm, als sei nicht nur er, sondern die ganze Familie in Hannah verliebt. Seine Eltern und Elena, die ihm eben noch Vorwürfe gemacht hatten, lächelten, und Elena ging strahlend auf Hannah zu, umarmte sie, küsste sie auf beide Wangen und musterte dabei unmerklich Hannahs Bauch. Ein Blick, der Hannah nicht verborgen blieb, und sie sah Michalis überrascht an. Michalis lächelte ausweichend und hob die Hände, als wollte er sagen: Ich hab damit nichts zu tun, ich hab keine Ahnung, was die denken.

Wenig später saßen Michalis und Hannah bereits auf dem Roller, als Loukia angelaufen kam und Hannah ein Lunchpaket reichte, wie sie es Michalis morgens mitgab.

»Ein paar Kolokythokeftedes für euch. Falls ihr später am Strand noch Appetit bekommt.«

Kolokythokeftedes, Zucchini-Bällchen mit Petersilie. Also war seine Mutter doch nicht ernsthaft verärgert, dachte Michalis.

»Danke!«, rief Hannah und umarmte Loukia. Michalis stellte die Köstlichkeiten in den kleinen Koffer, in dem schon eine Strandtasche steckte. Der Helm, der bisher neben der Tasche stand und den ohnehin keiner von ihnen tragen würde, blieb zurück.

Eine Zeitlang fuhren sie schweigend durch Chania. Als sie die *Odos Skahlidhi* erreicht hatten und an der Kreuzung zur *Odos Selinou* warten mussten, beugte Hannah sich vor, und Michalis drehte seinen Kopf zu ihr nach hinten.

»Glaubt Elena, ich sei schwanger?«, fragte sie ernst.

Michalis wusste, dass die Selbstverständlichkeit, mit der seine Familie von Heirat und Kindern ausging, für Hannah noch unangenehmer war als für ihn.

»Ich hab Elenas Schwager gesagt, dass es für uns dringend ist mit der Wohnung«, antwortete Michalis wahrheitsgemäß und gab Gas, weil die Kreuzung frei war. Michalis spürte, dass Hannah ihn skeptisch musterte.

»In meiner reizenden kretischen Familie kann sich niemand vorstellen, dass man wegen einer Arbeit dringend Platz und überhaupt eine eigene Wohnung brauchen könnte. Für die gibt es deshalb nur eine einzige Möglichkeit.«

Hannah richtete sich auf und sagte nichts mehr. Michalis ahnte, dass es sie ärgerte, wenn Michalis' Familie in ihr vor allem die Mutter der künftigen Enkel sah und nicht die Wissenschaftlerin, die auf eine akademische Laufbahn hinarbeitete.

»Ich stelle das klar, keine Sorge!«, sagte Michalis nach hinten. »Ich würde nur gern bis nach der Besichtigung warten, das macht es mit der Wohnung einfacher. Ist das okay?«

In diesem Moment fuhren zwei laute Motorräder an ihnen vorbei, und Michalis war nicht sicher, ob Hannah ihn verstanden hatte. Tatsächlich schwieg sie, und er befürchtete, dass sie sauer war. Ein Streit mit Hannah, das hätte ihm nach diesem unerfreulichen Tag gerade noch gefehlt.

Aber als die erste Taverne an der Strandpromenade von Neo Chora in Sicht kam, küsste Hannah ihn vorsichtig auf den Nacken und schob ihre Hände unter seine Jacke. Michalis lächelte.

Während am Hauptstrand trotz der Vorsaison bereits erstaunlich viele Urlauber unterwegs waren, war der kleine Strand beim *Paraglia* mit seinen niedrigen, von Stranddisteln, Strandfilzblumen, Strandquecken und Strandwolfmilch bewachsenen Dünen fast menschenleer.

Als *mesedakia*, Vorspeise, aßen sie einige *Melitzanes tiganites*, gebratene Auberginenscheiben. Danach wählte Hannah ein *Kolií sto furno me rigany*, eine Meeräsche aus dem Ofen mit Oregano, und Michalis nahm ein *Kuneli riganato*, ein Kaninchen in Oregano. Schon die Vorspeise schmeckte ihnen hervorragend, vielleicht auch deshalb, weil nur wenige Meter vor ihnen unterhalb der Terrassenmauer die Wellen sanft auf den Strand plätscherten. Regenpfeifer und Strandläufer liefen mit tippelnden Schritten schnell an der Wasserkante entlang und schnappten mit ihren kurzen Schnäbeln nach kleinen Schnecken. Wenn sich ein Urlauberpaar oder ein Hund näherten, flogen sie auf, drehten eine Runde über der Bucht und kehrten wieder zurück. Hannah genoss die Weite des Meeres und die silbern glänzenden Reflexe der Sonne auf dem Wasser. Als dann das *Kolií sto furno me rigany* und das *Kuneli riganato* serviert wurden, schien orangene, rote und violette Farbe über das Meer zu fließen und ließ es leuchten.

»Es ist so unglaublich schön hier ...«, flüsterte Hannah, und auch Michalis spürte wie schon so oft: Einen so sensationellen Ort wie Kreta konnte es kein zweites Mal geben, und er schlug Hannah vor, morgen Vormittag, bevor sie zu der Wohnung fuhren, einen Bootsausflug zu machen. Hannah war begeistert, und Michalis rief Alexis an, um ihn zu fragen, ob er Zeit hätte. Sie verabredeten sich für morgen früh um neun, und Hannah war fasziniert, als Michalis ihr von seinem Schulfreund Alexis und dessen Boot mit dem gläsernen Rumpf erzählte.

Nach dem köstlichen Essen bestand Hannah tatsächlich darauf, ihre Tasche mit an den Strand zu nehmen.

»Ich bin extra so weit geflogen, natürlich gehen wir ins Meer!«, rief sie, und Michalis ahnte, dass sie auch sich selbst Mut machen wollte.

Michalis nahm das Lunchpaket seiner Mutter mit und hoffte immer noch, Hannah würde, sobald sie einen Fuß ins Wasser gesetzt hatte, keinen Gedanken mehr daran verschwenden, noch schwimmen zu gehen. Sie liefen barfuß am Strand entlang, und schon den Sand fand Michalis fast unerträglich kalt. Auch Hannah stöhnte, wenn ihre Füße von den Wellen überspült wurden, aber nach einigen hundert Metern stellte sie ihre Strandtasche ab, warf Michalis seine Badehose zu und zog selbst einen Badeanzug an. Wow, dachte Michalis, sie sieht phantastisch aus, und es wäre viel schöner, einfach mit ihr nach Hause zu fahren und sich unter eine warme Decke zu legen.

Hannah aber bestand darauf zu schwimmen, und weil Michalis zögerlich stehen blieb, zog Hannah ihn entschlossen ins Wasser. Michalis tauchte kurz unter, befürchtete, vor Kälte nicht mehr atmen zu können, und rannte dann sofort wieder zum Strand zurück. Hannah hingegen schwamm tatsächlich ein paar Minuten lang, dann rannte sie zu Michalis und rief »Handtuch! Schnell, ein Handtuch!« und zitterte vor Kälte.

Sie wärmten sich eng aneinandergeschmiegt, und Michalis bemerkte, dass Hannah hier draußen mit ihm schlafen wollte. Hin und wieder kamen jedoch an der Wasserkante Urlauber oder einheimische Jugendliche vorbei, und deshalb wandten sie sich lieber dem Lunchpaket von Loukia zu.

Loukia hatte nicht nur wirklich großartige *Kolokythokeftedes* eingepackt, sondern auch eine Flasche Raki. Nach zwei Gläsern war beiden wieder warm.

Beim Essen hatte Hannah ein paarmal danach gefragt, warum Michalis so verärgert über seine Vorgesetzten war. Michalis trank noch zwei weitere Raki, und dann erzählte er von den Ungereimtheiten und den Bemühungen, Unterlagen verschwinden zu lassen, und von der schlampigen Ermittlungsarbeit der örtlichen Polizei und dem Druck von ganz oben.

»Mein Vater hat Sorgen, dass es wieder so wird wie in Athen«, sagte Michalis nachdenklich.

Hannah sah ihn an. »Und, wird es so?«, fragte sie, als er schwieg.

Michalis zuckte mit den Schultern.

»Wozu sind wir denn Polizisten, wenn wir die wirklichen Sauereien nicht aufklären? In Athen hatte ich etliche Fälle, von denen ich plötzlich abgezogen wurde, weil es jemandem von oben nicht passte, dass ich Fragen gestellt habe. Und hier …«

Michalis zögerte, und Hannah musterte ihn neugierig.

»Hier auf Kreta haben die Leute ihre Probleme schon immer lieber unter sich geklärt. Ohne den Staat.«

»Meinst du Blutrache? Vendetta?«, fragte Hannah überrascht.

Michalis seufzte und atmete tief durch.

»Ja, auch Blutrache. Die gab es hier früher häufig. Vor allem in den Dörfern. Es gibt ganze Ortschaften, in denen deshalb kaum noch jemand wohnt. Manchmal waren die letzten Überlebenden der verfeindeten Familien so klug, einfach wegzuziehen, bevor die Familien komplett ausgelöscht wurden.«

Hannah ließ Sand durch ihre Finger rieseln.

»Ist das dein Ernst?«

»Ja. Wir können gern mal einen Ausflug in die Sfakia machen. Die wilde Sfakia.« Michalis lächelte, über sich selbst überrascht. »Aradhena, das ist so ein verlassener Ort. Seit Jahrzehnten verfällt alles, es gibt praktisch nur noch Ruinen, gespenstisch. Da hatten sich nach dem Krieg zwei Familien so lange gegenseitig umgebracht, bis die letzten Überlebenden weggegangen sind. Der Ort liegt oben am Ausgang einer tief eingeschnittenen Schlucht.«

»So wie die Samaria-Schlucht?«

»Ja, so ähnlich.«

»Wann wandern wir eigentlich endlich mal in der Samaria-Schlucht?«

»Ja … in den nächsten Wochen.«

»Boah, ihr auf Kreta, ihr seid unglaublich. Wenn man etwas möchte, was euch nicht so wichtig ist, dann heißt es immer ›In den nächsten Wochen!‹«

Michalis grinste.

»Ja. Die anderen Kreter. Die sind so. Aber ich nicht!«

Hannah boxte ihn auf den Oberarm.

»Lass uns doch einfach … in zwei Wochen. Am Wochenende. Da hast du doch Zeit. Das ist der neunundzwanzigste April.« Sie sah ihn herausfordernd an. »Lass uns doch an diesem Tag die Samaria-Schlucht runterwandern. Und mit dem Schiff zurückfahren oder auch wieder wandern.«

Michalis sah Hannah etwas hilflos an und sagte nichts mehr.

»Okay ... das war jetzt zu ... deutsch?« Hannah runzelte die Stirn und zog die Mundwinkel nach unten. »So ein konkretes Datum, in zwei Wochen, an einem festen Tag ... das könnt ihr nicht, oder?«

Michalis lächelte bedauernd.

»Ich werd es versuchen, aber ...« Er biss sich auf die Lippen.

»Muss ich es versprechen? Und was ist, falls es nicht klappt?«

»Dann werde ich eines Tages sterben, ohne die Samaria-Schlucht gesehen zu haben.« Michalis sah Hannah ratlos an, und sie grinste.

»Nein, natürlich nicht. Ich kann das sonst auch mal ohne dich machen. Ist ja okay, wenn du keine Lust dazu hast.«

»Du weißt doch ... kein Mensch auf Kreta wandert gern. Also, einfach nur so, ohne auf seine Ziegen aufzupassen oder Touristen irgendwo hinzuführen oder ...«

»Oder?«

»Na ja. Früher. Die Schmuggler. Und die Partisanen, die gegen die Nazis gekämpft haben. Die mussten auch viel wandern.«

»Okay ...«

Hannah lehnte sich zurück, schloss kurz die Augen und blickte zu den Sternen. Michalis nahm die beiden Gläser, füllte sie mit Raki und reichte Hannah eines davon.

»Möchtest du?«

»Im Moment nicht, danke.«

Michalis trank seinen Raki und schüttete den Inhalt des anderen Glases Richtung Meer.

»Bringt das Glück?«, fragte Hannah.

»Bestimmt ...«

Hannah deutete zum Himmel.

»Da oben ... Wahnsinn. Die Milchstraße. Die sieht man in Deutschland fast nie.«

Michalis schaute zum nächtlichen Himmel, der mit unendlich vielen Sternen übersät war. Die Milchstraße war sogar für kretische Verhältnisse ungewöhnlich gut zu erkennen. Sein Großvater war früher abends manchmal mit ihm rausgefahren und hatte ihm Sternbilder gezeigt. Michalis lehnte sich ebenfalls zurück. Sie schwiegen eine Zeitlang und hingen ihren Gedanken nach.

»Und was willst du jetzt machen? Wegen diesem toten Bürgermeister?«, fragte Hannah leise.

»Wenn ich heimlich weiterermittle und die kriegen das mit, dann bekomm ich einen Riesenärger. Aber ...«

»Aber?«

»Wenn ich nicht weiterermittle, dann wird das jedes Mal so sein. Beim nächsten Todesfall mit offenen Fragen gibt es dann wieder jemanden, der Druck ausübt, und wir stellen die Ermittlungen ein. Und dann können wir das auch gleich ganz sein lassen mit der Polizeiarbeit, wenn wir ständig zurückgepfiffen werden.«

Michalis setzte sich auf und goss sich noch einen Raki ein.

»Willst du?«

»Nein, danke.«

Michalis trank.

»Wir wissen ja nicht mal, wie die Leiche gefunden wurde. Wo der Wagen lag, wo die Leiche genau war. Dieser unfähige Polizist hat keine Fotos gemacht und weiß auch sonst fast nichts. Der ist da runtergeklettert und hat aufgehört zu denken. Und dann haben sie irgendwelche Kumpels zur Bergung des Wagens geholt und weder Spuren gesichert noch nach Hinweisen gesucht. Und alle decken sich gegenseitig.«

»Weißt du denn wenigstens ungefähr, wo der Wagen von dem Bürgermeister gelegen hat?«

»Ja, klar. Ungefähr.«

»Ist das weit von Chania entfernt?«

»Zwanzig Kilometer.«

»Würdest du die Stelle vom Boot aus finden?«

»Was meinst du?«

»Könnten wir morgen einfach mit dem Boot dahinfahren, und du guckst dir das an?«

Michalis dachte nach.

»Hättest du Lust dazu?«

»Wenn ich vorher genug Fische und tiefblaues Meer und riesige Muscheln gesehen hab…«

Michalis sah Hannah fragend an.

»Ist das dein Ernst?«

»Dem Kommissar bei der Arbeit zusehen? Nichts lieber als das.« Sie zog ihn zu sich herunter und küsste ihn, und Michalis spürte, wie sie beide wieder Lust aufeinander bekamen. Aber dann tauchten zwei Hunde und danach einige Urlauber auf, die in der Nähe vorbeigingen.

»Wollen wir zurück?«, fragte Hannah leise. Michalis nickte, sie standen auf, und er merkte, dass er leicht schwankte. Er hatte deutlich mehr Raki getrunken als Hannah, zudem litt er noch unter den Nachwirkungen der letzten kurzen Nacht.

»Soll ich vielleicht fahren?«, fragte Hannah, als sie beim Roller angekommen waren.

Michalis war klar, dass er mit seinem Führerschein und Hannahs Gesundheit spielte, wenn er jetzt noch selbst fahren würde. Aber eigentlich war es mit seiner kretischen Männerehre unvereinbar, sich hinter Hannah auf den Roller zu setzen.

»Ach, geht schon«, sagte Michalis, doch als er aufsteigen wollte, fiel er fast um, und reichte Hannah wortlos den Schüssel.

Je näher sie zum venezianischen Hafen kamen, desto mehr versteckte Michalis sein Gesicht hinter Hannahs Rücken, und sie begriff, dass er nicht erkannt werden wollte.

»Bin ich gut gefahren?«, fragte sie spöttisch, als sie vor dem *Athena* angekommen waren.

»Sensationell«, antwortete er, küsste sie und ging entschlossen voraus.

Das *Athena* war geschlossen und lag im Dunkeln. Im Hochsommer herrschte hier am Hafen die ganze Nacht reger Betrieb, aber jetzt war es so still, dass man sogar das leise Plätschern des Hafenwassers an den Kaimauern hörte.

Michalis und Hannah gingen die Treppe nach oben und sahen Licht im Schlafzimmer der Eltern, das in dem Moment erlosch, als sie vor ihrem Zimmer angekommen waren.

Auf dem Bett lag ein Tablett mit einigen Köstlichkeiten aus der Küche und einer Weinflasche. Hannah sah Michalis fragend an. Der schüttelte nur den Kopf, und Hannah nahm das Tablett und stellte es auf den Fußboden. Das Bett, das wollte sie jetzt nur noch für sich und Michalis haben.

12

Am nächsten Morgen wartete Alexis schon an seinem Ausflugsboot, als Michalis und Hannah um kurz vor neun dort eintrafen. Hannah wusste, dass die Kreter eine verabredete Uhrzeit selten so genau nahmen –, aber das konnte auch bedeuten, dass sie früher da waren als ausgemacht. Alexis begrüßte Michalis und Hannah, und seine fröhlichen braunen Augen strahlten. Er wusste, dass er, braungebrannt und mit langen dunklen Haaren, ein attraktiver Kerl war, und er hatte im Sommer auch gern mal Affären mit Urlauberinnen.

Alexis legte ab, und Hannah verschwand sofort unter Deck, um durch den gläsernen Rumpf den Meeresboden sehen zu können. Schon im Hafen mit seinem klaren Wasser und vielen Fischen war Hannah beeindruckt, doch wirklich großartig wurde die Sicht, nachdem das Boot die steinerne Mole mit dem sandfarbenen Leuchtturm passiert hatte. Plötzlich war der Meeresboden nicht mehr zu sehen, dafür aber das dunkelblaue Wasser, in dem sich die Lichtstrahlen brachen und immer neue Fische auftauchten. Mal einzelne mit gelben, blauen und grünen Streifen und Mustern, mal ganze Schwärme, die auseinanderstoben, wenn sich ein größerer Seehecht näherte.

Die Farbe des Wassers wechselte ständig. Je nachdem, wie tief das Meer war und ob Algen den Meeresgrund bedeckten, glitzerte das Meer in den einfallenden Sonnenstrahlen mal türkis, mal hell-, mal dunkelblau. Hannah legte sich auf das Glas des Schiffsrumpfes, schaute nach unten und fühlte sich, als würde sie im Meer mit den Fischen schwimmen.

Alexis hatte vorgeschlagen, im Norden der Halbinsel Rodopou zur Bucht von Menies zu fahren, wo es einige Unterwasserhöhlen gab. Das war eine Tour, die er mit den Urlaubern häufig machte und von der die Gäste immer sehr begeistert waren. Hannah hatte gefragt, ob sie auf dem Weg dorthin an der Stelle, wo der Wagen von Stelios Karathonos gefunden worden war, ankern und mit dem kleinen Beiboot an Land gehen könnten. Für Alexis war das eine Abwechslung, denn zur Bucht von Menies fuhr er im Sommer oft bis zu dreimal am Tag. Er holte eine Seekarte hervor und ließ sich von Michalis genau zeigen, wo der SUV des toten Bürgermeisters gefunden worden war.

In dem Moment klingelte Michalis' Smartphone, und das Gesicht seiner Mutter erschien auf dem Display. Er stellte den Klingelton ab.

»Jetzt war schon fast zwei Stunden Ruhe«, sagte Michalis kopfschüttelnd und blickte zu Hannah, die grinste.

Die Schneise, die die Bergung des SUV in der Felsenküste hinterlassen hatte, war mit dem Fernglas schon von weitem deutlich erkennbar. Sie ankerten vor dem schmalen Kiesstrand, fuhren mit dem Beiboot an Land, und Michalis untersuchte einen Felsen, der offensichtlich den Sturz des SUV abgebremst hatte. Hier endete die Schneise, der Felsen war voller schwarzer Lackspuren, und am Boden fanden sich Reste von Motoröl.

»Unglaublich, dass die keine Spurensicherung geholt haben«, sagte Michalis kopfschüttelnd, »und lieber den Leichnam aus dem Wagen gezerrt, vorher keine Fotos gemacht und dann alle Spuren ruiniert haben.«

»Eigenartig«, meinte Hannah, »die haben doch alle Handys

dabei. Und normalerweise fotografieren die Leute wirklich alles. Und dann fotografieren sie ausgerechnet ein Autowrack nicht? Glaubst du denen das?«

»*Ochi*. Nein«, erwiderte Michalis missmutig. »Aber da ich nicht mehr ermitteln darf, werde ich es nicht herausfinden. Kostas, der Sohn von diesem Bootsbesitzer, der die Leiche mit rausgeholt hat, hat garantiert Fotos gemacht. Aber vielleicht soll er mir die nicht zeigen.«

Michalis machte Fotos von der wahrscheinlichen Lage des Autowracks und untersuchte die nähere Umgebung. Ziemlich schnell fand er einen abgerissenen Außenspiegel, kleine Teile des Scheinwerferglases und rotes und orangenes Plastik, das vermutlich zu den Blinkern gehört hatte.

Während Michalis konzentriert überlegte, an welcher Stelle genau der SUV oben von der Straße abgekommen war, ging Hannah an den schmalen Kiesstrand. Michalis kletterte ein Stück nach oben, als Hannah plötzlich nach ihm rief.

»Michalis!« Hannah winkte und deutete auf ihre Füße. »Hier liegt ein Smartphone!«

»Nicht anfassen!«, rief Michalis und beeilte sich, zu ihr zu kommen.

Tatsächlich lag zwischen einigen größeren Steinen ein teures iPhone mit großem Display. Michalis nahm ein Taschentuch und hob das iPhone vorsichtig hoch. Es ließ sich nicht einschalten, möglicherweise war der Akku leer, oder es hatte in Regen und Salzwasser gelegen und war kaputt.

»Könnte das dem Bürgermeister gehören und beim Aufprall aus dem Wagen geschleudert worden sein?«, wollte Hannah wissen.

Michalis strich sich über den Bart und kniff die Augen zusammen.

»Könnte sein. Aber wenn dieses Smartphone hier aus dem Wagen geschleudert wurde« – Michalis sah sich um –, »dann müsste auch irgendetwas anderes hier liegen. Wäre ja ein komischer Zufall, wenn wirklich nur das Smartphone rausgeflogen ist.«

»Es gibt doch bei der Polizei garantiert jemanden, der an die Daten aus dem Smartphone rankommen könnte, falls es nicht völlig zerstört ist«, schlug Alexis vor.

Michalis musterte ihn und überlegte.

»Ich werde jetzt ein Telefonat führen, das offiziell nie stattgefunden hat«, sagte er geheimnisvoll.

Hannah und Alexis nickten, und Michalis ging ein paar Schritte außer Hörweite und rief Christos an.

Christos wurde sofort hellhörig, als Michalis ihm sagte, dass er ein Smartphone gefunden hätte und es möglicherweise das sei, das sie gestern nicht orten konnten. Wenn er etwas herausfinden wollte, nahm Christos es mit der Legalität nicht so genau, da meldete sich sofort der alte Hacker in ihm. Sie verabredeten, sich später in Chania zu treffen, und Christos versprach, sich das Smartphone noch heute anzusehen. Vielleicht gehörte es ja wirklich dem Bürgermeister, und vielleicht gab es die Chance, an die Daten heranzukommen.

Michalis hatte gerade aufgelegt, da klingelte sein Smartphone schon wieder, und diesmal war es Elena. Erneut ging Michalis nicht ran.

»Sie sind ja recht hartnäckig«, sagte Hannah süffisant.

»Was soll ich machen. Kretische Familie«, erwiderte Michalis nur.

Auf dem Rückweg bewunderte Hannah durch den gläsernen Schiffsrumpf noch eine Zeitlang die unendlich vielen Abstufungen von Blau und Türkis, die die mittlerweile fast senkrecht stehende Sonne im Meer zauberte. Dann aber bemerkte Hannah, dass Michalis nachdenklich vor sich hin starrte, und ging zu ihm.

»Es ist völliger Irrsinn, was ich da mache«, sagte er leise zu ihr. »Wenn Jorgos oder der Polizeidirektor davon erfahren, könnte ich tatsächlich rausfliegen. Und das wegen ein paar korrupten Leuten in einem kleinen Küstenort.«

Hannah kannte Michalis mittlerweile gut genug, um zu wissen, wie sehr es ihn quälte, nicht alles tun zu können, um den Tod dieses Bürgermeisters aufzuklären.

»Noch kannst du es seinlassen«, erwiderte sie. »Dann sehen wir uns nachher die Wohnung an, gehen etwas essen, und irgendwann landen wir im Bett ...«

Sie grinste.

»Nicht die schlechteste Idee«, antwortete Michalis, ebenfalls grinsend, »aber ...«

»Du musst mir nichts erklären.« Sie musterte ihn besorgt. »Mach es so, dass erst dann jemand davon erfährt, wenn du ganz sicher bist und Beweise hast. Nicht, dass du irgendwann doch noch als Kellner im *Athena* anfangen musst.«

»Niemals! Eher mach ich 'ne Taverne in Berlin auf! Bei dir in Schöneberg um die Ecke!«

»Ich glaube, mir ist es lieber, du bleibst Verbrecherjäger auf Kreta«, sagte Hannah, nahm seine Hand und blickte zur Küste, wo ein kleines Fischerboot dahintuckerte, dem einige Silbermöwen folgten.

Nachdem sie sich von Alexis verabschiedet hatten und dieser noch einmal versichert hatte, niemandem zu erzählen, wo sie gewesen waren, mussten sie noch den Roller vom *Athena* holen. Michalis hätte sich gern an seiner Familie vorbeigeschlichen, aber Hannah wusste, dass das sinnlos war. Tatsächlich kam Loukia sofort aufgeregt aus der Küche gelaufen, noch bevor sie das *Athena* erreicht hatten. Und ihr erster Blick ging zum Bauch von Hannah, wie Michalis feststellte.

»Warum gehst du nicht ans Telefon, ich hab dich angerufen!«, begrüßte Michalis' Mutter die beiden empört.

»Ich hab es gesehen, aber ich hatte draußen kein Netz«, behauptete Michalis, und Hannah konnte erkennen, dass Loukia das nicht wirklich glaubte.

»Ruf bitte sofort Elena an«, drängte Loukia. »Sie hat mit Markos gesprochen, und es ist heute wirklich ungünstig mit der Wohnung. Morgen wäre besser.«

»Ich hab den Termin mit Markos ausgemacht, da soll Elena sich raushalten«, erwiderte Michalis unwirsch und ging zu seinem Roller.

Hannah folgte ihm und setzte sich hinter ihn auf den Sitz.

»Vergesst die Helme nicht!«, rief Loukia energisch.

Loukia hatte sich seit Jahren nicht mehr dafür interessiert, ob Michalis auf dem Roller einen Helm trug oder nicht, und er wollte sie schon fragen, warum sie sich heute einmischte, aber er bemerkte gerade noch rechtzeitig Loukias erneuten Blick auf Hannahs Bauch. Also stieg er ab, holte den zweiten Helm, und sie fuhren, beide mit Helm auf dem Kopf, los.

Michalis hatte sich mit Christos in einer kleinen Bar in der *Akti Miauli*, der Strandpromenade östlich des venezianischen Hafens, verabredet, wo die Einheimischen auch im Sommer weitgehend unter sich waren. Christos ließ sich einen Frappé und einen frischen Orangensaft ausgeben und versprach, sich sofort um das Smartphone zu kümmern und sich zu melden, sobald er wusste, ob es eine Chance gab, an die Daten heranzukommen.

Bevor sie zu der Wohnungsbesichtigung aufbrachen, tranken Michalis und Hannah noch einen *Porfyra*, einen Longdrink aus Raki, Fizzy Water, Orangenscheiben und einem Schuss Mavrodafni, dem kretischen süßen Rotwein.

Das Viertel, in dem die Wohnung lag, begeisterte Hannah sofort. Viele orange, rot und ockerfarben gestrichene Fassaden, und vor den meisten Häusern saßen Bewohner an Tischen und Stühlen, redeten lautstark miteinander oder gossen die zahlreichen Pflanzen, die in großen Kübeln herumstanden. In den schmalen Gassen gab es fast keine Autos, und Michalis musste sich sogar mit seinem Roller vorsichtig einen Weg bahnen.

In der *Odos Georgiou Pezanou* war vor dem Haus, in dem die Wohnung lag, endgültig kein Durchkommen mehr, und schon von weitem war heftiger Baulärm zu hören. Das Haus war eingerüstet und abgehängt, und zwei große Container, die gestern noch nicht hier gestanden hatten, blockierten die Gasse. Bauarbeiter trugen Schutt nach unten und Baumaterial nach oben, und aus einem der Fenster im zweiten Stock rutschten über eine Rampe abgeschlagener Putz, alte Fliesen, Rohre und Holzreste in einen der Container. Große Stahlpfosten lagen vor dem Haus, und an einem der Fenster durchbrachen Arbeiter mit zwei Presslufthämmern Teile der Außenwand.

Michalis und Hannah stiegen vom Roller und sahen sich verwundert um.

»Wäre das da oben unsere Wohnung?«, fragte Hannah und deutete auf den zweiten Stock, wo Teile der Außenwand herausgebrochen wurden.

»Ja«, antwortete Michalis zögernd. »Das sah gestern auch noch anders aus.«

Sie wollten gerade ins Haus gehen, als Markos ihnen entgegenkam.

»Ah, gut, dass ihr da seid!«, rief er und breitete die Arme zur Begrüßung aus, aber auch um ihnen den Weg zu versperren. »Ihr habt doch bestimmt etwas Zeit mitgebracht! Kommt, wir gehen eine Kleinigkeit essen und trinken, ich lad euch ein! Und wenn wir zurück sind, dann …« Er deutete nach oben. »Ihr werdet staunen!«

Hannah sah Michalis fragend an. Der war nicht sicher, ob Elenas Schwager wirklich hoffte, der Zustand der Wohnung könnte in ein, zwei Stunden vorzeigbarer sein, oder ob er in einer Essenseinladung die Chance sah, die Besichtigung ganz zu verschieben.

»Eigentlich wollten wir ja nur kurz …«, fing Michalis an und spürte, dass Hannah ihm einen kleinen Stoß in den Rücken gab und strahlend: »Sehr gern!« rief. Sie begrüßte Markos, den sie ein paarmal im *Athena* gesehen hatte, herzlich, und Michalis lächelte überrascht: Hannah wusste mittlerweile erstaunlich gut, wie sie mit den Gewohnheiten der Kreter umgehen musste. Vor allem der kretischen Männer.

»Du hast eine wunderbare Frau, Michalis!« Markos war begeistert, aber Michalis sah ihm auch deutlich die Erleichterung an. »Sie ist so klug! Und schön!« Michalis und auch Hannah entging nicht, dass Markos dabei ebenfalls auf den Bauch von Hannah schielte, aber da Hannah den Blick ignorierte und sich darüber auch nicht zu ärgern schien, tat auch Michalis so, als würde er nichts bemerken.

Markos fuhr mit den beiden zu einer Taverne etwas östlich von Chania, unterhalb von Chalepa, dem früheren Diplomatenviertel. Diese Taverne gehörte einem entfernten Verwandten, dem Schwiegervater des Bruders des Schwagers seiner Cousine, aber Michalis ahnte, dass es Markos vor allem darum ging, weit zu fahren und Zeit zu gewinnen. Da sie heute keine anderen Pläne hatten, war es ihm egal, und Hannah schien auch keine Probleme damit zu haben, dass Markos unentwegt auf sie einredete, um keine Fragen zur Wohnung aufkommen zu lassen.

Nach einer halben Stunde Fahrt ließ Markos Michalis und Hannah im *Machaeropíruna* nicht selbst wählen, sondern vereinbarte mit dem Wirt eine Speisenfolge. Michalis ahnte, dass es die Gerichte waren, deren Zubereitung am längsten dauerte. Tatsächlich gab es dann eine großartige *Aktarmas*, eine Meerestier-Pastete, und raffiniert gewürzte *Loukanika Choriatiki*, Bauernwürste, und das *Arni me akineres avgolemono*, Lamm mit Artischockenherzen in Eier-Zitronensauce, war ebenso sensationell wie die *Barbounia marinata*, die marinierte Meeresbarbe. Und als Michalis und Hannah schon längst satt waren, mussten sie trotzdem noch die *Kulurakia me portokali*, Orangenkringel, probieren. Danach hätten sie gern zur Verdauung Raki getrunken, aber der wurde ihnen verweigert. Sicherlich, davon ging Michalis aus, wegen Hannahs möglicher Schwangerschaft.

Es dauerte über zwei Stunden, bis sie fertig waren, und in dieser Zeit hatte Markos wirklich alles versucht, um nicht über die Wohnung reden zu müssen. Er hatte von immer neuen Menschen, die oft nicht einmal Michalis kannte, erzählt und immer neue Mitglieder seiner großen Verwandtschaft an den Tisch gebeten, denen Hannah immer aufs Neue berichten sollte, was sie in Deutschland genau machte und wie großartig es auf Kreta sei. Michalis befürchtete, dass Hannah von diesem Spiel genervt sein könnte, aber sie machte unbeirrt mit und schien die kretische Begeisterung und Gastfreundschaft zu genießen.

Es dauerte fast drei Stunden, bis sie im *Machaeropíruna* endlich wieder aufbrachen. Zwischendurch hatte sich Christos bei Michalis gemeldet und ihm mitgeteilt, dass er sehr wahrscheinlich an die Daten des Smartphones herankommen würde, auch wenn es nicht einfach sei zu verhindern, dass jemand davon etwas mitbekäme.

Als sie wieder vor dem Haus standen, traute vor allem Hannah ihren Augen nicht. Die Fassade war zwar noch immer eingerüstet und abgehängt, aber die beiden Schuttcontainer waren verschwunden, und die großen Stahlpfosten waren jetzt aufgerichtet, in die Hauswand verschraubt und bildeten Pfeiler für Balkone. Und dort, wo im zweiten Stock die Wand durchbrochen worden war, wurde gerade eine Balkontür eingesetzt.

»Wow ...«, entfuhr es Hannah, und auch Michalis war beeindruckt. Er wusste, dass auf Kreta die Dinge fast nie zu dem abgesprochenen Termin fertig wurden, aber wenn niemand mehr damit rechnete, dann war es plötzlich so weit. Allerdings, auch das wusste Michalis, gab es dann immer noch unendlich viele Kleinigkeiten, um die man sich lieber selbst kümmern sollte.

Die Wohnung selbst war natürlich alles andere als fertig, und Michalis ahnte, dass hier erst seit gestern wirklich gearbeitet worden war. Markos führte die beiden stolz in ein kleines Zimmer, das nach hinten ging. »Das Kinderzimmer!«, rief er begeistert, riss die Tür auf und ließ Hannah als Erste eintreten. Tatsächlich hatte dieser Raum bereits verputzte Wände und neue Fenster, und dort, wo irgendwann Steckdosen sein würden, hingen Kabel aus der Wand. Der Fußboden bestand bisher nur aus wenigen einzelnen Brettern.

»Morgen kommt der Boden, und wenn dann der Putz trocken ist, streichen wir hier! Was meinst du, sollen wir es hellblau streichen? Oder lieber rosa?«

Hannah lächelte etwas bemüht, und Michalis ahnte, dass es ihr mit den Anspielungen allmählich reichte. Stattdessen sagte sie: »Weiß? Lass es doch einfach weiß streichen« und machte sich daran, den Rest der Wohnung zu begutachten.

Tatsächlich waren dieses Kinderzimmer und der vor dem Wohnzimmer geplante Balkon die Höhepunkte der bisherigen Renovierung, in den anderen Räumen war noch nichts passiert.

»Und was meinst du, wie lange ihr noch brauchen werdet hier?«, fragte Hannah.

»Zwei, vielleicht drei Wochen ...«, antwortete Markos zögerlich, und Michalis war sicher, dass er mindestens zwei bis drei Monate meinte.

»Großartig! Das wäre ja noch, während ich hier bin!«, rief Hannah.

»Gut, man weiß ja nie, mit den Handwerkern, und falls Probleme auftauchen ...«, versuchte Markos, einer allzu genauen Festlegung zu entkommen.

»Ja, das verstehe ich, aber ...« Hannah strich sich wie zufällig über den Bauch, und Michalis war beeindruckt, wie souverän sie diese Rolle spielte. »Könnte ich vielleicht alle paar Tage mal hier vorbeischauen? Ich bin neugierig, wie sich alles entwickelt!«

Markos musste tief durchatmen, und Michalis sah, dass er kurz die Augen verdrehte.

»Das ist ... es geht bestimmt schneller, wenn die Arbeiter hier ganz ungestört ...«

»... ich werde niemanden stören! Ich will nur alle paar Tage kommen und einen Blick reinwerfen!«

Markos sah Michalis unglücklich an, aber der zuckte nur mit den Schultern. Beiden war klar, dass niemand Hannah davon abbringen würde, hier aufzutauchen.

»Gut, dann sag ich dem Vorarbeiter Bescheid«, erwiderte Markos resigniert, und Hannah fiel ihm um den Hals.

»Danke!«

»War ich sehr schlimm?«, fragte Hannah leise, als sie wieder beim Roller standen.

»Na ja«, erwiderte Michalis ebenso leise, »falls Markos nicht morgen anruft und behauptet, die Behörden hätten das Haus für einsturzgefährdet und unbewohnbar erklärt…«

»… kann das passieren?«

»Wenn Markos das will, dann würde er auch eine Behörde finden, die ihm das bestätigt.«

Hannah schaute Michalis entsetzt an.

»Echt?«

»Aber das macht er nicht. Ich glaub eher, du hast ihn schwer beeindruckt.«

»Ist das gut?«

»Ich sag es mal so: Du hast gerade wenig dazu beigetragen, das Bild, das die meisten Kreter von den Deutschen haben, zu verändern.«

Hannah blickte schuldbewusst zu Boden.

»Und das weiß natürlich in fünf Minuten deine Familie.«

»Vielleicht, aber die würden sich nur freuen. Die mögen dich, und deshalb wissen sie sogar deine deutsche Hartnäckigkeit zu schätzen.«

Hannah überlegte.

»Soll ich zu Markos gehen und ihm sagen, dass das ein Missverständnis war und ich natürlich nicht kommen werde, bevor die Wohnung fertig ist?«

»Nein! Auf keinen Fall! Dann wird diese Wohnung nie fertig! Also zumindest nicht mehr dieses Jahr.«

»Ja, was denn jetzt?«

»Ich bin stolz auf dich« – Michalis grinste –, »zumindest ein bisschen.«

Während sie in der Wohnung gewesen waren, hatte sich Christos erneut bei Michalis gemeldet. Er war an die Daten aus dem Smartphone gekommen und hatte ein Café in der *Anagonostou Gogoni* im Stadtviertel *Pachiani* als Treffpunkt vorgeschlagen, wo Michalis noch nie gewesen war. Michalis ahnte, dass die Sache für Christos heikel war und er auf keinen Fall auf Bekannte treffen wollte.

13

Michalis und Hannah setzten sich auf Anraten von Christos in die hinterste Ecke dieses Cafés und beobachteten, wie der sich immer wieder nervös umsah, während er hereinkam. Er trug eine Kappe, die er tief ins Gesicht gezogen hatte und die er auch nicht abnahm.

»Hier«, sagte Christos und reichte Michalis einen Umschlag. »Das Smartphone und ein paar Nummern von Anrufen der letzten Tage. Dieser Bürgermeister scheint überwiegend mit Leuten zu tun zu haben, die unerkannt bleiben wollen.« Christos spielte nervös mit dem Schirm seiner Kappe.

»Es gibt in meinem Computer keine Hinweise auf diese Recherche, und das muss auch so bleiben. Um an die Nummern ranzukommen, musste ich ein paar Dinge tun, die auch die Polizei nur im Ausnahmefall und mit richterlicher Genehmigung darf.«

»Danke. Gibt es irgendwas, das dir aufgefallen ist? Oder hast du Namen zu den Nummern, mit denen er oft telefoniert hat?«

Christos sah sich misstrauisch um. »Ein paar Namen hab ich notiert, das wirst du sehen. Falls ihr die Ermittlungen doch wieder aufnehmen solltet und ich mir das offiziell anschauen darf, würde ich noch einiges finden.«

Christos sah Michalis ernst an und deutete auf den Umschlag. »Diese Aktion könnte nicht nur mich den Job kosten. Die sind da im Moment sehr streng, in den letzten Monaten haben Hackergruppen aus Russland, Korea und der Türkei versucht, ins Verteidigungsministerium reinzukommen, und haben es wohl teilweise auch geschafft. Seitdem wurden die Sicherheitsmaßnahmen total hochgefahren. Für das hier« – er deutete auf den Umschlag und grinste schief – »würde ich sofort ein paar Tage in den Knast wandern. Und danach würden die mich entweder komplett aus dem Verkehr ziehen oder mich nach Athen in ihre IT-Abteilung holen.« Christos musterte Michalis. »Diese zweite Möglichkeit gibt es bei dir nicht. Dich würden sie einfach nur rauswerfen, nachdem du ein paar Tage gesessen hast. Oder länger.«

Michalis nahm wahr, dass Hannah ihn besorgt ansah. Christos beugte sich vor.

»Eine der Nummern hab ich mir trotzdem angesehen«, sagte er flüsternd. »Denn mit der hat der Bürgermeister in den letzten Tagen ständig telefoniert und manchmal mehrfach in der Stunde SMS geschrieben. Und die Nummer ist nicht unterdrückt, das war unproblematisch.«

»Privat?«, fragte Michalis genauso leise.

»Definitiv. Wenn ihr ohnehin davon ausgeht, dass dieser Bürgermeister eine Geliebte hatte, dann könnt ihr jetzt sicher sein.«

»Wer ist es?«

»Eine Metaxia Lirlides. Lebt vermutlich in Afrata, zumindest ist sie da als Besitzerin einer kleinen Pension registriert.«

»Afrata ...« Michalis dachte nach. »Die Absturzstelle liegt zwischen Afrata und Kolymbari. Vielleicht kam er nachts von ihr.«

»Kann sein. Geht mich nichts an.« Christos gab Michalis die Hand, was er noch nie getan hatte.

»Versprich, dass nie jemand etwas erfährt. Okay? Versprochen?«

»Ja, natürlich. Versprochen.«

Ohne ein weiteres Wort stand Christos auf, ging raus und verschwand um die nächste Ecke.

»Wow«, meinte Hannah, »ich dachte, es geht hier nur um einen toten Provinzbürgermeister.«

»Das schau ich mir später an«, sagte Michalis und legte den Umschlag weg.

»Bist du nicht neugierig?«

»Schon, aber ich hab frei, und wir haben Zeit. Was wollen wir denn machen jetzt?«

Hannah sah Michalis fragend an.

»Dieses Afrata, kennst du das?«

»Ich war da mal, ist lang her. Wieso?«

»Wie lange würden wir dorthin brauchen?«

»Afrata? Mit dem Roller? Gute halbe Stunde. Vielleicht etwas mehr.«

»Wollen wir uns das nicht mal angucken?«

Michalis musterte Hannah.

»Falls Afrata ein touristisches Highlight ist, dann war mir das bisher entgangen ...«

Sie fuhren im *Athena* vorbei, um sich für die Fahrt Jacken zu holen, und natürlich wussten dort alle längst von dem Verlauf der Wohnungsbesichtigung. Es war Hannah sehr unangenehm, dass alle auch schon wussten, dass sie regelmäßig nach den Fortschritten der Renovierung gucken wollte. Noch unangenehmer aber war es ihr, dass alle von ihrer angeblichen Schwangerschaft zu wissen schienen.

»Wann sagen wir ihnen, dass das nicht stimmt?«, flüsterte sie.

»Noch hat sich keiner von ihnen dazu geäußert ... Und wir können ja irgendwann sagen, dass es diesmal doch nicht geklappt hat«, erwiderte Michalis ebenso leise.

Hannah nickte bedrückt. Allerdings stellte sie fest, als Michalis seiner Mutter sagte, dass es heute spät werden könnte und sie wahrscheinlich nicht zum Essen kommen würden, wie praktisch diese Gerüchte über ihre Schwangerschaft waren. Denn es gab keinerlei Versuche, sie umzustimmen.

Michalis nahm die alte Strecke durch die kleinen Küstenorte, und Hannah war überrascht, dass diese Orte bis wenige Kilometer vor Kolymbari mit Chania verbunden zu sein schienen. Um ihr zu zeigen, dass die Ortschaften nicht nur aus Hotels, Geschäften, Tavernen und Bars bestanden, bog Michalis bei Agia Marina zum Strand ab. Hannah zog sofort ihre Schuhe aus und lief zum Wasser. Michalis freute sich, dass ihr der Strand gefiel, aber erst, als Hannah drohte, ihn ins Wasser zu ziehen, zog er ebenfalls die Schuhe aus und setzte sich an der Wasserkante in den Sand.

Ein leichter Wind ging, die Wellen plätscherten an den Strand, und einige Silbermöwen kreisten über den wenigen Touristen.

»Im Sommer, in der Hochsaison«, sagte Michalis, als Hannah sich zu ihm gesetzt hatte und in die Sonne blinzelte, »sind hier natürlich sehr viele Leute. Aber es ist immer noch schön. Ich kenn die Bilder von Mallorca. Dagegen ist es hier im Sommer richtig entspannt.«

Hannah schaute sich um. »Hier sieht alles so aus, als wäre es erst in den letzten zehn, zwanzig Jahren gebaut worden. Vorn an der Hauptstraße auch. Wovon haben die Leute hier früher gelebt?«

»Früher waren die Leute hier sehr arm. Hatten etwas Landwirtschaft, einige Ziegen und Schafe, ein paar Olivenbäume«, antwortete Michalis. »Als der Tourismus kam, war das ein Segen für die Gegend. Für ganz Kreta. Sonst wären wir auch nicht so gut durch die Finanzkrise gekommen. Die Touristen haben hier einfach weiterhin Urlaub gemacht, als ob nichts wäre. Das ist auf dem Festland ganz anders gewesen. Dort waren die Leute froh, wenn sie wenigstens ein paar Olivenbäume hatten. Olivenöl ist hier Grundnahrungsmittel. Wer welches hatte, konnte es verkaufen oder gegen andere Lebensmittel tauschen.«

Hannah sah Michalis skeptisch an. »Aber mit ein paar Olivenbäumen könnt ihr doch nicht ganze Familien ernähren?«, entgegnete sie.

»Nein, natürlich nicht. Aber es hilft zu überleben«, sagte Michalis. »Richtig Geld verdienen mit Oliven sowieso nur diejenigen, die mit dem Öl handeln. Die Olivenbauern bekommen nicht viel. Aber als es ganz schlimm war, da war es gut, wenigstens zwei, drei alte Olivenbäume zu besitzen.«

»Warum verdienen die Olivenbauern kaum etwas?«, wollte Hannah wissen.

»Es ist nicht leicht, aus den Oliven das Öl in einer guten Qualität herauszubekommen. Früher gab es in vielen Dörfern kleine Ölmühlen, die mit schweren runden Mühlsteinen die Oliven gepresst haben. Dabei geht aber zu viel Öl verloren, und die Qualität ist nicht gut genug, um das Olivenöl ins Ausland verkaufen zu können. Heute wird nicht mehr gepresst, das Öl wird in einer großen Zentrifuge geschleudert.«

»Warum? Was ist daran besser?«

»In modernen Olivenölmühlen kommt kaum noch Sauerstoff an die Oliven, sobald sie zerkleinert werden.«

»Und Sauerstoff ist bei Oliven ein Problem?«, fragte Hannah.

»Ich bin da kein Fachmann«, entgegnete Michalis. »Aber mir hat mal ein Olivenbauer erklärt, dass Oliven sich nach der Ernte durch Kontakt mit Sauerstoff verändern. Irgendwas mit Fermentierung und Oxidation. Und das ist in den Ölmühlen heute besser, da kommt weniger Sauerstoff an die Oliven. Die sollen meines Wissens auch nur bei vierundzwanzig bis siebenundzwanzig Grad verarbeitet werden.« Michalis sah Hannah an. »Willst du noch mehr wissen? Von einem kretischen Olivenöl-Laien?«

»Och«, sagte Hannah, »ich glaube, ich weiß jetzt erst mal genug.« Sie sprang auf. »Lass uns fahren«, sagte sie und lief Richtung Roller.

Als sie das Kloster Goniá passierten, lag wieder der Duft von Weihrauch in der Luft. Michalis lächelte, als Hannah, sobald sie die Straße oberhalb der Felsenküste erreicht hatten, rief: »Riechst du das? Können wir hier irgendwo halten?«

Michalis hielt in einer kleinen Parkbucht, und Hannah kletterte ein paar Meter die Felsen hinunter, setzte sich, schloss die Augen, atmete tief ein und genoss die Sonne und den leichten Wind. Michalis wusste, dass Hannah in solchen Momenten gern allein war – was seine Familie niemals verstehen würde –, und blieb deshalb zurück und fragte sich, ob es klug war, nach Afrata zu fahren. Christos' Warnung, dass es sie beide den Job kosten könnte, wenn jemand von den illegalen Recherchen erfahren würde, hatte ihm zu denken gegeben. Und selbst wenn er in Afrata etwas herausfinden sollte, was seinen Verdacht, dass mit dem Tod von Karathonos etwas nicht stimmte, bestätigen sollte, dann dürfte niemand erfahren, wie er darauf gekommen war.

Hannah kam zurück. »Unglaublich, dieser Duft hier«, sagte sie und bemerkte, dass Michalis nachdenklich war.

»Machst du dir Sorgen wegen dieser Geliebten vom Bürgermeister? Weil du quasi ermittelst, wenn wir dahin fahren?«, fragte Hannah.

Michalis nickte. »Ja …«, sagte er zögernd. »Ja, das ist

etwas heikel. Andererseits ... die Ermittlungen sind eingestellt, was soll also passieren. Die Frau wird nie erfahren, dass ich von der Polizei bin.«

»Außerdem kann ich ja die Touristin spielen, die ein Zimmer sucht. Und du kannst sehen, ob du etwas Interessantes erfährst.«

Tatsächlich aber war die einzige Pension in Afrata geschlossen. Hannah ging allein in ein kleines Lebensmittelgeschäft, das direkt gegenüberlag, und erkundigte sich nach der Pension, weil sie angeblich ein Zimmer suchte. So erfuhr sie, dass Metaxia Lirlides ihre Pension eigentlich vor zwei Wochen bereits geöffnet, vorgestern aber überraschend wieder geschlossen hatte und mit ihrer kleinen Tochter weggefahren war.

Hannah fragte interessiert nach, ob es Probleme gegeben habe, und die Verkäuferin und eine Kundin wichen einer direkten Antwort aus. Hannah hatte den Eindruck, als sei Metaxia Lirlides bei den beiden Frauen nicht sehr beliebt oder als gäbe es ein Geheimnis um sie.

Hannah berichtete Michalis gerade, was sie erfahren hatte, als ein blauer Kombi direkt vor der Pension hielt. Eine Frau stieg aus und lief hinter das Haus. Wenig später ging in der Pension Licht an.

Michalis hatte die Frau nur kurz und eher im Profil gesehen, aber er war sicher: Das war die Frau mit Sonnenbrille und Kopftuch, die bei der Bergung des SUV des Bürgermeisters an der Absperrung gestanden und zugesehen hatte.

»Lass uns rübergehen und fragen, ob sie ein Zimmer für uns hat, wenn sie schon da ist«, sagte Michalis.

»Sicher?«, fragte Hannah. »Soll ich vielleicht vorgehen?«

Hannah musste mehrfach klingeln und klopfen, bis die Eingangstür der Pension geöffnet wurde. Michalis blieb im Hintergrund und beobachtete, wie Hannah mit der Frau sprach, die deutlich kleiner als sie war. Die Frau hatte dunkle Augen, trug ein braunes Haarband, hatte kräftige Arme und ein etwas unsicheres Lächeln.

Hannah sprach mit der Frau englisch, und Michalis bekam mit, dass die Pension erst im Mai wieder aufmachen würde.

»Keine Chance«, sagte Hannah, als sie zu Michalis zurückkam. »Aber sie hat sich als Metaxia Lirlides vorgestellt.«

Metaxia Lirlides. Die Frau, die offenbar mehrfach täglich mit dem Bürgermeister Nachrichten ausgetauscht hatte.

»Gibt es da einen Zusammenhang? Der Bürgermeister verunglückt, und die schließt ihre Pension?«

Ja, das fragte Michalis sich auch. »Das ist schon eigenartig. Aber ich denke, es reicht auch erst mal.« Michalis sah Hannah an und nickte unzufrieden. »Der Fall ist offiziell abgeschlossen, und ich hab getan, was ich tun konnte.«

Hannah musterte Michalis.

»Sicher?«

»Sicher …«, grummelte Michalis und strich sich über den Bart.

»Gut, Herr Kommissar. Was machen wir dann jetzt?«

»Urlaub …? Den freien Tag genießen …?«

Hannah blickte auf die Uhrzeit auf ihrem Smartphone.

»Na ja. Kurz vor fünf. Ein paar Stunden ist es ja noch hell.«

»Wieso, was würdest du denn gern machen?«

»Was glaubst denn du, was deutsche Touristinnen in ihrem Urlaub auf Kreta gern machen würden?«

Michalis legte seinen Kopf schräg und grinste. »Kretische Männer verführen …?«

»Ja, schon ... aber wenn das auf einer Straße in einem Ort, in dem die einzige Pension geschlossen hat, schwierig ist – was würde eine deutsche Touristin dann wohl gern machen?« Hannah grinste.

»Keine Ahnung ...«

»Denk mal ganz intensiv nach. Ist nicht so schwierig.«

»Essen?«

»Nein ...«

Michalis bemühte sich um den unglücklichsten Gesichtsausdruck, der ihm einfiel.

»Du meinst aber nicht etwa ... wandern?«

Hannah strahlte.

»Und rein zufällig habe ich auf meinem Smartphone seit ein paar Tagen eine App für Wanderwege auf Kreta.«

Sie öffnete die App und zeigte Michalis die Karte.

»Wir sind jetzt hier.« Sie deutete auf Afrata, zog den Ausschnitt nach rechts und vergrößerte die Karte. »Und dort, auf der anderen Seite dieser Halbinsel Rodopou, da ist ein Wanderweg oberhalb der Küste. Scheint nicht sehr schwierig zu sein.« Sie sah Michalis bittend an. »Was meinst du?«

»Hab ich eine Wahl?«

Sie fuhren los, doch nach fünfzig Metern hielt Michalis hinter einem parkenden Kleintransporter.

»Was ist?«, wollte Hannah wissen.

»Guck mal«, sagte Michalis, und sie sahen beide, was er im Rückspiegel wahrgenommen hatte: Metaxia Lirlides lud hektisch Koffer und Taschen in ihren blauen Kombi, knallte dann die Türen zu und fuhr eilig Richtung Kolymbari.

»Meinst du, diese Metaxia Lirlides hat Angst und will sich verstecken?«, fragte Hannah.

»Durchaus möglich«, antwortete Michalis und war jetzt

sicher, dass Metaxia Lirlides etwas wusste, wovon sie vermutlich ahnte, dass sie es nicht wissen sollte.

Eine halbe Stunde später stellten sie den Roller am Ende einer Schotterpiste oberhalb der Küste ab und gingen los. In Rodopos hatten sie noch Wasser gekauft und sich dann für einen Weg zu der kleinen Kapelle *Agios Ioannis Gionis* entschieden. Angeblich sollte die Wanderung nicht länger als zwei Stunden dauern, doch diese Angabe war wohl für trainierte Leute mit festen Wanderschuhen gedacht und nicht für ungeübte Touristen mit Turnschuhen. Und vielleicht wussten diejenigen, die diese App entwickelt hatten, auch nichts von dem vielen Geröll auf den Wegen und von den felsigen Abschnitten. Dafür war die Aussicht über den Golf von Kissamos grandios.

Nach einer Stunde schlug Michalis vor, den Weg abzukürzen und ein Stück unten am Strand entlangzugehen.

»Da ist kein Weg eingezeichnet«, wandte Hannah ein.

»Aber ich seh doch da unten einen Trampelpfad.«

Hannah gab nach, behielt aber recht: Es gab keinen Wanderweg unten am Strand, sondern lediglich einen alten, immer wieder unterbrochenen Ziegenpfad.

Noch während sie mühsam zurück nach oben kletterten, ging die Sonne unter und tauchte die Landschaft in ein grandioses goldenes Licht, das die Rot-, Orange- und Gelbtöne der Felsen ebenso wie das Grün von Macchia, Olivenbäumen und Myrtesträuchern und auch das Rosa von Thymian und Oleander unwirklich leuchten ließ. Die Sonne versank als tiefroter Ball hinter dem Horizont, zauberte an die wenigen Wolken noch ein letztes Mal immer dunkler werdendes Rot, Orange und Violett und war dann verschwunden. Und mit ihr auch sehr schnell das letzte Licht, so dass Michalis und

Hannah nur mit Mühe den Weg zurück zu ihrem Roller fanden. Auf den letzten zwei Kilometern schwiegen sie die meiste Zeit, Hannah konzentrierte sich mit ihrer App darauf, dass sie sich nicht verliefen, und Michalis beleuchtete mit der Taschenlampe seines Smartphones den Weg.

Erleichtert erreichten sie in fast völliger Dunkelheit den Roller.
Hannah sah Michalis zerknirscht an.
»Tut mir leid.«
Michalis hatte in der letzten halben Stunde innerlich zwar über diese Wanderung geflucht, aber er riss sich zusammen und versuchte zu lächeln.
»Nein, es war … beeindruckend. Großartig.«
»Wirklich?«, fragte Hannah unsicher.
»Ja! Dieser Sonnenuntergang. Wahnsinn. Die Farben.«
»Okay …« Hannah lächelte überrascht und musterte Michalis, und er ahnte, dass seine Begeisterung vielleicht ein Fehler war.

Ohne die Sonne wurde es auch Mitte April abends schnell ziemlich kühl. Hannah hatte nur eine dünne Jacke dabei, und Michalis ahnte, dass sie hinter ihm auf dem Roller fror, obwohl sie sich eng an ihn drückte. Auch seine graue Lederjacke hielt den kalten abendlichen Aprilwind kaum ab. Sie würden beide durchgefroren sein, wenn sie beim *Athena* ankämen.
An der Stelle in den engen Kurven vor Kolymbari, wo der Bürgermeister mit seinem Wagen in die Tiefe gestürzt war, wurde Michalis langsamer. Hannah rief etwas, und weil er wegen des Helms nichts verstehen konnte, hielt er an.
»Was hältst du davon«, sagte Hannah, »wollen wir uns nicht einfach irgendwo ein Zimmer nehmen und hierbleiben?«
Der Gedanke war Michalis während der letzten halben

Stunde auch schon gekommen. Er hatte sich auf Kreta noch nie ein Hotelzimmer gemietet und wusste, dass seine Familie das sehr merkwürdig finden würde. Aber im Grunde war genau das ein guter Grund, es zu tun, fand er.

»In Kolymbari gibt es zwei ziemlich neue große Hotelanlagen«, sagte er. »Wir fahren hin und schauen, ob die was für uns haben, okay?«

Hannah versuchte zu lächeln.

»Wenn ich wieder aufgetaut bin, könnte ich dann auch über das Verführen kretischer Männer nachdenken«, sagte sie und klapperte übertrieben mit den Zähnen. Michalis wollte seine Lederjacke ausziehen und sie ihr geben.

»Nein! Spinnst du! Die behältst du an, du sitzt vorn!«

Hannah zog den Reißverschluss seiner Lederjacke wieder hoch und setzte sich auf den Roller.

»Komm«, sagte sie und klopfte auf die Sitzbank, »die letzten Kilometer schaff ich auch noch.«

Wenig später hielten sie vor der großen Hotelanlage mit dem gläsernen Fußgängertunnel, der über die Hauptstraße führte. Ein moderner, heller Bau, mit quadratischen Säulen am Eingang und einer schlichten, aber einladenden Fassade.

Hannah sah, dass Michalis sich umschaute.

»Hast du Angst, dich sieht hier jemand?«, fragte sie.

»In diesem Ort wissen sehr viele Leute immer sehr schnell sehr viel. Und Koronaios und ich haben uns hier nicht gerade Freunde gemacht.«

»Dann halt dich im Hintergrund. Ich buch das Zimmer, dann taucht dein Name gar nicht erst auf.«

»Okay ...«, erwiderte Michalis. Was Hannah vorschlug, war sinnvoll, ging aber gegen seine kretische Männerehre. »Aber ich geb dir morgen das Geld!«

Hannah lachte spöttisch und verschwand im Haupteingang. Eigentlich wollte Michalis abwarten, bis Hannah geklärt hatte, ob es ein Zimmer für sie gab, aber ihm war so kalt, dass er ebenfalls ins Hotel hineinging.

Auch die Lobby war hell und schlicht gestaltet. Der Boden bestand aus hellem Holz, und die Wände waren aus Marmor. Alles wirkte sehr neu und so, als müsse dieses Hotel erst noch mit Leben erfüllt werden.

Hannah verhandelte an der Rezeption auf Griechisch mit einem Angestellten. Michalis schaute sich um. In einigen Sitzgruppen saßen Urlauber und nippten an Getränken, und etliche Kinder rannten durch die Lobby und wurden von ihren Eltern ermahnt, nicht so laut zu sein. Hinter diesen Sitzgruppen befand sich an der Wand eine Bar, und Michalis brauchte einen Moment, um sich zu erinnern, wo er den Barkeeper mit seinen Tattoos und seinem Zopf schon mal gesehen hatte. Dann war er sicher: Der junge Mann war der Sohn des Kapitäns, der die Leiche von Stelios Karathonos geborgen hatte. Kostas Alkestis, der heute Abend ein weißes Hemd mit einer schwarzen Weste trug. Michalis versteckte sich schnell hinter einer der Säulen, Kostas sollte ihn nicht sehen.

Hannah war an der Rezeption offenbar fertig, denn Michalis sah, dass sie eine Karte in der Hand hielt und sich nach ihm umschaute. Er winkte ihr, und sie deutete Richtung Fahrstuhl. Michalis wartete, bis Kostas mit einem Gast beschäftigt war, ging dann schnell zum Fahrstuhl und hoffte, dass er ihn nicht bemerkt hatte.

»Ich hab den total runtergehandelt! Und es ist, glaub ich, ziemlich groß, unser Zimmer. Das war das Einzige, was noch frei war.«

Michalis sah sich verwundert um. Die Lobby wirkte nicht so, als sei das Hotel ausgebucht.

»Na ja, okay, es war das einzige freie mit Badewanne …«

Hannah drückte den Knopf des Fahrstuhls und merkte, dass Michalis unruhig war und sein Gesicht abwandte.

»Was ist denn los?«

»An der Bar. Der junge Typ. Mit dem hatte ich gestern zu tun. Wäre mir lieber, wenn der mich hier nicht sieht.«

Hannah blickte Richtung Bar. »Dafür ist es zu spät, fürchte ich.«

Michalis schaute sich kurz um und sah, dass Kostas direkt auf ihn zusteuerte.

Der Fahrstuhl kam, Hannah drückte den Knopf für den vierten Stock, und Kostas drängte sich in die Kabine, kurz bevor die Tür sich schloss.

»Entschuldigung, ich will Sie nicht stören«, sagte er hektisch und wirkte so, als sei es ihm tatsächlich unangenehm, Michalis anzusprechen.

»Ja?«, sagte Michalis unwirsch.

»Es ist wegen unserem Bürgermeister, also dem toten, also jetzt ehemaligen Bürgermeister.«

»Ich hab Ihnen doch meine Karte gegeben. Können Sie nicht einfach morgen bei mir im Büro anrufen?«

»Ja, die Karte … die hab ich leider nicht mehr«, druckste Kostas herum, was Michalis neugierig machte.

»Warum? Was ist …«

»Sagen Sie, wenn man irgendwas weiß, wegen diesem toten Bürgermeister. Gibt es da 'ne Belohnung?«, unterbrach Kostas Michalis, als wolle er das, was er sagen wollte, unbedingt loswerden, bevor der Fahrstuhl oben angekommen war.

»Belohnung? Nein.«

»Nein?« Kostas wirkte enttäuscht.

»Aber …«, sagte Michalis, als der Fahrstuhl im zweiten Stock hielt und andere Gäste einstiegen. Michalis sah, dass

Kostas aussteigen wollte, und hielt ihn an seiner Barkeeper-Weste fest, bis sich die Türen wieder schlossen und der Aufzug weiter nach oben fuhr.

»Eine Belohnung gibt es keine«, erklärte Michalis, als sie im vierten Stock auf dem mit rotem Teppich ausgelegten Hotelflur standen und sich die Türen des Fahrstuhls wieder geschlossen hatten.

Kostas blickte zwischen Michalis und Hannah hin und her.

»Ich geh schon mal vor«, sagte Hannah. Michalis fiel auf, dass sie immer noch vor Kälte zitterte.

»Also. Eine Belohnung ist nicht ausgesetzt. Aber« – Michalis musterte Kostas streng – »Sie sind gesetzlich verpflichtet, der Polizei bei der Aufklärung von Verbrechen zu helfen. Das ist Ihnen sicherlich klar.«

Kostas wirkte so zerknirscht, als sei es der größte Fehler seines Lebens, Michalis angesprochen zu haben.

»Aber ich bin Polizist«, sagte Michalis jetzt leise und vertraulich. »Und falls Sie mal Probleme mit Behörden haben oder mal eine Genehmigung brauchen … Oft kennen wir die Kollegen in den anderen Behörden. Und manchmal können wir Dinge regeln.«

Kostas war verunsichert.

»Sicher?«

»Wenn Sie jemanden umbringen, werd ich Ihnen natürlich nicht helfen. Ganz bestimmt nicht. Aber bei Kleinigkeiten …«

»Elafonissi. Wissen Sie, wer da zuständig ist?«, sagte Kostas schnell.

Elafonissi, das war ein traumhaft schöner, sehr großer Strand an der südwestlichen Küste von Kreta.

»Das finde ich heraus. Kein Problem. Was brauchen Sie da?«

»Ich muss weg von meinem Vater. Das geht nicht mehr.«

»Hat Ihr Vater Ihnen meine Karte abgenommen?«

Kostas beantwortete die Frage nicht, aber Michalis ahnte ein Nicken.

»Ich will dort eine Strandbar aufmachen. Mit meiner Freundin. Aber sie sagt, wir brauchen eine Genehmigung, sonst wird die Strandbar gleich wieder dichtgemacht. Aber in Elafonissi sagen alle, sie seien nicht zuständig.«

»Kein Problem. Ich könnte mich darum kümmern. Was hätten Sie denn für mich?«

Kostas sah sich misstrauisch um.

»Bei der Bergung von diesem toten Bürgermeister. Ich hab da jede Menge Fotos gemacht.«

Michalis musterte ihn.

»Und wo haben Sie die Fotos?«

»Es ist dann dieser Revierleiter gekommen. Mein Vater und der, die kennen sich gut.«

»Mitsotakis?«

»Ja. Mitsotakis. Mein Vater hat mich danach gezwungen, die Fotos zu löschen.«

Michalis runzelte die Stirn.

»Aber ich hatte die schon in 'ner Cloud gespeichert. So was weiß mein Vater natürlich nicht. Sind Sie interessiert?«, fragte Kostas.

»Sehr. Können Sie mir die Fotos schicken? So groß wie möglich, damit ich Details erkennen kann.«

»Es sind ganz schön viele. Bestimmt vierzig.«

Michalis gab ihm noch mal seine Karte, und Kostas versprach, ihm die Fotos noch heute Nacht, sobald er an der Bar fertig war, zu schicken. Michalis wollte sich im Gegenzug um die für Elafonissi zuständige Behörde kümmern.

Hannah hatte die Zimmertür angelehnt gelassen, und Michalis hörte schon vom Flur das Plätschern des einlaufenden Wassers in der Badewanne. Als er eintrat, schüttelte er ungläubig den Kopf: Dieses Zimmer war eine Suite, und sie war riesig. Es war dunkel, und nur aus dem Badezimmer drang ein Lichtschimmer.

Michalis schloss die Tür und folgte Hannahs Kleidungsstücken, die am Boden lagen, zum Bad. Eine einzige Lampe brannte, und Hannah lag vergnügt im Wasser, umgeben von Schaum.

»Kommst du?«, sagte sie mit gespielt tiefer Stimme, und Michalis sah, dass die Wanne groß genug für zwei war.

Einige Stunden später lagen Michalis und Hannah unter vielen Decken nackt im Bett und schauten sich auf einem großen Flachbildschirm, der sich per Knopfdruck von der Zimmerdecke aus mitten in den Raum vor das Bett bewegt hatte, eine englische Serie an. Die Wände des Zimmers waren mit grauem Stoff bespannt, über dem Bett hing ein riesiges Gemälde, das aus bunten, ineinander verschachtelten Karos bestand.

Michalis hatte sein Handy stumm gestellt und neben das Bett gelegt. Hannah bemerkte, dass es aufleuchtete und ein Anruf für ihn kam.

»Da will jemand was von dir.«

»Die müssen warten. Es ist Nacht, und ich hatte Zwangsurlaub.«

Seine Eltern hatte er längst angerufen und ihnen gesagt, wo sie waren. Seine Mutter hatte fast irritierend verständnisvoll reagiert.

Kurz danach leuchtete jedoch dieselbe Nummer erneut auf.

»Willst du wirklich nicht?«, fragte Hannah behutsam.

»Du kannst gern rangehen. Sag, ich bin nicht da, und wenn es wirklich wichtig ist, ruf ich zurück.«

»Okay.«

Hannah nahm ab und wollte gerade ihren Namen sagen, als die Stimme von Jorgos so laut brüllte, dass auch Michalis jedes Wort verstand.

»Warum gehst du nicht ran!? Es gibt einen Toten!«

Michalis nahm sofort das Smartphone.

»Ein Toter. Erschossen. Kurz vor dem Ortseingang von Marathokefala. Das ist nicht weit von dir.« Offenbar wusste Jorgos, wo sie gestrandet waren.

»Und komm mir nicht damit, dass du heute Urlaub hast! Diese Polizeitrottel von Kolymbari sind nicht erreichbar. Außerdem ist es nach Mitternacht, dein Urlaubstag ist vorbei. Du machst dich sofort auf den Weg. Rettungswagen müsste gleich da sein. Spurensicherung ist unterwegs, ich bin in 'ner halben Stunde auch da.«

Jorgos legte abrupt auf.

»Wow«, sagte Hannah, die jedes Wort verstanden hatte. »Ein Erschossener.«

»So energisch ist Jorgos selten.« Michalis sprang auf. »Ich komm wieder her, sobald ich fertig bin.« Er grinste. »Ich hoffe, du kannst ohne mich einschlafen.«

»Das werde ich schon schaffen«, sagte Hannah. »Aber du? Du hast doch überhaupt noch nicht geschlafen?«

»Was soll ich machen.« Michalis gab Hannah einen Kuss, zog sich schnell an und rannte nach draußen.

14

Michalis fror, obwohl er den Reißverschluss seiner grauen Lederjacke bis obenhin zugezogen hatte, und war froh, als er die Abzweigung nach Marathokefala erreichte. Er bog nach rechts ab und fuhr eine steile und an vielen Stellen ausgebesserte Straße hinauf. Der fast volle Mond ließ die Olivenbäume, die die enge Straße säumten, silbrig glänzen. In der Luft lag der leichte, zitronig-süßliche Duft der Olivenblüten, doch Michalis konnte ihn nicht genießen. Sein Roller quälte sich langsam die Steigung nach oben. *San tin chelóna, wie eine Schildkröte,* dachte Michalis. Jahrhundertelang, lange bevor es hier eine befestigte Straße gab, mussten die Maultiere und Esel hier mühsam Menschen und alles, was diese brauchten und produzierten, transportieren.

Nach einigen hundert Metern sah Michalis am Straßenrand einen abgestellten Wagen und abseits der Straße gelbes und blaues Blinklicht. Er bog zwischen den Olivenbäumen nach rechts in einen sandigen Feldweg ein und näherte sich einem bizarren, lediglich von Autoscheinwerfern und den Warnlichtern des Rettungswagens erleuchteten Tatort. Mehrere Menschen standen schweigend um einen am Boden liegenden Körper, nur das Wimmern einer Frau war zu hören. Drei Männer in den reflektierenden Jacken des Rettungspersonals lehnten an ihrem hell erleuchteten Wagen und rauchten.

Michalis stieg vom Roller und ging auf den Notarzt, einen großgewachsenen, schlanken Mann mit Glatze, zu.

»Wir konnten nichts mehr für ihn tun«, sagte der Notarzt, nachdem sie sich begrüßt hatten.

»Wer sind all die Leute?«, wollte Michalis wissen. »Die Familie?«

»Wahrscheinlich, ja. Die reden nicht viel, zumindest nicht mit uns. Als wir hier ankamen, lebte der Tote noch, hatte aber viel Blut verloren und war schon nicht mehr ansprechbar. Er ist kollabiert, wir konnten ihn nicht mehr reanimieren.«

Der Notarzt zog die Mundwinkel nach unten und blickte deprimiert zu dem Leichnam.

»Auf ihn ist geschossen worden?«, fragte Michalis.

»Ich bin kein Gerichtsmediziner. Aber ich würde sagen, ja. Mehrere Schüsse, mindestens einer in die Herzgegend.«

Michalis blickte zu der Gruppe, die um den Leichnam herumstand.

»Habt ihr ihn so vorgefunden?«

»Ungefähr. Die Leute wollten ihn schon nach Hause bringen, aber das konnte ich gerade noch verhindern. Gut, dass Sie jetzt da sind.« Der Notarzt sah Michalis an. »Seien Sie vorsichtig. Ich könnte mir vorstellen, dass einige von denen Waffen dabeihaben.«

Michalis nickte. Ja, das konnte er sich auch vorstellen.

Michalis trat im Licht der Autoscheinwerfer zu der Gruppe, die so tat, als gäbe es ihn nicht. Drei ältere Männer um die siebzig und zwei etwas jüngere um die fünfzig sowie ein Jugendlicher von ungefähr sechzehn Jahren standen reglos bei der Leiche. Die schluchzende Frau saß auf dem Boden und strich dem Toten immer wieder über das Gesicht. Der Mann war schlank und kräftig, und obwohl er ein dunkles Hemd und eine dunkle Hose trug, war zu erkennen, dass sie voller Blut waren.

Michalis hatte sich der Gruppe vorsichtig bis auf wenige Meter genähert. »Mein Name ist Charisteas. Ich arbeite für die Kriminalpolizei von Chania«, sagte er halblaut und wartete. Die Männer reagierten zunächst nicht. Erst als einer der Älteren sich zu Michalis umdrehte, sahen auch die anderen ihn an.

»Und was wollen Sie?«, fragte einer der Fünfzigjährigen. Er hatte ein von der Sonne gegerbtes Gesicht mit markanten Wangenknochen, tiefliegenden Augen und einem stechenden, misstrauischen Blick. Michalis spürte die Feindseligkeit und Ablehnung dieses Mannes.

»Ich möchte helfen, die Umstände dieses Todes aufzuklären und die Schuldigen zu finden.«

Wieder reagierte niemand, und Michalis ahnte: Diese Männer fanden es unnötig, dass die Polizei hier war. Sie wollten die Angelegenheit selbst regeln. So, wie sie es hier vermutlich schon immer getan hatten.

Michalis ging an einem der Männer vorbei, um sich dem Leichnam nähern zu können. Möglichst weit entfernt von der weinenden Frau beugte Michalis sich über den Toten und hob eine Decke an, mit der die Leiche abgedeckt war. In der Dunkelheit konnte er kaum etwas erkennen und deckte den Körper wieder zu.

»Wer hat ihn gefunden?«

Niemand reagierte. Michalis sah, dass die trauernde Frau kurz den Blick hob und einen der Älteren anschaute. Michalis folgte dem Blick.

»Haben Sie ihn gefunden?«, fragte Michalis diesen Mann.

»Nein«, erwiderte der nach einer Weile, und das blieb auch erst einmal das Einzige, das gesprochen wurde. Dieser etwa siebzigjährige Mann glich dem Jüngeren, und Michalis war sicher, dass sie Vater und Sohn waren. Der Vater war ebenso großgewachsen, und sein Gesicht war von ausgeprägten Falten gezeichnet. Auch er hatte tiefliegende Augen, sah aber erschöpfter und ausgemergelter aus als sein Sohn. Seine Haare waren vollkommen grau. Und während der Sohn feindselig und verschlossen wirkte, zeigte das Gesicht des Vaters den Ausdruck von Trauer und Resignation, aber auch von Würde und Stolz. Zumindest glaubte Michalis, dies im Gegenlicht der Autoscheinwerfer zu erkennen.

Keiner der Männer sprach, und dieses Schweigen wurde immer unangenehmer. Michalis hatte keine Dienstmarke und erst recht nicht seine Dienstwaffe dabei und wusste, dass er die Männer nicht reizen sollte. Jorgos und die Kollegen aus Chania hatten den weiteren Weg hierher, und solange sie nicht da waren, war es für Michalis ratsam, vorsichtig zu sein.

Die Männer ignorierten nicht nur Michalis, sondern reagierten auch nicht auf die weinende Frau. Michalis wunderte sich, wie still eine Nacht im April sein konnte. Für Zikaden war es nachts noch zu kalt, allerdings glaubte Michalis, das Plätschern von Wasser zu hören. In der Ferne bellten Hunde, und als Michalis in diese Richtung blickte, sah er unten an der Küste die Lichter von Kolymbari.

Michalis wusste, dass er den Männern Zeit lassen sollte. Natürlich hätte er energisch sein und sogar mit einer Vorladung in die Polizeidirektion drohen können, doch er war sicher, dass die Männer dann erst recht schweigen würden. Wenn er etwas erfahren wollte, musste er warten, bis sie von sich aus redeten.

Schließlich nickte der ältere Mann, den Michalis eben angesprochen hatte, dem jüngeren Mann auffordernd zu.

»Sag's ihm.«

Der Angesprochene wandte sich Michalis zu. Sein Blick war feindselig. Wie fast alle Männer trug er nur ein dunkles

Hemd ohne Jacke, schien aber nicht zu frieren. Einige der Männer trugen Armeehosen.

»Ich habe ihn gefunden.« Der Mann nickte, als sei damit alles gesagt.

»Wie haben Sie ihn gefunden? Warum waren Sie hier?«, fragte Michalis.

Der Mann sah seinen Vater an, und als der erneut nickte, fuhr er fort: »Ich hatte vorn seinen Wagen stehen sehen.«

Michalis erinnerte sich an den Wagen, der etwa hundert Meter entfernt an der Abzweigung gestanden hatte.

»Sie kennen den Wagen?«

Wieder sah der Jüngere seinen Vater an und wartete auf ein Nicken.

»Antonis ist mein Bruder.«

Michalis hoffte, dass der Mann noch mehr sagen würde, aber er schwieg.

»Mein Beileid«, sagte Michalis deshalb und erntete ein zögerndes Nicken.

Michalis hörte aus der Ferne Motorengeräusche und hoffte, dass es Jorgos mit einigen Kollegen sowie die Spurensicherung war. Deshalb entschied er sich, energischer zu werden. Falls die Situation bedrohlich würde, erhielte er in Kürze Unterstützung.

»Und Sie sind?«, fragte Michalis den älteren Mann. Der drehte seinen Kopf in die Richtung der steilen Straße, da er ebenfalls hörte, dass sich Wagen näherten.

»Ich bin sein Vater«, sagte er dann.

»Und Sie heißen?«

»Delopoulou. Nikolaos Delopoulou.«

Während sich die Lichter der Fahrzeuge von unten näherten, tauchten auch von oben, von Marathokefala, Autoscheinwerfer auf.

Keine Viertelstunde später war die Szenerie vollkommen verändert. Die Spurensicherung hatte auf Stativen Scheinwerfer installiert und den Tatort in ein unwirkliches, kaltes und hartes Licht getaucht, in dem die Spurensicherer in ihren weißen Overalls grell und irreal leuchteten. Die knorrigen Stämme der Olivenbäume erschienen wie gekrümmte, dunkle Wesen, und die Angehörigen des Toten, die vorher im Gegenlicht der Autoscheinwerfer nur schwer zu erkennen gewesen waren, konnten sich nicht länger im Halbschatten verbergen. Die Situation war aber noch unübersichtlicher geworden, denn aus Marathokefala waren über zwanzig Verwandte, Angehörige und Bekannte des Toten hinzugekommen, die sich von dem Absperrband, das den Tatort sichern sollte, nur wenig beeindrucken ließen. Während Michalis sich vorher über das Schweigen gewundert hatte, so irritierte ihn jetzt der Lärm der Menschen aus Marathokefala.

Mit Jorgos waren zwei diensthabende Kripobeamte aus Chania sowie vier Männer von der Spurensicherung gekommen. Sie waren ungehalten, weil die Angehörigen und Bekannten des Toten sämtliche möglichen Spuren zertrampelt hatten. Es gab die Reifenspur eines Wagens, der vermutlich weggefahren war, aber auf dem schmalen Sandweg waren bereits so viele Menschen darübergelaufen, dass sie kaum noch brauchbare Hinweise liefern konnte. Die Aufforderung, die Arbeit der Spurensicherung nicht noch weiter zu erschweren, hatte sich fast zu einem Tumult gesteigert, als der Chef der Spurensicherer den Verwandten mitgeteilt hatte, dass der Leichnam selbstverständlich zunächst in die Gerichtsmedizin nach Chania gebracht werden würde.

Michalis stand abseits und versuchte einzuordnen, was er sah und wahrnahm. Die Familie der Delopoulous, das hatte er schließlich von dem alten Nikolaos Delopoulou erfahren, lebte seit Jahrhunderten oben auf dem Hügel in Marathokefala. Der Tote, Antonis, war von seinem älteren Bruder Thanassis Delopoulou hier sterbend gefunden worden. Antonis hatte in Marathokefala eine kleine Autowerkstatt geführt und hinterließ zwei erwachsene Kinder sowie den sechzehnjährigen Jungen, der nun schweigend neben seinem toten Vater stand.

Was Michalis irritierte, war das Verhalten der Angehörigen. Vorhin hatten sie erbittert geschwiegen, und nur die Frau von Antonis hatte offen getrauert. Die laute Aufgeregtheit aber, die seit der Ankunft von Jorgos und den anderen Beamten herrschte, war genauso ungewöhnlich. Etwas Unheilvolles lag in der Luft, das spürte Michalis, und dabei ging es nicht nur um diesen Mord, sondern um etwas, das noch geschehen würde.

Jorgos löste sich von dem Team der Spurensicherer, blieb neben Michalis stehen, betrachtete die Szenerie und blickte ihn von der Seite an.

»Was meinst du?«

Michalis warf Jorgos einen kurzen Blick zu. Im Dunkeln, als sein Onkel beim Aussteigen auf ihn zugekommen war, war der große, kräftige Chef der Mordkommission auf den ersten Blick kaum von den Männern, die um den Toten herumstanden, zu unterscheiden gewesen.

»Gefällt mir nicht«, antwortete Michalis.

»Was genau?«

»Die sind alle so gefasst.« Michalis überlegte. »Als hätten sie damit gerechnet.«

Jorgos sah Michalis beunruhigt an. »Womit? Womit könnten sie gerechnet haben? Dass jemand diesen Antonis umbringt?«

Michalis zuckte mit den Schultern. »Ich weiß es nicht«, sagte er zögernd.

»Was ist?« Jorgos ahnte, dass Michalis etwas im Kopf herumging.

»Was wäre …« Michalis verstummte und setzte dann neu an. »Ist es nicht eigenartig, dass wir innerhalb von zwei Tagen zwei Tote haben? Zwei Tote, etwa im selben Alter, die nur wenige Kilometer entfernt voneinander aufgewachsen sind? Mich würde es nicht wundern, wenn die beiden sich gekannt haben.«

Jorgos sah Michalis prüfend an.

»Aber dir ist klar, dass der Tod des Bürgermeisters offiziell abgeschlossen ist? Also nichts Übereiltes bitte!«

Michalis dachte an das, was er gestern mit Hannah herausgefunden hatte. An das Handy des toten Bürgermeisters und an die Geliebte. Kurz überlegte er, Jorgos davon zu erzählen, aber es war nicht der Moment dafür, und so blieb er schweigend neben ihm stehen.

Einige Zeit später war im Osten die Dämmerung zu erahnen, und von der Anhöhe aus konnte Michalis die Lichter von Chania erkennen. Koronaios war inzwischen ebenso wie zwei Mitarbeiter der Gerichtsmedizin eingetroffen. Es hatte erneut einen Tumult gegeben, als die beiden einen Zinksarg aus ihrem Wagen gehoben und, ohne sich aus der Ruhe bringen zu lassen, neben dem Leichnam abgesetzt hatten.

»Gibt es denn irgendwelche Hinweise? Irgendwelche Aussagen, die uns helfen würden?«, fragte Koronaios und schob sich mürrisch mehrere getrocknete Feigen in den Mund. Es war für ihn noch zu früh am Morgen, und er hatte noch zu wenig Frappé getrunken. Außerdem ahnte er, dass Mitsotakis in Kürze ebenfalls hier eintreffen könnte.

»Keiner hat etwas gesehen oder gehört«, entgegnete Michalis beunruhigt. Angeblich wusste niemand etwas, nicht einmal Schüsse wollte jemand gehört haben, und das war kein gutes Zeichen. Denn trotzdem war zumindest der Bruder Thanassis schon kurz nach den Schüssen hier gewesen, und wenig später war fast die gesamte männliche Bevölkerung von Marathokefala eingetroffen. Michalis sah, dass der Chef der Spurensicherung sich Jorgos näherte und seine weißen Handschuhe auszog.

»Vielleicht hat er was entdeckt«, sagte Michalis und ging los. Koronaios nahm sich unwillig schnaubend noch einige Feigen und folgte ihm.

»An der rechten Hand des Toten sind Schmauchspuren. Nicht sehr ausgeprägt, aber erkennbar. Das werden wir noch genauer untersuchen«, sagte Kostas Zagorakis, der Chef der Spurensicherung. Zagorakis war Mitte vierzig, immer gutgekleidet und leicht parfümiert, und die Gerüchte in der Polizeidirektion besagten, dass er jeden Freitag zum Friseur ging, um seine vollen, schulterlangen Haare pflegen zu lassen. Bei seinem ersten Fall auf Kreta waren Michalis und Zagorakis ziemlich lautstark aneinandergeraten, weil Michalis den Eindruck hatte, Zagorakis würde dem Toten nicht genügend Respekt entgegenbringen. Bei ihrem zweiten Aufeinandertreffen hatten die beiden kein Wort miteinander gesprochen und lediglich über Koronaios kommuniziert. Erst bei ihrer vierten Begegnung hatten Michalis und Zagorakis begriffen, dass sie sich im Grunde ähnlich waren. Beide litten unter der Sinnlosigkeit von Gewaltverbrechen, und für beide war es unerträglich, wenn ein Mord nicht aufgeklärt werden konnte.

»Schmauchspuren. Das hieße, Antonis hat ebenfalls geschossen«, stellte Jorgos fest. »Könnt ihr schon etwas darüber sagen, womit?«

»Ich vermute, irgendwas Kleines. Wir haben bisher allerdings keine Waffe und auch kein Projektil gefunden.« Zagorakis sah sich um. »Entweder hat der oder die Täter die Waffe mitgenommen, oder« – er blickte zu den Angehörigen – »einer von denen hat sie.«

Zagorakis warf Jorgos einen auffordernden Blick zu. »Eigentlich solltet ihr die Angehörigen durchsuchen.«

»Ich möchte mir nicht vorstellen, was dann passiert«, erwiderte Jorgos schnell, und auch Michalis nickte. Die Angehörigen zu durchsuchen hätte sicherlich zur Folge, dass sie sich der Zusammenarbeit mit der Polizei endgültig verweigern würden.

»Womit ist Antonis getötet worden?«, wollte Koronaios wissen.

»Ein großes Kaliber«, antwortete Zagorakis. »Auch da werden wir später Genaueres wissen.«

»Könnte es das 98k der deutschen Wehrmacht sein?«, fragte Jorgos beunruhigt, und alle sahen ihn an. Der Karabiner 98k war auf Kreta das wichtigste Gewehr der deutschen Wehrmacht gewesen, und 1945, am Ende der Besatzungszeit, von den Kretern erobert oder von den Deutschen zurückgelassen worden.

»Das kann ich jetzt noch nicht sagen«, antwortete Zagorakis gequält. »Aber ich kann es leider auch nicht ausschließen.«

Jorgos wirkte alarmiert. Er hatte noch vor wenigen Jahren Blutfehden erlebt, bei denen der Karabiner 98k verwendet wurde, um Streitigkeiten untereinander auszutragen und Männer und Söhne der verfeindeten Familien zu töten. Irgendwie schafften es die Kreter bis heute, für diese Gewehre Patronenstreifen aufzutreiben.

Die Sonne war im Osten fahlgelb aufgegangen. Nachdem der Leichnam von Antonis Delopoulou unter lautstarkem Protest der Angehörigen abtransportiert worden war, löste sich die Ansammlung auf, und nur der Vater und der Sohn des Toten blieben zurück. Michalis hätte gern noch mit der trauernden Frau des Toten sowie mit dessen sechzehnjährigem Sohn gesprochen, aber die beiden waren mit der Gruppe der Angehörigen verschwunden. Die Frau des Toten war die einzige Frau, die hier gewesen war.

Auch Mitsotakis war mittlerweile aus Kolymbari eingetroffen, und Michalis hatte beobachtet, dass er die Familie Delopoulou zu kennen schien. Es war unübersehbar, dass weder Thanassis noch sein Vater Nikolaos ihn ausstehen konnten. Als Mitsotakis sich aufspielen und Vater und Sohn Delopoulou befragen wollte, drohte die Situation zu eskalieren. Jorgos schritt ein und machte deutlich, dass nicht Mitsotakis, sondern die Kriminalpolizei aus Chania den Tod von Antonis untersuchen werde. Mitsotakis war beleidigt, und Jorgos forderte ihn daraufhin auf, sich später im Revier zusammenzusetzen und Informationen auszutauschen. Jorgos klang nicht freundlich, und Mitsotakis stimmte nur widerwillig zu.

Michalis und Koronaios hatten die Auseinandersetzung aus sicherem Abstand verfolgt, erfreut darüber, dass Jorgos und nicht sie sich mit Mitsotakis herumärgern musste.

»Sollen wir dich mitnehmen?«, wollte Koronaios von Michalis wissen, als Jorgos zum Aufbruch drängte.

»Ich komm mit dem Roller nach.« Michalis warf einen Blick auf das mittlerweile taghelle Gelände. »Ich seh mich hier noch um.«

»Aber wenn etwas ist, dann meldest du dich, klar?«, sagte Koronaios energisch. Als sie letztes Jahr die ersten Male an

Tatorten gewesen waren, hatte Koronaios sich gewundert, wenn Michalis noch allein zurückblieb. Mittlerweile wusste er, dass sein Partner dabei tatsächlich auf Ideen kam oder etwas entdeckte, was vorher übersehen worden war. Aber wirklich glücklich war Koronaios nicht darüber, seinen mittlerweile geschätzten Kollegen allein an einem Tatort zurückzulassen.

Michalis hatte gehofft, sich auf dem Gelände eine Zeitlang ungestört umsehen zu können, aber auch Thanassis und Nikolaos Delopoulou blieben und ließen Michalis nicht aus den Augen. Nachdem die Geräusche der Automotoren verklungen waren, trat vollkommene Stille ein, und Michalis hörte wieder, was er schon vor Stunden wahrgenommen hatte: das Plätschern von Wasser. Er folgte dem Geräusch und fand nach etwa hundert Metern an einer Böschung die Verteilerstation für die Bewässerung der Olivenhaine. Aus dem Boden ragte einen halben Meter hoch ein knapp zehn Zentimeter dickes Wasserrohr, das in zwei dünnere lange Metallrohre mündete, die parallel zum Boden verliefen und von denen, mit kräftigen Ventilen angeschlossen, etwa fünfundzwanzig schwarze Wasserschläuche abgingen, die wiederum zu den Olivenhainen führten. Mehrere dieser schwarzen Schläuche waren durchtrennt und lagen auf dem Boden, so dass das Wasser aus den Ventilen spritzte. Aus einigen der Schläuche waren etwa dreißig Zentimeter lange Stücke herausgeschnitten worden. Vermutlich, damit sie nicht so einfach repariert werden konnten, dachte Michalis. Er wollte gerade Fotos von dieser Zerstörung machen, als Thanassis hinter ihm auftauchte.

»Diese *maláki*, diese *Schweine*«, fluchte Thanassis, drehte an einem schweren Schwungrad oberhalb des dicken Wasserrohrs und unterbrach damit die gesamte Wasserzufuhr.

»Warum machen die so was?«, fragte Nikolaos, der ebenfalls aufgetaucht war. »Früher gab es das nicht. Egal, welcher Streit herrschte: Die Oliven waren heilig.«

»Wer sind denn ›die‹?«, wollte Michalis wissen. »Haben Sie einen Verdacht, wer das war?«

Vater und Sohn Delopoulou sahen sich kurz an. Bei Tageslicht war noch auffälliger, wie ähnlich sich ihre Gesichter mit den markanten Wangenknochen und den tiefliegenden Augen waren.

»Nein«, brummte Thanassis, sammelte die abgetrennten Schlauchreste ein und ging in die Richtung seines Pick-ups.

»Die Schläuche könnten Beweisstücke sein!«, rief Michalis ihm nach. Thanassis blieb kurz stehen, warf Michalis einen verächtlichen Blick zu, ließ die Schläuche fallen und stieg in seinen Wagen.

Michalis beobachtete den alten Nikolaos, der müde und kraftlos wirkte. Sein schwarzes Hemd und seine dunkle Hose hingen so schlaff an ihm, als hätte der Alte stark abgenommen.

»Und Sie haben auch keine Idee, wer auf Ihren Sohn geschossen haben könnte?«, fragte Michalis behutsam.

Nikolaos wandte sich langsam Michalis zu, zog die Mundwinkel nach unten, senkte traurig den Kopf und schüttelte ihn. Dann ging er wortlos zu seinem Pick-up.

Michalis hörte, wie Vater und Sohn über den sandigen Feldweg zur steilen Straße und dann hinauf nach Marathokefala fuhren.

Michalis atmete den zarten Duft der Olivenblüten ein, schloss die Augen, um sich zu konzentrieren, und versuchte nachzuvollziehen, wer von wo geschossen haben könnte. Der Leichnam war etwa hundert Meter von den zerschnittenen

Wasserschläuchen entfernt gefunden worden. Hatten die etwas mit dem Toten zu tun?

Von der Fundstelle des Toten aus blickte Michalis in alle Richtungen. Wenn Antonis, wie Zagorakis spekuliert hatte, eine Pistole gehabt hatte, dann hatte er vermutlich nicht auf ein weitentferntes Ziel geschossen. Zwanzig, höchstens dreißig Meter, auf eine größere Entfernung hätte er kaum jemanden treffen können, noch dazu nachts.

Michalis sah sich in einem Radius von etwa zwanzig Metern noch einmal genau um. Er wusste, dass die Spurensicherung hier schon alles abgesucht hatte, aber vielleicht waren sie von den vielen Angehörigen abgelenkt worden und hatten etwas übersehen.

Als Michalis den Radius vergrößerte, entdeckte er an einem Olivenbaum auf Brusthöhe eine helle Einkerbung. Sie verlief flach und gerade an der Oberfläche eines Zweigs und war eindeutig frisch. Michalis machte Fotos davon und blickte sich weiter um. Wenn diese Einkerbung der Streifschuss einer Pistolenkugel war, dann musste irgendwo auch die Kugel sein.

Während Michalis das Gelände und die vielen Olivenbäume absuchte, rief Hannah an.

»Hey«, sagte Michalis leise, »du bist schon wach!«

»Ja, aber noch nicht sehr lang.« Hannah gähnte. »Ist bei dir alles in Ordnung?«

»Ja, geht. Keine Spuren, und angeblich hat niemand etwas gesehen oder gehört. Aber das glaub ich nicht.« Michalis überlegte. »Hast du schon gefrühstückt?«

»Nein. Soll ich noch warten? Oder bist du den ganzen Tag da draußen? Wär kein Problem, ich komm schon nach Chania.«

»Nein …« Michalis überlegte. »Ich könnte in etwa einer – wart mal kurz.«

»Was ist?« Hannah klang beunruhigt.

»Nichts, ich glaub, ich hab was entdeckt.«

Tatsächlich hatte Michalis an einem Zweig einen kleinen hellen Fleck bemerkt. Er ging näher hin.

»Knappe halbe Stunde? Dann bin ich bei dir. Ist das gut?«

»Ja ... Sag mal, es ist so ruhig bei dir, bist du ganz allein?«

»Ja.«

»Ist das nicht gefährlich? Du bist doch an dem Tatort, oder?«

»Ja, aber ... ist okay. Ich bin gleich bei dir.«

»Okay ...« Wirklich beruhigt schien Hannah nicht zu sein.

Tatsächlich steckte in dem Zweig eine Pistolenkugel. Michalis machte Fotos von der Stelle, und weil er kein Messer dabeihatte, hebelte er die Kugel mit dem Schlüssel seines Rollers behutsam heraus und legte sie vorsichtig in einen der Beweisbeutel, die er immer bei sich trug. Nach einem prüfenden Blick über das Gelände ging er zurück zu seinem Roller. Die zerschnittenen Schläuche, die Thanassis hatte fallen lassen, legte er in den Koffer, fotografierte die sabotierte Verteilerstation der Bewässerung und rief dann Zagorakis an, damit die Spurensicherung die Kugel untersuchen konnte.

Zagorakis saß mit seinen Mitarbeitern am idyllischen alten Hafen beim Frühstück. Auch sie waren mitten in der Nacht zum Einsatz aufgebrochen und zogen jetzt morgens um neun eine leichte Brise und den Blick auf auslaufende Boote der muffigen Kantine in der Polizeidirektion vor.

Michalis fuhr zu ihnen und lächelte, als er sah, wie sehr Zagorakis und seine Leute es genossen, an einem so schönen Ort zu sitzen, bevor sie wieder in Chania in ihr Labor fahren mussten. Zwei winzige Fischerboote legten gerade, begleitet von kreischenden Silbermöwen, direkt vor der Taverne an. Die Sonne stand mittlerweile hoch genug, um zu wärmen. Wenn nicht heute Nacht ein Mord passiert wäre, hätte es einer jener Tage sein können, wegen denen Hannah Kreta liebte.

Nachdem Michalis die Kugel abgegeben, seinen Helm aufgezogen und sich wieder auf seinen Roller gesetzt hatte, fuhren drei dunkle Limousinen vor und hielten vor der teuersten Taverne am Hafen. Aus der vorderen Limousine stiegen zwei kräftige, energisch blickende Männer aus und öffneten die hinteren Wagentüren für einen Mann, der Michalis bekannt vorkam. Erst als aus den hinteren Wagen Kalliopi, ihr Sohn Pandelis und eine weitere Frau ausstiegen, erkannte Michalis den Gouverneur von Kreta. Sie alle gingen zu der mittleren Limousine, die die größte war, und begrüßten ehrfürchtig einen Mann im prunkvollen, farbigen Gewand – den Erzbischof von Kreta.

Eskortiert von den Personenschützern, verschwand die Gruppe in der Taverne. Michalis sah ihnen beeindruckt nach und fragte sich, was das zu bedeuten hatte. War der Erzbischof ohnehin im Kloster von Goniá oder in der benachbarten Orthodoxen Akademie gewesen, oder war er extra aus Heraklion gekommen, um der Familie des Bürgermeisters sein Beileid zu bekunden?

Michalis machte sich auf den Weg zum Hotel, in dessen Frühstücksraum Hannah auf ihn wartete. Koronaios rief an und wollte wissen, wo er steckte, und schien immer noch schlechtgelaunt zu sein. Er stand vor dem Polizeirevier von Kolymbari, in dem sich Jorgos und Mitsotakis gerade stritten, und bot Michalis an, ihn im Hotel abzuholen.

Hannah wirkte besorgt, als Michalis sich zu ihr setzte. In dem hellen, freundlichen Frühstücksraum wimmelte es vor Gästen, und es war ziemlich laut. Michalis kniff die Augen zusammen. Im Grunde hatte er letzte Nacht fast nicht geschlafen, vielleicht mal eine Viertelstunde, bevor sie die englische Serie geschaut hatten.

»Wie geht's dir?«, fragte sie und fuhr ihm durch die Haare. »War es sehr schlimm?«

»Ein Mann ist erschossen worden. Die Angehörigen haben sich eigenartig verhalten. Das ist kein gutes Zeichen.«

»Musst du gleich weiter?«

»Koronaios kommt her, dann besprechen wir, was wir machen. Willst du nachher zurück nach Chania? Es gibt bestimmt einen Wagen, mit dem du mitfahren kannst. Die Spurensicherer sind auch noch hier.«

»Nein, wenn ich schon mal hier bin, würde ich mir gern im Kloster Goniá die Ikonensammlung ansehen. Vielleicht sind da interessante Stücke dabei.«

»Kann da etwas hängen, was El Greco gemalt hat? Der hat doch auf Kreta als Ikonenmaler angefangen, oder?«

»Ja, aber es gibt auf Kreta angeblich kein einziges Werk von ihm. Oder man weiß es nicht. Ikonen hat er ja schon gemalt, lang bevor er bekannt wurde.«

Hannah nahm Michalis' Hand. Er genoss es, ihre Wärme zu spüren.

»Brauchst du den Roller heute?«, fragte sie. »Sonst würde ich den nehmen und später zurückbringen.«

»Okay …«, antwortete Michalis etwas zögernd, und Hannah ahnte, was er dachte.

»Ich weiß, dass deine Mutter und deine Schwester das nicht gut fänden. Eine Frau, die so weite Strecken mit dem Roller fährt … Zumal sie ja denken, ich sei *in anderen Umständen*.« Hannah lächelte gequält.

Michalis nickte. »Wir müssen ihnen das sagen. Und wenn

es dann Probleme mit Markos und der Wohnung geben sollte, dann suchen wir uns eben eine andere.«
»Ja.« Hannah gab sich einen Ruck. Genug der ernsten Themen.
»Was willst du eigentlich frühstücken? Ich hab in die Karte geguckt, das ist ziemlich üppig hier. Dafür, dass ihr Kreter außer Kaffee morgens eigentlich nichts esst …«
»Das holen wir abends und nachts nach.«
»Ich weiß. Aber hier gibt es genau das, was es auch in Berlin oder London gäbe. Richtig international.«

Michalis wollte sich gerade einen *Elliniko* bestellen, als Koronaios auftauchte. Er warf einen Blick in die Karte, schlug sich skeptisch auf seinen Bauch und verkündete dann, sein Diätprogramm heute früh ausnahmsweise unterbrechen zu müssen. Michalis und Hannah konnten zusehen, wie sich die Laune von Koronaios besserte, je mehr er das »internationale Frühstück« genoss. Nach einem britischen Frühstück mit gebratenem Speck und Eiern, dicken weißen Bohnen und Toast mit sehr viel Butter nahm er noch ein französisches Frühstück mit Croissants, Marmelade und Milchkaffee. Danach war er satt und zufrieden. Michalis hingegen war noch zu müde, um viel essen zu können, und frühstückte mit einem *Elliniko* und etwas Gebäck kretisch. Hannah dagegen hatte sich, von Michalis und Koronaios argwöhnisch beäugt, für ein Müsli entschieden.

»Du hast vorhin am Olivenhain ja sicherlich auch bemerkt, dass die Familie Delopoulou nicht gerade begeistert war, als unser Freund Mitsotakis aufgetaucht ist«, sagte Koronaios. »Jorgos wollte von ihm wissen, ob es mit der Familie schon mal Probleme gab, und da hat Mitsotakis sich so lange geweigert, etwas zu sagen, bis Jorgos richtig sauer geworden ist.«

Koronaios grinste. Dann sah er Hannah an.

»Ich würde euch beiden ja gern noch einen Urlaubstag oder zumindest noch ein paar Stunden zu zweit gönnen. Aber leider« – Koronaios hob bedauernd die Hände –, »leider müssen wir jetzt zu den Angehörigen auf dem Hügel und sie befragen.«

»Kein Problem«, sagte Hannah, »ich werde mich mit der Kultur eurer schönen Insel beschäftigen.«

Das Smartphone von Michalis klingelte, und er erkannte die Nummer von Despina Stamatakis, der Sekretärin des toten Bürgermeisters. Er ging ran, hörte zunehmend beunruhigt zu und legte auf.

»Im Rathaus ist eingebrochen worden. Frau Stamatakis wollte etwas aus dem abgeschlossenen Büro des Bürgermeisters holen. Der Aktenschrank, der immer abgesperrt ist, ist aufgebrochen worden. Ich weiß« – Michalis sah Koronaios vielsagend an –, »dass in der Angelegenheit nicht mehr ermittelt werden soll. Aber es ist ein Einbruch. Eine Straftat.«

»Dann sollten wir uns das mal angucken.«

Koronaios stand auf und wollte Geld auf den Tisch legen. Hannah winkte ab.

»Ich hab hier einen sehr guten Deal mit dem Hotel ausgehandelt«, sagte sie. »Da ist das Frühstück für uns alle mehr als inbegriffen.«

»Danke!«, sagte Koronaios, auch wenn es ein wenig gegen seine kretische Ehre ging, von einem Gast, noch dazu von einer Frau, eingeladen zu werden.

»Sehr gern.«

»Wir sehen uns heute Abend«, sagte Michalis und nahm Hannah in den Arm.

»Ich werde da sein …«, sagte Hannah leise. »Und du hoffentlich auch irgendwann.«

Noch während der Fahrt rief Jorgos an, und Koronaios berichtete ihm von dem Einbruch im Rathaus. Jorgos war wenig begeistert davon, dass der Bürgermeister doch wieder eine Rolle spielen könnte, und kündigte an, gleich bei ihnen im Rathaus zu sein.

Despina Stamatakis trug Schwarz, und Michalis erfuhr zu seiner Überraschung, dass die Beerdigung von Stelios Karathonos nicht gestern stattgefunden hatte, sondern in einer Stunde in Spilia beginnen würde.

»Die Beerdigung wurde auf heute verschoben«, Despina Stamatakis räusperte sich, »damit der Erzbischof dabei sein kann. Das hat wohl der Herr Gouverneur persönlich arrangiert.« Sie sah verärgert aus. »Es ist auf Kreta Tradition, die Toten nach einem Tag zu bestatten. Und ich hätte es unserem Bürgermeister gewünscht, dass er unseren Traditionen gemäß beigesetzt wird.«

Die Tür des schweren Aktenschranks war aufgehebelt worden und hing in den Scharnieren. Jorgos kam und sah sich besorgt in dem Büro des Bürgermeisters um. Er musterte Michalis und bat dann darum, kurz mit Koronaios allein sprechen zu können.

»Kann ich Ihnen vielleicht etwas anbieten?«, fragte Despina Stamatakis. »Einen Ellinikó? Ein paar *Zournadakia*? Ganz frisch.«

»Nein, danke.« Michalis sah Stamatakis müde an. »Haben Sie einen Verdacht, wer hier eingebrochen haben könnte? Oder was genau fehlt?«

»Nein. Dieser Aktenschrank stand in den letzten Jahren

nur ein einziges Mal offen, wenn ich im Raum war. Das war dem Herrn Bürgermeister sehr wichtig.«

Despina Stamatakis wirkte nachdenklich.

»Es gab letzte Nacht wieder einen Toten, habe ich gehört«, sagte sie zögernd.

»Das spricht sich ja schnell herum.«

»Ja … wir kennen uns hier ja fast alle. Außerdem …« Sie hatte ihre Stimme gesenkt.

»Was?«, fragte Michalis.

Despina Stamatakis ging kurz zur Tür und vergewisserte sich, dass niemand auf dem Flur war und mithören konnte.

»Unser Bürgermeister kam aus Spilia, und der andere Tote wohl aus Marathokefala«, sagte sie leise.

»Ja? Und?«

»Da gab es schon öfter Probleme. In den letzten Jahren war es ruhiger, aber früher, da war das wohl anders.«

»Worum ging es damals?«, fragte Michalis interessiert, und Despina Stamatakis trat einen Schritt näher.

»Die aus Marathokefala, oben vom Hügel, die waren immer sehr arm. Und die unten, in Spilia, eher wohlhabend.« Sie sprach leise und zögerte. »Ich habe gehört, dass die beiden Orte auf verschiedenen Seiten standen. Früher.«

»Was heißt das? Auf verschiedenen Seiten? Hat eine der Seiten mit den Deutschen, mit der Wehrmacht, kollaboriert?«

»Nein, nein!« Frau Stamatakis lachte kurz ungläubig auf. »Das hätte hier niemand getan. Nie!« Sie musterte Michalis. »Aber danach. Im Bürgerkrieg. Die Kommunisten gegen die Konservativen. Eine schlimme Zeit.«

»Und die vom Hügel, aus Marathokefala, die standen wohl auf Seiten der Kommunisten?«

Frau Stamatakis wiegte den Kopf und wollte gerade antworten, als sie die Stimme von Jorgos hörten.

»Michalis? Kommst du mal?«

»Ich möchte dich bitten«, sagte Jorgos, »alles, was mit dem verstorbenen Bürgermeister zu tun hat, mit äußerster Zurückhaltung zu behandeln.« Jorgos blickte Michalis ernst an. »Du, Michalis, wirst in Bezug auf den Bürgermeister Koronaios zuarbeiten und nichts unternehmen, ohne dass Koronaios davon weiß. Ist das angekommen?«

»Ja. Ist angekommen. Ich werde alles mit Koronaios absprechen.«

»Gut.« Jorgos nickte.

»Zagorakis wird mit seinen Leuten gleich hier sein und sich diesen Einbruch ansehen. Und wir drei fahren jetzt zu der Beerdigung des Bürgermeisters nach Spilia.«

»Ah. Warum?« Michalis war überrascht, dass Jorgos sich plötzlich für den toten Bürgermeister interessierte.

»Weil der reizende Herr Mitsotakis auch dort hinfährt und ich den Eindruck habe, es könnte etwas geben, das wir nicht sehen sollen.«

Michalis nickte. »Es scheint zwischen den beiden Orten, also zwischen Spilia und Marathokefala, einen sehr alten Konflikt zu geben. Die standen wohl im Bürgerkrieg auf verschiedenen Seiten – und vermutlich auch noch während der Militärdiktatur.«

»Das klingt nicht gut«, erwiderte Jorgos, der die Militärdiktatur als Kind miterlebt hatte. »Wir sollten hoffen, dass diese alten Geschichten bei den Schüssen auf Antonis Delopoulou keine Rolle gespielt haben.«

Zagorakis traf mit seinen Leuten ein, und die Sorge der Sekretärin, sie könnte deshalb die Beerdigung des Bürgermeisters verpassen, wurde ihr schnell genommen. Das Büro war ab jetzt ein Tatort, an dem die Spurensicherung das Sagen hatte. Despina Stamatakis übergab die Schlüssel und machte sich – ebenso wie Michalis, Koronaios und Jorgos – auf den Weg nach Spilia. Bevor sie losfuhr, drückte sie Michalis noch unauffällig eine Packung Kopfschmerztabletten in die Hand, und er lächelte dankbar.

15

Stelios Karathonos war nicht nur Bürgermeister von Kolymbari gewesen und hätte vielleicht noch eine Karriere in der großen Politik vor sich gehabt, sondern er war auch der älteste Sohn der wohlhabendsten Familie von Spilia. Die Olivenölmühle hatte der Familie und dem gesamten Ort seit mehr als einem Jahrhundert Wohlstand gebracht, und deshalb wollten unzählige Menschen aus der ganzen Region Abschied nehmen. Die Straßen waren verstopft, und Koronaios stellte den Wagen bereits einige hundert Meter vor dem Friedhof, der südlich der Ortsmitte von Spilia lag, ab.

Der Friedhof war schon von weitem an hohen Zypressen, die ihn einrahmten, zu erkennen. Die vielen Gräber, auf denen große Marmorkreuze aufragten, waren um hohe Kiefern und einige Pinien herum angelegt, die im Sommer Schatten spendeten. Heute jedoch wehte ein kühler Wind, und für die Trauernden wäre es angenehmer gewesen, in der Sonne stehen zu können.

Michalis und Koronaios warteten mit Jorgos vor der Friedhofskapelle, bis sich deren Türen öffneten, ein intensiver Duft von Weihrauch herausströmte und der Trauerzug sich zum Friedhof in Bewegung setzte. An der Spitze ging tatsächlich der Erzbischof von Kreta im vollen Ornat und führte die lange Reihe der Trauernden zum Familiengrab der Karathonos. Dem Erzbischof folgte, ganz in Schwarz, die Familie mit dem Gouverneur. Viele der Familienmitglieder kannte Michalis bereits, und bei einer alten Frau, die von Dimos und Kalliopi gestützt wurde, ging Michalis davon aus, dass es sich um die Mutter des Toten handelte. Sie war klein und gebeugt und sehr blass, aber Michalis glaubte, in ihrem schmalen, faltigen Gesicht einen unbeugsamen Stolz zu erkennen. Ihr Sohn Dimos wirkte gegen seine alte Mutter fast riesenhaft.

Neben Kalliopi ging Pandelis, und Dimos wurde von seiner Frau Artemis und ihren drei fast erwachsenen Kindern begleitet. Artemis schien ihre Frisur vor der Beerdigung noch in Form gebracht zu haben. Pandelis warf seinem Großonkel Alekos hin und wieder einen Blick zu.

Aus der Ferne hatte Michalis kurz den Eindruck, Dimos würde leicht hinken, aber dann wurde er schon wieder von den Trauergästen verdeckt. Um nicht zu sehr aufzufallen, hielten Michalis, Koronaios und Jorgos sich im Hintergrund.

Die Wege zwischen den großen Marmorgräbern waren sehr eng, so dass der Trauerzug immer langsamer wurde. Die meisten Gräber waren aus hellem, oft verblichenem Marmor, das Familiengrab der Karathonos hingegen bestand aus schwarzem Marmor. Die Deckplatte war abgenommen worden, damit der Sarg nach einigen Worten des Erzbischofs hinabgelassen werden konnte.

Während die Trauernden nacheinander an das schwarze Marmorgrab traten, sich vor dem Sarg verneigten und der Mutter, der Witwe, dem Sohn Pandelis und dem Bruder Dimos die Hand reichten, hatte Michalis Zeit, sich umzusehen. Jorgos hatte sich auf die andere Seite des Trauerzuges gestellt und wollte vor allem Mitsotakis im Auge behalten, der mit den Trauergästen aus der Kapelle gekommen war und sich leise mit Alekos unterhielt.

Michalis wies Koronaios auf den Bauunternehmer Kaminidis hin, der vermutlich vor zwei Tagen den Aktenordner aus dem Büro des Bürgermeisters entwendet hatte. Der massige

Mann trug einen schwarzen Anzug, der ebenso ausgeleiert war wie der, den er im Rathaus getragen hatte. Der sonst so joviale Kaminidis war ernst und schweigsam und wirkte abweisend und wachsam.

Plötzlich entstand am Grab Unruhe. Die Mutter des Bürgermeisters schien einen Schwächeanfall zu haben, denn sie musste von Dimos und ihrem Schwager Alekos gestützt werden. Jemand brachte eilig einen Rollstuhl, den die alte Dame zunächst unwirsch ablehnte, sich dann aber doch hineinsetzte und mit grimmiger Entschlossenheit die kondolierenden Trauergäste weiter an sich vorbeiziehen ließ. Wieder fiel Michalis die Unnachgiebigkeit dieser Frau auf, und wie eingefallen und fast grau im Gesicht sie aussah. Außerdem bemerkte er, dass der elfjährige Pandelis ziemlich verstört zu sein schien. Alle Trauergäste kondolierten auch ihm, aber Pandelis sagte kein Wort und sah keinen von ihnen an, wenn er die Hände schüttelte.

Michalis entdeckte Despina Stamatakis, die ebenfalls ein Stück abseits stand. Er ging zu ihr, und sie lächelte ihn kurz an.

»Eine sehr würdevolle Zeremonie«, sagte Michalis leise, um etwas zu sagen.

»Ja ...«, antwortete sie ebenso leise. »Ich hoffe nur, dass seine Mutter das durchhält. Erstaunlich genug, dass Vassilia Karathonos überhaupt hier ist. Ich war davon ausgegangen, dass sie noch im Krankenhaus liegt. Sie muss direkt von Chania aus hierhergebracht worden sein.«

Michalis registrierte, dass die alte Dame Vassilia hieß.

»Es sind heute sicherlich auch viele der Olivenbauern aus der Region hier, nehme ich an?«, erkundigte sich Michalis und tastete sich an das heran, was er eigentlich wissen wollte.

»Ich denke, ja. Die kenne ich natürlich nicht alle.«

»Wenn jemand aus Marathokefala hier wäre ...«

»Ausgeschlossen!« Frau Stamatakis fuhr Michalis regelrecht über den Mund und sah sich um, ob jemand gehört haben könnte, was Michalis gesagt hatte. Er verstand den Hinweis, schwieg und ging zurück zu Koronaios. Der deutete Richtung Grab, und Michalis sah, dass Dimos, der bisher in der Nähe seiner Mutter Vassilia gestanden hatte, zur Kapelle ging und an der Rückseite verschwand. Michalis folgte dem großen, fast kahlköpfigen Dimos, der in seinem schwarzen Anzug wie verkleidet wirkte. Die Armeehose und das schwarze, ausgeleierte Hemd, das er normalerweise trug, passten besser zu ihm. Michalis versteckte sich hinter dem Stamm einer Kiefer, als er bemerkte, dass auch der massige Bauunternehmer Kaminidis sich von den Trauergästen abgewandt hatte und Dimos zu folgen schien. Michalis kam leise näher, bis er die beiden sehen konnte und feststellte, dass sie miteinander stritten. Erregt redete Dimos auf Kaminidis ein, der ihn von sich wegstieß, als Dimos ihn am Kragen packen wollte. Michalis konnte nicht hören, worüber sie stritten, aber Dimos eilte plötzlich wütend zurück zu den Trauergästen. Wieder glaubte Michalis, dass er ein Bein leicht nachzog. Je näher er seiner Familie kam, desto langsamer wurde er und mischte sich unter die Angehörigen. Wenig später tauchte Alekos auf, und zwar aus der Richtung, aus der auch Dimos gekommen war. Michalis ahnte, dass auch Alekos den Streit zwischen Kaminidis und Dimos mitbekommen hatte. Pandelis schien auf Alekos regelrecht gewartet zu haben. Noch immer hatte Michalis den Eindruck, dass der Junge mit niemandem sprach.

Alekos stellte sich, anders als Dimos, nicht wieder zur Familie, sondern ging in den hinteren Teil des Friedhofs, wo einige Zypressen standen. Dort wartete er, bis Mitsotakis, der

Polizeichef von Kolymbari, auf ihn zukam, dann zogen sie sich so weit wie möglich hinter die Zypressen zurück. Sie blickten sich immer wieder um, um sicherzugehen, nicht gesehen und schon gar nicht gehört zu werden. Michalis sah, dass auch Jorgos die beiden beobachtete.

Am Ausgang des Friedhofs wurde den Trauergästen *Kallyva* gereicht, gesüßtes Brot aus gekochtem Weizen, und anschließend waren die Gäste zum Totengedenken bei Alekos eingeladen. Das Haus von Kalliopi in Kolymbari war zu weit entfernt, erfuhr Michalis, und Vassilia, die Mutter von Stelios und Dimos, war zu schwach und zu krank, um die Totenfeier auszurichten. Bei Raki, Elliniko, *Kalitsounia me myzithra*, Teigtaschen mit Käse, *Revythokeftedes*, Kichererbsenkroketten und *Fokatsia*, Fleischpastete in Teig, sollte dem verstorbenen Bürgermeister gedacht werden.

Michalis sah, dass auch Mitsotakis sich dorthin auf den Weg machte.

Michalis, Koronaios und Jorgos gingen zu ihren Wagen zurück. Die Spurensicherung, berichtete Jorgos, hatte in dem Büro des Bürgermeisters zahlreiche Fingerabdrücke gefunden. An den Türen gab es jedoch keinerlei Einbruchsspuren, jemand musste also einen Schlüssel zum Büro, nicht aber zum Aktenschrank gehabt haben.

»Wir fahren jetzt nach Marathokefala«, ordnete Jorgos an, »und sehen, ob die Familie des toten Antonis in der Lage ist, mit uns zu sprechen.«

Sie wollten gerade einsteigen, als Michalis einen kleinen blauen Geländewagen bemerkte, der sich sehr langsam der Kapelle am Friedhof näherte und ganz nah vor dem Eingangstor anhielt.

»Ich komm gleich«, sagte Michalis schnell zu Koronaios und eilte im Schutz parkender Wagen zurück Richtung Kapelle. Dort sah er, wie der Fahrer des Geländewagens ausstieg und die Kapelle betrat. Der Mann wollte offensichtlich nicht erkannt werden, denn er trug einen großen Hut, einen mehrfach um den Hals gewickelten dunklen Schal sowie einen Mantel, dessen Kragen hochgeklappt war.

Wenig später öffnete sich die Tür der Kapelle wieder, und Vassilia kam heraus. Sie ging, so schnell es ihre Kräfte zuließen, zu dem kleinen Geländewagen und stieg auf der Beifahrerseite ein. Dabei wirkte sie kräftiger als während der Bestattung.

Kurz darauf tauchte der Mann wieder auf. Michalis nahm sein Smartphone und machte Fotos von ihm, doch der dunkle Schal verdeckte fast das ganze Gesicht, und der Hut war so tief nach unten gezogen, dass die Augen kaum zu sehen waren. Nachdem der Mann sicher war, nicht beobachtet zu werden, eilte er mit gesenktem Kopf zu dem Geländewagen, stieg auf der Fahrerseite ein und fuhr los. Auch das Autokennzeichen fotografierte Michalis und würde Myrta später fragen, auf wen dieser Wagen angemeldet war.

Michalis sah, dass Hannah ein Selfie vor dem Kloster Goniá geschickt und *Großartige Ikonen! Bis später!* geschrieben hatte. Michalis lächelte, hatte aber keine Zeit zu antworten, denn Jorgos und Koronaios kamen ihm entgegen.

»War das nicht die Mutter?«, fragte Jorgos. »Und wer war der, der sie abgeholt hat?«

»Keine Ahnung. Der wollte auf jeden Fall unerkannt bleiben.«

Michalis zoomte in das Foto des Mannes, aber außer Hut und Schal war tatsächlich nicht viel zu erkennen. Er schickte das Foto des Wagens zu Myrta ins Büro und stieg zu Koronaios in den Wagen.

Als sie kurz hinter Spilia links die Abzweigung nach Marathokefala genommen hatten, kam von Myrta bereits die wenig hilfreiche Auskunft: Der Wagen, in den Vassilia Karathonos eben eingestiegen war, war auf sie selbst zugelassen.

»Das bringt uns keinen Schritt weiter«, meinte Koronaios missmutig, aber Michalis hatte trotzdem das Gefühl, etwas Entscheidendes gesehen zu haben. Denn warum war die Mutter des Toten nicht bei der Totenfeier für ihren Sohn, sondern allein in der Kirche geblieben, von der sie sich dann heimlich abholen ließ?

Der Dienstwagen wurde langsamer, als sie das steile Stück kurz vor der Stelle, an der Antonis gefunden worden war, hinauffuhren. Michalis grinste, weil nicht nur sein Roller *san tin chelóna, wie eine Schildkröte,* dahinkroch.

Ein Stück weiter oben, noch vor dem eigentlichen Ort Marathokefala auf dem Hügel, wurde die Landschaft flacher, und mehrere zum Teil nur halbfertige Neubauten standen an der Straße. Aus den Decken einiger bewohnter Stockwerke ragten die Eisenstangen für geplante höhere Stockwerke in den Himmel. Auf einem eingezäunten Gelände wurde gerade eine große Halle errichtet, und Michalis las im Vorbeifahren: *Kollektiv Marathokefala – Ölmühle der Olivenbauern.*

»Die Olivenbauern aus Marathokefala bauen hier eine Mühle?«, sagte Michalis verwundert. »Obwohl es unten in Spilia eine gibt?«

»Das dürfte Dimos Karathonos nicht freuen. Konkurrenz direkt neben der eigenen Mühle«, antwortete Koronaios lapidar.

Michalis nahm sein Handy und bat Myrta herauszufinden, wer hinter dieser neuen Olivenölmühle steckte.

Der Dorfkern von Marathokefala war auf dem Hügel um die Kirche herum gebaut, die einen ungewöhnlich großen und schlanken, nur aus Pfeilern und einem kleinen blauen Dach bestehenden Glockenturm hatte. Vor dem Kirchengebäude befand sich ein kleiner geteerter Platz, umgeben von einigen älteren, liebevoll gepflegten Häusern, von denen die ehemals weiße, jetzt graue Farbe abplatzte. Trotz blühender Gärten wirkte hier alles sehr viel ärmer und bescheidener als unten in Spilia.
In einem der Häuser schräg gegenüber der Kirche wohnte Thanassis, der Bruder des getöteten Antonis, mit seiner Familie sowie dem Vater Nikolaos. Das Haus hatte einen Vorgarten mit einem verwitterten Holzzaun. Vor dem Haus standen ein kleiner Tisch und zwei alte Holzstühle, im Vorgarten lag ein Haufen zersägter Äste.
Koronaios fuhr auf Anweisung von Jorgos in eine schmale Seitenstraße, in der die Autowerkstatt und das Haus von Antonis lagen. Diese Straße wirkte noch ärmlicher als der Platz vor der Kirche, dafür blühten hier üppige Bougainvilleen und in einigen Gärten auch einzelne Orangenbäume, deren Duft die Straße erfüllte und den Michalis schon im Wagen wahrnehmen konnte.

Jorgos stieg, sein Handy am Ohr, vor der Autowerkstatt aus dem Wagen. Er sagte ungehalten: »Ja, ja bis gleich«, legte auf und sah Michalis und Koronaios an.
»Unser Freund Mitsotakis«, sagte Jorgos in einem für ihn ungewöhnlich verächtlichen Tonfall. »Er will unbedingt dabei sein, wenn wir die Familie Delopoulou befragen.«

Koronaios und Jorgos gingen auf das Haus von Antonis zu, Michalis war am Wagen stehen geblieben.

»Was ist? Kommst du?«, fragte Jorgos.

»Wollt ihr da jetzt zu dritt klingeln? Bei einer Frau, die gerade ihren Mann verloren hat?«, entgegnete Michalis irritiert.

Die beiden sahen sich an und kamen zurück.

»Hast recht«, sagte Jorgos. »Das überlass ich euch.«

Jorgos setzte sich in seinen Wagen, und Michalis wollte gerade auf das Haus zugehen, als sein Handy klingelte. Myrta. Er ging ran, hörte zu und drehte sich dann zu Koronaios.

»Rate mal, wer der Geschäftsführer von dieser Olivenölmühle ist, die da unten gebaut wird.«

Koronaios sah Michalis auffordernd an.

»Thanassis Delopoulou. Der Bruder des Erschossenen«, sagte Michalis argwöhnisch, und auch Koronaios ahnte, dass das nichts Gutes zu bedeuten hatte.

Es dauerte lang, bis ihnen eine Frau öffnete, die Michalis bisher noch nicht gesehen hatte und die nicht die Frau war, die am Leichnam des toten Antonis getrauert hatte. Aus dem Hintergrund waren die Stimmen von Jugendlichen zu hören.

Die Frau war Anfang vierzig, hatte ein schmales Gesicht und glatte, dunkelblonde lange Haare, die von einem schwarzen Kopftuch nur teilweise bedeckt waren. Gekleidet war sie wie eine Frau, die sich gerade um die Ziegen und die Olivenbäume gekümmert hatte. Über einer älteren Jeans trug sie eine geblümte Schürze, dazu ein dunkles Sweatshirt. Mit dem souveränen und misstrauischen Blick einer Bäuerin, deren Leben aus harter Arbeit bestand, musterte sie die Kommissare.

»Ja?«, fragte die Frau.

»Michalis Charisteas, und das ist mein Kollege Pavlos Koronaios. Wir sind von der Kriminalpolizei aus Chania.«

Michalis hielt seine Polizeimarke hoch, aber die Frau würdigte die beiden keines Blickes, sondern sah sich beunruhigt auf der Straße um.

»Ja? Und? Was wollen Sie?«

»Wir würden gern mit der Frau von Antonis Delopoulou sprechen.« Michalis ärgerte sich, dass er auf dieses Gespräch schlecht vorbereitet war und nicht einmal den Vornamen der Witwe kannte.

»Das ist im Moment schlecht.«

»Das verstehen wir.« Michalis nickte. »Aber es ist wichtig, um den Tod ihres Mannes aufzuklären. Könnten wir vielleicht nur kurz …«

»Dorea hat etwas eingenommen. Sie schläft.«

»Gut, dann … Und wer sind Sie?«

»Ich bin ihre Schwägerin. Katerina Delopoulou.«

Aus der Ferne war ein Martinshorn zu hören. Michalis sah Koronaios fragend an, aber der zuckte nur mit den Schultern.

»Dann sind Sie die Frau von Thanassis?«, fragte Michalis.

»Ja. Bin ich«, antwortete sie kühl.

»Wir werden auch Ihren Mann noch befragen. Er hat seinen Bruder ja leider heute Nacht gefunden.« Michalis zögerte, da er feststellte, dass der Blick von Katerina immer abweisender wurde. »Wissen Sie, wann genau das war, letzte Nacht?«

»Nein.«

»Und wo Ihr Mann da gerade war, wissen Sie das?«

»Mein Mann war zu Hause.«

»Haben Sie ihn gehört, als er aufgebrochen ist?«

»Nein.«

Katerina blickte verächtlich zur Straße, wo gerade der Polizeiwagen aus Kolymbari vorfuhr und Mitsotakis ausstieg.

»Brauchen Sie mich noch? Ich muss mich um das Essen für die Kinder kümmern«, sagte sie.

»Nein. Das ist erst einmal alles. Danke.«

Sofort schloss Katerina die Tür.

Wieder hörte Michalis Martinshörner, diesmal deutlich aus Richtung Spilia. Er blickte zu Mitsotakis, der sich breitbeinig an seinen Wagen gelehnt hatte.

»Und? Diese Bauern hier oben sagen natürlich kein Wort, oder?«, rief Mitsotakis so laut, dass es im Haus sicherlich zu hören war. »Ich weiß, wie man mit denen reden muss.«

Mitsotakis wollte schon Richtung Haus gehen, als sein Handy klingelte. Er ging ran, riss entsetzt die Augen auf, rief mehrfach: »Was? Was, das kann doch nicht sein!«, und rannte zu seinem Wagen.

»Unten ist geschossen worden. In der Mühle. Auf Dimos. Noch lebt er!«, brüllte Mitsotakis, sprang in seinen Wagen, knallte das Blaulicht aufs Dach und raste los. Auch Michalis und Koronaios sprangen in ihren Wagen und jagten, gefolgt von Jorgos, Richtung Spilia.

Obwohl Mitsotakis einigen Vorsprung hatte, schaffte es Koronaios, gleichzeitig mit dem Revierleiter bei der Olivenölmühle in Spilia anzukommen. Direkt vor dem großen Rolltor der Mühle stand bereits ein Rettungswagen mit geöffneten Türen und blinkenden Lichtern. Michalis sah, dass Mitsotakis aus seinem Wagen sprang und sofort in die Halle stürmte, und auch Michalis rannte los, noch bevor Koronaios ganz gehalten hatte.

In einem Lagerraum am anderen Ende der Halle waren ein Notarzt und zwei Assistenten über den kräftigen Körper von Dimos gebeugt und arbeiteten hektisch. Dimos trug noch seinen schwarzen Anzug, lag in einer großen Blutlache und war nicht mehr bei Bewusstsein, lebte aber noch. Der Notarzt versuchte vergeblich, die starken Blutungen im Unterbauch und an einem Oberschenkel notdürftig zu stoppen, und befahl seinen Assistenten fluchend, eine Trage zu holen.

»Er muss sofort operiert werden!« Der Notarzt hatte sich an Alekos gewandt. »Ich kann nicht sagen, ob er die Fahrt überleben wird. Aber hier würde er auf jeden Fall sterben.«

Michalis beugte sich zu dem Notarzt. »Schüsse von vorn?«, fragte er leise.

»Zwei oder drei Schüsse in den Bauch. Mindestens einer in den rechten Oberschenkel. Alles von vorn, soweit ich das auf die Schnelle beurteilen kann«, erwiderte der Notarzt, ohne Michalis anzusehen.

Dimos wurde eilig auf die Trage gehoben und in den Rettungswagen geschoben, der sofort Richtung Chania losraste.

Michalis sah sich um und beobachtete, dass Alekos sich hinter den großen Langbottichen, in denen bei der Ölproduktion der Olivenbrei umgewälzt wurde, umzusehen schien. Als er bemerkte, dass Michalis ihm zusah, ging er weiter zu Mitsotakis.

Immer mehr Leute aus Spilia trafen ein, die meisten kamen direkt vom Trauergedenken für den toten Bürgermeister. Die Schüsse auf Dimos hatten sich sofort herumgesprochen. Auch Artemis, die Frau von Dimos, war gekommen, und Michalis sah irritiert, wie gefasst sie wirkte.

Alekos sagte, er habe seinen Neffen Dimos hier stark blutend und nicht ansprechbar gefunden, ansonsten aber niemanden gesehen. Einer Antwort, warum er und Dimos überhaupt in der Olivenölmühle waren, während gleichzeitig bei ihm im Haus das Totengedenken für Stelios Karathonos stattfand, wich Alekos aus. Stattdessen brach er auf, um Artemis zu ihrem Mann Dimos ins Krankenhaus zu bringen.

Zagorakis und seine Spurensicherer waren eingetroffen und entdeckten eine Kugel, die im Holz eines Regals in dem Lagerraum steckte.

»Könnte die Kugel aus derselben Waffe stammen wie die Kugel vom Olivenhain?«, erkundigte sich Michalis, während Zagorakis die Kugel mit einer Pinzette vor eine Lampe hielt und betrachtete.

»Ich muss erst die andere untersuchen«, antwortete Zagorakis, »aber ich glaube eher nicht. Genaueres morgen.«

Michalis ging zu Koronaios und Jorgos. Jorgos schüttelte fassungslos den Kopf.

»Das kann einfach nicht wahr sein. Ich hatte gehofft, so etwas nie wieder erleben zu müssen«, sagte er.

»Du denkst auch, dass die zwei Todesfälle und dieser Mordversuch zusammenhängen?«, fragte Michalis.

Jorgos presste die Lippen aufeinander und antwortete nicht.

Michalis sah Koronaios an. »Es muss einen Grund geben, warum Dimos und Alekos das Trauergedenken verlassen haben.«

»Könnte Alekos selbst geschossen haben?«, warf Koronaios ein.

Jorgos sah ihn erstaunt an. »Dieser Alekos? Sein Onkel?«

»Wir sollten es nicht von vornherein ausschließen.« Michalis sprach leise. »Mich würde auch interessieren, ob Kaminidis, dieser Bauunternehmer, bei dem Trauergedenken war.«

Jorgos nickte zustimmend. »Mit dem Herrn Kaminidis solltet ihr euch unterhalten, wenn ihr hier fertig seid«, sagte er ernst. »Ich werde nach Chania ins Krankenhaus fahren und versuchen, mit Alekos und Artemis zu sprechen.«

»Wenn es sich hier«, sagte Michalis leise zu Jorgos und Koronaios, »um eine Blutrache handeln sollte. Zwischen den Familien Karathonos und Delopoulou. Dann wird es ein nächstes Opfer geben.«

Jorgos stieß hörbar den Atem aus. »Ja. Und das würde heißen ...«

»... dass der Nächste wieder einer vom Hügel wäre. Aus Marathokefala«, ergänzte Koronaios.

»Aber was könnte eine Blutfehde ausgelöst haben? Hat der Bürgermeister etwas getan, wofür sich die andere Familie gerächt haben könnte?«, warf Michalis ein.

Jorgos nickte grimmig. »Ich hab vor über zwanzig Jahren eine Blutrache in Geralatas erlebt. Lasst uns beten, dass uns das erspart bleibt.«

Auch Koronaios nickte düster. Jorgos machte sich auf den Weg ins Krankenhaus von Chania.

Michalis sah sich um und fragte sich, was passiert sein könnte. Wieso war Dimos während des Trauergedenkens für seinen Bruder in der Mühle? Es musste einen triftigen Grund geben, warum es ihm wichtiger war hierherzufahren, als bei der Trauerfeier anwesend zu sein.

Im Lagerraum war die Spurensicherung bei der Arbeit, deshalb ging Michalis in das kleine Büro und strich sich unruhig über den Bart, während er sich konzentriert umsah. Auf dem Schreibtisch lagen stapelweise Unterlagen. Koronaios tauchte in der Tür auf.

»Hast du eine Idee, wonach du suchst?«, fragte er.

»Nicht genau ...«, sagte Michalis und deutete auf einige Papiere. »Guck dir das mal an.«

Koronaios warf einen Blick auf die Unterlagen, die auf den ersten Blick wie Rechnungen und Bestellungen eines Bauunternehmens namens *Tsitaros Enterprises* aussahen. Michalis waren die Unterschriften auf den Rechnungen aufgefallen.

»Könnte das Kaminidis heißen?«

Koronaios sah sich die Unterschriften an.

»Ja, das sieht nach Kaminidis aus. Ich sag Zagorakis Bescheid. Die sollen sich das angucken. Und wir sollten uns mal mit dem Herrn Kaminidis unterhalten.«

»Ja. Gleich …«, erwiderte Michalis nachdenklich und ging zu den Langbottichen, bei denen sich Alekos vorhin umgesehen hatte. Er entdeckte nichts Auffälliges und untersuchte deshalb auch die glänzenden, waagerechten Stahlzylinder der Zentrifugen, in denen der Olivenbrei, nachdem er lang genug umgewälzt worden war, geschleudert wurde. Diese Zylinder ruhten auf massiven Metallkorsetten. In dem schmalen Spalt zwischen einem Zylinder und seinem Korsett bemerkte Michalis einen gepolsterten Umschlag, der dort hineingequetscht worden war.

Während Zagorakis und ein Kollege versuchten, diesen Umschlag vorsichtig zu sichern, bekam Michalis einen Anruf von Myrta.

»Ich hab noch was wegen dieser Olivenölmühle in Marathokefala herausgefunden«, sagte sie. »Da gab es vor kurzem einen Baustopp. Sechs Wochen lang. Irgendwas mit fehlenden Genehmigungen, auf jeden Fall waren die Olivenbauern aus Marathokefala wohl ziemlich aufgebracht. Die wollen bis November, bis zur nächsten Ernte, mit der Mühle fertig sein und produzieren.«

»Aber heute wurde da oben doch gebaut?«, erinnerte sich Michalis.

»Ja, vor zwei Wochen ist dieser Baustopp aufgehoben worden. Warum, das hab ich noch nicht rausgefunden. Aber ich bleib dran«, sagte Myrta.

»Danke. Myrta, schau doch mal, ob du was zu den Familien

Karathonos und Delopoulou findest. Ob es zwischen diesen Familien schon mal Probleme gab.«

»Mach ich.«

Zagorakis und sein Kollege hatten den Umschlag mittlerweile geöffnet und fanden darin eine Walther P 38, eine Pistole, wie sie von der Deutschen Wehrmacht benutzt worden war. Außerdem waren die Unterlagen in dem Umschlag voller dunkler Flecken.

»Kann das Blut sein?« Michalis sah Zagorakis beunruhigt an.

»Sieht so aus. Werden wir untersuchen«, antwortete Zagorakis ruhig.

Zagorakis blätterte die Unterlagen mit seinen Handschuhen vorsichtig durch und zeigte sie Michalis.

»Kannst du damit was anfangen?«, fragte er.

Michalis runzelte die Stirn.

»Hier geht es um diese Mühle, und hier sind viele Zahlen …«, sagte Michalis, während er versuchte, das, was er las, zu verstehen. »Das könnten Geschäftsberichte sein.«

Zagorakis blätterte weiter. »Und das hier sieht nach Untersuchungsergebnissen eines Labors aus«, sagte er und deutete auf Tabellen mit verschiedenen Werten. »Eines Labors in Athen.«

»Gefällt mir nicht«, sagte Koronaios düster und steckte sich eine Feige in den Mund, »gefällt mir überhaupt nicht.«

»Sobald wir etwas wissen, sagen wir euch Bescheid«, versprach Zagorakis.

Koronaios sah Michalis an. »Ich schlage vor, wir fahren direkt in die Firma von Kaminidis. Ohne Vorwarnung. Myrta hat mir die Adresse gegeben.«

Michalis nickte. Er wäre gern auch hier in der Olivenölmühle noch eine Weile allein gewesen, aber daran war nicht zu denken. Immer wieder fragte er sich, warum Dimos während der Trauerfeier für seinen Bruder in die Mühle gegangen war. Hatte er gewusst, dass er hier auf jemanden treffen würde, oder war er überrascht worden? Und warum war Alekos hier aufgetaucht?

Auf dem Vorhof der Olivenölmühle war vor lauter Bewohnern und Angehörigen kaum noch ein Durchkommen. Katzikaki und Venizelos waren inzwischen angekommen und versuchten, mit einem Absperrband, die Leute auf Abstand zu halten. Statt ihnen zu helfen, unterhielt Mitsotakis sich recht vertraut mit den Bewohnern und ließ einige von ihnen durchgehen, obwohl Katzikaki und Venizelos genau das verhindern sollten. Michalis merkte deutlich, dass die beiden Polizisten auf ihren Chef schlecht zu sprechen waren.

Michalis hatte von Hannah die Nachricht bekommen, dass sie gut wieder im *Athena* angekommen war und dass sie jetzt dringend arbeiten musste. Ihr Professor hätte sie seit heute früh mit Mails regelrecht bombardiert. Hannah schickte ein Selfie, das sie mit gequältem Gesicht vor ihrem überquellenden Schreibtisch zeigte. Michalis musste trotz seiner Anspannung lächeln.

Die Firma des Bauunternehmers Kaminidis lag in der *Odos Polichronidi* oberhalb der Hauptstraße von Kolymbari, und während die übrigen Häuser in der Straße bescheiden und klein waren, war die Baufirma schon von weitem an zwei Marmorstatuen griechischer Göttinnen sowie einem Eingang, der wie das Tor zu einem Palast wirken sollte, zu erkennen.

»Da hat es jemand offenbar sehr nötig«, sagte Koronaios.

Als die beiden Polizisten klingelten, wurde nicht geöffnet, und es war auch niemand zu sehen. Michalis rief Despina Stamatakis, die Sekretärin des toten Bürgermeisters, an und erfuhr, dass der Bauunternehmer nicht bei dem Trauergedenken im Hause von Alekos gewesen war. Damit war auch unklar, wo er sich während der Schüsse auf Dimos aufgehalten hatte.

Michalis ließ sich von der Sekretärin die Nummer von Kaminidis geben, doch der ging nicht ans Handy.

Auf der Rückfahrt fielen Michalis ein paarmal die Augen zu, er schreckte aber immer wieder hoch. Warum war auf Antonis und Dimos geschossen worden? War es wirklich eine Vendetta? Und was hatte sie ausgelöst?

Auch Koronaios schien sehr besorgt zu sein. Michalis sah, dass sein Partner von seiner Tochter Galatia ein Bild geschickt bekam, aber nur einen kurzen Blick darauf warf und sich nicht weiter dafür interessierte.

»Ich war noch ganz neu bei der Polizei«, begann Koronaios, »da gab es diese Blutrache in Geralatas, von der Jorgos vorhin gesprochen hat. Schrecklich. Beide Familien haben sich geweigert, mit der Polizei zusammenzuarbeiten.«

»Und wie hat die Blutrache aufgehört?«

Koronaios lachte resigniert.

»Irgendwann gab es auf beiden Seiten nur noch männliche Jugendliche oder kleine Söhne. Da hat die eine Mutter ihre Sachen gepackt und ist mit den Kindern nach Athen zu Verwandten geflohen, und wenig später ist die andere Mutter mit ihren Kindern in die USA gegangen. Dann war Ruhe.«

»Bis heute?«

»Nicht ganz.« Koronaios stöhnte kurz auf.

»Unseren Kollegen war es gelungen, die jeweils ersten Täter aus jeder Familie festzunehmen, und sie wurden verurteilt. Nachdem sie ihre Strafe abgesessen hatten, sind die beiden nur wenige Monate nacheinander aus der Haft entlassen worden.«

»Und?«

»Sie haben sich gegenseitig aufgelauert und waren beide bewaffnet.«

»Ja? Und?«

»Der eine saß danach im Rollstuhl, der andere lag wochenlang im Koma und hat bis zu seinem Tod das Haus nie wieder verlassen.« Koronaios nickte nachdenklich. »Aber seitdem war Ruhe.«

Michalis blickte in Gedanken versunken nach draußen, wo Olivenbäume mit ihren silbriggrünen Blättern und weißgelblichen Blüten vorbeizogen und wenig später von den stark duftenden und weißblühenden Orangenbäumen abgelöst wurden. Michalis liebte diesen Anblick, aber heute hatte er dafür kein Auge. Er musste verhindern, dass es in Marathokefala und Spilia zu weiteren Schüssen kam, aber er wusste noch nicht, was er tun sollte. Doch er würde es sich nie verzeihen, wenn es in diesen Orten zu weiteren Toten kommen würde.

Michalis hatte eigentlich erwartet, dass sich seine Mutter oder jemand anderes aus seiner Familie längst bei ihm gemeldet hätte. Es war zwar überaus angenehm, dass er sich jetzt nicht auch noch mit seiner Familie beschäftigen musste, trotzdem war diese Funkstille ungewöhnlich und irritierend. Möglicherweise, überlegte Michalis, steckte Jorgos dahinter. Vielleicht hatte er seiner Schwägerin Loukia geraten, Michalis heute in Ruhe zu lassen.

16

Es war früher Nachmittag, als sie wieder in der Polizeidirektion ankamen und sofort zu Jorgos ins Büro gingen.

»Zagorakis wird auch gleich kommen«, sagte Jorgos ohne lange Umschweife.

»Habt ihr bei Kaminidis etwas erreicht?«

»War nicht da. Geht auch nicht ans Telefon«, antwortete Michalis schnell.

»Ich war im Krankenhaus und habe mit dem Arzt gesprochen, der Dimos notoperiert hat. Er hat zwei Projektile aus seinem Unterleib sowie eins aus dem Oberschenkel geholt.« Jorgos blickte die beiden ernst an. »Ein paar Millimeter weiter, dann hätte er nicht mal die Fahrt zum Krankenhaus überlebt.«

»Kommt er durch?«, fragte Michalis.

»Ja, der Arzt ist ziemlich sicher. Dimos müsste in den nächsten Stunden aus der Narkose aufwachen und ist mit ein wenig Glück morgen wieder ansprechbar. Der Arzt meint, er hat eine sehr gute Konstitution. Die meisten hätten den hohen Blutverlust nicht überlebt.«

»Das ist gut«, sagte Michalis erleichtert, »das ist sehr gut.«

»Wenn von vorn auf ihn geschossen worden ist, müsste er den Täter doch gesehen haben«, überlegte Koronaios laut. »Falls er uns etwas sagt.«

»Die Projektile sind jetzt bei der Spurensicherung. Zagorakis wird uns Bescheid sagen, sobald er etwas weiß.« Jorgos seufzte. »Es gibt etwas Merkwürdiges«, fuhr er fort. »Dimos hat am linken Unterschenkel eine Wunde, die etwa einen Tag alt ist.«

»Er schien schon bei der Beerdigung zu humpeln.« Michalis erinnerte sich, dass es ihm aufgefallen war.

»Diese Wunde war nicht sehr fachmännisch verbunden und leicht entzündet.« Jorgos sah Michalis und Koronaios beunruhigt an. »Vor allem aber meint der Arzt, dass es sich bei dieser Wunde um einen Streifschuss handeln müsste. Von der Größe der Wunde her könnte es ein Neun-Millimeter-Projektil gewesen sein, aber da wollte sich der Arzt nicht festlegen.«

Michalis und Koronaios waren beeindruckt.

»Das könnte bedeuten, dass Dimos in eine Schießerei verwickelt war. Eine Schießerei, die etwa einen Tag zurückliegt.«

Allen war klar, was das bedeutete. Dimos hatte entweder selbst auf Antonis geschossen, oder er war zumindest dabei gewesen.

»Es könnte natürlich auch etwas anderes sein. Das ist jetzt reine Spekulation.« Jorgos sah Michalis an. »Zagorakis und seine Leute untersuchen das Projektil, das du in dem Olivenhain gefunden hast, und werden uns sicherlich bald was dazu sagen können.«

Kurz schwiegen die drei Männer.

»Okay«, sagte Jorgos dann und legte die Unterlagen, die sie in der Olivenölmühle gefunden hatten, auf den Tisch. »Ich konnte mir das noch nicht gründlich ansehen, aber bei einigen Unterlagen geht es um die Firmen von diesem Bauunternehmer Kaminidis.«

»Firmen? Mehrere?«, fragte Michalis überrascht.

»Ja, das ist eigenartig. Kaminidis hat wohl von der Stadt Kolymbari Aufträge bekommen, die er aber nicht selbst ausgeführt, sondern an ein Subunternehmen weitergereicht hat. An diesem Subunternehmen ist Kaminidis jedoch selbst beteiligt, und dieses Subunternehmen wiederum hat Aufträge von einem zweiten Subunternehmen durchführen lassen. Zumindest auf dem Papier.«

»Warum macht jemand so was?« Koronaios schüttelte den Kopf.

»Vielleicht war er völlig überlastet und konnte einige Aufträge nicht selbst ausführen. Oder etwas soll verschleiert werden.«

»Vielleicht will er keine Steuern zahlen, der Herr Kaminidis. Wäre er nicht der Erste auf Kreta.«

»Oder jemand verdient unrechtmäßig an den Aufträgen«, sagte Michalis und meinte den toten Bürgermeister.

»Ich werde mir das noch genauer ansehen. Die anderen Unterlagen«, fuhr Jorgos fort, »sind vor allem Geschäftsberichte der Olivenölmühle. Es scheint um erhebliche Kredite bei einer Bank in Athen zu gehen.«

»In welcher Höhe?«

»Das weiß ich noch nicht genau. Und unter den Papieren sind auch Laborberichte. Da ist Olivenöl untersucht worden, von einem Labor aus Athen. Wie gesagt, ich bin damit noch nicht sehr weit gekommen.«

Es klopfte, und Zagorakis trat ein.

»Darf ich?«

»Gern. Setz dich.«

»Danke.« Zagorakis blieb lieber stehen. »Also. Das Projektil, das Michalis in dem Olivenhain gefunden hat, stammt aus einer Walther P 38. Neun Millimeter.«

»Ausgerechnet eine Walther P 38«, sagte Jorgos kopfschüttelnd. »Das ist doch jetzt über siebzig Jahre her, und diese P 38 von den Deutschen wird hier immer noch benutzt.«

»Vor allem«, fuhr Zagorakis fort, »wurde das Neun-Millimeter-Projektil mit großer Wahrscheinlichkeit genau aus der

Walther P 38 abgefeuert, die wir in der Olivenölmühle gefunden haben. Die Pistole, die unter der Zentrifuge versteckt war.«

»Weißt du schon etwas über die Projektile, die sie aus Dimos rausgeholt haben? Aus welcher Waffe die sind?«, wollte Jorgos wissen.

»Noch nicht. Wir sind dran.«

»Was ist mit den Flecken auf den Unterlagen? Ist es Blut?«, fragte Michalis.

»Ja, es ist Blut. Wir untersuchen es noch. Vielleicht finden wir ja Übereinstimmungen in unseren Dateien. Ich muss wieder rüber.« Zagorakis ging zur Tür, blieb dann aber stehen. »Was ist mit den Fotos, die ich euch geschickt hab? Könnt ihr damit etwas anfangen?«

»Die haben die beiden noch nicht gesehen«, sagte Jorgos, drehte sich zu seinem Computer und öffnete eine Datei mit Fotos, die den Bürgermeister mit einer jüngeren, attraktiven Frau zeigten.

»Hier …«, sagte Jorgos.

»Die haben wir noch im Büro in der Olivenölmühle gefunden«, sagte Zagorakis und ging zur Tür. »Ich bin dann im Labor.«

Die Fotos waren heimlich aufgenommen worden und zeigten den Bürgermeister und eine Frau in einer Taverne beim Essen, am Meer, im Wagen sowie vor der kleinen Pension in Afrata. Michalis sah sofort, dass es Metaxia Lirlides war.

»Sagt euch die Frau etwas?«, wollte Jorgos wissen.

Koronaios sah Michalis an. Der wich seinem Blick aus.

»Wer hat die Fotos gemacht?«, fragte Michalis schnell.

»Dimos? Macht der heimlich Fotos von seinem eigenen Bruder? Wollte er ihn etwa erpressen?«

»Das werden wir Dimos fragen, sobald wir mit ihm sprechen können«, erwiderte Jorgos.

Das Telefon klingelte. Jorgos warf einen kurzen Blick auf die Nummer.

»Der Polizeidirektor«, sagte er entschuldigend, sah Michalis und Koronaios an und nahm ab. »Ja? Ja, die beiden sind bei mir. Ja, ich schick sie los.« Jorgos legte auf.

»Es tut mir leid für euch, aber ihr müsst zurück nach Kolymbari.«

»Ist wieder geschossen worden?«, fragte Michalis besorgt.

»Nein, zum Glück nicht. Aber der Sohn von Kalliopi Karathonos ist verschwunden. Und sie ist wohl völlig in Panik. Kann ich diesmal sogar verstehen. Sie ist zu Hause, ihr fahrt bitte direkt dorthin.«

Koronaios hatte sich kommentarlos ans Steuer des Dienstwagens gesetzt und schaltete das Martinshorn ein, noch bevor sie die Schnellstraße erreichten.

»Wenn die Männer sich gegenseitig erschießen, ist das schlimm genug«, sagte Koronaios finster. »Aber wenn die jetzt auch schon Kindern was antun ...« Er schüttelte den Kopf und trat aufs Gaspedal.

»Ich hab Pandelis bei der Beerdigung beobachtet«, sagte Michalis. »Der hat nie ein Wort gesagt. Hast du ihn heute mal sprechen sehen?«

»Ich hab nicht auf ihn geachtet«, entgegnete Koronaios. »Was dir immer alles auffällt«, fügte er noch hinzu.

»Vielleicht ist er nur abgehauen. Und taucht wieder auf, oder wir finden ihn.« Aber auch Michalis war nicht sehr zuversichtlich.

Einige Kilometer vor Kolymbari rief Myrta an.

»Hi. Du hattest mich doch nach diesen beiden Familien gefragt. Den Karathonos und den Delopoulou. Ich hab ein bisschen recherchiert«, sagte Myrta. »Und es scheint da was gegeben zu haben, und zwar nicht nur ein Mal. Aber das haben immer die Kollegen in Kolymbari bearbeitet, und da wollte ich lieber noch warten. Ich hab gehört, euer Verhältnis zu denen ist nicht das Beste.«

»Kann man so sagen. Danke erst mal.«

Michalis legte auf. Koronaios hatte über die Freisprechanlage mitgehört.

»Wenn wir diesen Jungen finden sollten«, sagte Koronaios, »dann würde ich sehr gern wissen, was zwischen diesen Familien vorgefallen ist. Davon hat der charmante Herr Revierleiter heute früh, als Jorgos bei ihm war, nämlich nichts gesagt.«

»Ich schlage vor, du gehst erst einmal allein da rein. Ich denke, dass ich Frau Karathonos genauso unsympathisch bin wie sie mir«, sagte Koronaios, als er auf der gegenüberliegenden Straßenseite vor der Villa gehalten hatte.

»Okay. Und vielleicht fällt dir hier draußen ja noch was auf.« Michalis stieg aus.

Michalis war offensichtlich gesehen worden, denn das schmiedeeiserne Tor öffnete sich, ohne dass er klingeln musste.

Auf der Auffahrt war der kleine weiße Sportwagen geparkt, doch in der Tür stand zu Michalis' Überraschung nicht Kalliopi, sondern ihre Schwägerin Artemis, die Frau des schwerverletzten Dimos.

»Gut, dass Sie da sind«, sagte Artemis und warf einen Blick in Richtung Koronaios. »Ihr Kollege bleibt draußen?«

»Erst einmal, ja.«

»Das ist gut.«

Michalis wollte zu Kalliopi ins Haus gehen, doch Artemis hielt ihn zurück.

»Sie ist in einer fürchterlichen Verfassung.«

»Das verstehe ich. Wann hat sie Pandelis denn zuletzt gesehen?«

»Vor etwa zwei Stunden. Aber ...«

»Ja?«

»Pandelis ist schon seit dem Tod von Stelios nicht mehr ansprechbar. Er hat auch während der Trauerfeier heute Morgen kein Wort gesagt.«

»Ja. Das war mir aufgefallen.«

»Ah?« Artemis wirkte überrascht. »Pandelis war aggressiv. Er hat heute seine Playstation an die Wand geworfen.«

Michalis nickte. »Haben Sie oder Kalliopi irgendeinen Verdacht, wo er sein könnte?«

»Vielleicht ist ihm etwas zugestoßen«, sagte Artemis leise, als ob Kalliopi sie hören könnte. »Ich weiß nicht, ob Ihnen das klar ist.« Artemis sah Michalis verzweifelt an. »Die Karathonos und die Delopoulou hassen sich. Seit Jahrzehnten. Die Delopoulou oben vom Hügel, die waren schon immer arm. Und bevor sie verhungerten, haben sie uns unten in Spilia die Hühner und die Ziegen gestohlen.«

»Pandelis ist ein Kind«, sagte Michalis.

»Ja, er ist elf. Aber er ist ein Karathonos. Vielleicht« – sie warf einen Blick hinein in die Wohnhalle der Karathonos' – »vielleicht wollte er nach Spilia. Zu seinem Großonkel. Alekos.«

Michalis nickte. »Mein Kollege und ich, wir können nach Spilia fahren und uns umsehen.«

Artemis blickte Michalis prüfend an. »Haben Sie eine Waffe?«, fragte sie.

»Ja ...«, erwiderte Michalis überrascht.

»Wir sollten Kalliopi überreden, dass sie mitkommt. Sie weiß am besten, wo Pandelis sich in Spilia verstecken würde.«

Artemis zögerte. »Wenn ihm nicht doch schon etwas zugestoßen ist.«

Kalliopi saß in der großen Wohnhalle apathisch auf dem weißen Ledersofa an der Stelle, an der beim letzten Mal Pandelis gesessen hatte. Sie hatte den Controller der Playstation ihres Sohnes in der Hand, das Bild auf dem Monitor war eingefroren. Als Michalis eintrat, blickte sie kaum auf, ließ sich jedoch von Artemis überreden, mit ihnen nach Spilia zu fahren.

Weil Kalliopi sich weigerte, zu Koronaios in den Polizeiwagen zu steigen, aber nicht in der Verfassung war, ihren Wagen selbst zu fahren, bat Artemis Michalis, sich ans Steuer des kleinen weißen Sportwagens zu setzen. Koronaios folgte ihnen, nachdem er kopfschüttelnd zugesehen hatte, wie Kalliopi und Artemis sich auf die enge Rückbank gequetscht hatten.

Michalis musste sich zunächst auf das Fahren konzentrieren, denn der Sportwagen hatte eine Menge PS und beschleunigte rasant, sobald Michalis nur leicht Gas gab. Koronaios hatte Mühe, ihnen mit dem Dienstwagen zu folgen.

Michalis hatte gehofft, während der Fahrt mehr von den Frauen zu erfahren, doch die beiden sprachen kaum, und er gab es schnell auf, ihnen Fragen zu stellen. Artemis hatte einen Arm um Kalliopi gelegt, die vor sich hin starrte. Erst als sie sich der Abbiegung nach Marathokefala näherten, richtete Kalliopi sich auf und erwachte aus ihrer Apathie.

Michalis hatte sein Fenster geöffnet und wollte gerade fragen, wohin er fahren sollte, als er Schüsse hörte. Kalliopi schrie auf, und Artemis rief: »Halten Sie an! Halten Sie an!«

Michalis fuhr rechts ran und lauschte. Koronaios hielt neben ihm.

»Hast du die Schüsse gehört?«, fragte Michalis schnell.

»Das kann auch ein Jäger gewesen sein.«

»Ja ...« Michalis überlegte fieberhaft.

»Sollen wir Verstärkung rufen?«, schlug Koronaios vor. Bevor Michalis antworten konnte, hörten sie erneut einen Schuss, der offensichtlich hinter der Olivenölmühle abgefeuert worden war.

Michalis drehte sich zu Artemis und Kalliopi um.

»Mein Kollege und ich fahren dorthin. Sie bleiben hier, eine von Ihnen setzt sich ans Steuer.« Michalis reichte Artemis seine Visitenkarte.

»Hier. Sie klingeln einmal kurz bei mir durch, dann hab ich Ihre Nummer, falls was ist.«

Artemis nickte, nahm die Karte und setzte sich auf den Fahrersitz. Kalliopi war vor Angst wie versteinert.

Michalis und Koronaios fuhren langsam Richtung Olivenölmühle. Koronaios hielt seine Pistole schussbereit. Wieder hörten sie, dass hinter der Mühle geschossen wurde, und sie sahen, dass das Tor zum Gelände der Mühle offen stand.

»Ist das nicht versiegelt worden?«, sagte Michalis.

Koronaios deutete auf die Reste eines Siegels.

»Das hat jemand ignoriert.«

Er fuhr um das Gebäude der Mühle herum, und als sie die lange Außenmauer passiert hatten, sahen sie, woher die Schüsse kamen: Alekos und sein Neffe Pandelis schossen mit einer Pistole auf leere Olivenöldosen, die auf umgedrehten Olivenkörben standen. Als Pandelis, der die rotschwarze Trainingsjacke des FC Liverpool trug, eine von ihnen traf, flog sie hoch in die Luft.

Koronaios sprang mit gezogener Waffe aus dem Wagen, Michalis war direkt hinter ihm, allerdings ohne seine Waffe in der Hand zu haben.

»Waffe weg!«, brüllte Koronaios und ging auf Pandelis zu, der unsicher seinen Onkel Alekos ansah.

»Was bilden Sie sich ein!«, brüllte Alekos zurück. »Das ist unser Gelände, hier können wir tun, was wir wollen!«

»Waffe weg! Polizei!«, brüllte Koronaios noch lauter und ging drohend auf Pandelis zu.

»Ja, dann leg sie weg!«, rief Alekos ihm zu.

Pandelis wollte die Pistole wegwerfen, doch Alekos schrie ihn an.

»Nicht werfen! Ruhig ablegen!«

Pandelis erschrak, legte die Pistole vorsichtig auf den Boden und sah zu, wie Koronaios auf Alekos zuging.

»Haben Sie noch mehr Waffen hier?«, fragte Koronaios streng.

Alekos hob provozierend langsam die Arme. Seine kräftige Gestalt wirkte dadurch riesig und bedrohlich. Spöttisch zog er die Augenbrauen hoch.

»Nein. Können Sie gern überprüfen.«

Koronaios gab Michalis mit dem Kopf ein Zeichen und beobachtete, wie Michalis Alekos kurz abklopfte.

»Keine weiteren Waffen«, sagte Michalis, ging zu Pandelis und hob die Pistole, die neben ihm am Boden lag, auf.

»Alles in Ordnung, Pandelis«, sagte Michalis beruhigend. »Ich rufe jetzt deine Mutter an, die ist in einer Minute hier.«

»Nicht meine Mutter!«, rief Pandelis panisch.

»Lassen Sie Kalliopi aus dem Spiel«, sagte Alekos aufgebracht. »Die versteht das nicht!«

»Ich glaube, dass seine Mutter sehr gut versteht, was hier passiert«, sagte Koronaios drohend. »Und ich bin sicher, dass Sie hier gegen gleich mehrere Gesetze verstoßen haben. Halten Sie einfach den Mund.«

Alekos atmete wütend tief durch, schwieg aber.

Michalis nahm sein Handy, das wie vereinbart kurz geklingelt hatte, und rief Artemis an. Es dauerte nicht einmal eine Minute, bis der kleine weiße Sportwagen in hohem Tempo auf das Gelände gefahren kam und Kalliopi und Artemis aufgeregt ausstiegen. Michalis sah, dass Pandelis vor seiner Mutter zurückwich.

»Ich bleib hier. Ich bleib bei Onkel Alekos!«, rief Pandelis.

»Du kommst jetzt mit!« Kalliopis Erleichterung wich einer ungläubigen Wut. Sie wollte ihren Sohn packen, aber der versuchte, sich hinter Alekos zu verstecken.

»Herr Karathonos«, sagte Michalis betont ruhig, um zu verhindern, dass die Situation eskalierte. »Wir können das hier ohne unnötige Probleme regeln.«

»Oder?«, fragte Alekos aggressiv zurück.

»Die Mutter ist die Erziehungsberechtigte. Sie können uns jetzt helfen, oder wir müssen polizeiliche Maßnahmen ergreifen.«

»Wollen Sie mich erschießen, wenn Pandelis hierbleibt, oder wie muss ich das verstehen?«, antwortete Alekos schon etwas kleinlauter.

»Wir werden Sie ganz sicher nicht erschießen«, entgegnete Michalis. »Aber wir könnten uns bei Ihnen zu Hause umsehen. Ich bin sicher, wir würden etwas Interessantes finden.«

Michalis war überrascht, dass diese vage Drohung Wirkung zeigte.

»Pandelis, du gehst mit deiner Mutter«, forderte Alekos seinen Neffen auf.

»Aber du hast gesagt ...«

»Alles andere klären wir später.«

Dieser letzte Satz klang unheilvoll.

Pandelis näherte sich langsam seiner Mutter. Sie packte ihn am Arm, schob ihn auf die Rückbank ihres weißen Sportwagens und kam kurz zurück zu Michalis.

»Danke«, sagte sie und atmete tief durch. »Vielen, vielen Dank. Ich hätte es nicht überlebt, wenn auch noch Pandelis etwas passiert wäre.«

Michalis nickte und musste schlucken.

»Ich bin sehr froh, dass wir ihn gefunden haben«, sagte er leise. Und ich wäre noch froher, dachte er, wenn damit nun alles vorbei wäre. Aber das war es nicht, da war Michalis sicher.

Auch Artemis bedankte sich bei Michalis, dann fuhr sie mit Kalliopi und Pandelis los.

Alekos ging auf Michalis zu und streckte seine Hand aus.

»Meine Waffe«, forderte er.

»Wir werden uns diese Waffe etwas genauer ansehen«, sagte Koronaios kühl. »Ich gehe davon aus, dass Sie dafür einen Waffenschein haben?«

Alekos lachte höhnisch, winkte ab, ging zu seinem Wagen und fuhr mit aufheulendem Motor los. Beim Einbiegen auf die Landstraße konnte ihm ein Kleinwagen mit einem jungen Urlauberpärchen gerade noch ausweichen. Alekos hupte laut und aggressiv.

»Die sind doch alle irre hier«, sagte Koronaios kopfschüttelnd. »Heute früh die Beerdigung, dann wird auf diesen Dimos geschossen, und der Großonkel veranstaltet danach fröhliche Schießübungen. Aber angeblich hat niemand etwas gesehen oder gehört. Gib mir mal die Waffe.«

Michalis reichte sie ihm.

»Eine Glock 17, aus Österreich. Wenigstens mal nicht von der deutschen Wehrmacht. Ich schau mir mal an, wie die geschossen haben.«

Während Koronaios sich die Einschüsse an den Olivenöldosen ansah und einige Pistolenkugeln mitnahm, schaute Michalis sich auf dem Gelände um. In der äußersten Ecke nahm er an der Außenmauer den Geruch von Verwesung wahr. Michalis ging hin und entdeckte die Überreste eines toten Marders mit einer großen Schusswunde. Eine Patrone war vermutlich durch den Marder hindurchgedrungen und an der Außenmauer abgeprallt, denn sie lag einen halben Meter neben dem toten Tier.

Michalis verzog das Gesicht, steckte die Patrone in einen Plastikbeutel und nahm sie mit.

»Ich bin gespannt, ob die Patrone zu einer der Waffen oder den Projektilen passt, mit denen wir bereits zu tun hatten«, sagte Koronaios, während er die Patrone betrachtete. »Die könnte aus einem dieser alten Karabiner stammen. Von den Deutschen.«

Michalis und Koronaios waren gerade auf dem Weg zu ihrem Wagen, als der Polizeiwagen aus Kolymbari auf das Gelände einbog und Mitsotakis ausstieg.

»Die Kollegen aus Chania!«, rief Mitsotakis laut und tat so, als würde er sich freuen, die beiden zu sehen. »Ihnen scheint unsere Gegend hier ja richtig ans Herz zu wachsen.«

Michalis und Koronaios verschlug es kurz die Sprache.

»Wir wären sicherlich nicht so oft hier, wenn hier nicht ständig Leute aufeinander schießen würden«, sagte Koronaios knapp.

»Ja. Schlimm. Furchtbar.« Mitsotakis bemühte sich, betroffen zu klingen.

»Zufällig hier?«, wollte Koronaios wissen.

»Ja, Routine. Nachsehen, ob alles ruhig ist«, antwortete Mitsotakis. »Und Sie? Auf dem Rückweg nach Chania? In die schöne Fischtaverne am venezianischen Hafen?« Mitsotakis lächelte Michalis an, der sich kommentarlos in den Wagen setzte. Koronaios folgte ihm.

»Der war doch nicht zufällig hier«, knurrte Koronaios und fuhr los. »Kann mir doch keiner erzählen. Ich schwör dir, den hat Alekos angerufen, und jetzt wollte er mal sehen, was diese Typen aus Chania hier schon wieder machen.«

»Ja. Kann gut sein.«

Koronaios rollte langsam über das Gelände der Ölmühle. Im Vorbeifahren sah Michalis, dass der schwarze Pick-up von Dimos noch vor der Halle stand.

»Weißt du, ob Zagorakis und seine Leute den schon untersucht haben?«

»Keine Ahnung. Wir werden ihn fragen.«

Koronaios bog nach links auf die Straße Richtung Chania, blieb nach einigen hundert Metern am Straßenrand stehen und blickte in den Rückspiegel.

»Wenn der nicht gleich kommt, dann sehen wir nach, was er da treibt«, sagte Koronaios. Eine Minute später wollte er gerade wenden, als der Polizeiwagen in der Einfahrt auftauchte. Mitsotakis stieg aus, zog das Eingangstor zu und fuhr wieder los, allerdings nicht Richtung Kolymbari, sondern nach Spilia hinein.

»Fährt er zu Alekos?«, überlegte Michalis laut.

»Kann gut sein.«

»Fahren wir ihm nach?«

»Jetzt, wo der Chef nicht da ist ... vielleicht sollten wir die Gelegenheit nutzen und mal mit seinen Polizisten reden. Ich hatte den Eindruck, dass die von ihrem Chef auch nicht sonderlich begeistert sind.«

Michalis musterte Koronaios verwundert. »Du willst jetzt ins Revier nach Kolymbari fahren und die beiden fragen, ob sie uns was über die Familien Karathonos und Delopoulou sagen können?«

»Einen Versuch ist es wert.«

In Kolymbari hielt Koronaios zu Michalis' Überraschung vor einer *Sacharoplastio*, einer Konditorei, kaufte vier Frappés und einige *Kalitsounia*, Teigtaschen mit Spinat und Käse, sowie einige *Xerotigana*, Teigbällchen mit Walnüssen, Zitrone und Honig.

»Den Jungs im Polizeirevier hat doch garantiert seit Jahren niemand mehr etwas mitgebracht.«

Venizelos und Katzikaki hatten, als Michalis und Koronaios das Revier betraten, jeweils mehrere aufgeschlagene Aktenordner auf ihren Schreibtischen liegen und sahen verärgert aus. Die Fenster standen offen, und Venizelos hatte seine Krawatte abgelegt und die obersten Hemdknöpfe geöffnet, trotzdem hatte er einen hochroten Kopf. Auch Katzikaki schwitzte, aber er schien vor allem mit den Ordnern überfordert zu sein.

Koronaios stellte die Frappés, *Kalitsounia* und *Xerotigana* beiläufig auf den Tresen. Venizelos und Katzikaki hatten sehr wohl wahrgenommen, was Koronaios mitgebracht hatte, und Michalis blieb nicht verborgen, dass sie es kaum erwarten konnten, bis Koronaios ihnen endlich etwas anbot.

»Wir haben euren Chef getroffen«, sagte Koronaios und beobachtete die beiden. »Der scheint es sich in Spilia gutgehen zu lassen. Und ihr dürft hier arbeiten, wie es aussieht.«

Venizelos und Katzikaki schienen sich zu fragen, ob Koronaios die Köstlichkeiten womöglich nur abgestellt hatte und sie wieder mitnehmen würde.

»Was hat er euch denn an Arbeit dagelassen?«, erkundigte sich Koronaios mit Blick auf die Aktenordner. Michalis staunte, wie lange Koronaios die beiden zappeln ließ. Venizelos war der Erste, der seinem Ärger Luft machte.

»Wir sollen die Fälle der letzten Jahre überprüfen.«

»Und zwar Fälle«, fuhr Katzikaki fort, »die angeblich Mitsotakis ganz allein gelöst hat.«

»Und bei denen ihr in den Berichten nicht erwähnt werdet«, spekulierte Koronaios.

Venizelos und Katzikaki warfen immer wieder Blicke Richtung Tresen zu den verlockend duftenden *Kalitsounia* und den *Xerotigana*. Sie schienen zu überlegen, ob sie offen über ihren Chef herziehen sollten.

»Wir haben ja gesehen, wie ihr heute Mittag an der Olivenölmühle verhindern solltet, dass die Leute die Mühle stürmen. Und euer Chef war euch da keine Hilfe, eher das Gegenteil, wenn wir das richtig beobachtet haben«, sagte Koronaios, und damit war der Damm gebrochen.

»Ja! Und das ist nicht das erste Mal!«, empörte sich Venizelos.

»Und ich kann mir gut vorstellen, dass das sogar schlimmer geworden ist, seit der Bürgermeister tot ist«, sagte Koronaios.

»O ja!«, rief Katzikaki und stand auf. »Seitdem ist das kaum noch zu ertragen!«

Das war der Moment, in dem Koronaios begann, die Köstlichkeiten auf dem Tresen auszupacken. Michalis hatte Mühe, ernst zu bleiben, während Venizelos und Katzikaki sich ausgehungert dem Essen näherten.

»Denn vermutlich fürchtet Mitsotakis jetzt um seinen Einfluss«, fuhr Koronaios fort und beeilte sich, die Frappés zu verteilen. »Habt ihr vielleicht Teller und Besteck?«

Koronaios hatte die Frage kaum ausgesprochen, da holte Venizelos schon Geschirr, während Katzikaki die Schranke am Tresen öffnete, die Kollegen aus Chania hereinbat und zwei weitere Stühle an die Schreibtische stellte.

Michalis wurde schon bald klar, dass er außer seinem Frappé nichts bekommen würde, aber dafür beantworteten Venizelos und Katzikaki ihnen bereitwillig alle Fragen. Sie bestätigten, dass Mitsotakis viele Angelegenheiten unter der Hand regelte und sich dabei gelegentlich außerhalb seiner Zuständigkeit und manchmal sogar außerhalb der Legalität bewegte.

Als Koronaios wissen wollte, ob es zwischen den Familien Karathonos und Delopoulou schon öfter Probleme gegeben hatte, sahen sich Venizelos und Katzikaki kurz fragend an.

»O ja«, antworteten sie gleichzeitig, und Venizelos stand auf und holte mehrere Aktenordner.

Tatsächlich war der Konflikt zwischen Spilia und Marathokefala sehr alt, und schon immer hatten die ärmeren Bewohner vom Hügel die Leute aus Spilia um ihr angenehmeres Leben beneidet. Im Bürgerkrieg, direkt nach dem Abzug der Deutschen Wehrmacht, hatten einige Männer aus Marathokefala auf der Seite der Kommunisten gegen die Konservativen gekämpft, und unter ungeklärten Umständen war damals der Großvater von Stelios und Dimos in einen Hinterhalt der Kommunisten geraten. Er hatte eine so schwere Schussverletzung erlitten, dass ihm sein linkes Bein abgenommen werden musste. Später, in der Zeit der Militärdiktatur, war ein Delopoulou verhaftet worden und im Gefängnis gestorben.

Venizelos blätterte in einem der Ordner.

»Hier«, sagte er, als er gefunden hatte, was er suchte. »In den Jahrzehnten danach gab es immer mal wieder Schlägereien und Hühnerdiebstähle.« Venizelos schüttelte den Kopf und lachte. »Einmal wollten die aus Marathokefala nachts sogar einen Esel stehlen. Der hat aber so lange geschrien, bis die Männer von Spilia wach waren und es eine stundenlange Prügelei gab. Unglaublich.«

Seit zwei Jahren eskalierte der Konflikt immer mehr, denn die Olivenbauern aus Marathokefala, die jahrzehntelang ihre Oliven zur Mühle der Karathonos' gebracht und sich dabei immer wieder betrogen gefühlt hatten, planten ihre eigene, kollektiv geführte Olivenölmühle – eine Bedrohung für die Einwohner von Spilia, die ihrer Ölmühle ihre sichere Existenz verdankten. Allerdings war die Mühle der Karathonos immer altmodischer geworden, und Dimos hatte als Geschäftsführer erst vor wenigen Jahren investiert und endlich auf moderne Zentrifugen umgestellt.

»Ohne seinen Bruder Stelios wäre Dimos längst pleite«, raunte Katzikaki leise, als könnte jemand zuhören.

Im nächsten Herbst, zur Olivenernte also, berichtete Venizelos weiter, sollte die Olivenölmühle in Marathokefala fertig sein, und dann würden der Mühle der Karathonos' die Einnahmen wegbrechen. Überraschenderweise war aber vor zwei Monaten ein Baustopp angeordnet worden, angeblich wegen fehlender Genehmigungen und falsch eingereichter Unterlagen.

»Ich bin sicher, dass unser Bürgermeister dahintersteckte«, sagte Katsikaki leise. »Ohne den lief hier in der Gegend absolut nichts.«

Die Olivenbauern von Marathokefala hatten aber einfach weitergebaut, und Mitsotakis hatte Venizelos und Katsikaki immer wieder auf den Hügel gejagt, um den Baustopp durchzusetzen.

»Das war kein Spaß«, sagte Venizelos verärgert. »Sie haben uns ihre Unterlagen gezeigt, und die waren in Ordnung. Aber was sollten wir machen. Wir hätten sie ja bauen lassen. Aber Mitsotakis kam einmal sogar mit gezogener Waffe dort oben an, um die Leute einzuschüchtern.«

Kein Wunder, dachte Michalis, dass die Bewohner von Marathokefala Mitsotakis nicht ausstehen konnten.

»Vor zwei Wochen ist dann überraschend der Baustopp aufgehoben worden«, sagte Venizelos. »Kein Mensch wusste, warum. Es gab keine neuen Genehmigungen, keine geänderten Unterlagen, nichts. Aber sie durften wieder bauen, und das haben sie auch getan.«

Und auch hinter dieser Entscheidung, da waren sich Venizelos und Katsikaki sicher, steckte der verstorbene Bürgermeister.

Als Michalis und Koronaios das Revier wieder verließen, hatten sie zwar so gut wie nichts gegessen, dafür aber sehr viel erfahren. Schweigend stiegen sie in den Wagen, und erst, als das Revier außer Sichtweite war, hielt Koronaios an und prustete los. Auch Michalis konnte nicht länger ruhig bleiben.

»Dieses Revier ist noch unglaublicher, als ich dachte!«, rief Koronaios. »Hast du gesehen, wie sie die *Kalitsounia* und die *Xerotigana* in sich reingestopft haben! Als gäbe es in Kolymbari nichts zu essen!«

Koronaios wurde schnell wieder ernst.

»Kannst du dir das erklären?«, fragte er. »Es gibt da oben einen Baustopp, hinter dem vielleicht dieser Bürgermeister steckt. Dann wird der Baustopp aufgehoben, und kurz danach ist der Bürgermeister tot.«

»Ich frag mich schon die ganze Zeit, was dieses Töten ausgelöst haben kann.« Michalis schüttelte nachdenklich den Kopf. »Könnte jemand einen Grund gehabt haben, den Bürgermeister umzubringen? Wer? Die Familie Delopoulou aus

Marathokefala, deren Baustopp gerade aufgehoben worden war? Das wäre komplett unsinnig. Aber wer dann?«

Koronaios beobachtete Michalis aufmerksam. Er sah, dass es in ihm arbeitete.

»Was sagt dir dein Gefühl? Was könnten wir tun?«

Michalis sah Koronaios mit einem gequälten Gesichtsausdruck an.

»Was ist los?«, wollte Koronaios wissen.

»Es ist kein Gefühl …«, sagte Michalis langsam.

»Sondern?«

»Ich hab was herausgefunden. Davon weißt du noch nichts.«

»Wie bitte?«

»Es gibt jemanden, der uns helfen könnte.«

»Wer?«

Michalis gab sich einen Ruck. »Die Geliebte des Bürgermeisters. Wir könnten zu ihr fahren. Vielleicht ist sie zu Hause, und wir finden heraus, was sie weiß.«

Koronaios brauchte einen Moment, um zu verstehen, was Michalis da sagte. »Du weißt also, wer diese Frau auf den Fotos ist, die Jorgos uns gezeigt hat?«

»Ja.«

»Mir war vorhin so, als hätte ich was in deinem Blick gesehen. Nur ganz kurz, aber trotzdem.« Koronaios musterte Michalis.

»Die Frau war mir schon vorher aufgefallen. Bei der Bergung des Wagens vom Bürgermeister. Da stand sie die ganze Zeit an der Absperrung.«

»Stimmt. Du hast sie mir sogar noch gezeigt. Hatte ich total vergessen. Was du dir immer alles merkst.«

»Mittlerweile weiß ich auch, wie sie heißt und wo sie wohnt.«

»Okay ... Es ist wahrscheinlich besser, wenn ich dich erst später frage, woher du das weißt?«

»Ja ...«, antwortete Michalis. »Ist besser.«

»Wo müssen wir hin?«

»Afrata.«

»Afrata. Dieser Ort hinter der Unfallstelle, ja?«

»Ja.«

»Das heißt, der Bürgermeister könnte nachts von dort gekommen sein.«

»Das wird uns diese Frau hoffentlich sagen können.«

Michalis sah Koronaios von der Seite an und wusste, wie glücklich er sich schätzen konnte, ihn als Partner zu haben. Jeder andere hätte in so einem Moment vermutlich ein Riesentheater gemacht, Koronaios aber gab sich damit zufrieden, erst später zu erfahren, wie Michalis zu seinen Informationen gekommen war.

Als sie die Kurve an der Felsenküste, in der der Bürgermeister abgestürzt war, erreicht hatten, griff Michalis nach seinem Handy.

»Wir sollten Jorgos anrufen und ihm sagen, dass wir Pandelis gefunden haben.«

»Ich bin sicher, das weiß er längst«, antwortete Koronaios. »Allerdings würde mich interessieren, was du ihm erzählen willst, wo wir jetzt hinfahren.«

Damit hatte Koronaios recht, und Michalis steckte sein Handy wieder weg. Er nahm es aber gleich wieder raus und vergewisserte sich, dass sich seit über zwei Stunden tatsächlich weder Hannah noch seine Familie bei ihm gemeldet hatten. Das war äußerst ungewöhnlich, und Michalis fragte sich, was das zu bedeuten hatte.

Die Pension, die Metaxia Lirlides betrieb, war noch immer geschlossen, doch Koronaios bemerkte jemanden im Haus. Er ging um das Gebäude herum und stieß auf die Frau, deren Foto Jorgos ihnen auf seinem Computer gezeigt hatte. Eine nicht sehr große Frau Mitte dreißig mit langen dunklen Locken und großen, freundlich blickenden Augen. Metaxia Lirlides weigerte sich zunächst, mit Koronaios zu reden. Erst als er ihr von den Fotos erzählte, die die Polizei von ihr und dem Bürgermeister gefunden hatte, wurde sie zugänglicher.

Michalis überließ Koronaios das Reden, da Koronaios offensichtlich derjenige sein wollte, der das Vertrauen von Metaxia Lirlides gewann. Nach einigen Minuten bat sie die beiden Kommissare herein und bot ihnen Kaffee an.

»Frau Lirlides«, – Koronaios bemühte sich, behutsam zu klingen – »wir glauben und hoffen, dass Sie uns einiges über den toten Bürgermeister sagen können.« Er warf Michalis einen Blick zu. Der nickte.

»Wir gehen davon aus, dass Sie Herrn Karathonos sehr nahe standen. Und dass Sie vermutlich einiges wissen, das uns helfen kann, die Morde und Mordversuche aufzuklären.«

Metaxia Lirlides war schockiert und wurde sehr nachdenklich, als sie erfuhr, dass auf Dimos geschossen worden war und er schwerverletzt im Krankenhaus lag. Sie quälte sich, aber dann überwog das Bedürfnis, endlich über das reden zu können, was sie seit Tagen mit sich herumschleppte.

Sie und Stelios Karathonos hatten seit einem guten Jahr eine Affäre gehabt, gab sie zu. Dass er sich nicht von seiner Frau trennen wollte, sei für sie kein Problem gewesen. Sie wusste durch ihre eigene, gescheiterte Ehe, wie kompliziert eine Trennung sein konnte.

»Sie haben eine Tochter?«, fragte Koronaios, weil Michalis

das Mädchen erwähnt hatte, und sie erfuhren, dass die Sechsjährige bei den Großeltern in Rethymnon war.

»Diese Fotos von Ihnen und dem Bürgermeister. Wir gehen davon aus, dass Dimos sie gemacht hat.«

Metaxia Lirlides reagierte nicht.

»Die Fotos sind ja offensichtlich heimlich aufgenommen worden. Wollte Dimos seinen Bruder erpressen? Oder wollte er Sie erpressen?«

Metaxia Lirlides biss sich auf die Lippe.

»Stelios hat seinem Bruder nicht getraut«, sagte sie nach einigem Zögern. Sie hatte Michalis und Koronaios auf einen *Elliniko* in die kleine gemütliche Lobby mit Holzwänden gebeten, wo sie um einen niedrigen Tisch herum auf Polstersesseln saßen. »Er wusste, dass Dimos eigentlich pleite war und sich mit der letzten Olivenernte sanieren wollte. Aber das war ja schiefgegangen.«

»Was genau war schiefgegangen?«, fragte Koronaios.

»Das wissen Sie nicht?« Metaxia Lirlides blickte die beiden verwundert an. Sie schien zu befürchten, bereits zu viel gesagt zu haben.

»Wir haben Laborberichte gefunden, in denen es um das Olivenöl von Dimos geht.«

Metaxia Lirlides nickte, schwieg aber.

»Und wir fragen uns, ob das etwas mit den Schüssen auf Dimos zu tun hat. Und mit dem unklaren Unfalltod von Stelios.«

Die Geliebte des Bürgermeisters wurde hellhörig.

»Unklar? Sie glauben, dass es kein Unfall war?«

Koronaios sah Michalis an und nickte.

»Es gibt da etliche Ungereimtheiten«, ergänzte Michalis und sah, dass Metaxia Lirlides ihn überrascht musterte.

»Je mehr wir wissen, desto größer ist unsere Chance, die Unfallursache zu klären. Und falls dieses Olivenöl etwas damit zu haben sollte, wäre es gut, wenn Sie uns das sagen.«

Metaxia Lirlides seufzte. »Dimos hatte mit einem Großhändler aus Athen einen Vertrag über eine völlig illusorische Menge an Olivenöl abgeschlossen und dafür achtzigtausend Euro als erste Rate bekommen.« Sie schüttelte den Kopf. »Um auf diese Menge an Olivenöl zu kommen, musste er die Oliven viel zu warm verarbeiten, bei zweiunddreißig statt bei vierundzwanzig Grad. Dadurch hat er zwar fast dreißig Prozent mehr Olivenöl bekommen, aber mit einer sehr viel schlechteren Qualität. Der Großhändler aus Athen hat das Olivenöl in einem Labor prüfen lassen, und der Betrug ist aufgeflogen.«

Metaxia Lirlides registrierte die fragenden Gesichter von Michalis und Koronaios. »Ich wusste bis vor ein paar Wochen auch nicht, wie das genau funktioniert. Stelios hat mir das alles erklärt. Dimos wollte, dass Stelios ihm diese achtzigtausend Euro leiht, damit der Händler ihn nicht anzeigt. Geld leihen, das hätte bei Dimos schenken bedeutet, denn er war ja sowieso überschuldet.« Sie schüttelte den Kopf. »Und er hätte dann ja immer noch das Olivenöl von schlechter Qualität gehabt, das er nicht legal verkaufen konnte.«

»Stelios hat sich also geweigert?«

Metaxia Lirlides seufzte. »Ja.«

»Wissen Sie etwas über die Nacht, in der Stelios gestorben ist?«, fragte Koronaios behutsam.

Metaxia Lirlides senkte den Kopf und schien den Boden anzustarren. Es dauerte mehrere Minuten, bis sie ihren Kopf wieder hob.

Sie hatte Tränen in den Augen, als sie sagte: »Ich weiß ja, dass Stelios nicht immer angenehm war. Mir und Niki gegenüber verhielt er sich großartig, aber zu anderen … Sie wissen von dem Baustopp bei dieser anderen Mühle? Es hat ihm regelrecht Spaß gemacht, denen das Leben schwerzumachen.« Sie weinte leise.

»Warum hat er den Baustopp aufgehoben?«

Metaxia Lirlides wirkte verzweifelt und antwortete nicht.

»In den letzten Wochen vor seinem Tod ... war er da verändert?«, fragte Michalis.

»Wie meinen Sie das?«

»Die Herzoperation seiner Mutter muss ihn sehr belastet haben. Es war wohl nicht sicher, ob die Mutter die Operation überleben würde«, erklärte Michalis und warf Koronaios einen Blick zu. Beiden war klar, dass sie diese Frau zum Reden bringen wollten.

»Ging es nur um diese Herzoperation? Oder gab es noch etwas anderes, was Stelios belastet hat?«, fragte Koronaios etwas eindringlicher als Michalis.

Metaxia Lirlides schüttelte den Kopf.

»Wenn es Ihnen wichtig ist, dass der Tod Ihres Geliebten aufgeklärt wird«, sagte Michalis behutsam, »dann sollten Sie uns helfen.«

Metaxia Lirlides seufzte, schaute zur Decke, nahm noch einem Schluck *Elliniko* und sah Michalis und Koronaios an.

»Seine Mutter ...«, begann sie. »Am Abend vor der OP waren ihre Söhne bei ihr. Stelios und Dimos. Und plötzlich hat die Mutter Dimos gebeten, sie mit Stelios allein zu lassen.«

Metaxia Lirlides stockte. Michalis und Koronaios hofften, dass sie weitersprechen würde.

»Dimos wollte erst nicht gehen und muss laut geworden sein.«

»Und? Ist Dimos gegangen?«, fragte Koronaios, weil Metaxia Lirlides schwieg.

»Ja.«

»Und was hat die Mutter dann mit Stelios allein besprochen?«, erkundigte sich Michalis und sah, dass Metaxia Lirlides mit sich rang.

»Das kann ich Ihnen nicht sagen ... das darf ich Ihnen nicht sagen. Auf keinen Fall. Das würde Stelios mir nicht verzeihen.«

Michalis und Koronaios sahen sich an. Beide ahnten, dass sie an dem Punkt nichts mehr erfahren würden.

»Aber die Nacht des Unfalls«, versuchte Koronaios dort weiterzumachen, wo Metaxia Lirlides sich ebenfalls nicht geäußert hatte. »Was ist in der Nacht seines Todes passiert?«

Wieder schüttelte Metaxia Lirlides den Kopf, aber Koronaios beharrte hartnäckig auf seiner Frage. »Dimos wird vermutlich bald das Krankenhaus verlassen können. Und noch haben wir nicht viel gegen ihn in der Hand.«

Metaxia Lirlides schien zu erschrecken.

»War Dimos jemals hier? Hier in Afrata?«, fragte Michalis.

»Ja«, sagte Metaxia Lirlides zögernd. »Ja. Ein Mal. In der Nacht, in der Stelios gestorben ist. Ich hatte von oben gesehen, dass Stelios gerade geparkt hatte, als Dimos mit seinem Pick-up ankam. Es gab einen Streit, Stelios hat Dimos angebrüllt, und der hat ihn zu Boden gestoßen. Es wirkte auf mich, als ob Stelios ihm drohen würde. Er hatte keine sehr gute Meinung von Dimos und wusste, dass er schon immer der Intelligentere der beiden war.« Metaxia Lirlides schluckte. »Stelios ist dann in seinen Wagen gestiegen und regelrecht geflüchtet. Dimos ist ihm gefolgt.«

Metaxia Lirlides liefen die Tränen über die Wangen.

»Das war das letzte Mal, dass ich Stelios gesehen habe«, schluchzte sie, und danach konnte sie für längere Zeit nichts mehr sagen.

Auf dem Rückweg nach Chania schwiegen Michalis und Koronaios nachdenklich. Michalis hatte kein Auge für die Schönheit der Felsenküste und der Bucht, die immer wieder unterhalb der Straße zu sehen war. Sowohl Michalis' Mutter als auch seine Schwester Elena hatten mittlerweile angerufen und Nachrichten hinterlassen, aber das ignorierte er. Dass Hannah sich überhaupt nicht gemeldet hatte, war irritierend.

Nach einiger Zeit räusperte sich Koronaios.

»Wenn es stimmt, was die Frau uns gesagt hat, dann könnte der Tod des Bürgermeisters ein Familiendrama gewesen sein. Aber was hat das dann mit dem Tod von Antonis Delopoulou zu tun? Hat es überhaupt etwas damit zu tun?«

»Und was wollte die Mutter in der Nacht vor ihrer Herzoperation allein mit Stelios besprechen? Gibt es da noch etwas, von dem wir nichts wissen?«, erwiderte Michalis skeptisch.

Koronaios überlegte. »Vielleicht hat Dimos seinen Bruder von der Straße gedrängt. Aber wir können auch nicht ausschließen, dass der Bauunternehmer Kaminidis damit etwas zu tun hat. Vielleicht wusste der Bürgermeister einfach zu viel. Oder er wollte irgendwelche kriminellen Geschäfte nicht mehr decken.«

Michalis blickte aus dem Fenster. »Wir müssten die Wagen untersuchen lassen. Von Dimos und dem Bürgermeister. Und von Kaminidis. Vielleicht finden sich doch noch fremde Lackreste.«

Koronaios nickte. »Das regel ich mit Zagorakis. Und ruf jetzt doch mal Jorgos an. Nicht, dass der uns vermisst. Aber sag ihm noch nicht, dass wir bei der Geliebten des Bürgermeisters waren. Das sollten wir ihm schonend beibringen.«

Jorgos wusste natürlich längst, dass sie Pandelis gefunden hatten. Der Gouverneur hatte Ioannis Karagounis, den Polizeidirektor von Chania, informiert, und seitdem war dieser sehr guter Stimmung.

»Und wo wart ihr jetzt noch?«, wollte Jorgos wissen.

»Wir waren bei den Kollegen in Kolymbari. Haben die Chance genutzt, ohne den Herrn Revierleiter einiges über Spilia und Marathokefala zu erfahren.«

»Sehr gut«, lobte Jorgos. »Seid ihr auf dem Weg zurück? Hier gibt es auch ein paar Neuigkeiten.«

Michalis sah Koronaios an. Der machte ihm eine abwartende Geste.

»Ja, wir prüfen hier noch etwas, und dann kommen wir«, sagte Michalis vage und war froh, dass Jorgos nicht nachfragte.

»Ich bekomme langsam Hunger«, sagte Koronaios, als sie Kolymbari erreicht hatten. »Die beiden Jungs im Revier haben die *Kalitsounia* und die *Xerotigana* vorhin ja in sich reingestopft, als hätten sie seit Wochen nichts zu essen bekommen.« Koronaios warf einen Blick auf seinen Bauch. »Na ja. Vielleicht ja auch ganz gut so.«

Koronaios fuhr auf die Schnellstraße und gab Gas.

»Dir ist hoffentlich klar«, sagte er nach einiger Zeit, »dass du mir irgendwann sagen solltest, wie du auf diese Metaxia Lirlides gekommen bist.«

Ja, das war Michalis klar. Er brauchte einen Partner, der ihm vertraute, und sollte keine Geheimnisse vor ihm haben.

»Früher oder später wird sich nämlich herumsprechen, dass zwei Kommissare aus Chania in Afrata bei Metaxia Lirlides waren. Und wenn irgendwann Jorgos danach fragt, sollten wir uns einig sein, was wir ihm erzählen.«

Ja, auch Metaxia Lirlides würde mit irgendjemandem reden, da hatte Koronaios recht. Und deshalb berichtete Michalis seinem Partner, wie er mit Hannah den Bootsausflug gemacht und das Smartphone des Bürgermeisters gefunden hatte.

»Du kannst wirklich froh sein, dass du eine Frau wie Hannah hast«, sagte Koronaios anerkennend. »Ich weiß nicht, ob alle deutschen Frauen mit dir nach Überresten eines tödlichen Unfalls suchen würden. Griechische Frauen würden das jedenfalls nicht tun, glaube ich.«

Ja, Hannah war großartig. Obwohl es Michalis zunehmend irritierte, dass er seit Stunden nichts von ihr gehört hatte.

»Und wie bist du an die Daten aus dem Smartphone gekommen? War es noch eingeschaltet, oder hatte der Bürgermeister keinen Sperrcode?«

Michalis wusste, dass er nicht lügen sollte, aber er durfte auch Christos nicht verraten.

»Könntest du vorläufig akzeptieren, dass ich dir das nicht sagen kann?«

»Ungern«, antwortete Koronaios. »Aber okay. Vermutlich ahne ich es ja sowieso. Wo ist das Smartphone jetzt?«

Michalis antwortete nicht sofort, und Koronaios sah ihn skeptisch an.

»Wenn Jorgos irgendwann erfährt, dass du gegen seine ausdrückliche Anweisung heimlich ermittelt hast, hast du ein ziemliches Problem. Falls aber ich das Smartphone gefunden haben sollte, habe entweder ich das Problem, oder ich bekomme ein großes Lob, weil ich so klug bin.« Koronaios grinste.

Michalis überlegte kurz, dann schlug er vor, zum *Athena* zu fahren und das Smartphone zu holen. Das gefiel Koronaios, und ihm gefiel auch die Vorstellung, dass es im *Athena* etwas zu essen geben würde.

17

Bevor er in die Taverne ging, blieb Michalis kurz draußen am Hafen stehen. Kaum etwas kannte er so gut wie diesen Blick über den Hafen, und kaum etwas liebte er so sehr. Die kleinen Ausflugsboote und Yachten, kreischende Silbermöwen und flanierende Touristen, das kleine maritime Museum gegenüber vom *Athena* und der Leuchtturm, der jetzt am Spätnachmittag schon leicht im Gegenlicht flimmerte. Dieser Ort war ihm so vertraut und schien so unendlich friedlich zu sein, und es war für Michalis kaum vorstellbar, dass nur wenige Kilometer entfernt Menschen aufeinander schossen und sich gegenseitig umbrachten.

»Riechst du das?«, fragte er, als Koronaios sich neben ihn stellte. »Das Meer? Das Salz? Die Feuchtigkeit, Fische, Algen? Großartig, oder?«

»Ja. Nicht schlecht«, sagte Koronaios mit gespielter Gleichgültigkeit. »Das Smartphone ist oben bei Hannah, nehm ich an? Ich warte unten. Ich muss ja nicht dabei sein, falls du deine Freundin küssen willst.«

»Meine Mutter gibt dir sicher gern etwas zu essen.«

»Ich glaube, dein Onkel möchte, dass wir möglichst schnell zurückkommen.«

Michalis grinste und wusste, dass dieses »schnell« sehr dehnbar sein konnte. *Den pirasi.* Das sagten die Kreter gern, wenn die Dinge anders liefen als gedacht. *Den pirasi. Macht doch nichts.*

Michalis' Vater saß an seinem kleinen Tisch und kontrollierte am iPad seine Aktienkurse. Es saßen nur wenige Gäste an den Tischen, aber das war nachmittags im April auch nicht anders zu erwarten. Sotiris stand an einem Tisch neben einer amerikanischen Familie mit zwei übergewichtigen Söhnen und nahm die Bestellung entgegen.

Michalis freute sich, wieder hier zu sein, aber anders als üblich wurde er nicht sofort von seiner Familie begrüßt, sondern eher unsicher beäugt. Michalis spürte, dass etwas nicht stimmte.

Im Vorbeigehen begrüßte Sotiris Michalis mit einer Umarmung, die aufmunternd wirkte.

»Sag mal, ist irgendetwas los?«, wollte Michalis wissen.

»Ich muss in die Küche«, erwiderte Sotiris ausweichend.

Michalis wollte seinen Vater begrüßen, doch der winkte ab und tat so, als würden seine Aktienkurse seine volle Aufmerksamkeit erfordern.

Als Michalis gerade die Treppe erreicht hatte, kam seine Mutter eilig aus der Küche und hielt ihn auf.

»Es tut mir sehr leid für euch«, sagte sie leise, und Michalis hatte keine Ahnung, was sie meinte. »Wir hätten uns natürlich sehr gefreut, aber ihr seid ja noch jung.«

Plötzlich ahnte Michalis, worum es ging. Vermutlich hatte Hannah ihnen irgendwie klargemacht, dass kein weiteres Enkelkind unterwegs war, und die Familie war natürlich überzeugt, dass Michalis nun unendlich leiden würde.

»Ist Hannah oben?«, fragte er schnell.

»Ja. Ist vielleicht ganz gut, wenn du dich um sie kümmerst. Hast du denn schon Feierabend?« Die Mutter warf einen skeptischen Blick auf Koronaios.

»Nein. Ich muss nur eben etwas holen. Kann auch sein, dass es heute spät wird. Ein Mord, ein Schwerverletzter.«

»Oh. Na ja, schön, dass du wenigstens kurz kommen konntest.«

Michalis verzichtete darauf, seiner Mutter noch deutlicher zu verstehen zu geben, dass er nicht wegen Hannah hier war. »Es kann sein, dass er ziemlich hungrig ist«, fügte er leise mit einem Blick auf Koronaios hinzu und ging nach oben.

Hannah hockte an ihrem völlig überladenen, provisorischen Schreibtisch und schrieb am Computer noch einen Satz zu Ende, bevor sie aufstand und Michalis umarmte.

»Hey …«, sagten beide fast gleichzeitig und küssten sich.

»Wie hast du es denn geschafft, denen da unten klarzumachen, dass wir im Moment noch kein Kind erwarten?«, fragte Michalis vorsichtig.

»Das haben Sie dir schon erzählt?«

»Meine Mutter. Sotiris und mein Vater haben so getan, als müsste ich am Boden zerstört sein.«

»Ja …«, sagte Hannah schuldbewusst, »ich hab deine Mutter gefragt, wo ich hier Tampons kaufen kann. Ich hätte meine Regel bekommen. Überraschend.«

Michalis musste grinsen.

»Raffiniert.«

»Ja … aber gelogen. Ist eigentlich erst in einer Woche so weit, ungefähr. Aber jetzt wissen sie es.«

»Ja. Besser so.«

Michalis sah sich kurz um. Hannah hatte ihre Unterlagen ausgebreitet und jede Ablagefläche dafür genutzt. Es war schwer vorstellbar, dass auf dem Bett heute Nacht wieder Platz zum Schlafen sein könnte.

»Und bei dir?«, wollte Hannah wissen.

Michalis stöhnte kurz.

»Es gab noch einen Schwerverletzten, und wir wissen noch

nicht, wie alles zusammenhängt. Und Koronaios weiß jetzt von dem Smartphone, das musste sein. Erzähl ich dir nachher genauer.«

»Morgen Vormittag …«, Hannah lächelte zerknirscht, und Michalis ahnte, dass sie ihm etwas Unangenehmes sagen wollte. »Kann sein, dass ich sehr früh raus muss. Ich hab eventuell einen Termin in Heraklion, im Archäologischen Museum. Das klärt sich heute noch.«

»Ah. Warum?«

»Mein Prof hat den Kontakt hergestellt und hofft, dass ich etwas herausfinde, wegen Damaskinos, dem Ikonenmaler. Außerdem …« Hannah lehnte sich zurück, um Michalis' Reaktion besser sehen zu können. »Nach meiner Promotion wäre das Archäologische Museum in Heraklion eine der wenigen Möglichkeiten für mich, hier auf Kreta zu arbeiten. Also, in meinem Job. Vielleicht ergeben sich da ja morgen Kontakte.«

»Okay … ist aber Heraklion.«

»Du bist ja genauso schlimm wie dein Vater! Für euch besteht die Welt nur aus Chania, und Heraklion ist schon irgendwas Feindliches! Von Berlin aus ist das direkt um die Ecke, Mann!«

Sie schüttelte den Kopf.

»Ja, klar«, sagte Michalis schnell. »Heraklion ist super.«

»Alle Kreter lügen«, erwiderte Hannah und lachte.

Koronaios hatte sich nicht lang bitten lassen und von Michalis' Mutter serviert bekommen, was sie in der Küche gerade fertig hatte: *Bamies laderes*, Okraschoten mit Tomaten, Sellerie und Koriander, sowie ein *Kouneli Stifado*, einen Kaninchen-Eintopf. Beides aß Koronaios begeistert, und auch Michalis nahm schnell noch ein paar *Bamies laderes*. Und wie er es sich gedacht hatte, standen bei der Abfahrt auch noch einige Kleinigkeiten auf dem Rücksitz des Wagens.

»Während du bei Hannah warst, hab ich Zagorakis angerufen. Er holt sich gleich das Projektil, das du an der Olivenölmühle gefunden hast«, sagte Koronaios, während er sich einen *Kalitsounia* nahm. »Und ich hab ihn gebeten, dass sie sich den Wagen von Dimos angucken, ob es da fremde Lackspuren gibt.«

»Sehr gut. Vielleicht finden sie ja was.«

Michalis gab Koronaios das Smartphone des toten Bürgermeisters, und Koronaios ließ es in ihrem Büro erst einmal im Aktenschrank verschwinden.

»Ich werde auf einen günstigen Augenblick warten, um Jorgos zu erklären, dass dieses Smartphone aufgetaucht ist und die Daten daraus uns helfen werden. Und bis dahin werde ich mir auch noch etwas Kluges einfallen lassen, wo ich es entdeckt haben könnte.«

Jorgos las gerade einen Bericht, den ihm Zagorakis geschickt hatte, als Michalis und Koronaios in sein Büro kamen.

»Es sind alle sehr erleichtert, dass ihr den Sohn von Kalliopi gefunden habt«, sagte Jorgos, nachdem die beiden sich gesetzt hatten. »Unser Polizeidirektor ist sogar regelrecht euphorisch.« Jorgos sah die beiden fragend an. »Was war euer Eindruck? Müssen wir bald mit den nächsten Schüssen rechnen, oder ist erst mal Ruhe?«

Michalis und Koronaios wechselten kurz einen Blick.

»Wir halten es für kein gutes Zeichen«, sagte Koronaios, »dass der Elfjährige, dessen Vater gerade gestorben ist, bei seinem Großonkel das Schießen trainiert.«

Jorgos nickte bedrückt. »Ja.«

»In der Logik einer Blutrache hat es zuletzt einen der Karathonos erwischt, und die könnten sich jetzt wieder an den Delopoulou rächen wollen.«

Koronaios sah Michalis fragend an, aber dem war es ganz recht, dass Koronaios das Reden übernommen hatte.

»Andererseits sind das ja bisher nur unsere Vermutungen. Vielleicht steckt hinter diesen Todesfällen und Schüssen ja auch etwas anderes.«

Jorgos deutete auf Kopien der Unterlagen aus der Olivenölmühle.

»Ich habe mir diese Unterlagen aus der Mühle noch etwas genauer angesehen«, sagte er. »Es scheint dieser Mühle sehr schlechtzugehen. Es gibt Hinweise auf über dreihunderttausend Euro Schulden bei einer Bank, und parallel läuft ein Kredit über zweihunderttausend bei einer anderen Bank. Eine halbe Million. Dimos Karathonos dürfte unter ziemlichem Druck stehen.«

»Was schließt du daraus?«, fragte Michalis, weil Jorgos eine Pause machte.

Jorgos deutete auf den Bericht der Spurensicherung. »Zagorakis und seine Leute haben die Walther P 38 aus der Olivenölmühle mit dem Projektil, das du in dem Olivenhain entdeckt hast, verglichen. Sie sind sicher, dass sie zusammenpassen. Es ist aber nicht die Waffe, mit der Antonis Delopoulou getötet wurde. Das war wohl tatsächlich ein alter Karabiner 98k.«

»Hilft uns das?«, wollte Koronaios wissen.

»Es gibt ja auch noch diese Unterlagen aus der Olivenölmühle. Die zusammen mit der Walther P 38 versteckt waren. An denen war Blut.« Jorgos machte eine kurze Pause. »Und zwar das Blut von Stelios Karathonos. Stournaras und seine Mitarbeiter in der Gerichtsmedizin sind sicher.«

»Moment mal«, sagte Koronaios und warf Michalis einen

irritierten Blick zu. »Das sind die Unterlagen, aus denen hervorgeht, dass Dimos eigentlich pleite ist. Und auf denen klebt Blut seines toten Bruders?«

»Ja, und zwar nicht nur zwei Tropfen.«

»Gehst du denn immer noch davon aus, dass der Tod des Bürgermeisters ein Autounfall war?«, fragte Koronaios schnell.

Jorgos warf einen Blick zur Decke.

»Offiziell bleibt es erst einmal dabei. Es war ein Autounfall unter Alkoholeinfluss, und der Fall ist abgeschlossen.« Er musterte die beiden. »Unter uns sollten wir aber nicht mehr ausschließen, dass es anders gewesen sein könnte.« Jorgos nickte. »Gut, damit seid ihr auf dem aktuellen Stand. Es war ein langer Tag für euch. Wir sehen uns morgen früh. Michalis, soll ich dich nach Hause fahren? Ich brauch allerdings noch zehn oder fünfzehn Minuten.«

»Ja, gern.« Michalis überlegte. »Und was ist mit Kaminidis? Dem Bauunternehmer? Wie machen wir da weiter?«

Jorgos biss sich auf die Lippen.

»Ich hab mir die Unterlagen mit seinen Firmen angesehen und an unsere Abteilung für Wirtschaftskriminalität weitergegeben. Die sind dafür zuständig.« Jorgos seufzte kurz. »In Absprache mit dem Polizeidirektor, natürlich.«

»Und was, wenn Kaminidis etwas mit den Todesfällen zu tun hat? Oder schließt du das aus?«, bohrte Michalis nach.

»Nein.« Jorgos versuchte, überzeugend zu klingen. »Und sobald ihr auch nur den geringsten Hinweis findet, dass er mit den Todesfällen zu tun hat, werden wir in diese Richtung auch ermitteln. Bisher aber« – er holte tief Luft – »geht es nur um mögliche Wirtschaftskriminalität. Und das ist nicht unsere Aufgabe.«

»Er ist nicht blöd, dein Onkel«, sagte Koronaios, als sie zu ihrem Büro gingen. »Das mit Kaminidis hat er elegant gelöst. Niemand kann ihm etwas vorwerfen, der Polizeidirektor ist zufrieden, und es liegt an uns, Kaminidis mit den Todesfällen in Verbindung zu bringen. Raffiniert.« Koronaios schüttelte den Kopf. »Denn die Jungs von der Wirtschaft, die werden einen Teufel tun und sich mit unserem Polizeidirektor anlegen. Wir werden nie wieder etwas davon hören, da kannst du sicher sein.«

Draußen wurde es allmählich dunkel, und Koronaios fuhr direkt nach Hause, um sich nach diesem langen Tag seiner Familie widmen zu können. Er hatte Michalis in den letzten Stunden damit verschont, deutete beim Abschied aber an, dass es heute Nikoletta war, die die Eltern auf Trab gehalten hatte.

Michalis nutzte die Zeit, bis Jorgos fahren wollte, und ging in den Keller zu Christos. Er sollte wissen, dass das Smartphone des Bürgermeisters mittlerweile bei Koronaios war.

Auf Christos' Tisch stand die Pizzaschachtel eines Lieferservices mit einem kalten Stück Pizza. Daneben mehrere halbausgetrunkene Cola-Flaschen.

»Heute war es in der Kantine so schlimm, das konnte nicht mal ich essen. Da hab ich 'nen Pizzaservice angerufen.« Christos deutete auf die Essensreste. »Kann dein Bruder nicht 'nen Lieferservice machen? Aber mit Preisen wie für Pizza«, fuhr Christos fort und sah Michalis an. »Gibt's was Neues?«

Michalis blickte sich kurz um und war froh, dass Christos gerade allein war.

»Das Smartphone ist jetzt bei Koronaios. Er weiß aber nicht, dass du es schon hattest.«

»Okay ... Und was passiert damit?«

»Erst einmal nichts. Die ganze Geschichte ist kompliziert, da sind alle sehr vorsichtig.«

»Dieses Smartphone ist doch ein Beweismittel, oder?«

»Offiziell wird wegen dieses Bürgermeisters nicht mehr ermittelt. Autounfall unter Alkoholeinfluss. Das glaub ich aber nach wie vor nicht.«

»Wieso?«

»Es gibt etliche Ungereimtheiten. Aber unsere eigentliche Sorge ist gerade eine andere. In der Gegend schießen zu viele Leute aufeinander.«

Christos kam näher und sagte leise: »Könnte es dir helfen, wenn du wüsstest, mit wem dieser Typ vor seinem Tod telefoniert hat?«

Michalis sah Christos verwundert an. »Ja. Klar. An der ganzen Geschichte ist so vieles dubios, da würde mir das sehr helfen. Aber da wird uns Jorgos nicht unterstützen. Eher im Gegenteil.«

Christos zögerte. »Das muss jetzt wirklich unter uns bleiben.«

Michalis wurde hellhörig. »Was?«

»Ich hatte von einigen Daten des Smartphones ein Backup gemacht. Nur von einigen. Hat mich gereizt. Alte Gewohnheit.«

»Ist das dein Ernst?«

»Ja, nicht alles, wie gesagt.«

Michalis stöhnte kurz. Gerade hatte er das Gefühl gehabt, die Geschichte so weit mit Koronaios geklärt zu haben, dass niemand ihm viel vorwerfen konnte. Und jetzt das.

»Wann könntest du es dir angucken?«

»Irgendwann heute Nacht. Das darf hier niemand mitkriegen. Das Backup ist auch nicht hier.«

Michalis wollte lieber nicht so genau wissen, wo die Daten herumschwirrten.

»Heute Vormittag ist auf den Bruder des Bürgermeisters geschossen worden«, sagte Michalis, »und gestern Nacht auf einen Antonis Delopoulou aus einem Nachbarort. Wenn du da irgendeine Verbindung finden solltest, zwischen diesen Familien, den Karathonos und den Delopoulou. Irgendwas Auffälliges. Und dann gibt es auch noch einen Kaminidis. Bauunternehmer. Irgendwie hängt der da auch mit drin.«

Beide hörten, dass jemand kam.

»Ich meld mich, wenn ich was weiß. Aber ich kann nichts versprechen. Kann spät werden«, sagte Christos leise, und Michalis beeilte sich, nach oben zu kommen.

Jorgos und Michalis folgten der *Apokoronou*, bis sich im abendlichen Verkehr vor der *Odos Plastira* an der Ampel die Autos stauten. Michalis hatte befürchtet, Jorgos könnte diese Fahrt nutzen, um ihn auszuhorchen oder unter Druck zu setzen, aber sein Onkel war eher in sich gekehrt.

»Ich bin ja froh«, sagte Jorgos unvermittelt, als sie auch nach der zweiten Rotphase noch nicht über die Ampel gekommen waren, »dass wenigstens Dimos überleben wird. Aber mal unabhängig von unseren bisherigen Indizien und Erkenntnissen« – Jorgos klang nachdenklich –, »was sagt dir dein Gefühl? Worum geht es bei diesen Todesfällen und Schießereien? Was steckt dahinter?«

Jorgos wollte häufig wissen, was Michalis bei Ermittlungen über die Fakten hinaus *wahrnahm*. Bei diesem Fall war Michalis selbst überrascht, wie schwer er sich tat. Er hatte noch keinen Anhaltspunkt gefunden, was das wirkliche Problem sein könnte, und deshalb wusste er auch nicht, worauf er sich konzentrieren sollte. Er tappte völlig im Dunkeln, und das irritierte ihn. Er ahnte, dass Metaxia Lirlides etwas Wichtiges zwar angedeutet, aber ihnen nicht mitgeteilt hatte, und es war zu früh, um mit Jorgos darüber zu reden.

»Es muss etwas geben, was wir bisher nicht sehen oder was wir einfach noch nicht wissen«, erwiderte er vage. »Irgendetwas, das diese Todesfälle und die Schüsse verbindet. Und ich glaube, es sind nicht die Feindschaft zweier Familien oder die Geldsorgen eines Bruders oder die Korruption eines Bürgermeisters.« Michalis kniff die Augen zusammen. »Das spielt natürlich alles eine Rolle.« Er sah Jorgos an, der ihn aufmerksam musterte. »Aber es muss etwas hinter all dem geben. Und wenn wir das gefunden haben, können wir vielleicht den nächsten Mord verhindern.«

»Dann lass uns hoffen, dass wir das schnell finden«, sagte Jorgos skeptisch und gab Gas, weil die Ampel grün geworden war.

»Aber was sollen wir tun?«, fragte Jorgos, als er kurz darauf in die *Nikiforou Foka* einbog. »Wir können ja nicht alle Männer der beiden Familien einsperren, damit sie nicht aufeinander schießen.«

Nein, das konnten sie natürlich nicht.

Michalis stieg schon an der *Odos Epimenidou* aus, damit seine Familie ihn nicht gleich sehen konnte. Wenn er mit seinem Roller unterwegs war, konnte er einfach noch irgendwo hinfahren, ohne dass jemand etwas davon erfuhr. Nach langen, komplizierten und unerfreulichen Tagen brauchte er noch Zeit für sich, um den Kopf freizubekommen, ohne dass die Familie erwartungsvoll um ihn herumsaß.

Michalis schlich sich am *Athena* vorbei und ging auf der Mole ganz nach vorn zum Leuchtturm. Er war müde, und trotz seiner grauen Lederjacke war ihm kalt, aber es tat gut, den kühlen Meereswind im Gesicht zu spüren und das Salz auf den Lippen zu schmecken. Hin und wieder schlugen die höheren Wellen gegen die Mole, und die Gischt spritzte bis zu Michalis herauf. Er liebte diese abendlichen Spaziergänge auf der Mole und war schon als kleiner Junge oft heimlich hierhergekommen. Seine Eltern waren im Sommer mit dem *Athena* beschäftigt gewesen, so dass es häufig nicht auffiel, wenn er für ein paar Stunden verschwunden war. Meistens war seinem Bruder das Verschwinden von Michalis aufgefallen, und da Sotiris die Lieblingsplätze von Michalis kannte, hatte er ihn oft nach Hause geholt, bevor die Eltern ihn überhaupt vermissten.

Der Wind, das salzige Meer und das beruhigende Geräusch der Wellen taten Michalis gut, heute jedoch wurde sein Kopf dadurch nicht klarer.

Als Michalis zum *Athena* zurückkam, saß seine Familie beim Essen, und die Kinder von Sotiris rannten durch die Taverne. Im Grunde hätte Michalis jetzt gern eine Tür hinter sich zugezogen, sich mit Hannah aufs Bett gelegt, vielleicht noch eine Serie geguckt und dann geschlafen, ohne noch viel reden zu müssen.

Hannah hockte mit der Familie am Tisch und machte schon von weitem einen schuldbewussten Eindruck. Ihr sonst so strahlendes Lächeln wirkte gequält, und als Michalis zu ihr kam, sie küsste und sich an den Tisch setzte, spürte er, dass auch sie am liebsten sofort mit ihm nach oben gegangen wäre. Seine Mutter aber war froh, dass Michalis endlich etwas Richtiges zu essen bekam.

»Die *Kakawia psarosouna* ist heute besonders gut, die musst du essen. Und ich hab wieder *Kolokusoluluda jemista* gemacht, weil ihr vorgestern ja nicht hier wart«, sagte sie leicht vorwurfsvoll. Die *Kakawia psarosouna*, die Fischsuppe, war tatsächlich außergewöhnlich gut, und von den *Kolokusoluluda jemista*, den mit Misithra-Käse und Minze gefüllten Zucchiniblüten, nahm sich auch Hannah noch, obwohl sie eigentlich längst satt war. Michalis und Hannah konnten sich erst nach einer Stunde verabschieden und nach oben gehen. Die ganze Zeit hatte Michalis das Gefühl gehabt, dass etwas nicht stimmte, aber Hannah hatte ihm im Kreis seiner Familie nichts sagen wollen.

Im Zimmer fiel Michalis sofort aufs Bett und konnte kaum die Augen offen halten. Hannah nahm seine Hand. »Ich hab morgen sehr früh den Termin in Heraklion, beim Archäologischen Museum.« Hannah klang bedrückt. »Ich hab mir dafür ein Auto gemietet, damit ich unkompliziert hin und wieder zurückkomme.«

Michalis wusste sofort, dass das für seine Familie einer Beleidigung gleichkam.

»Deine Eltern waren fassungslos, und sogar Sotiris hat mir Vorwürfe gemacht. Es sei eine Ehrensache, dass ich gefahren werde.«

»Und, hast du das Auto storniert?«

Hannah seufzte. »Ich muss um zehn in Heraklion sein, und ich hab keine Ahnung, wie lang die Besprechung dauern wird. Dein Bruder oder dein Vater müssten vielleicht stundenlang warten, und ich hätte ein schlechtes Gewissen, weil die beiden meinetwegen in Heraklion sind, obwohl sie es dort schrecklich finden.«

Michalis sah, dass Hannah regelrecht verzweifelt war.

»Der Termin ist wirklich wichtig. Ich muss mich darauf konzentrieren und nicht ständig daran denken, dass jemand auf mich wartet.«

»Oder alle halbe Stunde anruft und fragt, wie lange es noch

dauern wird«, ergänzte Michalis, der genau wusste, wie solche Situationen mit seiner Familie abliefen.

»Genau. Deine Familie ist toll, und es ist auch großartig, dass immer alle füreinander da sind. Aber ...« Hannah stöhnte. »Aber ständig wissen alle alles, und alle haben gutgemeinte Ratschläge, wie ich etwas machen soll.«

Michalis wusste nur zu gut, was Hannah meinte.

»Ich muss, wenn ich hier bin, Dinge so entscheiden können, wie sie für mich richtig sind«, fuhr Hannah fort, »ohne ständig befürchten zu müssen, dass jemand beleidigt ist.« Hannah sah Michalis unglücklich an. »Ist das so schlimm?«

»Es wird leichter, wenn sie nicht mehr alles mitbekommen.« Michalis presste die Lippen aufeinander, denn er wusste, dass das nicht stimmte. Solange sie hier in Chania leben würden, würde seine Familie immer wissen, was sie taten. Immer. Etwas anderes war völlig undenkbar, aber das wollte er Hannah nicht so direkt sagen. Zumindest nicht jetzt. Und er hoffte, dass er sich nie zwischen Hannah und seiner Familie würde entscheiden müssen, denn das hätte ihn zerrissen. »Und die Sache mit dem Auto morgen, die werden sie überstehen, auch wenn sie nicht erfreut sind«, fügte er hinzu und gähnte.

»Du Armer«, sagte Hannah bedauernd, »bist total müde und musst dir meinetwegen diesen ganzen Kram anhören. Gehen wir schlafen?«

»Sehr, sehr gern.«

Michalis wollte gerade seine Schuhe ausziehen, als er sah, dass auf seinem Smartphone eine Nachricht gekommen war. Neugierig öffnete er sie und hielt Hannah das Display mit einigen Fotos entgegen. »Hier. Das hat der Typ geschickt. Der von der Bar gestern Abend in dem Hotel.«

Gemeinsam betrachteten sie die Fotos mit dem Autowrack

des Bürgermeisters unten an der Küste, und Michalis wischte zwischen den Fotos schnell hin und her. Einige der Bilder waren unscharf, und manchmal waren auch nur ein Finger oder Sträucher zu sehen. Kostas, der Sohn des Bootsbesitzers, hatte die Fotos offenbar sehr hektisch gemacht.

Der SUV war neben dem Felsen auf dem Dach liegen geblieben, einer der Reifen fehlte ganz, ein anderer hing nur noch in Fetzen an der Felge. Schlimm waren die Bilder, auf denen der tote Bürgermeister gut zu erkennen war. Sein blutverschmierter Kopf schien an der Scheibe des Fahrersitzes zu kleben, wurde aber vom Gewicht des Körpers nach unten gedrückt und war grotesk verdreht.

»Sieht furchtbar aus«, sagte Hannah betroffen.

»Ich kann mir das auch gern morgen allein angucken, muss nicht jetzt sein.«

Doch statt darauf einzugehen, rief Hannah plötzlich: »Halt mal«, nahm ihm das Smartphone ab und vergrößerte ein Foto. »Die Fenster. Schau mal.«

Michalis brauchte einen Moment, um zu begreifen, was Hannah meinte.

»Stimmt. Die Fenster.«

Michalis betrachtete die anderen Fotos, und überall war es das Gleiche.

»Die Fenster haben zwar Sprünge, sind aber alle geschlossen.«

»Wie kommt aus einem geschlossenen Auto ein Smartphone raus und liegt dann zwanzig Meter weiter entfernt?«, fragte Hannah verwundert.

Michalis überlegte. »Ich war davon ausgegangen, dass es beim Aufprall rausgeflogen ist.«

»Aber wie? Durch eine geschlossene Scheibe?«

»Entweder ...« Michalis zögerte. »Entweder hat der Bürgermeister noch gelebt und es selbst rausgeworfen. Aber das ist eigentlich ausgeschlossen, so, wie er da eingequetscht war.«

»Das heißt ...« Hannah dachte dasselbe wie er, da war Michalis sicher.

»Das heißt«, ergänzte Michalis, »es könnte jemand unten bei dem Wagen gewesen sein und das Smartphone rausgeholt und weggeworfen haben.«

»Wow. Wer macht so was?«

»Sicherlich niemand, der zufällig den Unfall gesehen hat und den Bürgermeister retten wollte.« Michalis dachte laut. »So jemand hätte ja die Polizei oder einen Notarzt gerufen.«

»Es könnte also jemand gewesen sein, der nicht wollte, dass dieses Smartphone gefunden wird«, ergänzte Hannah.

»Ja ...«, sagte Michalis und legte das Smartphone zur Seite. »Aber da denk ich morgen drüber nach. Lass uns schlafen.«

»Sehr gern, Herr Kommissar.«

Michalis' Smartphone lag nachts immer neben dem Bett, falls es einen Notfall gab. Als er gerade anfing, regelmäßig zu atmen, sah Hannah, dass das Display aufleuchtete. Sie wollte es nehmen, doch Michalis schreckte hoch, als sie sich dabei über ihn beugte.

»Was, was ist?«, fragte Michalis schlaftrunken.

»'tschuldigung, ich hab dich geweckt«, flüsterte Hannah bedauernd. »Schlaf weiter.«

Michalis drehte sich wieder um, doch dann nahm auch er das blaue Licht des Displays wahr und richtete sich auf.

»Das ist von Christos. Könnte wichtig sein.«

Michalis las, was Christos geschickt hatte, und stieß ein lautes Stöhnen aus.

»Was ist?«, wollte Hannah wissen.

»Darf ich Licht machen?«

»Klar.«

Christos hatte sich die Telefonverbindungen des toten Bürgermeisters angesehen, und was er herausgefunden hatte, konnte Michalis kaum glauben.

»Das ist vollkommen absurd«, meinte er und rief sofort Christos an, der ihm aber nur bestätigte, dass er absolut sicher war.

»Da sind diese Familien Karathonos und Delopoulou seit Jahrzehnten verfeindet, machen sich neuerdings mit ihren Olivenölmühlen Konkurrenz und bringen sich vielleicht sogar gegenseitig um.« Michalis schüttelte fassungslos den Kopf, nachdem er aufgelegt hatte. »Und jetzt rat mal, mit wem dieser Bürgermeister vor seinem Tod mehrfach täglich telefoniert hat.«

Hannah sah ihn fragend an.

»Mit Thanassis Delopoulou, dem Bruder des erschossenen Antonis.«

Hannah sah Michalis ratlos an.

»Und was bedeutet das? Hat das was mit diesen Olivenölmühlen zu tun?«

»Keine Ahnung. Aber die haben auch nachts telefoniert, sagt Christos. Und ich kann mir schlecht vorstellen, dass es dann um Olivenöl ging.«

An tiefen Schlaf war für Michalis nicht mehr zu denken. Immer wieder tauchten in seinem Kopf Bilder der letzten Tage auf, und er schreckte ständig hoch: der tote Bürgermeister, der im Olivenhain grell erleuchtete Leichnam von Antonis, und die hoch in die Luft fliegenden Olivenöldosen, auf die Alekos seinen Großneffen Pandelis schießen ließ.

Es war noch längst nicht hell, als Michalis im Halbschlaf klarwurde, was er tun musste. Noch bevor er zur Polizeidirektion fahren würde, wollte er versuchen, mit Kalliopi zu sprechen. Bei ihr war er ziemlich sicher, dass sie mit dem Tod ihres Mannes nichts zu tun hatte, außerdem war sie ursprünglich weder eine Karathonos noch eine Delopoulou. Wenn jemand ihm vielleicht sagen würde, was es für eine Verbindung zwischen ihrem Mann und Thanassis Delopoulou gab, dann war es Kalliopi.

Nachdem er diesen Plan gefasst hatte, schlief Michalis endlich ein, doch schon um sechs Uhr klingelte Hannahs Wecker. Sie wollte um sieben bei der Autovermietung sein, denn sie wusste, dass später die Straßen in Heraklion verstopft sein würden.

Während sie sich duschten und anzogen, glaubte Michalis, im Treppenhaus eine Tür zu hören. Er hatte angeboten, Hannah mit dem Roller zur Autovermietung zu fahren, und sie schlichen leise durch das Haus und hofften, dass niemand sie so früh gehört hatte. Doch als sie draußen zum Roller gehen wollten, war Hannah die Erste, die sah, dass direkt daneben der Pick-up von Sotiris stand. Und an dem Pick-up lehnte Takis, Michalis' Vater.

»Keine Widerrede. Ich fahr dich nach Heraklion«, sagte Takis grimmig und öffnete die Beifahrertür. Auf dem Sitz stand ein Tablett mit drei Frappés. Takis deutete auf die Becher. »Davon darf deine Mutter nie etwas erfahren. Dass ich woanders Frappés gekauft habe.«

Michalis sah Hannah besorgt an, doch wenn er befürchtet hatte, sie könnte verärgert sein, so war es das Gegenteil: Sie umarmte Takis gerührt, und Michalis glaubte sogar einen feuchten Schimmer in ihren Augen zu entdecken. Sie war unübersehbar froh darüber, dass Takes ihr zeigte, wie sehr er sie schätzte, und gleichzeitig erleichtert, dass er wegen des Mietwagens nicht mehr gekränkt war.

»Ihr kommt klar?«, fragte Michalis, und sein Vater sah ihn irritiert an.

»Womit sollte ich denn nicht klarkommen?«, antwortete Takis.

Michalis wollte seinen Vater nicht verärgern, aber alle wussten, dass er seit seinem Autounfall eigentlich nicht mehr gern Auto fuhr und deshalb auch kein eigenes mehr hatte. Dass er trotzdem Hannah fahren wollte, und dann auch noch nach Heraklion, war umso bemerkenswerter.

18

Michalis trank seinen Frappé, legte seinem Vater zum Abschied kurz eine Hand auf die Schulter, küsste Hannah und wünschte ihr alles Gute und machte sich mit seinem Roller auf den Weg nach Kolymbari. Noch war es eine Fahrt durch eine dunkle Landschaft, und die Olivenhaine wirkten in dem Licht der entfernten Dörfer wie verzerrte Gesichter. Und auch als allmählich die Dämmerung anbrach, ahnte Michalis, dass ihm der dunkelste Teil des Tages erst noch bevorstehen würde.

Obwohl er unter seiner grauen Lederjacke so viel wie möglich angezogen hatte, fröstelte Michalis, als er auf der kleinen Anhöhe hinter dem alten Ortskern von Kolymbari vom Roller stieg. Sein Smartphone klingelte, und er hatte Mühe, es mit seinen klammen Fingern zu bedienen.

»Wo steckst du denn?«, hörte er Koronaios sagen. »Ich wollte dich im Athena abholen, und dein Bruder sagt, du bist schon unterwegs?«

»Ich hab gestern Nacht noch was erfahren. Ich bin in Kolymbari. Vor der Villa des Bürgermeisters.«

»Allein?«

»Ja.«

»Weiß das jemand? Jorgos?«

Michalis stöhnte leicht. »Nein.«

»Ich mach mich auf den Weg. Keine Alleingänge! Und sag mir Bescheid, falls etwas passieren sollte.«

Koronaios hatte aufgelegt. Michalis steckte sein Smartphone wieder ein, sah sich um, und ihm wurde klar, was Stelios Karathonos hier jeden Morgen gesehen hatte: Den Hügel, auf dem Marathokefala lag und Thanassis mit seiner Familie wohnte. Es musste einen guten Grund gegeben haben, dass der Bürgermeister zu ihm Kontakt hatte. Und Michalis wollte diesen Grund erfahren, denn er war überzeugt davon, dass er dann begreifen würde, was hinter den Tötungsdelikten steckte, und vielleicht auch weitere Mordversuche verhindern könnte.

In der Villa brannte bereits Licht, und Michalis entdeckte Kalliopi mit einem Kaffee auf der großen Terrasse. Was würde er tun, wenn Kalliopi ihn nicht ins Haus ließ oder nicht mit ihm reden wollte? Oder wenn sie womöglich einen Geliebten hatte und ihr Mann deswegen hatte sterben müssen?

Doch so war es nicht, davon war Michalis überzeugt.

Kalliopi sah übernächtigt aus, als sie die Tür öffnete. Sie bot Michalis einen Kaffee an, und dann standen sie eine Zeitlang schweigend auf der riesigen Terrasse, während die Sonne im Osten langsam höher stieg.

Michalis beobachtete Kalliopi, deren dunkle Schatten um die Augen verrieten, dass sie seit dem Tod ihres Mannes kaum geschlafen hatte. Ihre schwarze Trauerkleidung ließ sie noch blasser und zerbrechlicher erscheinen. Michalis spürte, wie unglücklich und verzweifelt Kalliopi war und wie sehr sie es genoss, dass ihr jemand helfen wollte. Mit jeder Minute, die sie schweigend Kaffee tranken, war sich Michalis sicherer, dass Kalliopi ihm vertraute.

»Noch einen?«, fragte sie, als Michalis' Tasse leer war.

Michalis zuckte mit den Schultern. Er wusste, dass es nicht um den Kaffee ging. Kalliopi wollte nur einen Anfang machen.

»Warum sind Sie hier?«, fuhr sie fort. »Morgens um halb acht, und ohne Ihren Kollegen?«

»Ich will verhindern, dass es noch mehr Tote oder Schwerverletzte gibt. Und ich habe mittlerweile einiges herausgefunden, aber ich muss mehr wissen«, sagte Michalis und sah, dass Kalliopi leicht nickte.

»Was wissen Sie?«, fragte sie nachdenklich.

Michalis atmete tief durch.

»Ich weiß, dass Spilia und Marathokefala seit Jahrzehnten verfeindet sind. Und dass es schon früher Auseinandersetzungen gab. Mit schweren Verletzungen und mit Toten.«

Kalliopi nickte anerkennend. »Was wissen Sie noch?«

»Dass die Familien Karathonos und Delopoulou einander hassen.«

Wieder nickte Kalliopi. Michalis spürte, dass er jetzt seinen Trumpf ausspielen musste.

»Trotzdem scheint Ihr Mann vor seinem Tod häufiger mit Thanassis Delopoulou telefoniert zu haben.«

Kalliopi war überrascht. »Woher wissen Sie das?«

Am Tonfall erkannte Michalis, dass auch Kalliopi davon wusste.

»Das weiß nur ich. Niemand sonst«, antwortete Michalis vage.

Kalliopi überlegte. »Haben Sie sein Smartphone gefunden?«

»Ja.« Michalis sah Kalliopi an. »In der Bucht. Unten.«

Kalliopi nickte, und Michalis hoffte, dass sie etwas sagen würde, aber sie schwieg.

»Warum haben die beiden telefoniert? Die Telefonate fanden manchmal nachts statt, da kann es doch nicht um die neue Olivenölmühle gegangen sein.«

Kalliopi seufzte. »Das kann ich Ihnen nicht sagen. Das darf ich nicht sagen.«

»Was würde passieren, wenn Sie es mir sagen?«
Kalliopi sah Richtung Himmel und dann in die Wohnhalle. Michalis folgte ihrem Blick.
»Ihr Sohn schläft noch?«
Sie lachte kurz auf.
»Nein. Der ist nicht hier. Pandelis ist in Sicherheit.«
»Dann ist es hier nicht mehr sicher?«
»Wenn Sie wirklich schon so viel wissen, dann sollte Ihnen das klar sein.«
»Warum war er gestern bei Alekos? Alekos ist sein Großonkel, oder?«
»Nein.«
Dieses Nein war Kalliopi offenbar unbeabsichtigt herausgerutscht.
»Nein?«, fragte Michalis überrascht. »Alekos ist doch der Onkel ihres Mannes und von Dimos?«
Kalliopi presste ihre Lippen aufeinander und sagte nichts.
»Frau Karathonos …«, sagte Michalis eindringlich, »Alekos hat gestern mit Ihrem Sohn Schießübungen gemacht. Ich denke, wir beide haben dieselbe Befürchtung, warum Ihr Sohn das offenbar wollte und warum Alekos das getan hat.«
Michalis konnte sehen, dass Kalliopi mit sich rang.
»Dimos, ja. Mein Mann, nein.«
»Was meinen Sie damit?« Michalis war nicht klar, worauf sich das bezog.
Kalliopi drehte mit zitternden Fingern ihren Ehering. Dann gab sie sich einen Ruck. »Alekos ist der Onkel von Dimos. Aber nicht von meinem Mann.«
Michalis versuchte zu verstehen, was Kalliopi da sagte. Alekos war der Bruder des verstorbenen Vaters von Dimos und Stelios Karathonos. Wollte Kalliopi andeuten, dass Stelios einen anderen Vater hatte? Oder Dimos? War es vielleicht

das gewesen, was Metaxia Lirlides ihnen nicht hatte verraten wollen? Dass es ein dunkles Familiengeheimnis war, das den Tod des Bürgermeisters ausgelöst hatte?

»Dimos ist ein Idiot. Das war er schon immer«, fuhr Kalliopi voller Verachtung fort. »Mein Mann hat ihm die Olivenölmühle überlassen, weil Dimos für alles andere zu blöd gewesen wäre. Aber er hat es nicht einmal geschafft, eine Ölmühle, die seit über hundert Jahren die Familie und den Ort ernährt hat, gewinnbringend zu betreiben. Ohne meinen Mann wäre dieser Trottel längst pleite. Erst hat er sich jahrelang allen neuen Techniken verweigert, und dann musste es plötzlich eine fast komplett neue Olivenölmühle für dreihunderttausend Euro sein. Auf Kredit!«

Kalliopi war empört, und Michalis war immer noch ratlos.

»Diese neue Olivenölmühle, die in Marathokefala gebaut wird, die ist für Dimos dann vermutlich eine Katastrophe?«

»Das können Sie laut sagen!«, rief Kalliopi höhnisch. »Aber das hat sich dieser Trottel selbst zuzuschreiben.«

»Also hat Ihr Mann doch wegen dieser neuen Mühle mit Thanassis telefoniert?«

Kalliopi zog ihre Augenbrauen hoch und überlegte.

»Die Familien müssen das untereinander regeln«, sagte sie dann leise. »Alles andere würde es nur noch schlimmer machen.«

Michalis ahnte, dass er für den Moment nicht viel mehr erfahren würde.

»Und«, fragte Michalis behutsam, »dieser Kaminidis?«

»Was soll mit Kaminidis sein?«, erwiderte Kalliopi argwöhnisch, und Michalis spürte, dass es ein Fehler war, den Bauunternehmer zu erwähnen.

»Er taucht einfach immer wieder auf«, sagte Michalis ausweichend.

Kalliopi musterte Michalis mit ihren dunklen, übernächtigen Augen misstrauisch.

»Haben Sie sonst noch Fragen?« Kalliopi wollte Michalis plötzlich loswerden. Die kurze Vertraulichkeit, die zwischen ihnen geherrscht hatte, war verflogen. Die Frage nach Kaminidis hatte sie verärgert, was bedauerlich war, aber auch bedeutete, dass Kaminidis eine Rolle spielte.

»Erst einmal nicht. Ich danke Ihnen sehr.«

»Gut.«

Kalliopi deutete auf die große Terrassentür als Zeichen, dass Michalis gehen sollte.

In dem Moment klingelte ein Smartphone. Kalliopi sah sich suchend um.

»Wo ist denn …«, sagte sie zu sich selbst, suchte kurz unter den Zeitschriften auf dem Tisch, lief dann schnell hinein und fand ihr Smartphone zwischen den Kissen der weißen Sofalandschaft.

»Was? Nein!«

Michalis sah, dass Kalliopi schockiert war.

»Ja. Ich bin gleich da.«

Sie legte auf, griff nach einer Jacke und einem Schlüsselbund und rannte zur Haustür. Michalis folgte ihr.

»Raus jetzt!«, brüllte sie fast.

»Wer war das, wo wollen Sie hin?«

»Raus!«

Kalliopi hatte die Haustür aufgerissen, und bevor sie ihn packen und nach draußen schieben konnte, ging Michalis freiwillig. Das Tor zur Straße öffnete sich automatisch, Kalliopi sprang in ihren weißen Sportwagen und raste los, während das Tor sich wieder schloss. Michalis rannte zu seinem Roller und wählte dabei die Nummer von Koronaios.

»Bist du unterwegs?«, rief er hektisch. »Fahr nach Spilia oder nach Marathokefala. Irgendwas ist passiert, ich weiß nichts Genaueres. Deine Waffe hast du dabei?« Seine eigene Dienstwaffe war in der Polizeidirektion im Büro eingeschlossen.

Koronaios sagte, er sei auf der Höhe von Maleme, also einige Kilometer vor Kolymbari, und er würde sich beeilen.

Michalis hatte den Sportwagen von Kalliopi schnell aus den Augen verloren, und erst dort, wo die Landstraße nach Spilia die neue Schnellstraße querte, glaubte Michalis, in der Ferne den weißen Wagen zu erkennen. Er gab Vollgas und holte auf, weil Kalliopi von zwei Kleintransportern zum Bremsen gezwungen worden war. Nachdem sie die überholt hatte, verlor Michalis Kalliopi endgültig aus den Augen.

Er näherte sich der Abzweigung nach Marathokefala, überlegte fieberhaft, wohin Kalliopi gefahren sein könnte, und entschied sich, nach oben abzubiegen. Das letzte Mal war in Spilia geschossen worden, und in der Logik der Blutrache würde jetzt jemand in der Gegend von Marathokefala schießen. Falls es tatsächlich darum ging.

Michalis erreichte den steilen Abschnitt, an dem sein Roller wieder langsamer wurde, und als er die ebene Fläche mit der Baustelle für die Olivenölmühle erreicht hatte, nahm er sein Smartphone, rief Koronaios an und brüllte gegen den Fahrtwind, er sei auf dem Weg nach Marathokefala. Ob Koronaios etwas antwortete und ihn verstanden hatte, konnte er nicht hören.

Um zu dem Haus von Thanassis zu kommen, musste Michalis unterhalb der Kirche zwei scharfe Rechtskurven nehmen. Nach der ersten ging Michalis vom Gas und näherte sich der zweiten deutlich langsamer. Was er dort sah, ließ ihn das Schlimmste befürchten – denn vor dem Haus von Thanassis stand der schwarze Pick-up von Alekos. Kalliopi hatte ihren weißen Sportwagen direkt daneben geparkt, die Fahrertür stand offen.

Michalis wollte sich eigentlich vorsichtig dem Haus nähern, doch er hörte Schreie und rannte los. Der Anblick, der sich ihm bot, war an archaischer Wucht kaum zu überbieten. Direkt hinter dem verfallenen Holzzaun stand Alekos mit einem Karabiner im Anschlag. Neben ihm standen Artemis, die Frau von Dimos, sowie Kalliopi, und die beiden Frauen schrien Alekos an und versuchten, ihm den Karabiner zu entreißen oder ihn zumindest vom Zielen abzuhalten. Direkt vor Alekos – und damit vor seinem Karabiner – stand unbeugsam und sehr blass die alte Vassilia Karathonos, die Mutter von Stelios und Dimos, seine Schwägerin.

»Du musst erst mich töten, bevor du ihn tötest!«, kreischte die alte Frau mit dem faltigen Gesicht immer wieder, obwohl sie erkennbar am Ende ihrer Kräfte war.

»Geh aus dem Weg!«, brüllte Alekos, und erst jetzt sah Michalis, auf wen er zielte. Vor dem Haus lag Thanassis am Boden und blutete aus einer Wunde an der linken Schulter. Er hatte eine Pistole in der Hand und versuchte seinerseits, auf Alekos zu zielen, doch auch er wurde daran gehindert. Vor ihm stand sein Vater Nikolaos und schrie: »Du machst alles nur noch schlimmer!« Neben Thanassis, dessen stechender Blick und seine tiefliegenden Augen ihm etwas Unheimliches gaben, kniete entschlossen seine Frau Katerina und versuchte, ihm mit all ihrer Kraft die Pistole zu entreißen. In der halboffenen Haustür hinter ihnen stand der siebzehnjährige Sohn mit seinen beiden jüngeren Brüdern.

»Ich bring das Schwein um, ich bring das Schwein um!«, schrie Thanassis immer wieder.

Michalis hörte schon von weitem quietschende Autoreifen,

und im nächsten Moment kam Koronaios um die Kurve gerast. Er schien sofort zu begreifen, was hier passierte, denn er sprang mit gezogener Waffe aus dem Wagen, brüllte: »Waffen runter! Waffen runter!« und gab zwei Warnschüsse in die Luft ab.

Diese beiden Schüsse ließen alle Anwesenden verstummen. Auch Michalis wollte schon »Waffen runter!« brüllen, doch die Frauen kamen ihm zuvor und versuchten, Alekos und Thanassis die Waffen zu entreißen. Michalis sah, dass die beiden Männer einander verächtlich musterten und mit Blicken zu verständigen schienen. Alekos war der Erste, der seinen Karabiner langsam sinken ließ, und Thanassis richtete sich auf und ließ sich widerwillig von seiner Frau Katerina die Pistole abnehmen. Vassilia und Nikolaos traten etwas zur Seite, machten dadurch jedoch die Schussbahn frei und sahen zu spät, dass Alekos seinen Karabiner wieder hochriss und auf Thanassis zielte.

»Nicht!«, brüllte Nikolaos und warf sich vor seinen Sohn Thanassis, und im selben Moment löste sich ein Schuss. Doch nicht Thanassis oder Nikolaos, sondern Alekos sank mit einem verblüfften Schrei zu Boden und fasste sich an den Unterschenkel, wo sich seine Hose langsam dunkel färbte. Michalis sah, dass Koronaios seine Waffe auf Alekos gerichtet hatte und zögerte, ob er noch einen zweiten Schuss abgeben musste. Doch Alekos lag mit schmerzverzerrtem Gesicht am Boden, und Koronaios konnte ihm den Karabiner abnehmen. Michalis lief zu Katerina und ließ sich die Pistole ihres Mannes geben.

Für einen kurzen Moment waren alle wie erstarrt, und es herrschte vollkommene Stille, die nur vom Stöhnen des verletzten Alekos unterbrochen wurde. In dieser Stille verließen die unbeugsame Vassilia die Kräfte, und sie sank zu Boden.

Nikolaos schrie »Nein! Nein!«, rannte zu ihr und ging neben ihr auf die Knie.

Es verging fast eine Viertelstunde, bevor der erste Krankenwagen Marathokefala erreichte, und bis dahin wurden die Verletzten notdürftig versorgt. Thanassis hatte einen schmerzhaften und stark blutenden Streifschuss an der Schulter, aber es war nichts Bedrohliches. Auch Alekos' Zustand war stabil. Koronaios hatte dafür gesorgt, dass Verbandsmaterial geholt wurde, obwohl es vielen aus Marathokefala durchaus recht gewesen wäre, wenn mit Alekos einer der Karathonos' verblutet wäre. Artemis kümmerte sich um Alekos, während Kalliopi apathisch am Grundstückszaun lehnte.

Der Zustand von Vassilia war jedoch bedrohlicher. Sie atmete nur noch flach, ihr Puls war fast nicht zu tasten, und sie war nicht ansprechbar. Michalis fürchtete, dass die alte Frau so kurz nach ihrer Herzoperation den nächsten Herzinfarkt erlitten haben könnte. Nikolaos wich nicht von ihrer Seite und hielt sie in den Armen.

Koronaios beobachtete aufmerksam das Geschehen, um zu verhindern, dass irgendjemand doch noch zur Waffe greifen könnte. Als klar war, dass niemand mehr schießen würde, ging Michalis zu ihm.

»Danke«, sagte er.

Koronaios nickte nur. »Schon in Ordnung. Dafür bin ich ja da.«

Michalis fragte sich, ob Koronaios es verkraften würde, auf Alekos geschossen zu haben. Für viele Kollegen war es eine große Belastung, mit der Dienstwaffe auf jemanden zu schießen. Koronaios machte im Moment einen entschlossenen und souveränen Eindruck, doch Michalis war nicht sicher, ob das so bleiben würde.

Michalis beobachtete Vassilia und Nikolaos, und erst als schon die Sirene des ersten Krankenwagens zu hören war, fiel ihm auf, dass Vassilia eine Karathonos und Nikolaos ein Delopoulou war. Und dass es eigentlich gar nicht möglich sein konnte, dass Nikolaos sich so fürsorglich um sie kümmerte. Michalis ahnte, dass es Nikolaos gewesen sein musste, der nach der Beerdigung des Bürgermeisters Vassilia in der kleinen Kapelle abgeholt hatte. Es kam Michalis fast unwirklich vor, dass das erst gestern gewesen war.

Der Notarzt entschied, Vassilia sofort ins Krankenhaus zu bringen. Er konnte hier vor Ort keine Hinweise auf einen Herzinfarkt entdecken und hoffte, dass die alte Frau nur einen Schwächeanfall erlitten hatte.

Bevor Vassilia vorsichtig auf eine Trage gelegt wurde, sah Michalis etwas, was ihn im ersten Moment verwirrte. Nikolaos und Kalliopi, also ein Delopoulou und eine Karathonos, gingen aufeinander zu, blieben wortlos voreinander stehen, begannen zu schluchzen und umarmten einander.

In dem Moment, als Michalis die Tränen von Nikolaos sah, begriff er, was Kalliopi vorhin angedeutet, aber nicht hatte aussprechen wollen. Alekos konnte nicht der Großonkel von Pandelis sein, weil dessen Vater Stelios Karathonos, der bisherige Bürgermeister von Kolymbari, einen anderen Vater hatte. Und dieser Vater war offensichtlich Nikolaos Delopoulou.

Vassilia Karathonos wurde in den Krankenwagen gehoben. Nikolaos löste sich von Kalliopi, setzte sich neben Vassilia und fuhr mit ihr ins Krankenhaus.

Kurz darauf wurden auch Alekos und Thanassis, jeder in einem anderen Krankenwagen, nach Chania transportiert, und in Marathokefala wimmelte es von Polizeikräften. Jorgos war als Erster eingetroffen und hatte zwei weitere Kripo-Leute aus Chania angefordert. Aus Kissamos und Voukolies war jeweils ein Streifenwagen angekommen. Zagorakis und seine Spurensicherer hatten sich an die Arbeit gemacht, und irgendwann tauchten auch Venizelos und Katsikaki auf.

»Traut sich euer Chef nicht her?«, fragte Koronaios die beiden spöttisch.

»Vielleicht später«, antwortete Venizelos und lächelte süffisant.

Jorgos hatte sich einen Überblick verschafft und mit Koronaios gesprochen. Erst dann kam er zu Michalis.

»Alles in Ordnung?«, fragte Jorgos fürsorglich.

»Bei mir, ja«, antwortete Michalis. »Du kennst Koronaios länger. Kommt er damit klar, dass er geschossen hat?«

»Koronaios ist ein erfahrener Kollege.« Jorgos zögerte. »Er war vor einigen Jahren schon mal in so einer Situation. Damals ist er einige Wochen psychologisch begleitet worden, aber er kam klar. Die interne Ermittlung war für ihn deutlich schlimmer. Aber wir sind nun mal verpflichtet, beim Einsatz der Dienstwaffe zu ermitteln. Gut, dass du heute dabei warst, dadurch gibt es von unserer Seite einen Zeugen, und Koronaios wird keine Probleme bekommen.«

Die beiden sahen sich an und wussten, dass sie noch über etwas anderes reden müssten. Jorgos räusperte sich.

»Wie bist du darauf gekommen, dass hier oben etwas passieren könnte?«

»Der Letzte, auf den vorher geschossen wurde, war ein Karathonos. Es lag nahe, dass jemand auf einen Delopoulou schießen würde.«

»Du warst bei der Witwe des Bürgermeisters? Hat sie dir gesagt, dass hier oben etwas passieren würde?«

»Sie hat einen Anruf bekommen und ist panisch losgefahren. Ich hab versucht, ihr zu folgen, und hab Koronaios informiert.«

Jorgos nickte. »Und warum warst du so früh bei der Witwe vom Bürgermeister? Allein?«

Michalis wusste, dass Jorgos nichts von den Telefondaten des Bürgermeisters erfahren durfte, sonst würde Christos Probleme bekommen.

»Es war ein Gefühl.«

»Ein Gefühl.« Jorgos nickte skeptisch.

»Ja.«

Jorgos musterte Michalis. »Ist es besser, wenn ich nicht genauer nachfrage?«

Die beiden sahen sich an. Michalis spürte, dass er seinem Onkel Jorgos vertrauen konnte, zuckte mit den Schultern und fuhr sich durch den Bart. Jorgos schien das für den Moment Antwort genug zu sein.

»Vielleicht ist jetzt eine Weile Ruhe, aber irgendwann wird das weitergehen«, sagte Jorgos resigniert und sah sich um. »Und aussagen wollte von denen auch keiner.«

Tatsächlich waren die Versuche, die Zeugen und Beteiligten zu befragen, sinnlos gewesen. Angeblich konnte sich niemand richtig erinnern, was genau passiert war. Von den Familienangehörigen, die bei der Schießerei dabei gewesen waren, war keiner mehr da. Die Mauer des Schweigens stand, und zwar auf beiden Seiten. Bei den Delopoulou oben auf dem Hügel und bei den Karathonos unten in Spilia.

Jorgos nickte kurz und ging zu Zagorakis und seinen Leuten.

»Vorwürfe oder Lob?« Koronaios hatte sich genähert. Michalis lächelte gequält.

»Eher viele Fragen. Und was hinter der Sache hier steckt, wissen wir ja immer noch nicht. Aber solange wir das nicht wissen, sind wir nicht fertig. Es sind noch genug Leute da, die auf jemanden schießen können.«

Michalis musterte Koronaios. »Wie geht's dir? Bist du in Ordnung?«

»Geht so«, sagte Koronaios nachdenklich. »Ich bin nicht zur Polizei gegangen, um auf Leute zu schießen.«

»Aber du hast damit Schlimmeres verhindert«, sagte Michalis und ahnte, dass der Schuss auf Alekos Koronaios mehr zu schaffen machte, als er zugab.

»Ich muss gleich in die Polizeidirektion.« Koronaios wirkte erschöpft. »Wenn du als Polizist auf jemanden geschossen hast, wollen danach viele Leute sehr viel wissen. Interne Ermittlung. Das ist kein Spaß.«

»Ich komm auch, sobald ich hier fertig bin.«

Koronaios presste seine Lippen aufeinander und ging langsam zum Dienstwagen. Michalis sah ihm beunruhigt nach, wurde jedoch abgelenkt, als Zagorakis sich näherte.

»Wir haben uns bei der Olivenölmühle den Wagen von Dimos angesehen«, sagte er.

Michalis wurde hellhörig.

»Und?«

»Der Wagen hat eine Menge Gebrauchsspuren, der ist hier ja sicherlich viel im Gelände im Einsatz. Aber es gibt Partikel eines anderen Autolacks. Ganz vorn rechts.« Zagorakis sah Michalis fragend an. »Silbergrauer Lack. Fällt dir dazu etwas ein?«

»Silbergrau.« Michalis nickte. »Es gibt in Kolymbari ein Abschleppunternehmen, da steht ein silbergrauer SUV. Den solltet ihr euch mal ansehen.«

Zagorakis nickte anerkennend. »Lass mich raten. Das ist

der Wagen, der vor ein paar Tagen ziemlich unsachgemäß die Felsenküste hinaufgeschleift worden ist?«

»Genau«, erwiderte Michalis. »Der ist völlig verschrammt, kannst du dir ja denken. Für einen Abgleich des Lacks sollte es aber reichen. Und auf der Fahrerseite gibt es Dellen, die ziemlich auffällig sind.«

»Ich werde es dich wissen lassen.«

Michalis überlegte, ob er hier noch etwas tun könne, als sein Blick auf Koronaios fiel, der sich vornübergebeugt am Dienstwagen abstützte. Michalis ging sofort zu ihm.

»Was ist?«

Koronaios stöhnte leicht. »Kreislauf. Geht gleich wieder.«

»Ich fahr dich nach Hause.«

»Nein. Lass. Geht schon.«

Michalis sah Koronaios besorgt an.

»Keine Widerrede. Ich sag Jorgos Bescheid, und dann fahren wir.«

»Und dein Roller?«

»Bleibt erst mal hier.«

19

Wenig später fuhr Michalis langsam mit dem Dienstwagen die steile Straße hinunter und musterte Koronaios besorgt, der mit geschlossenen Augen auf dem Beifahrersitz saß. Sie passierten das Gelände der halbfertigen Olivenölmühle von Marathokefala, und wenig später öffnete Koronaios seine Augen.

»Halt doch mal irgendwo an«, bat Koronaios.
»Ist dir übel?«
»Nein. Einfach nur Ruhe. Und Luft.«
Michalis hielt an einem sandigen Feldweg, der durch einen Olivenhain führte.
Koronaios stieg sofort aus.
»Lass mich kurz allein. Brauch ich jetzt.«
»Wenn was ist, ruf einfach.«
Koronaios nickte, lächelte schwach und ging entschlossen los.
Michalis blieb am Wagen, behielt Koronaios im Auge und sog den zarten Duft der blühenden Olivenbäume ein. In der Ferne hörte er die Rufe von Schwarzkehlchen und Stieglitzen und lächelte versonnen.
Hannah hatte ihm Fotos geschickt, die seinen Vater Takis mit leicht verkniffenem Gesicht, aber winkend vor dem Archäologischen Museum in Heraklion zeigten. »Deine Familie ist großartig«, hatte sie geschrieben und ihm ein Selfie von sich und dem etwas überrascht in die Kamera lachenden Takis geschickt. Michalis machte ein Foto von sich im Olivenhain.

»Gut, dass ich hergefahren bin. Erzähl ich dir heute Abend«, schrieb er dazu.

Koronaios war weit in den Olivenhain gelaufen, reckte sich immer wieder und schien mit sich selbst zu reden.

Das Smartphone von Michalis klingelte, und er sah das Bild seiner Mutter. Er ging ran und wollte ihr nur schnell sagen, dass er mitten in wichtigen Ermittlungen sei, aber sie ließ ihn nicht zu Wort kommen.

»Dein Vater hat mich eben angerufen«, sagte Loukia empört. »Der Assistent von diesem Museum, das ist ein sehr gutaussehender junger Mann. Und Takis hat sein Gesicht gesehen! Wie er gelächelt hat! Michalis, das ist nicht gut.«

»Mama, ich bin bei der Arbeit!«

»Wenn Hannah hier jetzt einen anderen Mann kennenlernt!«, rief Loukia aufgebracht. »Dann …«

»Mama, ich vertraue Hannah. Und ich muss arbeiten. Es geht um Mordermittlungen!«

Loukia schwieg tatsächlich, allerdings nur kurz.

»Aber ich hab dich gewarnt. Nicht, dass du uns später Vorwürfe machst«, sagte Loukia noch.

Michalis hatte gerade aufgelegt, da klingelte sein Smartphone erneut, und er sah die Nummer seiner Schwester Elena. Vermutlich stand sie direkt neben der Mutter.

»Ich kann wirklich nicht. Ich arbeite!«, sagte Michalis nur und legte sofort auf.

Er schüttelte den Kopf und schaute nach Norden, Richtung Meer. Dort war der Hügel, der sich oberhalb von Kolymbari erhob, und Michalis konnte von hier aus die halbrunde Villa des Bürgermeisters erkennen.

Es dauerte fast eine halbe Stunde, bis Koronaios zurückkam.

»Geht wieder«, sagte er. »Vielleicht können wir unten am Strand ja einen Frappé trinken.«

»Klar. Gern.«

Koronaios sah Michalis eindringlich und länger an, als er es bisher jemals getan hatte.

»Danke«, sagte er dann und wollte schon einsteigen, doch Michalis legte einen Arm um ihn. Koronaios blieb stehen und ließ kurz seinen Kopf an Michalis' Schulter sinken.

»Jetzt ist aber auch gut«, sagte er und stieg ein.

Koronaios sah deutlich besser aus, und zwei Frappés und Croissants an der Strandpromenade taten ihm zusätzlich gut. Er spottete schon wieder über einige deutsche Touristen, die Mitte April freiwillig im Meer badeten. Den Vorschlag, Michalis könnte ihn nach Hause fahren, wies er weit von sich.

»Ich hab die ganze Prozedur in der Polizeidirektion vor mir. Polizeipsychologe, Berichte, Befragungen. Je früher ich damit anfange, desto eher hab ich es hinter mir.«

Kurz vor Chania rief Hannah an und erzählte Michalis, dass der Assistent des Archäologischen Museums angeboten hatte, mit ihr nach Epano Archanes zu fahren. Das war der Ort, wo Professor van Drongelen hoffte, der Ikonenmaler Damaskinos könnte dort vor seinem Tod gemalt haben.

»Das ist großartig, aber seitdem dreht deine Familie durch«, sagte Hannah leicht vorwurfsvoll. »Der Assistent zeigt mir nur ein paar sehr alte Steine. Ich wollte, dass du das weißt, bevor dich deine Familie tausendmal anruft. Du musst dir wirklich keine Sorgen machen.«

Nein, dachte Michalis, ich habe im Moment wirkliche andere Sorgen als meine Familie.

»Wie ist es bei dir?«, wollte Hannah wissen. »Du klingst nicht gut.«

»Wir sind alle okay, aber es war nicht schön. Erzähl ich dir heute Abend.«

Sie legten auf, und tatsächlich rief kurz darauf Michalis' Mutter an. Er ging nicht ran, und als wenig später auch Elena anrief, drückte er sie einfach weg.

Koronaios grinste. »Ich hoffe, ich verhalte mich nie so meinen Töchtern gegenüber. Aber wahrscheinlich tu ich das längst.«

Koronaios sah Michalis fragend an.

»Wie geht das jetzt weiter mit den Familien da oben? Was meinst du? Das war es noch nicht, oder?«

Michalis zögerte. »Entweder knallt es noch mal so richtig.«

»Oder?«

»Ich konnte es erst auch nicht glauben«, sagte Michalis.

»Was?«

»Es gibt eine direkte Verbindung zwischen den beiden Familien. Da bin ich jetzt sicher.«

Koronaios sah Michalis verblüfft an. »Was für eine Verbindung?«

»Kalliopi Karathonos hatte das heute früh schon angedeutet, wollte es dann aber nicht aussprechen. Ich glaube« – Michalis war selbst überrascht, wie eindeutig ihm jetzt alles vorkam –, »dass der alte Nikolaos Delopoulou der leibliche Vater des Bürgermeisters ist. Und dass die alte Vassilia Karathonos es ihrem Sohn gesagt hatte. Vor ihrer Herzoperation vermutlich. Das könnte es sein, was seine Geliebte uns nicht verraten wollte.«

»Wow«, sagte Koronaios beeindruckt. »Niemand außer dir würde auf so eine Idee kommen.« Er schüttelte den Kopf. »Aber das würde erklären, was passiert ist.«

Die nächsten Stunden verbrachten sie dort, wo Michalis sich sonst so wenig wie möglich aufhielt: im Büro. Doch heute war er froh, hier zu sein. Das gab ihm das beruhigende Gefühl, die Blutfehde wäre weit weg.

Er schrieb Hannah und fragte, was sein Vater machen würde, während sie nach Epano Archanes fuhr. Und ob Takis nicht einfach zurückfahren und er, Michalis, Hannah später abholen sollte.

Hannah schickte ihm daraufhin ein Foto, das sie aus dem Wagen des Assistenten heraus gemacht hatte: Der Pick-up mit Takis am Steuer fuhr hinter ihnen. »Wenigstens hat dein Vater akzeptiert, dass ich während einer Autofahrt wissenschaftliche Fachgespräche führen kann ...«, hatte sie geschrieben.

Jorgos war im Krankenhaus gewesen, doch auf Drängen der Ärzte wurde die Befragung von Alekos und Thanassis verschoben. Auch Dimos war noch nicht vernehmungsfähig.

Zagorakis und seine Leute hatten sich den Unfallwagen des Bürgermeisters angesehen und tatsächlich festgestellt, dass die Lackspuren am Wagen von Dimos passen könnten. Jorgos ärgerte sich, dass er davon nichts wusste, sagte aber nichts.

Michalis verbrachte mehrere Stunden am Schreibtisch, während Koronaios mit der internen Ermittlung beschäftigt war. Zwischendurch piepte Michalis' Smartphone, und er sah, dass Hannah ihm ein Foto mit seinem Vater und dem Assistenten des Museums auf der Terrasse einer Taverne beim Essen geschickt hatte. »Mittlerweile scheint dein Vater diesen Ausflug richtig zu genießen. Bis nachher!« Kurz darauf kam ein zweites Foto mit einem Kussmund von ihr. Michalis schrieb zurück, dass es hier im Büro nichts gäbe, was er fotografieren wollte. Aber es gäbe viel zu erzählen.

Von Hannah kam noch die Frage: »Was für eine Schuhgröße hast du noch? 46?« Und Michalis antwortete mit einem nach oben zeigenden Daumen sowie einem Fragezeichen, bekam aber keine Antwort.

Am Nachmittag rief Michalis' Mutter an, aber er ging nicht ran, und er ging auch nicht ran, als sie sofort ein zweites Mal anrief, sondern schaltete den Klingelton ab. Koronaios war gerade vom Polizeipsychologen zurückgekommen und froh, dass der ihn für voll belastbar hielt und er nicht in den Zwangsurlaub geschickt wurde.

Wenig später sah Michalis auf seinem Smartphone die Nummer seines Bruders Sotiris und nahm das Gespräch an.

»Ihr wisst schon, dass ich hier einen Job habe, ja?«, fragte Michalis ungehaltener, als er gewollt hatte.

»Schon klar. Aber hier steht eine Frau vor dem *Athena*, die will dich sprechen. Dringend. Und nur dich.«

»Eine Frau? Mich?«

»Sie ist ganz in Schwarz, fährt einen weißen Sportwagen und parkt direkt vor unseren Tischen. Und sie hat einen Sohn dabei, der mit seinem iPad in unserem WLAN unterwegs ist.«

Das war eindeutig Kalliopi.

»Und was will die Frau?«

»Das will sie nur dir sagen. Und vorher bekomm ich sie hier auch nicht weg. Obwohl ihr Wagen ziemlich im Weg steht. Sieh zu, dass du herkommst. Ich gehe mal davon aus, dass das beruflich ist.«

»Ja.«

Michalis legte auf und erhob sich.

»Kalliopi Karathonos steht mit ihrem Wagen vor dem *Athena* und will mich dringend sprechen. Ich fahr schnell hin.«

»Ich komm mit.«

Michalis war nicht sicher, ob das eine gute Idee war, aber Koronaios hätte es sich verbeten, geschont zu werden, da war Michalis sicher.

Es war schon wieder viel Verkehr, und diesmal machte Michalis sofort Blaulicht und Martinshorn an und schaltete sie erst kurz vor dem *Athena* wieder aus.

Kalliopi stand an ihrem Wagen und wartete auf ihn. Pandelis saß auf dem Beifahrersitz, spielte auf seinem iPad und trug die rotschwarze Trainingsjacke des FC Liverpool. Kalliopi war vollständig in Schwarz gekleidet. Die Schatten unter ihren Augen waren noch tiefer geworden.

»Da sind Sie ja endlich«, sagte Kalliopi gereizt.

»Worum geht es denn?«

»Sie müssen mich ins Krankenhaus begleiten. Artemis hat mich angerufen. Katerina, die Frau von Thanassis, will mit ihr ins Krankenhaus fahren. Ich mache mir Sorgen.«

Michalis sah sie verwundert an.

»Artemis und Katerina? Eine Karathonos und eine Delopoulou zusammen? Was bedeutet das?«

»Ich weiß es nicht.« Kalliopi stöhnte. Michalis ahnte, dass sie es wusste, aber nicht sagen wollte.

Koronaios stieg aus dem Polizeiwagen, und Kalliopi warf Michalis einen fragenden Blick zu.

»Koronaios ist mein Partner, und wir fahren zusammen mit Ihnen zum Krankenhaus«, erklärte er, bevor Kalliopi etwas sagen konnte. »Wenn Ihnen das nicht gefällt, schicke ich zwei andere Kollegen.«

Es gefiel Kalliopi zwar überhaupt nicht, aber sie nickte, stieg in ihren Wagen und fuhr los. Michalis folgte ihr und überholte sie am Ende der *Odos Minoos*, wo sie an der Ampel halten musste. Koronaios machte kommentarlos Martinshorn und Blaulicht an, und Kalliopi blieb so dicht hinter Michalis, dass sie mit ihnen über rote Ampeln fahren konnte.

Das wie ein riesiges H gebaute Krankenhaus mit seinen vier markanten dunkelroten Außentürmen lag südlich von Chania außerhalb des Stadtgebiets. Auf der großen Auffahrt überholte Kalliopi Michalis, hielt direkt vor dem Haupteingang, lief zu Michalis und riss seine Fahrertür auf. Über ihnen flog ein Rettungshubschrauber und landete hinter dem Krankenhaus.

»Wir müssen uns beeilen. Schnell. Kommen Sie.«

Damit rannte sie los, zerrte Pandelis aus dem Wagen und schob ihn Richtung Eingang.

»Was, zum Teufel, haben die vor?«, fluchte Koronaios.

Sie liefen in das Gebäude und sahen gerade noch, wie Kalliopi eine Treppe nach oben stürmte und dabei Pandelis an der Hand mit sich zog. In der anderen Hand hielt er sein iPad. Michalis und Koronaios folgten Kalliopi in den zweiten Stock. Dort wartete sie mit Pandelis.

»Sie müssen entschuldigen«, sagte Kalliopi, »aber wir mussten rechtzeitig hier oben sein.«

»Was ist denn los? Was passiert hier?«, fragte Michalis energisch.

»Die Männer sollen …«, fing Kalliopi an, hörte dann aber eine aufgeregte Männerstimme hinter ihnen. »Da vorn ist ein Wartebereich. Kommen Sie, ich erklär es Ihnen gleich.« Eilig ging sie mit Pandelis den langen Gang hinunter bis zu einem großen Wartebereich mit vielen Stühlen sowie einer Spielecke für Kinder. Michalis und Koronaios folgten ihr in die hinterste Ecke, und dann sahen sie, warum Kalliopi sich verstecken wollte: Thanassis wurde von seiner Frau Katerina im Rollstuhl vorbeigeschoben. Seine linke Schulter war verbunden, und er trug ein offenes Hemd, bei dem er nur den rechten Arm durch den Ärmel gesteckt hatte. Neben ihnen ging

Nikolaos, sein Vater, und schob einen Ständer, an dem ein Tropf befestigt war, dessen Schlauch in die Armbeuge von Thanassis führte.

»Wo wollen die hin?«, fragte Michalis leise.

Kalliopi zögerte. »Zu Dimos und Alekos«, flüsterte sie.

»Wie bitte?«, entfuhr es Koronaios lauter, als er wollte. »Was ist das für ein Irrsinn, was wollen die da?«

»Es ist die einzige Chance«, flüsterte Kalliopi und sah ihren Sohn Pandelis an, der ausnahmsweise nicht auf sein iPad starrte, sondern unruhig in die Richtung blickte, in die der Rollstuhl mit Thanassis verschwunden war. »Die einzige Chance, diesen Irrsinn zu beenden.«

»Und wenn die sich an die Gurgel gehen?«

Kalliopi lachte höhnisch. »Drei angeschossene Männer, die sich kaum auf den Beinen halten können? Ich bitte Sie.«

»Und warum wollen Sie dann, dass wir dabei sind?«, fragte Michalis alarmiert.

Wieder ging der Blick von Kalliopi zu ihrem Sohn.

»Er ist ein Kind. Er liebt Alekos.« Kalliopi schluckte. »Aber er soll sich sicher fühlen. Und erwachsene Männer sollten sich wie erwachsene Männer benehmen«, fuhr sie leise fort.

Sie hörten die empörte Stimme von Thanassis, und Kalliopi machte sich vorsichtig auf den Weg Richtung Gang. Michalis folgte ihr und sah, dass sich die Tür zu einem Krankenzimmer öffnete und Katerina ihren Mann Thanassis trotz dessen Protest in das Zimmer schob. Nikolaos kam mit dem Tropfständer gerade noch hinterher, bevor die Tür geschlossen wurde.

Hinter dieser Tür war ein lauter Wortwechsel zu hören, und Kalliopi schien Angst zu bekommen. Michalis sah aus dem Augenwinkel, dass Koronaios telefonierte.

»Bitte bleiben Sie bei Pandelis«, sagte Kalliopi leise. »Falls die Männer doch durchdrehen sollten, dann beschützen Sie ihn. Bitte.«

»Kann da drin jemand eine Waffe haben?«, fragte Michalis schnell.

»Ich hoffe nicht. Ich wüsste nicht, woher.«

Hinter der Tür waren laute Frauenstimmen zu hören, und dann war es ruhig.

»Ich geh da jetzt rein. Sie wissen, dass Sie der Einzige in Ihrem Laden sind, dem ich traue.« Kalliopi musterte Michalis. »Und ich bitte Sie wirklich, bleiben Sie hier bei Pandelis. Tun Sie uns allen den Gefallen, gehen Sie nicht in dieses Zimmer. Nicht, bevor jemand von uns rauskommt.«

»Sie wissen also, um was es hier geht?«

»Irgendjemand muss den Wahnsinn dieser beiden Familien durchbrechen«, sagte sie entschlossen und ging auf die Tür zu. Michalis sah ihr beunruhigt nach. Als sie das Krankenzimmer betrat, konnte er für einen kurzen Moment Dimos, Alekos, Artemis und Dorea, die Frau des toten Antonis, sehen. Dimos lag im Bett, aus seinen Verbänden ragten zahlreiche Schläuche, die an medizinische Geräte angeschlossen waren. Alekos saß in einem Rollstuhl und hing wie Thanassis an einem Tropf. Dann schloss sich die Tür wieder.

Michalis ging zu Koronaios und Pandelis zurück. Pandelis hatte sein iPad zur Seite gelegt und sah Michalis fragend an.

»Vertragen die sich?«, fragte Pandelis unsicher.

»Ich hoffe, ja«, antwortete Michalis und begriff, dass die Antwort für einen Elfjährigen zu vage war. »Ja. Sie werden sich vertragen.«

Koronaios warf Michalis einen skeptischen Blick zu. »Ich hab Jorgos angerufen. Er ist mit zwei Leuten auf dem Weg hierher. Zur Sicherheit.«

Michalis nickte. Er glaubte zwar nicht, dass noch mehr Polizisten eine Hilfe wären, doch dann drangen aus dem Krankenzimmer immer wieder erregte Stimmen, und es war ein beruhigender Gedanke, dass in Kürze Verstärkung hier sein würde.

Nach einiger Zeit kam Kalliopi heraus. Sie atmete tief durch, hatte ein leicht gerötetes Gesicht und wirkte aufgewühlt. Erschöpft nickte sie Michalis zu, lächelte kurz, nahm dann Pandelis an der Hand und betrat mit ihm das Krankenzimmer. Bevor sich die Tür schloss, drehte Pandelis sich zu Michalis um und warf ihm einen unsicheren Blick zu. Michalis bemühte sich, zuversichtlich zu lächeln.

Michalis und Koronaios behielten die Tür des Krankenzimmers im Auge. Endlich öffnete sie sich, und ein grimmig blickender Thanassis wurde von seiner Frau Katerina nach draußen geschoben. Katerina jedoch schien zufrieden zu sein.

Kurze Zeit später kamen Kalliopi und Pandelis mit Alekos aus dem Zimmer. Pandelis schob – unübersehbar stolz – den Rollstuhl von Alekos.

Kalliopi blieb bei Michalis stehen. »Ich danke Ihnen wirklich sehr. Es war wichtig, dass jemand da war, der im Notfall eingegriffen hätte. Falls das da drinnen doch schiefgegangen wäre –« Sie sah Pandelis nach, der mit Alekos den Gang hinunter verschwand.

»Was ist da drin passiert?«, wollte Michalis wissen.

»Das wird außer denen, die dabei waren, nie jemand erfahren. Aber ich habe jetzt die Hoffnung, dass unsere Kinder nicht mehr aufeinander schießen werden.«

Kalliopi ging zu Koronaios.

»Vielen Dank. Für alles.« Sie sah Koronaios in die Augen. »Ohne Sie hätte es heute früh noch schlimmer werden können. Danke.«

Gerührt ergriff Koronaios die Hand, die sie ihm reichte.

Der alte Nikolaos war der Letzte, der aus dem Krankenzimmer kam. Mit seinen tiefliegenden Augen und seinem faltigen Gesicht wirkte er so ausgemergelt wie zuvor, aber jetzt lächelte er zufrieden. Trotzdem ließ er sich erschöpft auf einen Stuhl sinken. Michalis holte ihm etwas zu trinken und setzte sich zu ihm.

»Wie geht es Vassilia?«

»Sie ist stabil. Es war zum Glück nur ein Schwächeanfall.« Nikolaos stand wieder auf. »Und hoffentlich war es das letzte Mal, dass unsere Kinder versucht haben, sich gegenseitig umzubringen.«

Nikolaos ging mühsam den Gang hinunter. Michalis und Koronaios folgten ihm und beobachteten, wie er sich ein paarmal an der Wand abstützte, aber unbeirrt weiterging. Michalis ahnte, dass er zu Vassilia wollte.

Vassilia war an Überwachungsmonitore angeschlossen und schlief. Ihr zartes Gesicht sah entspannt aus. Michalis und Koronaios traten leise hinter Nikolaos an ihr Krankenbett.

»Sie muss nur ein paar Tage zur Überwachung hierbleiben«, sagte Nikolaos erleichtert zu Michalis, setzte sich an das Bett und nahm eine Hand von Vassilia.

Koronaios gab Michalis ein Zeichen, dass er draußen warten würde. Nikolaos sah Koronaios nach und nickte.

»Wenn Vassilia hier rauskommt, werden wir zusammen leben. Endlich.«

Nikolaos strich der schlafenden Vassilia über das Gesicht und lächelte.

»Sie haben zwei Söhne verloren«, sagte Michalis behutsam. Nikolaos musterte Michalis verwundert.

»Haben Sie all die Jahre gewusst, dass Stelios Ihr Sohn ist?«

»Woher wissen Sie davon?«

»Ich versuche, Gewaltverbrechen zu verhindern. Oft scheitere ich. Aber manchmal gelingt es mir, etwas zu sehen oder zu hören, womit ich nicht gerechnet habe.«

Nikolaos schüttelte verwirrt den Kopf und schien sich innerlich stolz aufzurichten.

»Es geht Sie eigentlich überhaupt nichts an«, begann Nikolaos leise. »Aber wenn Sie heute früh nicht aufgetaucht wären, wäre wohl auch der dritte meiner Söhne tot.« Er musterte Michalis. »Wir mussten unser ganzes Leben darüber schweigen. Irgendwann wollte Vassilia nicht mehr schweigen. Und ich will es jetzt auch nicht mehr.«

Michalis sah den alten Mann an und wartete.

»Vassilia war achtzehn, ich war einundzwanzig. Wir waren verliebt. Aber ihre Familie kam aus Spilia und ich aus Marathokefala, und wir waren arm. Und als ihre Eltern von uns erfuhren, wurde Vassilia wochenlang eingesperrt und musste dann einen Karathonos heiraten. Panagiotis, ein schrecklicher Mann.« Er schien bei dem Gedanken, dass seine Vassilia ihr Leben neben diesem Panagiotis hatte verbringen müssen, zu erschauern. »Ein einziges Mal ist es ihr kurz nach ihrer Hochzeit gelungen, sich wegzuschleichen. Da war Panagiotis für zwei Tage in Heraklion, und wir konnten uns treffen. Danach haben wir uns dann viele Jahrzehnte nicht mehr gesehen. Aber in dieser einen Nacht, unserer einzigen Nacht, ist Stelios entstanden.«

»Und das haben Sie nicht gewusst? All die Jahrzehnte?«

»Nein. Als ihr Mann gestorben war und meine Frau auch tot war, da haben wir wieder Kontakt aufgenommen. Und weil sie so schwerkrank hier im Krankenhaus lag, habe ich sie auch besucht.«

Michalis wartete.

»Vor drei Wochen, am Abend vor Vassilias Herzoperation,

da war ich hier, und plötzlich stand Stelios im Zimmer. Er war genauso schockiert wie ich. Aber Vassilia hatte Angst, die Operation nicht zu überleben, und wollte deshalb, dass wir die Wahrheit kennen, falls sie stirbt.«

Vassilia wurde unruhig. Nikolaos strich ihr über das Gesicht, bis sie wieder gleichmäßig atmete. Michalis wartete noch einen Moment, aber Nikolaos schien sich nicht mehr für ihn zu interessieren.

Als Michalis nach draußen kam, lehnte Kalliopi an ihrem weißen Sportwagen, und Pandelis saß hinter dem Steuer des Polizeiwagens und ließ sich von Koronaios die Armaturen erklären. Michalis lächelte und ging zu Kalliopi.
»Mein Sohn beginnt, sich plötzlich für die Wirklichkeit zu interessieren«, sagte Kalliopi und nickte. »Ihr Kollege scheint netter zu sein, als er sich gibt.«
»Darf ich ihm das Kompliment ausrichten?«
»Ich werde Sie nicht daran hindern.«
»Ich muss Sie noch etwas fragen. Weil ich sicher sein will, dass wir alles getan haben, was wir tun können.«
»Und das wäre?«
»Vassilia hat Stelios vor ihrer OP gesagt, dass der alte Nikolaos sein Vater ist.«
Kalliopi zog eine Augenbraue hoch.
»Das haben Sie herausgefunden? Respekt.«
»Danke.« Michalis fragte sich, ob Kalliopi wirklich überrascht war, dass er das mittlerweile wusste.
»Vorher hatte Stelios für den Baustopp der Olivenölmühle in Marathokefala gesorgt. Und den hat er aufheben lassen, weil er seinen Halbbrüdern nicht das Leben unnötig schwermachen wollte, oder?«

Kalliopi runzelte die Stirn, und Michalis registrierte, dass sie ihm nicht widersprach.

»Herr Charisteas« – ihr Ton machte deutlich, dass das Gespräch jetzt beendet war –, »ich weiß Ihre Arbeit wirklich zu schätzen. Aber jetzt muss ich Sie bitten, unsere Familien in Ruhe zu lassen. Auch«, fuhr sie fort und sah Michalis kühl an, »damit Sie nicht wieder Ärger bekommen. Sie verstehen sicher, was ich meine.«

Ja, die Drohung mit dem Gouverneur und dem Polizeidirektor war nicht zu überhören, aber Michalis wusste jetzt ohnehin, was er wissen wollte.

Am Polizeiwagen jaulte kurz das Martinshorn auf, dann stieg Pandelis lachend aus und lief zu seiner Mutter. Michalis verabschiedete sich und setzte sich zu Koronaios in den Wagen.

»Bin ich froh, dass ich Töchter hab«, knurrte Koronaios. »Jungs sind ja noch anstrengender.«

Auf der Fahrt in die Polizeidirektion erfuhr Michalis, dass Jorgos, nachdem sich die Situation im Krankenhaus geklärt hatte, umgedreht war und jetzt im Büro auf sie wartete.

»Hast du von dem alten Nikolaos noch etwas erfahren?«, wollte Koronaios wissen.

»Nur private Dinge. Er hat mir von sich und Vassilia erzählt. Wie sie sich kennengelernt haben und warum sie nicht zusammen sein durften.«

»Der private Kram interessiert mich nicht so. Mich interessiert nur, dass die Familien nicht wieder aufeinander schießen«, sagte Koronaios entschieden.

»Ich glaube, da besteht im Moment keine Gefahr mehr.«

Koronaios dachte nach. »Aber sag mal, dieser Nikolaos, der hat dann doch drei Söhne. Mit zwei Frauen. Heißt das, er hat fünfzig Jahre mit einer Frau gelebt, obwohl er immer eine andere geliebt hat?«

»Vielleicht hat er ja beide geliebt.«

»Zwei Frauen gleichzeitig lieben?« Koronaios schaute Michalis vorwurfsvoll an. »Das lass Hannah nicht hören. Obwohl, bei deutschen Frauen ist das ja vielleicht anders.«

»Glaub ich nicht. Und ich werde es nicht ausprobieren.«

»Das würde ich dir auch nicht raten.«

Sie waren gerade dabei, Jorgos ausführlich zu berichten, was im Krankenhaus geschehen war, als dessen Smartphone klingelte. Er warf verärgert einen Blick auf das Display, murmelte: »Was ist denn jetzt schon wieder?«, ging dann aber doch ran. Er hörte ungeduldig zu, schaute immer wieder zu Michalis, sagte: »Ja, ich schick ihn los. Er ist gleich bei euch«, legte auf und stöhnte.

»Deine Mutter … dass die auch nie mal etwas allein regeln kann.« Jorgos schüttelte den Kopf. »Mein Bruder hat eine Reifenpanne.« Es kam nicht oft vor, dass Jorgos den Vater von Michalis als »mein Bruder« bezeichnete. Das machte er nur, wenn er sich über ihn ärgerte. »Irgendwo bei Heraklion, hinter Tilissos. Und natürlich liegt der Ersatzreifen bei euch im Lager. Du wirst jetzt zu Sotiris fahren, den Ersatzreifen einladen, und dann fahrt ihr dorthin.«

Michalis überlegte. »Kann Sotiris mich nicht hier abholen? Mein Roller steht noch in Marathokefala.«

»Kein Problem, du nimmst sowieso den Dienstwagen. Ihr müsst da ja irgendwie hinkommen.«

»Aber das ist eine private Fahrt? Das ist doch nicht erlaubt?«

»Michalis.« Jorgos schüttelte den Kopf. »Du hast in den letzten Tagen einiges gemacht, was nicht erlaubt war. Da will ich so etwas nicht ausgerechnet von dir hören. Außerdem« – er grinste –, »wenn ich als dein Chef es dir befehle, dann ist es erlaubt.«

Michalis blickte Koronaios fragend an.

»Ja, dann los«, sagte Koronaios. »Lass deine Frau nicht warten. Tilissos ist weit. Zwei Stunden mindestens.«

»Und ihr kommt klar hier? Ohne mich?«

Koronaios und Jorgos nickten sich zu, und Michalis ahnte, dass sie jetzt, wo es um die Schlussfolgerungen aus den bisherigen Ermittlungen und die Berichte ging, ohne ihn sogar besser zurechtkommen würden.

20

Auf dem Weg zum Wagen rief Michalis Hannah an und erfuhr, dass sein Vater, nachdem sie aus Epano Archanes zurückgekommen waren, vorgeschlagen hatte, noch einen Ausflug zu machen. Vermutlich hatte er einen Abstecher an die Küste gemeint, aber Hannah wollte gern nach Tilissos fahren, weil sie wusste, dass dort einige minoische Villen ausgegraben worden waren. Und kurz vor Tilissos war dann ein Reifen geplatzt.

»Das ist mir wahnsinnig unangenehm, ich wollte ja unbedingt hierher. Dein Vater hat den Wagen gut zum Stehen gebracht«, sagte Hannah leise, und Michalis ahnte, dass Takis sich in der Nähe aufhielt. »Aber ich glaube, er dachte an seinen Unfall.«

»Wir machen uns gleich auf den Weg. Ist denn dort irgendetwas, wo ihr euch aufhalten könnt?«

»O ja«, sagte Hannah spöttisch. »Die Leute hier sind sehr hilfsbereit, und euer Vater hat auch schon eine Taverne entdeckt. Und ich habe den Eindruck, es könnte dort Raki geben.«

Sofia, die jüngste Tochter von Sotiris, wartete schon aufgeregt vor dem *Athena* auf Michalis und war total enttäuscht, als er mit dem dunkelblauen Zivilwagen ankam.

»Aber das ist doch kein Polizeiauto!«, rief sie empört, denn als sie gehört hatte, dass Michalis und Sotiris mit dem Dienstwagen fahren würden, wollte Sofia unbedingt mitfahren. »Machen wir wenigstens das Blaulicht auf das Dach? Und das Martinshorn an, wenn Stau ist?«

»Das ist leider beides streng verboten«, erklärte Michalis bedauernd, und Sofia entschied sofort, dass sie dann lieber im *Athena* bleiben wollte.

Der venezianische Hafen lag in dem fast goldenen Gegenlicht des Sonnenuntergangs. Dieses besondere Licht gab es nur im Frühjahr, wenn – anders als im Hochsommer – noch kaum Staub in der Luft lag, die Sonne tagsüber aber schon genug Kraft hatte, um die Häuser zu wärmen.

Doch für die Schönheit des Hafens hatten sie keine Zeit. Sotiris rollte den Ersatzreifen zum Polizeiwagen, und als sie gerade losfahren wollten, tauchte ihre Schwester Elena auf und hielt direkt neben ihnen.

»Warum fragt ihr nicht uns? Warum nehmt ihr nicht unseren Wagen?«, rief sie aufgebracht. »Michalis kann doch Ärger bekommen, das ist doch verboten! Mit dem Dienstwagen!«

Sotiris zuckte nur mit den Schultern, und Michalis wusste, warum er ihre Schwester nicht um den Wagen gebeten hatte: weil es dann auch eine Menge Vorwürfe, Ermahnungen und Ratschläge gegeben hätte. Da war es angenehmer, auf eine Dienstanweisung von Jorgos zu vertrauen.

»Es ist lang her, dass wir beide mal ein paar Stunden nur für uns hatten«, sagte Sotiris, als sie schon eine ganze Zeit gefahren waren und bereits Vrisses passiert hatten. Damit hatte er recht, denn sie sahen sich zwar ständig, aber es war immer die Familie um sie herum.

Trotzdem sprachen sie nicht viel während dieser Fahrt. Vor allem Michalis genoss es, neben seinem älteren Bruder durch den dunkler werdenden Abend zu fahren und zu wissen, dass dieser Bruder immer für ihn da war und es wohl auch noch viele Jahrzehnte sein würde. Eine Vorstellung, die nach diesem dramatischen Tag beruhigend und fast tröstlich war.

Sotiris hatte sich zu Beginn der Fahrt erkundigt, wie der Tag heute bei Michalis gewesen war, und Michalis hatte ihm von der Schießerei und der Versöhnung durch die Frauen erzählt. Daraufhin hatte er eine Zeitlang geschwiegen und sich erkundigt, wie der Tag bei Sotiris gewesen war, aber der hatte nur gelacht. »Ich war heute früh in der Markthalle und hab dann im *Athena* Gäste bedient und mit ihnen geredet, wie immer«, hatte Sotiris geantwortet, und Michalis wusste, wie glücklich sein Bruder mit seinem Leben war und auch damit, dass sich die Tage nicht sonderlich voneinander unterschieden. Vorsaison, Hauptsaison, die Jahreszeiten, und die Kinder wurden größer, und er liebte seine Nicola – das war das Leben von Sotiris, und er hätte es um nichts in der Welt gegen ein anderes getauscht. Beneidenswert.

Irgendwann fielen Michalis fast die Augen zu, und Sotiris übernahm das Steuer des Dienstwagens.

Hannah schickte ihm zwischendurch Fotos, die Takis mit anderen älteren Männern beim Raki zeigten, und schrieb: »Ich versuche, nüchtern zu bleiben ... dafür trinkt euer Vater heimlich die Raki, die mir ausgegeben werden.«

Takis hatte es in den wenigen Stunden, die sie in Tilissos verbringen mussten, geschafft, sich mit dem halben Ort anzufreunden, und es waren dann auch fast zwanzig Männer, die ihnen halfen, den defekten Reifen zu wechseln. Natürlich musste auch nach dem erfolgreichen Reifenwechsel noch Raki getrunken werden, und Michalis befürchtete, dass sie hier übernachten müssten. Aber dann drängte Sotiris zum

Aufbruch, und Takis schwankte erheblich, als er zur Beifahrertür des Pick-ups ging. Und natürlich gestattete keiner der Dorfbewohner, dass Hannah und Takis für all das, was sie in den letzten Stunden gegessen und getrunken hatten, auch nur einen Euro zahlten.

Hannah fuhr mit Michalis im Dienstwagen zurück und erzählte aufgekratzt von ihrem Tag. Das Treffen mit dem Assistenten des Archäologischen Museums war gut verlaufen, und sie hoffte, ihren Professor damit beeindrucken zu können.

»Und dein Vater war sehr reizend. Am Anfang war er ja skeptisch, und ich hab befürchtet, dass der Tag schwierig wird. Aber irgendwann gehörte er einfach dazu. Auch wenn ich nicht sicher bin, ob er wirklich verstanden hat, worüber Herr Trachili und ich geredet haben, so schien er sich auf jeden Fall glänzend zu amüsieren.«

Vor allem aber war Hannah von dem Abend in Tilissos beeindruckt.

»So etwas wäre in Deutschland vermutlich undenkbar. Du strandest abends irgendwo in der Einsamkeit, und innerhalb kürzester Zeit will dir ein halbes Dorf helfen, und alle laden dich ein. Das ist unglaublich.«

Michalis sagte nichts dazu.

»Was ist? Hab ich was Komisches gesagt?«, fragte Hannah irritiert.

»Nein, aber ... ist das nicht normal? Dass Menschen einander helfen und dass Fremde Gäste sind und bewirtet werden? Ist das bei euch auch auf dem Land anders?«

Ja, dachte Hannah, das war bei ihr zu Hause wirklich anders, und sie erinnerte sich an eines der ersten Worte, das sie auf Griechisch gelernt hatte: Xenos. Xenos hieß sowohl Gast als auch Fremder. Für die gastfreundlichen Griechen war das offenbar das Gleiche.

Nach etwas mehr als der Hälfte der Strecke musste Hannah das Steuer übernehmen, denn Michalis sah vor Müdigkeit die Straße schon fast doppelt.

Es war kurz vor Mitternacht, als sie endlich vor dem *Athena* ankamen. Loukia war noch wach, obwohl die letzten Gäste längst gegangen waren. Sotiris und Takis waren kurz vor ihnen angekommen, und Sotiris deutete an, dass der Vater fast die ganze Fahrt über geschlafen hatte.

Michalis hatte sich den Wecker auf acht Uhr gestellt, doch als er aufwachte, war es heller als normalerweise um diese Zeit. Er schaute auf sein Handy – es war halb zwölf. Abrupt richtete er sich auf und sah, dass Hannah an ihrem provisorischen Schreibtisch saß und arbeitete.

»Was ist los, was war mit dem Wecker, warum hast du mich nicht geweckt?«, sagte Michalis verschlafen.

Hannah kam zu ihm, gab ihm einen Kuss und fuhr ihm durch die Haare.

»Jorgos hatte deinen Eltern und mir eine Nachricht geschickt. Du sollst ausschlafen und dich dann melden. Er bespricht erst mal alles mit Koronaios.«

Michalis runzelte die Stirn und ahnte, dass die beiden die Ermittlungen vermutlich nicht in seinem Sinn besprechen würden, aber er war zu müde, um darüber nachzudenken. Er schickte, bevor er unter die Dusche ging, Jorgos eine Nachricht: *Bin in einer Stunde bei euch.*

Als Michalis aus der Dusche kam, hatte Hannah das Bett gemacht und einen in Geschenkpapier eingepackten Karton darauf gestellt.

»Für mich?«

»Ja, aber ein bisschen auch für mich.« Hannah lächelte.

Michalis nahm den Karton, schüttelte ihn und ahnte, was

drin sein könnte. Und tatsächlich war es ein Paar Wanderschuhe, Größe 46.

»Jetzt kommt das Wochenende, und du hast es doch versprochen …«, sagte Hannah vorsichtig, denn sie hatte seinen skeptischen Gesichtsausdruck bemerkt. »Freust du dich wenigstens ein kleines bisschen?«

»Ja, schon …«, seufzte Michalis.

»Toll!« Hannah umarmte und küsste ihn. »Mhm … du riechst gut.« Sie sah ihn an, als würde sie ihn gern verführen. »Kaffee? Hast du Hunger?«

Ja, er brauchte einen Kaffee. Außerdem musste er dringend zur Polizeidirektion.

Michalis öffnete das Fenster zum Hafen und atmete die Luft tief ein. Sie war noch wärmer als in den letzten Tagen, und zum ersten Mal in diesem Jahr war der leichte Staub in der Luft zu erahnen, der das Licht weicher machte, bis im Hochsommer der Himmel zur Mittagszeit gleißend weiß blendete.

»Es riecht nach Sommer«, sagte Hannah verträumt.

»Ja«, entgegnete Michalis und küsste sie.

Tatsächlich war es der erste Tag, an dem Michalis nur im Hemd vor dem *Athena* sitzen konnte. Loukia brachte ihm und Hannah ungefragt *Elliniko* und etwas *Jaourtopita*, Joghurt-Kuchen mit Olivenöl, sowie noch warme *Marasopittes*, eine köstliche Fenchelpastete mit Spinat. Als Michalis gerade den ersten Schluck Kaffee getrunken hatte, näherte sich Jorgos.

»Darf ich?«, fragte Jorgos und setzte sich zu ihnen.

»Stör ich euch?«, fragte Hannah und blickte zwischen den beiden Männern hin und her.

»Eigentlich stör ich ja euch«, sagte Jorgos bedauernd. »Aber offiziell ist Michalis im Dienst, und ich müsste ein paar Dinge mit ihm besprechen.«

»Kein Problem«, sagte Hannah. »Bisher musste Michalis heute noch nicht sehr hart arbeiten für sein Geld.«

Michalis grinste, aber Jorgos blieb ernst.

»Dafür hat er gestern umso härter gearbeitet, eine kleine Pause hat er sich verdient«, sagte Jorgos. »Ich brauch ihn auch nicht lang, dann könnt ihr weiterfrühstücken.«

»Dank deiner großartigen Arbeit«, wie Jorgos sagte, waren die Fälle in Marathokefala und in Spilia geklärt.

»Thanassis hatte gestanden, auf Dimos geschossen zu haben. Wir haben die Sauer 38 H bei ihm gefunden. Deutsche Wehrmacht. Die Pistole passt zu den Projektilen, die sie aus Dimos rausoperiert haben.«

Die Frage, wer Antonis Delopoulou getötet hatte, war jedoch noch nicht eindeutig geklärt. Alekos hatte ausgesagt, er habe auf Antonis geschossen, doch Thanassis hatte zunächst behauptet, sein sterbender Bruder Antonis habe ihm noch sagen können, dass es Dimos war, der geschossen hatte.

»Das hat Thanassis allerdings zurückgenommen, nachdem er mit seinem Vater Nikolaos gesprochen hatte«, fügte Jorgos hinzu und zuckte mit den Schultern. »Vielleicht wollen sie den noch jungen Frieden zwischen den Familien nicht gefährden. Wir haben auf jeden Fall den Karabiner 98k, mit dem Antonis getötet wurde. Mit Fingerabdrücken von Dimos und Alekos. Das wird dann ein Gericht irgendwann klären.«

Jorgos nickte.

»Das ist übrigens der Karabiner, mit dem auch dieser Marder auf dem Gelände der Olivenölmühle erschossen worden ist. Gutes Auge, Michalis. Muss ich sagen.« Jorgos musterte Michalis. »Ich weiß, wir hatten zwischendurch ein paar schwierige Momente. Aber du hast wirklich sehr gut gearbeitet. Und das sieht auch unser Polizeipräsident so.«

Jorgos lehnte sich zurück, als sei für ihn damit alles geklärt. Michalis sah ihn irritiert an.

»Ja, Moment. Was ist mit dem Bürgermeister? Stelios Karathonos?«

Jorgos seufzte.

»Ach, Michalis, der Bürgermeister.« Er sah Michalis bedauernd an. »Der Bürgermeister ist bei regennasser Straße wegen Alkoholkonsums und überhöhter Geschwindigkeit von der Straße abgekommen und dabei tödlich verunglückt.«

»Das ist nicht euer Ernst! Was ist mit den Lackspuren? Hat Zagorakis dir seinen Bericht noch nicht geschickt?«

»Doch, doch, das hat er. Natürlich.«

»Ja, dann weißt du doch, dass Dimos ihn nachts abgedrängt hat!«

»Michalis. Es sind Lackspuren an dem Wagen. Ja. Aber die hat Kalliopi, die Frau des Bürgermeisters, verursacht. Schon vor Wochen. Da war sie mit dem SUV ihres Mannes unterwegs und hat den Pick-up von Dimos gestreift.«

Michalis starrte Jorgos ungläubig an.

»Das kann nicht dein Ernst sein. Und was ist mit der Geliebten? Metaxia Lirlides? Du weißt, was sie mir und Koronaios erzählt hat?«

Jorgos mustert Michalis.

»Ich kann mich nicht daran erinnern, dass wir eine Metaxia Lirlides befragt haben. Und ich wüsste auch nicht, wie du durch offizielle Ermittlungen auf diesen Namen gekommen sein könntest.«

Zum ersten Mal schwang eine leichte Drohung in dem mit, was Jorgos sagte. Michalis überlegte, ob er widersprechen sollte, doch Jorgos kam ihm zuvor.

»Michalis. Willst du, dass der kleine Pandelis mit dem Wissen groß wird, sein Onkel Dimos habe seinen Vater umgebracht? Ich will das jedenfalls nicht. Nicht, nachdem es gestern diese Versöhnung gegeben hat.«

Michalis sah seinen Onkel Jorgos lang an. Dann nickte er. »Okay ...«, sagte er gedehnt.

Jorgos wollte schon aufstehen, doch Michalis hielt ihn auf.

»Und was ist mit Kaminidis? Dem Bauunternehmer?«

Jorgos hob bedauernd die Hände.

»Das ist jetzt Sache der Wirtschaftskriminalität. Und ich hab von denen noch nichts gehört.« Jorgos stand schnell auf, bevor Michalis weitere Fragen stellen konnte.

»Die Protokolle und Berichte habe ich mit Koronaios schon erledigt. Du kannst ja nachher mit Hannah nach Marathokefala fahren und deinen Roller holen, und danach kommst du und unterschreibst alles. Und das war es dann für heute.«

»Okay. Gut«, sagte Michalis.

»Alles in Ordnung?«, fragte Hannah, als sie sich wieder zu Michalis setzte.

Michalis zuckte mit den Schultern.

»Ja. Wahrscheinlich schon«, erwiderte Michalis.

Später fuhren sie nach Marathokefala und machten auf dem Weg dorthin einen Abstecher an die Strandpromenade von Kolymbari. Wenn Michalis vor ein paar Tagen hier noch gesessen und überlegt hatte, ob so ein Strand eine Möglichkeit wäre, einer Wanderung mit Hannah zu entgehen, so sah er jetzt, dass das hier einfach nur ein bebauter Strand für Touristen war. Der Frappé war gut, aber eine lange Tageswanderung durch eine wilde, zerklüftete Schlucht war etwas anderes.

Am Spätnachmittag kamen sie ins *Athena* zurück und waren überrascht, als Markos, Elenas Schwager, dort auf sie wartete. Er lud sie beide in seinen Wagen, fuhr mit ihnen in die

Odos Georgiou Pezanou und verband Hannah dann grinsend die Augen. Michalis musste Hannah die Treppe nach oben führen, und er sah als Erster, was ihr einen Begeisterungsschrei entlockte, als er die Augenbinde abnahm: In ihrem zukünftigen Wohnzimmer waren die Wände verputzt und ein Holzfußboden verlegt. Vor allem aber stand mitten im Raum ein Tisch – der wunderschöne Tisch aus Olivenholz, den Hannah entdeckt hatte.

Markos zauberte eine Flasche Raki und Gläser hervor und schenkte ein.

»Und wehe«, sagte er grinsend zu Hannah, »du kommst auf die Idee, auf diesem frisch verlegten Boden den Raki in die Ecke zu kippen!«

Hannah lachte, da es anscheinend ein offenes Geheimnis war, dass sie Raki lieber wegkippte, als ihn zu trinken. Aber jetzt musste sie trinken, und vor lauter Raki dachte Hannah nicht darüber nach, dass der Rest der Wohnung eine große Baustelle war und es noch Wochen dauern würde, bis daran zu denken war, hier einzuziehen.

Dieser Abend war der erste richtig warme Abend, ein Frühsommerabend. Und als hätten sie nur darauf gewartet, tauchten alle nahen und fernen Familienmitglieder auf, und spät nachts lagen die Kinder wieder quer über den Stühlen und schliefen, und irgendwann musste Michalis die betrunkene Hannah über die schmale Treppe nach oben ins Bett tragen.

Auf dem Bett lagen noch seine neuen Wanderstiefel, und während Michalis Hannah vorsichtig auszog und zudeckte, lächelte er. Das Wochenende stand vor der Tür, und er würde mit Hannah wandern müssen.

Und ein wenig freute er sich sogar darauf.

Dank

An Iris Kirschenhofer, meine Lektorin des Fischer Verlags, und an Franziska Hoffmann, meine Literaturagentin, für ihre Entschlossenheit, Zuversicht und Motivation.

Und an die, die beraten, unterstützt und manchmal auch angetrieben haben: Bettina Heitmann, Michael Heller, Sandra Vogell und Tom Dollinger.

Und an meine Eltern, die mich mit 17 unerschrocken nach Kreta reisen ließen.

Pierre Lagrange
Mörderische Provence
Ein neuer Fall für Albin Leclerc

Ein alter Freund, von dem er seit Jahren nichts mehr gehört hat, bittet Ex-Commissaire Albin Leclerc um Hilfe, denn seine Tochter Isabelle ist verschwunden. Sie arbeitete als Kellnerin in einem beliebten Café in Gordes, doch nach Arbeitsschluss hat sie niemand mehr gesehen. Sie kam nie zu Hause an.
Albin begibt sich gemeinsam mit Mops Tyson auf Spurensuche, obwohl er den ehemaligen Kollegen mit seiner Einmischung gehörig auf die Nerven geht. Er bekommt Hinweise, die zu einem berühmten Schlosshotel führen. Undercover in einem Kochkurs, kommt Albin einem Komplott auf die Spur. Bald schon findet er eine siedend heiße Spur.

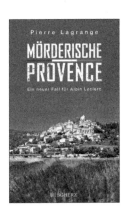

448 Seiten, Klappenbroschur

Weitere Informationen finden Sie auf
www.fischerverlage.de

AZ 651-02563/1

RADIO-KRETA.DE
Dein Urlaubsradio

Radio Kreta ist das deutschsprachige Internet-Radio
auf der größten griechischen Insel.
24 Stunden auf Sendung bietet das Urlaubsradio
tolle Musik, nützliche Informationen
und viel viel Humor
– jetzt einschalten und 100% Kreta erleben!